D1876395

DROEMER

Mona Nikolay

ROSEN-KOHL UND TOTE BETE

SCHREBERGARTENKRIMI

DROEMER

Besuchen Sie uns im Internet:
www.droemer.de

Aus Verantwortung für die Umwelt hat sich die Verlagsgruppe Droemer Knaur zu einer nachhaltigen Buchproduktion verpflichtet. Der bewusste Umgang mit unseren Ressourcen, der Schutz unseres Klimas und der Natur gehören zu unseren obersten Unternehmenszielen. Gemeinsam mit unseren Partnern und Lieferanten setzen wir uns für eine klimaneutrale Buchproduktion ein, die den Erwerb von Klimazertifikaten zur Kompensation des CO_2-Ausstoßes einschließt. Weitere Informationen finden Sie unter: www.klimaneutralerverlag.de

FSC www.fsc.org
MIX
Papier aus verantwortungsvollen Quellen
FSC® C014496

Originalausgabe März 2022
Droemer Taschenbuch

Ein Imprint der Verlagsgruppe
Droemer Knaur GmbH & Co. KG, München

Ein Projekt der AVA international GmbH Autoren- und Verlagsagentur
www.ava-international.de
Redaktion: Nina Hübner
Covergestaltung: Carola Bambach
Coverabbildung: Collage von Carola Bambach unter der
Verwendung von Bildern von Shutterstock.com
Illustrationen im Innenteil: LigKo/Shutterstock.com
Satz: Adobe InDesign im Verlag
Druck und Bindung: GGP Media GmbH, Pößneck
ISBN 978-3-426-30865-3

2 4 5 3

PROLOG

Auf der Welt gab es gute und schlechte Geheimnisse. Das war schon immer so gewesen. Geheimnisse konnten einen Menschen vernichten, sein gesamtes Leben zerstören oder vor Vernichtung schützen.

Aber gefährlich waren sie immer. Besonders seines.

Es war eines von den richtig gefährlichen. Doch er versuchte jetzt, das Beste daraus zu machen. Die Scharte auszuwetzen.

Sagte man doch so, oder? Passte jedenfalls zu dem, was er gerade tat und wo.

Hier war der perfekte Ort. Er kannte sich aus wie in seiner Westentasche, doch kaum jemand wusste das. In dieser Umgebung war er quasi unsichtbar. Zudem verband niemand dunkle Geheimnisse mit dieser Spießeridylle.

Er musste auch nicht besonders gründlich oder vorsichtig sein – im Winter war hier kein Mensch, und der starke Schneefall verwischte seine Spuren innerhalb weniger Minuten. Alles war nahezu absurd perfekt.

Nur der gefrorene Boden machte ihm zu schaffen. Er grub jetzt schon drei Abende hintereinander durch. Eigentlich hackte er mehr, als dass er grub. Die Arbeit war unglaublich mühsam, und die Finger fielen ihm fast ab. Mehrere blutige Blasen zogen sich über seine Handballen. Zum Teil hatte er das Gefühl, nicht Erde, sondern Granit zu bearbeiten.

Doch die Kälte war wichtig. Absolut notwendig. Sie würde ihm helfen, sein Geheimnis zu bewahren. Ihr *gemeinsames* Geheimnis.

Er wischte sich den Schweiß von der Stirn und betrachtete das Loch, das tatsächlich eher wie eine Scharte aussah. Es war endlich groß genug.

Der Sack war mittlerweile ganz mit Schnee bedeckt; es würde gar nicht weiter auffallen, wenn er ihn einfach hier draußen liegen ließe. Bis es anfing zu tauen natürlich. Und selbst dann war es fraglich, ob er Aufmerksamkeit erregen würde. Doch er hielt sich jetzt an seinen Plan. Je mehr Zeit er sich verschaffen konnte, desto besser. Es hing zu viel für ihn daran. Außerdem ... na ja. Auch er hatte einen gewissen Anstand im Leib.

Der Mann schob das Schaufelblatt unter den Sack und benutzte den Stiel als Hebel. Nach wenigen Momenten absoluter Kraftaufwendung rutschte der Sack ins Loch. Das plötzliche Geräusch schreckte ein paar Spatzen auf, die in der nahen Hecke geschlafen hatten.

Ein Fuchs saß unbemerkt im Schatten und schaute zu, wie der Mann sein dunkles Geheimnis begrub. Das Tier hatte keine Ahnung, was da vor sich ging, spürte aber trotzdem, dass es ein wenig ungewöhnlich war für diese Jahreszeit. Normalerweise hatte es die verschneite Welt ganz für sich.

»Erde zu Erde«, murmelte der Mann leise, als er die letzten Schaufeln Erde bewegte. »Abschaum zu Abschaum. Und Schnee zu Schnee.«

KAPITEL 1

Es war ein herrlicher Morgen. Nicht zu heiß und nicht zu kalt. Klar und feucht, wie der gesamte Frühlingsbeginn – ein guter Start ins neue Gartenjahr. Vor zwei Wochen hatte es aufgehört zu schneien, und kurz danach war auch schon die Sonne rausgekommen. So war es schon lange nicht mehr gewesen.

»Hörst du mir eigentlich zu?«

Manne löste den Blick von seiner Frau, die gerade das neue Hochbeet bepflanzte, und wandte sich seiner Gesprächspartnerin zu: »Jaja.«

Christine Reichelt, zweite Vorsitzende des Kleingartenvereins Harmonie e. V. und seine rechte Hand im Vorstand, ließ genervt den Stift fallen. »Tust du nicht. Manne, ehrlich, wir haben das doch besprochen.«

»Das haben wir wohl, Tine«, brummte Manne und ließ sich auf einem der Terrassenstühle nieder. »Tausendmal.«

»Und du stellst jedes einzelne Mal auf Durchzug! Verdammt, du bist doch kein Kleinkind.«

Manne seufzte. Er wusste, worauf sie hinauswollte. Natürlich wusste er das. Seit Wochen lag sie ihm mit der brachliegenden Nachbarparzelle in den Ohren. Verlangte eine Entscheidung, legte ihm Bewerber vor und ließ einfach nicht locker.

»Als Vorstandsvorsitzender kann ich ja wohl auch mal ein paar Entscheidungen alleine treffen.«

Tine legte den Kopf schief. »Natürlich kannst du. Aber genau das hast du nicht.«

»Was?«

»Eine Entscheidung getroffen!« Sie hob den Stift wieder auf und begann, damit auf der Glasplatte seines Tisches herumzutippen.

»Tine, das nervt.«

»Du nervst mich auch«, gab sie patzig zurück und verschränkte die Arme. »Der Bezirksvorstand verliert die Geduld, die Bewerber rennen uns die Bude ein, und ich habe keine Lust mehr, irgendwelche Ausreden zu erfinden, damit du weiter stur auf vierhundert Quadratmeter Unkraut glotzen kannst. Völlig abgesehen davon, dass es überhaupt keinen Sinn ergibt und niemand sonst mit einem solchen Verhalten durchkommen würde. Du hockst wie eine trotzige Glucke auf der Parzelle, und ich weiß nicht mal genau, warum. Kleingärten boomen, jeder will ein Stück Grün, und ausgerechnet du verweigerst dich.«

Seufzend rieb er sich die Augen. »Früher lag so eine Parzelle doch auch locker mal ein paar Jahre brach.«

»Früher konnten sich die Leute auch noch Eigenheime mit handtuchgroßen Gärten leisten, und wir mussten um Mitglieder werben.« Sie legte den Kopf schief. »Was ist eigentlich dein Problem?«

Manne dachte nach. So genau wusste er das selbst nicht. Er wollte einfach keine neuen Nachbarn, und fertig. Dabei sollte es ihm als Vorstandsvorsitzendem des Vereins besonders am Herzen liegen, dass seine Anlage nicht verwilderte und jede verlassene Parzelle möglichst schnell in gute Hände kam, sonst wurden sie zu Schandflecken der Anlage, und das gab immer Zoff mit dem Bezirksvorstand. Und peinlich war es obendrein. Doch beim Gedanken an seinen früheren Nachbarn kochte der Zorn wieder hoch und brachte ein bisschen Schmerz mit.

»Ich will einfach nicht schon wieder so einen Ärger haben«, sagte er schließlich.

Tine lächelte. »Das wirst du nicht. Keine Sorge.«

Manne wurde unbehaglich zumute. Er mochte Tines Blick nicht. Sie kannten sich nun seit über zwanzig Jahren und waren ebenso lange eng befreundet. Und wenn sie so dreinschaute, dann hieß das nichts Gutes.

»Woher willst du das wissen?«

»Weil ich deine neuen Nachbarn sehr sorgfältig ausgewählt habe.«

Manne Nowak setzte sich abrupt auf. »Das hast du nicht!«

Tine lächelte sparsam. »Urlaubsvertretung«, sagte sie nur und zuckte die Schultern. »Zwei Wochen Malle haben eben ihren Preis.«

Manne atmete tief durch. Er fühlte, dass die Ader auf seiner Stirn bedrohlich zu pochen begann und sein Kopf heiß wurde. »Judas«, zischte er. »Wie kannst du mir nur so in den Rücken fallen?«

Tine stand auf und kam um den Tisch herum. Sie legte ihm eine Hand auf die Schulter und hielt ihm mit der anderen ein kleines Schulti hin. Wo kam das denn auf einmal her? Die Bierflasche war schon geöffnet und ganz augenscheinlich gut gekühlt. Das Kondenswasser rann in Tropfen an der Seite herab. Auch über das Gesicht des Schultheiss, der in seiner Kindheit noch ganz anders ausgesehen hatte. Nicht wie ein gewöhnlicher Türsteher, den jemand in Schlapphut und Rüschenhemd gesteckt hatte.

»Es tut mir leid«, sagte sie. »Aber Schmidtchen hat mir die Pistole auf die Brust gesetzt. Entweder wir suchen jemanden, oder er schickt uns zum Saisonstart einen Bewerber von der zentralen Warteliste auf die Parzelle. Was hätte ich denn tun sollen?«

Manne nahm das Bier und hielt es sich gegen die pochende Ader. Das half irgendwie auch nicht. Er wusste, dass sie recht hatte, und er wusste, dass sie wusste, dass er es wusste. Was es sogar noch schlimmer machte.

Eine ganze Weile dachte er über eine Antwort nach, doch er fand keine.

»Hm«, machte er schließlich und nahm einen Schluck. Mehr kam ihm nicht über die Lippen. Aber seine Freundin kannte ihn offenbar gut genug, um zu wissen, dass es sich hierbei um ein Friedensangebot handelte. Sie nickte zufrieden.

Mannes Frau Petra trat zu ihnen auf die Terrasse und streifte sich die erdverkrusteten Handschuhe von den Fingern.

»Das werden riesige Kürbisse«, sagte sie lächelnd zu ihrem Mann. »So was hab ich im Gefühl. Es ist herrlich, sich nicht mehr tief runterbücken zu müssen, wir hätten das schon viel früher machen sollen.« Dann wandte sie sich an Tine: »Und? Wie hat er es aufgenommen?«

»Du wusstest *auch* davon?« Manne nahm noch einen Schluck Bier, um zu verhindern, dass sein Kopf wieder überhitzte. Noch vor wenigen Minuten hatte er das Gefühl gehabt, nichts könnte ihm die Laune verderben. Damit war jetzt Schluss. Schönen Dank auch.

»Natürlich«, sagte Petra und zwinkerte Tine zu. »Ich musste schließlich das Notfallset für solche Fälle besorgen. Und mit dem Schlimmsten rechnen. Außerdem war ich neugierig.«

»Du bist immer neugierig«, sagte Manne.

Petra kam zu ihm herüber und küsste ihn auf die Wange. »Ich weiß. Einer von uns muss es ja sein.«

Mannes Wut verrauchte, so schnell sie gekommen war. Das war einfach so, wenn Petra ihn küsste. Nach vierunddreißig Jahren immer noch. Er lächelte und hielt inne. »Moment. Was bedeutet, du hast ein ›Notfallset‹ besorgt?«

»Na, rate doch mal!«

Er überlegte einen Moment, dann zog er die Brauen hoch. »Heißt das, wir grillen heute an?«

»Ja, wir grillen heute an.« Tine und Petra grinsten.

»Du bist eben sehr leicht zu durchschauen.«

Manne lächelte schief und zuckte die Schultern. »Macht nichts. Wenn das bedeutet, dass hier gleich Kohle glüht, bin ich gerne leicht durchschaubar.«

»Das ist doch mal ein Wort!« Petra musterte ihren Mann. »Du solltest allerdings lieber reingehen und dich umziehen.«

Er blickte an sich herunter. Wie üblich trug er seine Gartenkluft. Kapuzenpulli von Union Berlin, eine kurze Anglerhose und knallgrüne Billigcrocs. »Warum das denn? Ich denke, wir grillen!«

»Weil du unsere neuen Nachbarn sicher nicht in diesem Aufzug begrüßen wirst. Sie übernehmen die Parzelle um …«

Petra schaute zu Tine, auch wenn Manne genau wusste, dass Petra genau wusste, wann die neuen Gartenfreunde eintreffen würden. Er war nicht der Einzige, der hier leicht zu durchschauen war.

»Um sechzehn Uhr. Eike hat heute noch beruflich zu tun, daher können sie nicht früher«, vollendete Tine ihren Satz.

Eike. Manne rollte mit den Augen. Jemand, der Eike mit Vornamen hieß und an einem Samstag beruflich Termine hatte, entsprach nicht unbedingt seinem Idealbild eines Gartennachbarn.

»Ich dachte, sie könnten mitgrillen«, sagte Petra fröhlich, schnappte sich ihre Sportmolle vom Tisch und nahm einen großen Schluck.

Manne seufzte. »Natürlich dachtest du das.«

KAPITEL 2

Sie war so verflucht nervös. Das hier war schlimmer als ein Vorstellungsgespräch oder ein erstes Date. Wichtig für ihre eigene Zukunft und die ihrer ganzen Familie. Stundenlang hatte sie überlegt, was sie anziehen sollte, was Eike und Greta tragen sollten. Um einen guten ersten Eindruck zu machen, wie man so schön sagte. Aber was war das überhaupt?

In Wahrheit wusste Caro, dass sie nicht reinpassten. In einen Schrebergartenverein. Sie träumte zwar von selbst gezogenen Tomaten, hatte aber keine Ahnung vom Gärtnern und brachte jede Pflanze allein durch ihre Gedankenlosigkeit um. Außerdem mochte sie lackierte Nägel und Lippenstift. Ehrlich und von Herzen und nicht nur, weil sie anderen gefallen wollte.

Greta hatte Angst vor Insekten und fand Regenwürmer eklig, und Eike war … ja. Eben Eike. Sie hoffte auf seine Begeisterungsfähigkeit.

Mit einem tiefen Seufzer versenkte sie das vertrocknete Skelett ihres vierunddreißigsten Fensterbankbasilikums im Mülleimer und atmete tief durch.

»Hier steckst du also.« Mit großen Schritten betrat ihr Mann die Küche. Er trug noch seine Arbeitsklamotten und strahlte übers ganze Gesicht.

Caro lächelte. »Guter erster Tag?«

»Schatz, es war der Wahnsinn. Genau so habe ich es mir immer vorgestellt, es war einfach … ach!« Er warf die Hände in die Luft und schlang sie dann seiner Frau um die Taille. Caro drückte ihm einen Kuss auf das Kinn. Höher kam sie bei ihm nicht, er war riesig.

»Wie schön. Davon hast du immer geträumt.«

»Ja. Habe ich.«

»Ich will alles hören, aber erst heute Abend. Ab unter die Dusche, wir müssen gleich los.«

Eike legte den Kopf schief. »Lieb, dass du das sagst. Aber in Wahrheit interessiert es dich überhaupt nicht.«

Sie grinste. »Nicht im Geringsten. Und jetzt jalla, jalla. Avanti dilettanti. Ich will nicht, dass wir zu spät kommen.«

»Bist du etwa nervös?«

»Natürlich. Wir lernen heute Menschen kennen, mit denen wir hoffentlich viele Jahre Hecke an Hecke werkeln werden. Solche Vereine sind eingeschworene Gemeinschaften, und man muss aufpassen, wie man sich präsentiert.« Ihr Blick fiel auf den Salat, den sie mit Greta als Mitbringsel vorbereitet hatte. Noch vor zwei Stunden hatte sie die Idee originell und charmant gefunden, jetzt war ihr die pinke Glasschüssel, die Greta ausgesucht hatte, auf einmal peinlich. Ihre Schultern verkrampften sich. Warum war das alles nur so verflucht kompliziert?

»Caro, entspann dich. Wir sind einfach nett zu denen, dann werden die auch nett zu uns sein. Was soll schiefgehen?«

Sie atmete einmal tief durch und rief sich ins Gedächtnis, dass sie gerade genau das bekam, was sie die ganze Zeit gewollt hatte. Einen eigenen Garten. Mit Blumen und Wiese und einem Klettergerüst für Greta. Eine Oase in der Großstadt. Was sollte da schon schiefgehen?

KAPITEL 3

Mit dem Garten ist für uns wirklich ein Traum in Erfüllung gegangen!«

Wie oft hatte er den Satz heute schon gehört? Hundertmal. Mindestens. Diese Frau war wie eine kaputte Schallplatte. Manne fragte sich, wann sie endlich gedachte, sich mal zu entspannen. Tine und er hatten die Schlüssel vor über einer Stunde übergeben und alle Formalitäten erledigt – jetzt war doch langsam mal gut.

»Hm. Schön.«

Manne stand neben seinem Grill und wendete Würstchen, allerdings schaute er gar nicht so genau hin. Viel amüsanter war es, den neuen Nachbarn Eike dabei zu beobachten, wie er mit sehr viel Aktionismus und sehr wenig Ahnung dem Unkraut auf dem Nachbargrundstück zu Leibe rückte. Der Kerl war tatsächlich ziemlich genau das, was sich Manne unter einem Eike vorgestellt hatte. Mit etwas zu langen, langsam grau werdenden Haaren und dem Optimismus eines Menschen, der sich noch nie wirklich hatte beweisen müssen. Dabei aber irgendwie entwaffnend charmant. Zu Beginn hatte Manne gedacht, der riesige Kerl hätte was Beruhigendes an sich, doch diesen Eindruck musste er revidieren. Nun wirkte Eike beinahe, als wollte er in den Krieg ziehen. Konzentriert, verbissen und zum Äußersten bereit.

Direkt nach Unterzeichnung der Papiere hatte er sich in die Arbeit gestürzt. Mit nigelnagelneuen Arbeitsgeräten, in ebenso neuer Kleidung. Ihm guckte hinten noch das Preisschild aus der Multifunktionshose.

Auch seine Frau Caroline hatte sich dem Anlass entsprechend offensichtlich neu eingekleidet. Ihre Latzhose, die roten Gummistiefel mit weißen Punkten, der zur Jahreszeit vollkommen unpassende Strohhut – all das machte die junge Frau eher zu einer Werbefigur für irgendein fettarmes Milchprodukt (»Schmeckt wie echte Butter!!!«). Zu den Gartenfreunden vom Harmonie e.V. passte so ein Aufzug nicht, was ihr wohl kaum entgangen sein konnte. Entgegen dem Wunsch seiner Frau hatte sich Manne nämlich nicht umgezogen. Er mochte es, wenn von Anfang an klare Verhältnisse herrschten. Hier schlunzten die Gartenfreunde in abgetragenen Klamotten herum beziehungsweise im Blaumann, wer direkt von der Arbeit kam.

Doch es war eindeutig, dass die Neuen sich Gedanken gemacht und offenbar vorhatten, sich ehrlich zu bemühen. Das wiederum konnte Manne anerkennen. Der Rest würde sich schon finden.

Tatsächlich hatten die von Ribbeks nicht nur eine ziemlich niedliche Tochter, sondern auch einen Quinoa-Salat zum Grillen mitgebracht. Von allen essbaren Dingen auf dieser schönen Welt! Manne hatte nur ein einziges Mal Quinoa gegessen – seinem Sohn zuliebe – und die kleinen Körnchen noch Tage später unter seiner Zahnbrücke gefunden. Aber auch diese Geste konnte er anerkennen. Hauptsache, sie kamen nicht auf die Idee, das Zeug hier in ihrem Garten anzubauen.

Trotzdem hätte er sich niemals vorstellen können, dass Menschen, die Caroline und Eike von Ribbek hießen, mal Schultheiss in seinem Schrebergarten trinken würden. Aber weil Caro ihm gerade mit angenehmer Selbstverständlichkeit ein neues Bier brachte und lächelnd mit ihm anstieß, war er bereit, über ihren Strohhut hinwegzusehen.

»Weißt du, ich hab überlegt, einen Instagram-Kanal zu machen. Übers Gärtnern.«

Oder vielleicht auch nicht. Mannes Mundwinkel fielen herab. »Wieso das denn?«

Seine neue Nachbarin zuckte mit den Schultern. »Ich bin Social-Media-Managerin. Das ist, was ich tue.«

»Ein Garten ist aber eigentlich dafür da, sich vom Alltag zu erholen«, gab Manne zurück und hoffte im Stillen, dass dieser Quatsch nicht auf Tines Mist gewachsen war. Sie hatte ihm schon ein paarmal mit Social Media in den Ohren gelegen. Für Manne indes war sein Garten ein Rückzugsort. Auch vor … so was eben.

»Bei den sozialen Medien ist die Grenze zwischen Arbeit und Privatem fließend. Wenn ich es gut mache, bekommt die Anlage viel Publicity.«

»Wir brauchen keine Publicity«, murrte Manne.

»Und oftmals unterstützen Firmen solche Kanäle«, fuhr Caro unbeirrt fort. »Da kann man viel draus ziehen.«

Manne hob nun doch milde interessiert die Brauen. Wenn es etwas zu sparen gab, war das natürlich was anderes. »Und was zum Beispiel?«

»Gartengeräte, Saatgut. Vielleicht sogar einen Mähroboter.«

»Ach so?«

Gegen einen Mähroboter hätte er wirklich nichts einzuwenden. Petra fand das ja unnötig. Allerdings war er es und nicht Petra, der den Rasen jede Woche stutzte. Und ja: Er mochte es, wenn sein Garten gut ausgestattet war. Schließlich war er der Vorstandsvorsitzende. Alle Augen schauten auf seine Parzelle.

Caro bemerkte sein Interesse und nickte eifrig. »Eine Freundin von mir hat einen Brotback-Account. In ihrer Küche stehen eine Kitchenaid, ein Hochleistungsmixer, ein Thermomix und ein Sous-vide-Garer. Nichts davon hat sie bezahlt.«

Mannes Brauen schossen in die Höhe. »Seit wann braucht man einen Sous-vide-Garer zum Brotbacken?«

Caro lachte laut auf. »Glaub es oder nicht. Aber darin kann man den Teig ganz wunderbar gehen lassen. Sagt meine Freundin.«

Manne schüttelte den Kopf. »Daran sieht man, dass wir Menschen keine echten Probleme mehr haben.«

»Wohlstandsverrohung«, nickte Caro wissend und nahm einen Schluck Bier.

Eine Weile standen sie einträchtig nebeneinander und sahen Eike dabei zu, wie er mit der Entschlossenheit eines Terriers das hintere Beet beackerte.

»Dein Mann hat keine Zeit zu verlieren, oder?«

»Eike hat gerade einen neuen Job angefangen und wird viel arbeiten müssen. Am Anfang muss ich hier wohl alleine werkeln. Er hat ein schlechtes Gewissen.« Sie lächelte. »Und versprochen, Vorarbeit zu leisten.«

»Vorarbeit ist gut. Es sieht eher so aus, als wollte er das Unkraut hinter die feindlichen Linien zurückdrängen.«

Manne drehte die Würstchen und legte ein paar davon auf einen bereitgestellten Teller. Dann zeigte er mit seiner Bierflasche auf Eike. »Soll ich mal rübergehen und ihm zeigen, wie man es richtig macht?«

»Ich glaube, das ist nicht nötig.« Caro nahm noch einen Schluck Bier. »Er ist gerade so glücklich.«

»Ist er das?«

Sein neuer Nachbar sah gar nicht so übermäßig glücklich aus. Er war gerade laut fluchend dabei, den Spaten in die Erde zu stoßen, kam dabei aber offenbar nicht richtig voran.

Irgendetwas an Eikes Bewegungen sah merkwürdig aus. Nicht ganz richtig. Manne runzelte die Stirn, und auch Eike hielt inne und kniete sich hin. Er wühlte einen Moment mit seinen neuen Gartenhandschuhen in der Erde herum und schaute dann abrupt auf.

»Hier hat jemand seinen Müll vergraben«, rief er über die Hecke.

Manne fluchte leise und schob die restlichen Würstchen an den Rand des Grillrostes. Auch das noch! Es kam immer wieder vor, dass andere Gartenfreunde ihren Unrat auf freien Parzellen abluden, anstatt ihn ordentlich zu entsorgen. Aber meist machten sie sich nicht die Mühe, das Zeug zu vergraben. Das war bestimmt irgendetwas besonders Unappetitliches. Der Inhalt einer Sickergrube oder ein altes Asbestdach.

Er nahm die Abkürzung über die Wasserpumpe im hinteren Bereich des Gartens, die Petra nur das »Mahnmal des Wahnsinns« nannte, und gesellte sich zu Eike. Sein neuer Nachbar stand ein bisschen ratlos und mit hängenden Schultern vor einem schwarzen Plastiksack, der ein Stück aus dem Beet herausragte. Dieser Mann hatte wirklich auffallend lange Arme. Wie merkwürdig die zwei Gliedmaßen doch aussahen, wenn man sie gerade nicht benutzte.

»So eine Sauerei«, murmelte Manne, während er sich hinhockte und sein Staudenmesser aus der Hose zog.

»Du willst das aufmachen?«, fragte Eike leicht beunruhigt, und Manne sah zu ihm hoch.

»Ich muss. Wenn ich nicht weiß, worum es sich handelt, kann ich nicht entscheiden, wie wir es entsorgen müssen.«

Er griff sich ein Stück der Plastikfolie und trennte sie mit der frisch geschärften Klinge durch. Das Loch geriet etwas größer, als er geplant hatte, und das Messer glitt noch durch etwas, das sich im Sack befand.

Manne schlug die Folie beiseite und wich so plötzlich zurück, dass er gegen Eikes Beine prallte und im Beet landete. Der Neupächter sog scharf Luft ein, und Manne wurde kurz schwarz vor Augen. Was für eine grausige Überraschung.

Aus dem schwarzen Plastiksack ragte eine menschliche Hand. Nicht irgendeine Hand. Manne hatte sie sofort an dem auffälligen Siegelring am Mittelfinger erkannt. Ihm wurde schwindelig, und er war froh, dass er schon saß.

»Scheiße!«, stieß er so laut hervor, dass sich alle Köpfe zu ihm drehten. Hektisch wedelte er mit der rechten Hand in Richtung seines Grundstücks.

»Bleibt, wo ihr seid. Und lasst die Kleine auf keinen Fall in die Nähe!«

Caro ließ sich von seiner Warnung nicht abhalten und kam durch das Gartentor gerannt, nur um beim Anblick der leblosen Hand, die aus ihrem neuen Gemüsebeet ragte, so abrupt stehen zu bleiben, dass auch sie fast hinfiel. Sie schnappte nach Luft. »Ist das …?«

»Es ist«, bestätigte Manne tonlos mit Blick auf die von Verwesung schwarzen Fingerspitzen.

Er versuchte, sich zu sammeln. Das konnte nicht sein. Es war zu verrückt. Und doch hätte er diese Hand unter Tausenden erkannt. »Hier versteckst du dich also«, murmelte er nach einer Weile und fuhr sich mit der dreckverschmierten Hand übers Gesicht.

Hinter ihm sackte Eike in sich zusammen und holte damit sowohl Caro als auch Manne aus der Starre.

»Gott verdammt«, murmelte Caro, während sie sich Eikes Beine schnappte und nach oben riss. Die dreckigen Schuhe lehnte sie dabei mit großer Selbstverständlichkeit gegen ihre neue Latzhose.

»Das ist nicht das erste Mal, dass ich mich frage, wie er durchs Medizinstudium gekommen ist«, bemerkte sie mit einem Blick auf Eike und fügte fast schon entschuldigend hinzu: »Frisches Blut macht ihm nichts aus, aber mit dem Tod kann er nicht umgehen.«

Manne nickte. Wer konnte das schon?

Er selbst hatte dieses Kunststück in dreißig Jahren Polizeidienst nicht vollbracht.

Als er das Handy endlich in einer der vielen Taschen seiner Gartenhose gefunden hatte, wählte er den polizeilichen Notruf, schilderte die Situation und half Caro anschließend, Eike bis zu einer Bank in seinem Garten zu schleppen.

Karl Wischnewski. Manne hätte ehrlich gedacht, er würde ihn nie wiedersehen.

Was für ein furchtbarer Irrtum.

KAPITEL 4

Zwar hatte Manne den Polizeidienst vor über acht Jahren aufgrund einer Netzhautablösung aufgeben müssen, doch mit der Polizeiarbeit war es wie mit dem Fahrradfahren: Man verlernte es nicht.

Die gewohnten Abläufe gaben ihm ein Stück Sicherheit in einer Situation, die er überhaupt nicht unter Kontrolle hatte. Er war sofort in alte Muster verfallen, hatte schaulustige Gartenfreunde verscheucht und die Ankunft der Beamten organisiert. Allerdings war er freundlich, aber bestimmt von der Parzelle geworfen worden, als die Leute vom LKA eintrafen.

Nun stand er also wieder auf seiner Seite der Hecke und hielt ein Würstchen mit Schrippe in der Hand, von dem Bautz'ner Senf auf seinen linken Fuß tropfte. Er bemerkte es nicht einmal. Auch dass er überhaupt aß, nahm er nicht richtig wahr. Es war mehr ein mechanischer Prozess. Überlebenstrieb, quasi.

In seinem Garten war es eng geworden. Weil sie an diesem Wochenende das Wasser wieder angestellt hatten, war es regelrecht voll in der Kleingartenanlage – ausgerechnet. Die Nachricht vom Leichenfund hatte sich wie ein Lauffeuer in der Anlage verbreitet, und immer mehr Gartenfreunde hatten sich an den Zäunen und auf Mannes Parzelle eingefunden. Zurückhaltung war nicht unbedingt ihre Stärke, und normalerweise machte es ihm nichts aus, wenn auf seinem Grundstück ein reges Treiben herrschte. Aber heute war es ihm irgendwie zu viel. Vielleicht auch, weil er zusätzlich zu der Unruhe im Kopf nicht auch noch Unruhe um sich herum oder unter seinen Mitgliedern brauchte. Er hatte das Gefühl, viele freuten sich geradezu darüber, dass bei ihnen in der Anlage mal richtig was los war. Ein Toter in der Kleingartenanlage Harmonie e. V. – Manne wollte sich die Schlagzeilen, die das nach sich ziehen würde, gar nicht erst ausmalen. Es war leider eine Steilvorlage für schreckliche Wortspiele.

Sie hatten die kleine Greta in ihrer Laube mit ein paar Würstchen und in Gesellschaft von Tinas Pudel Knorke vor dem Fernseher geparkt. Nicht gerade pädagogisch wertvoll, aber endlich war der Flachbildschirm, den sie vor zwei Jahren angebracht hatten, mal zu etwas gut. Eike von Ribbek war mithilfe einiger Schnäpse wieder auf die wackeligen Beine gekommen und starrte nun fassungslos auf das, was in seinem neuen Garten vor sich ging.

»Und du bist sicher, dass es Kalle ist?«, fragte Petra leise, nachdem sie eine Weile schweigend neben Manne gestanden hatte.

»Es ist auf jeden Fall seine Hand«, gab er zurück. »Also muss ich davon ausgehen, dass der restliche Körper ebenfalls zu Kalle gehört. Erinnerst du dich an diesen albernen Ring?«

»Der mit den Initialen? Natürlich.«

»Und das fehlende Fingerglied am kleinen Finger? Vom Sägeunfall?«

»Okay. Ich hab's verstanden.« Petra zog die Schultern hoch. »Meinst du, er lag die ganze Zeit auf seiner eigenen Parzelle vergraben?«

»Du meinst, seitdem er verschwunden ist?«

»Hm.«

Manne schüttelte den Kopf. »Ausgeschlossen.«

»Warum?«

Der ehemalige Polizist deutete in den Nachbargarten. »Der Zustand der Leiche ist zu gut. In sechs Monaten wäre der viel stärker verwest. Die Fingerspitzen waren zwar schon schwarz, aber der Rest sah gut aus. Und der Sack war auch noch relativ neu. Maden habe ich auf den ersten Blick auch keine gesehen.«

Petra nahm einen großen Schluck aus ihrem Rotweinglas und

verzog das Gesicht. »Wann werde ich endlich lernen, nicht mehr nachzufragen?«

Manne schielte zu seiner Frau und legte ihr einen Arm um die Schulter. »Vermutlich nie. Wie hast du heute noch so schön festgestellt: Einer von uns beiden muss ja neugierig sein.«

Sie beobachteten, wie die Kripo ihre Arbeit verrichtete. Der Polizeifotograf war mittlerweile fertig und die Rechtsmedizin eingetroffen. Die junge Ärztin sah aus, als wäre sie gerade frisch aus der Uni gestolpert, doch Manne wusste, dass der Ausbildungsweg zum Rechtsmediziner ein verflixt langer war, also musste sie zumindest älter sein, als sie aussah. Trotzdem hatte die Generation seines Sohnes eine Zielstrebigkeit am Leibe, die ihm manchmal unheimlich war. Was war aus dem guten alten »in den Tag hinein leben« geworden?

Einer der Beamten unterhielt sich gerade mit Eike und Caroline von Ribbek, die beide zwar noch recht blass um die Nasenspitze waren, sich jedoch ziemlich wacker hielten. Schließlich kam ein Mann zu ihnen an den Zaun.

»Und Sie sind der Vorstandsvorsitzende hier?«, fragte er ohne Umschweife, und ohne sich vorzustellen.

Manne nickte. »Manfred Nowak mein Name. Das ist meine Frau Petra.«

Der Mann warf ein kurzes Lächeln in Petras Richtung, ohne sie überhaupt anzusehen. Was ihn Manne gleich unsympathisch machte. Petra übersah man nicht einfach.

Zu lange ansehen durfte man sie allerdings auch nicht, wenn man ihn fragte. Wie immer im Leben ging es auch hier um das gesunde Mittelmaß.

»Herr Nowak, die von Ribbeks haben die Vermutung geäußert, dass Sie den Toten erkannt haben. Ist das richtig?«

Manne zuckte die Schultern. Es war eine dieser Fangfragen, wie er sie in seiner aktiven Zeit sicherlich auch ein Dutzend Mal gestellt hatte. »Ich habe den Toten ja noch gar nicht gesehen. Nur seine Hand. Aber die habe ich erkannt, das ist richtig.«

Der Beamte zog die Brauen hoch. »Sie haben seine Hand erkannt?«

»Den Siegelring, den er immer am rechten Mittelfinger trug, ja. Außerdem fehlte ihm seit 2010 ein Teil des rechten kleinen Fingers. Was seiner rechten Hand zusammengenommen doch einen eher überdurchschnittlichen Wiedererkennungswert verleiht. Aber sicher kann ich natürlich nicht sein.«

»Verstehe.« Der Polizist machte sich ein paar Notizen. »Würden Sie bitte mal rüberkommen?«

Manne löste sich von seiner Frau und ging auf das Nachbargrundstück, wo der Kriminalbeamte ihn am Törchen in Empfang nahm.

»Sagen Sie mal, wie heißen Sie eigentlich?«, erlaubte sich Manne zu fragen, während er zur Leiche eskortiert wurde, die mittlerweile vom Plastiksack befreit mitten im Beet lag. Das Wort »Gottesacker« schoss Manne durch den Kopf.

»Polizeihauptkommissar Lohmeyer«, gab dieser zurück, ohne sich umzudrehen, blieb dann stehen und deutete auf die Leiche. »Können Sie uns bitte sagen, ob sich Ihre Vermutung bestätigt?«

Manne warf einen Blick auf die Leiche. Was ihm sofort auffiel, war die merkwürdige Position des Körpers. Er lag nicht auf dem Rücken, sondern auf der Seite und hatte die Beine angewinkelt. So wirkte er wie ein Mensch, der sich vor Bauchschmerzen krümmt. Mannes Blick fiel auf das Loch. Ja, das passte.

Dann sah er dem Toten endlich ins Gesicht und musste schon nach wenigen Momenten die Augen schließen. Es war vollkommen zertrümmert. Die Züge, die einen Menschen unverwechselbar machten, waren zerstört worden. Wo einmal Augen, eine Nase und ein Mund gewesen waren, herrschte nur noch Verwüstung. Unmöglich zu sagen, ob es sich hierbei wirklich um Karl Wischnewski handelte.

»Soll das ein Witz sein?«, fragte er den Kommissar ungehalten, doch dessen Miene blieb vollkommen ausdruckslos.

»Sehe ich aus, als wäre ich zu Scherzen aufgelegt?«

Manne seufzte und fragte sich, ob der Mann überhaupt jemals so aussah, als wäre er zu Scherzen aufgelegt. Die grimmigen Falten um seinen Mund herum verdienten einen Eintrag im Guinnessbuch der Rekorde. In Berlin sah man nicht oft so hübsche Bergkämme – oder so tiefe Schluchten.

»Nein. Sehen Sie nicht. Aber wie sollte ich denn bitte bei dem Zustand der Leiche erkennen können, ob es sich nun um Karl Wischnewski handelt oder nicht?«

Lohmeyer kramte einen Notizblock hervor und zückte den Kugelschreiber. »Wischnewski, sagen Sie?«

Manne nickte. »Karl Dieter Wischnewski, um genau zu sein.«

»Und Sie vermuten, dass es sich hierbei um besagten Wischnewski handelt?«

»Wie schon gesagt.« Manne streckte die Hand aus und deutete auf den Siegelring. »Ich erkenne den Ring. Wenn Sie ihn säubern, sollten Sie dort die Buchstaben KDW vorfinden.«

»Kaufhaus des Westens?«, fragte Lohmeyer überrascht, und Manne musste sich nun doch ein Schmunzeln verkneifen.

»Nein. Karl Dieter Wischnewski. Aber er war immer sehr stolz auf die Initialen KDW. In unserer Jugend galt das Kaufhaus noch was. Vor allem, wenn man im Osten aufwuchs, war das ’ne Art Legende. Deshalb hat er sich den Ring ja überhaupt erst machen lassen. Ich fand das immer albern, er hielt es für feingeistig und hing an dem Schmuckstück.«

Manne brach ab, weil ihm auffiel, dass Lohmeyer ihn aufmerksam beobachtete.

»Sie kannten diesen Wischnewksi offenbar sehr gut.«

Manne lächelte traurig. »Das kann man wohl sagen.«

Lohmeyer schwieg eine Weile. »Sie sind ein alter Kollege«, sagte er dann, und Manne war ehrlich überrascht.

»Stimmt. Woher wissen Sie das?«

»Spielt keine Rolle.«

Manne konnte den Kerl nicht leiden.

»Jan!«, rief eine Kollegin quer über das Grundstück, und über Lohmeyers Nase bildete sich eine schnurgerade Falte.

Manne konnte sich gerade noch eine Bemerkung darüber verkneifen, dass Kriminalhauptkommissar ja gar nicht sein richtiger Vorname war.

»Was?«, rief Kriminalhauptkommissar Jan Lohmeyer unwirsch zurück, doch die Polizistin winkte ihn nur mit einer sehr nachdrücklichen Geste zu sich.

»Warten Sie hier bitte einen Augenblick«, bat Lohmeyer, und Manne nickte.

Er versuchte, nicht allzu auffällig hinzusehen, während Lohmeyer sich mit seiner Kollegin ein Stück von den anderen Beamten entfernte und sie ihm mit aufgeregter Miene etwas ins Ohr flüsterte. Meinte Manne das nur, oder wurde diese Nasenwurzelfalte noch tiefer? Bekam man von so was keine Kopfschmerzen? Wahrscheinlich drückte diesem Lohmeyer das Ding auf den präfrontalen Kortex, was eine Erklärung für seine Unhöflichkeit sein konnte.

Lohmeyer hob abrupt den Kopf und starrte zu Manne rüber, als hätte er seine Gedanken gelesen. Sofort fühlte er sich unbehaglich und senkte den Blick.

Nun schaute er den Kriminaltechnikern dabei zu, wie sie die Hände und nackten Füße des Toten vorsichtig in Baumwollsäckchen packten, damit keine Spuren verloren gingen. Wie sie das Gleiche dann auch noch mit dem Kopf vollführten, was seltener vorkam, in dem Fall aber durchaus sinnvoll war. Wenn es dort verwertbare Spuren gab, dann bargen sie Hinweise auf die Tatwaffe. Und die war immer ein wichtiges Puzzlestück.

Ein Teil von Manne wünschte sich, jetzt gleich mit den Beamten aufs Präsidium zu fahren und mit der Arbeit zu beginnen. Nicht nur, weil es hier um Kalle ging. Die vertrauten Abläufe, das Vokabular, das durch die Luft flog – all das verursachte ein Gefühl in ihm, das sonst nur mit Heimweh vergleichbar war. Konnte man Heimweh nach einem Beruf haben? Offensichtlich schon.

»Ich muss Sie bitten, mit uns zu kommen«, hörte er Lohmeyer plötzlich in scharfem Ton sagen, und Manne zuckte zusammen. Er hatte den Kommissar gar nicht kommen hören, so verstrickt war er in seine eigenen Gedanken gewesen.

»Was?«, fragte er etwas verwirrt und blickte in das strenge, kantige, irgendwie undurchdringliche Gesicht. Auf einmal dachte er an die *Matrix*-Filme. An diesen Agenten Smith, der überall war, sich duplizieren konnte und niemals lachte. Lohmeyer war genau so ein Typ. Ein Agent Smith.

Und er seufzte gerade sehr tief. »Ich brauche Ihnen doch nicht zu sagen, wie das läuft, oder? Sie müssen natürlich nicht mitkommen, aber ...«

Manne stöhnte. Das war noch so eine Polizeistrategie. Den Satz in der Luft hängen zu lassen, damit sich das Gegenüber das »schlechte Licht«, das eine Weigerung auf ihn werfen würde, selbst in den düstersten Farben ausmalen konnte. Wer war der Kerl? Ein Mensch gewordenes Lehrbuch mit dem Titel *Grundkenntnisse für Kriminalbeamte?*

Er überlegte einen Moment. Eigentlich wollte er alles andere, als jetzt die Anlage zu verlassen. Schon gar nicht mit diesem speziellen Kommissar und vor aller Augen. Die Frage war nur, was ihm eine Weigerung einbringen würde. Typen wie Lohmeyer waren Wadenbeißer. Wenn er jetzt nicht kooperierte, hatte er den ewig am Hosenbein kleben.

Also nickte er. »Kann ich noch schnell meiner Frau Bescheid geben?«, bat er, doch Lohmeyer hatte schon eine Hand auf seine Schulter gelegt. So ein Aas.

»Das erledigt meine Kollegin gleich. Keine Sorge, Herr Nowak. Ich habe nur ein paar Fragen an Sie.«

Manne schnaubte. »Wollen wir wetten?«, murmelte er leise.

»Bitte?«

»Ach, nichts. Gehen wir.«

Alle Augen folgten ihnen, während sie durch den Holunderblütenweg und über den Hauptweg zum Parkplatz gingen, wo Lohmeyers Wagen stand.

Natürlich. Das hier war eine Kleingartenanlage. Nichts, was Manne tat oder sagte, blieb unbemerkt. Das letzte Mal, dass ihm das wirklich was ausgemacht hatte, war, als herausgekommen war, dass Kalle und er hinten bei den Bienenstöcken heimlich Zigaretten versteckten.

Und das war vierzig Jahre her.

KAPITEL 5

Es war schon spät, als Manne mit sehr viel Wut und noch mehr Angst im Bauch in die Anlage zurückkehrte. Zwar war wieder Ruhe eingekehrt, doch allein die in Flutlicht getauchte Parzelle der von Ribbeks zeigte an, dass etwas nicht in Ordnung war. Die Kriminaltechnik war wohl noch immer bei der Arbeit. Kein Wunder, so ein Gartengrundstück war eine heftige Herausforderung für die Spurensicherung.

Manne konnte nur beten, dass sie etwas fanden. Und zwar schnell.

In ihrer Laube brannte noch Licht, und Manne stellte erstaunt fest, dass die von Ribbeks gemeinsam mit Petra auf seine Rückkehr gewartet hatten. Wahrscheinlich hatten sie seine Frau in dieser Situation nicht allein lassen wollen. Das war wirklich nett.

Sie saßen allesamt in Decken und Schweigen gehüllt im Wintergarten vor dem Gasofen, als er eintrat. Die Szene hatte etwas von einem Karl-May-Film. Menschen mit Decken um die Schultern, die schweigend ins Feuer starren.

Petra sprang sofort auf und warf sich in seine Arme.

»Endlich!«, sagte sie nur, während er sie fest an sich drückte und versuchte, seine Kraft zu sammeln für das, was nun unweigerlich folgen würde: noch ein Gespräch. Noch mehr Fragen. Über jemanden, den er eigentlich lieber vergessen würde.

Als hätte sie seine Gedanken gelesen, wandte sich Petra an Eike und Caroline: »Es ist sehr lieb von euch, dass ihr so lange bei mir geblieben seid. Aber jetzt ist Manne ja da. Fahrt ruhig nach Hause, Eike muss ja morgen auch früh raus.«

Manchmal liebte Manne seine Frau wirklich sehr. Das hier war einer dieser Momente.

Allerdings hatten sie beide die Rechnung ohne Caroline von Ribbek gemacht. Die kleine Frau lächelte müde und sagte: »Das ist doch selbstverständlich. Niemand wäre in so einer Situation gerne allein. Aber ich werde ganz sicher nicht nach Hause fahren, bevor ich weiß, was hier los ist.«

Sie zeigte in Richtung der großen Tageslichtscheinwerfer. »Das da drüben ist mein nagelneuer Garten. Ich habe mir den Hintern aufgerissen, um ihn zu bekommen, gefühlt tausend Telefonate geführt und Mails geschrieben. Und dann findet mein Mann am ersten Tag, im ersten Beet, mit dem ersten Spatenstich eine Leiche, und der Vorstandsvorsitzende verschwindet für mehrere Stunden bei der Polizei.«

Sie verschränkte die Arme und schob die Unterlippe vor. »Es tut mir leid; für euch ist das sicher noch mal schlimmer als für uns. Aber ich gehe hier nicht weg.«

Manne bemerkte, wie sich kirschrote Kreise auf Petras Wangen abzeichneten. Seine Frau wurde selten bis nie wütend, und wenn, dann nur mit ihm. In anderen Kontexten wurde sie lediglich aufgebracht. So wie jetzt gerade.

Das Verrückte war: So gern er mit ihr allein gewesen wäre, so gut konnte er auch Caroline verstehen. Ohne Antworten zurückzubleiben war ein Gefühl, das er selbst überhaupt nicht leiden konnte. Er musste immer nachbohren, völlig egal, um welchen Preis. Deshalb war er ja auch zur Polizei gegangen. Vor grob geschätzt tausend Jahren.

Manne legte seiner Frau einen Arm auf die Schulter und sagte: »Ist schon okay. Setz dich. Ich hol uns noch was zu trinken.« Durch das Fenster der Terrassentür konnte er sehen, dass die kleine Greta mit Knorke im Arm selig auf der Couch schlummerte. Er schenkte Caro einen besorgten Blick, doch die winkte ab.

»So schnell wacht die nicht auf, wenn sie einmal schläft. Keine Sorge.«

So leise er konnte, ging er in die kleine Küche und öffnete den Schrank mit den Vorräten. Im Laufe der Jahre hatte sich eine Reihe mehr oder weniger kurioser Alkoholika angesammelt. Es war immer wieder erstaunlich, was Leute so zu Grillfesten mitbrachten. Wieso verschenkten manche nur so gern Schokolikör? Er hatte den Verdacht, dass es Flaschen von dem Zeug gab, die schon seit Jahren über die Anlage kreisten. Mit Kräuterlikör verhielt es sich kaum anders. Glücklicherweise war aber auch noch ein normaler Rotwein da.

Um keinen Krach zu machen, nahm er leise vier knallbunte Plastikbecher aus dem Schrank, die sie sonst nur benutzten, um im Garten ihr Selter zu trinken. War ja jetzt auch schon egal.

Manne hätte lieber Bier gehabt. Er mochte Rotwein nicht sonderlich, der machte melancholisch und redselig. Und war ihm persönlich viel zu schwer. Melancholisch war er schon, das Thema war schwer genug, und redselig musste er erst noch werden. Hm.

Vielleicht war Rotwein gar nicht so schlecht.

Manne verteilte gefüllte Becher, und Petra kam mit einer frischen Tüte Chips aus dem Schuppen. Wo hatte sie die denn versteckt?

»Warum hat dieser Typ dich überhaupt mitgenommen?«, fragte sie schließlich besorgt, als sie sich wieder hingesetzt hatte und Manne seufzte.

»Kannst du dir das nicht denken?«

Petra verzog den Mund. »Sag nicht, wegen der blöden Pumpe!«

»Natürlich.« Manne nickte. »Und dann auch wieder nicht. Die Pumpe war ja bloß ein Symptom. Nicht die Krankheit.«

Seine Frau schnalzte verärgert mit der Zunge und schüttelte den Kopf.

»Welche Pumpe?«, fragte Caroline neugierig und versenkte ihre Hand in der Chipstüte. Irgendwie sah sie so aus, als säße sie im

Kino und schaute sich einen spannenden Film an. Ihr Eifer bereitete Manne Unbehagen.

»Im hinteren Bereich des Gartens gibt es eine Pumpe, die Grundwasser hochholt. Damit man die Pflanzen nicht mit Stadtwasser gießen muss.«

»Richtig.« Caro nickte. »Das hat Tine uns bei der Besichtigung gezeigt.«

»Wir haben den Brunnen gemeinsam bohren lassen, Kalle und ich, aber die Pumpe steht auf seinem Grundstück. Und irgendwann wollte er nicht mehr, dass wir sie benutzen.«

»Warum das nicht?«

Manne zuckte die Schultern. »Ich habe keine Ahnung. Wir hatten uns vorher ein bisschen in den Haaren. Das passierte manchmal. Kalle und ich sind miteinander groß geworden. Wir haben uns öfter mal gestritten.«

»Das ist die Untertreibung des Jahrhunderts«, warf Petra ein. »Ihr habt euch ständig gestritten. Weil ihr einander so verdammt ähnlich wart.«

»Mag sein. ›Menschen, die sich nahestehen, steigen einander auch schnell auf die Füße‹, hat meine Mutter immer gesagt. Wir haben uns aber meistens genauso schnell wieder zusammengerauft.« Manne nahm einen Schluck Wein. Er schmeckte pelzig auf der Zunge, und zum ersten Mal fühlte er mit Wucht, was der Leichenfund für ihn eigentlich bedeutete. Kalle war tot. Ach, Scheiße.

»Aber diesmal nicht«, folgerte Caro, und Manne nickte grimmig.

»Aber diesmal nicht«, bestätigte er. »Und ich habe keine Ahnung, warum.«

»Kalle hat richtig gemauert. Er hat niemanden mehr an sich rangelassen«, ergänzte Petra müde. »Nicht mal Manne. Schon immer war er eher ein Einzelgänger gewesen, aber die zwei waren unzertrennlich.«

»Irgendwann bin ich dann auch sauer geworden. Hab ihn mit

allem Möglichen genervt. Wenn seine Hecke zu hoch geworden war oder das Unkraut überhandnahm. Kaum jemand konnte mich so wütend machen wie er.«

»Mit dem Ergebnis, dass er sich überhaupt nicht mehr um seinen Garten gekümmert hat.« Petra warf ihm einen säuerlichen Blick zu. Von Anfang an war sie der Meinung gewesen, Manne hätte es übertrieben. Dass er Kalle von der Anlage vergrault hatte. Dabei hatte er ihn doch nur aus der Reserve locken wollen, verflixt noch mal.

»Heißt, er hat gekündigt?«, fragte Eike nach, und Manne schnaubte.

»Nicht sofort. Er ist einfach nicht mehr gekommen. Hat aber erst mal ganz normal weitergezahlt. Wir konnten nichts machen, solange die Beiträge flossen. Erst im Winter hat er fristgerecht gekündigt, und die Parzelle konnte neu vergeben werden.«

»Hm«, machte Caro nachdenklich und zupfte sich am Kinn. »Und dieser Kommissar hat dich mitgenommen, weil …«

»Weil jemand aus dem Verein ihm wohl gesteckt hat, dass Kalle und ich Streit hatten.«

Die junge Frau runzelte die Stirn. »Wer macht denn so was?«

»Es gibt da ein paar Kandidaten«, sagte Manne. »Ich bin der Vorstandsvorsitzende und liege naturgemäß immer mit ein paar Leuten im Clinch.« Er zuckte die Schultern. »Außerdem stimmt es ja. Sie hätten es früher oder später sowieso herausgefunden.«

»Woher wusste derjenige denn, dass es sich bei dem Toten um diesen Kalle handelt?«, fragte Eike nun. »Das wussten wir ja noch nicht mal. Und wir waren die ganze Zeit hier.«

Manne schenkte ihm einen langen Blick. »Wenn ihr schon länger in der Anlage wärt, dann würdest du mich das nicht fragen. Denn wenn es eines gibt, das auf alle Kleingartenanlagen zutrifft, dann, dass jeder immer alles weiß. Ohne dass es irgendjemand weitererzählt hat. Die Hecken haben Ohren, verstehst du?«

Eike sah aus, als wäre ihm erst jetzt richtig unbehaglich zumute, doch er lächelte tapfer. Und ein bisschen schief.

»Auch wenn ich nicht von der Hand weisen kann, dass Kalle und ich Streit miteinander hatten, wäre es mir doch lieber gewesen, dieser Lohmeyer hätte es direkt von mir erfahren. So, fürchte ich, hat er sich schon jetzt komplett auf mich eingeschossen.«

Petra zischte einen kaum hörbaren Fluch.

»Woher weißt du das?«, fragte Caro.

»Ich war selbst mal bei der Kripo«, antwortete Manne. »Musste leider aufhören. Meine Augen sind ziemlich schlecht, und nachts bin ich überhaupt nicht mehr zu gebrauchen. Da kann man den Job nicht weiter machen.«

»Wird man in so einem Fall nicht einfach versetzt?«, erkundigte sich Eike, und Manne schüttelte den Kopf.

»Nicht automatisch. Wenn man so wie ich zum alten Eisen gehört, dann lohnt es sich nicht, noch mal Geld für eine Umschulung oder Weiterbildung auszugeben. Und offen gestanden hatte ich auf den Innendienst auch gar keine Lust. Mein Dienstherr und ich waren uns schnell darüber einig, dass ich im Ruhestand besser aufgehoben bin als vor einem Computerbildschirm.«

Er schenkte Caro Wein nach.

»Aber ich kenne die Spielregeln in- und auswendig«, fuhr er fort. »Es fängt schon damit an, dass er mich überhaupt mitgenommen hat. An dem Punkt der Ermittlungen vollkommen übereilt und dämlich. Die Leiche ist noch nicht mal zweifelsfrei identifiziert. Und dann hättet ihr mal hören sollen, wie er mit mir gesprochen hat.«

Manne schüttelte den Kopf und seufzte tief. »Der Typ ist ein karrieregeiler Emporkömmling, wenn ihr mich fragt. Den interessiert es einen feuchten Rindenmulch, wer Kalle da wirklich vergraben hat. Ihm geht es um seine Quote.«

»Welche Quote denn?« Caro nahm noch eine Handvoll Chips.

Wie schaffte die es bloß, so ein zartes Persönchen zu bleiben? Sie sah aus, als äße sie am Tag drei Apfelspalten oder so. Vielleicht lag das ja am Quinoa-Salat.

»Die Aufklärungsquote. Wie schnell, wie viel. Sie ist der Gradmesser für deine Qualität als Kriminalbeamter. Dass du dir deine Fälle nicht aussuchen kannst, spielt dabei keine Rolle. Oder dass manche Fälle schlicht viel komplizierter und aufwendiger sind als andere. Ohne gute Quote gibt es beim LKA keine Karriere.«

»Du meinst, er hat gar nicht vor, anständig zu ermitteln?«, fragte Petra. Auf ihren Wangen zeichneten sich schon wieder rote Kreise ab.

Manne verzog das Gesicht. »Ich hoffe, ich irre mich. Aber ich kenne solche Typen.« Er lächelte traurig. »Wäre ich an seiner Stelle, würde ich mich auch verdächtigen. Es ist im Laufe der Geschichte immer wieder zu Morden in Kleingärten gekommen. Und immer, immer, immer waren es die Nachbarn. Nach einem Streit, meist über Kleinigkeiten.«

»Aber nur zur Sicherheit: Du warst es wirklich nicht?«, fragte Caro mit hochgezogenen Brauen.

Manne musste lachen. »Ich war es wirklich nicht. Noch heute früh war ich der festen Überzeugung, Kalle säße nach wie vor wohlbehalten in seiner Wohnung in Heinersdorf.«

»Das glaube ich dir sofort. Ich war ja dabei, als du die Leiche gefunden hast«, warf Eike ein. »Das wäre schon großartiges Schauspiel gewesen.«

»Und ich bin ein miserabler Schauspieler«, ergänzte Manne und entlockte seiner Frau damit ein Lächeln.

»Das bist du wirklich«, bestätigte Petra und schaffte es, eine kleine Beleidigung wie ein Kompliment klingen zu lassen. Dann, nach einer kurzen Stille, fragte sie: »Was machen wir denn jetzt?«

Er schnaubte. »Was sollen wir groß machen? Abwarten, was sich dieser Lohmeyer so alles aus den Fingern saugt. Mehr können wir doch eh nicht tun. Vielleicht schon mal einen Anwalt suchen.«

»Falsch!« Caroline setzte sich abrupt im Stuhl auf. Ihre Augen funkelten. »Du kannst sehr wohl mehr tun. Immerhin warst du selbst bei der Polizei und kennst dich aus. Du kannst nach dem wahren Mörder suchen.«

Manne musterte sie kritisch. Ein bisschen auf die Nerven ging sie ihm ja schon. »Aha. Und wie, bitte schön? Ich habe keine Befugnisse mehr. Keinen Zugriff auf die Ermittlungen, die Laborergebnisse, die Befunde der Rechtsmedizin. Ich habe gar nichts.«

»Außer Erfahrung und Kontakte.«

Es war nicht Caro, die das gesagt hatte, sondern Petra. Sie blickte ihn dabei nicht an, sondern schaute auf die Tischplatte, als gäbe es dort irgendetwas Interessantes zu sehen. War das hier eigentlich offiziell der »Kommt, wir fallen Manne in den Rücken«-Tag? Petra wusste, dass er vor allem zurückschreckte, das nur ansatzweise illegal war. Er mochte Gesetze und Verordnungen. Seiner Meinung nach gab es sie aus bestimmten, guten Gründen.

»Das ist illegal«, gab er dann auch wie aus der Pistole geschossen zurück. »Und das weißt du.«

»Für mich klingt es eher nach Notwehr«, bemerkte Eike und drehte den Plastikbecher zwischen seinen langen Fingern.

»Selbstverteidigung!« Caroline nickte eifrig.

Manne schüttelte den Kopf. »Das geht nicht. Ich kann als Privatperson nicht einfach Ermittlungen aufnehmen. Völlig egal, ob es mich nun betrifft oder nicht. Außerdem habe ich keine Lust, mich lächerlich zu machen.«

»Hm …« Caroline tippte sich mit dem Zeigefinger an die Lippe. »Darf ich dich fragen, was du jetzt gerade beruflich machst?«

Manne kratzte sich am Hinterkopf. Diese Frage war ihm immer sehr unangenehm. Fakt war, dass er seit dem Ausscheiden aus dem Polizeidienst nicht mehr arbeitete. Jedenfalls nicht für Geld. Seit

Jonas aus dem Haus war und sich selbst versorgen konnte, reichte Petras Schulleiterinnengehalt locker für sie beide, zumal er ja auch ein ordentliches Ruhegehalt bezog. Und das Managen eines der größten Kleingartenvereine Deutschlands beschäftigte ihn mehr als genug. Dazu kamen noch der Haushalt, der Garten selbst und … unangenehm war es ihm trotzdem.

»Ich bin stolzer Hausmann«, antwortete er daher etwas trotzig.

»Progressiv«, bemerkte Caro lächelnd. »Könntest du dir trotzdem vorstellen, als Privatdetektiv zu arbeiten?«

Manne verschluckte sich bei dieser Frage an seinem Rotwein. Nachdem er wieder zu Atem gekommen war, starrte er seine neue Parzellennachbarin fassungslos an. Auch Eike musterte seine Frau irritiert. »Das meinst du nicht ernst, oder?«, fragte Manne.

»Doch. Ich hatte schon immer den Traum, eine Detektei zu gründen. In meinem Garten wurde eine Leiche gefunden. Ich will wissen, wie sie dort hingekommen ist. Außerdem ist es bestimmt gar nicht so selten, dass ehemalige Kripo-Leute sich als Privatdetektive selbstständig machen, oder?«

»Nein, aber …«

»Und es würde dir im Umgang mit den Behörden einen offiziellen Anstrich verpassen, hab ich recht?«

»Ja, aber …«

»Und es wäre besser, wenn du herausfändest, wer deinen alten Freund Kalle umgebracht hat, bevor dich dieser Lohmeyer aus Karrieregründen noch verhaftet«, schloss sie ihre Aufzählung.

»Natürlich, aber …«

Caroline von Ribbek hob amüsiert die Brauen. Manne hatte den Eindruck, sie hatte den Spaß ihres Lebens. »Was aber?«, fragte sie nun.

»Aber das könnte mich in Teufels Küche bringen«, vollendete er endlich seinen Satz.

Caroline beugte sich vor und sah ihm direkt in die Augen.

»Manne, ganz ehrlich: Du stehst schon seit ein paar Stunden in Teufels Küche am Grill. Und deine Würstchen verbrennen.«

Manfred Nowak, Vorstandsvorsitzender des Kleingartenvereins Harmonie e. V., Kriminalkommissar a. D. und der in diesem Moment wohl fassungsloseste Mensch auf dem Planeten, blickte Hilfe suchend zu seiner Frau.

»Ich finde, das ist eine ausgezeichnete Idee«, sagte Petra nun tatsächlich und fiel ihm mit einem Tusch in den Rücken. Zum dritten Mal an diesem Tag, wohlgemerkt.

Das durfte doch nicht wahr sein. Er konnte doch nicht einfach losermitteln. Verdammt, er wollte sich um den Kirschbaum und das Fest zum Saisonstart kümmern. Manne wollte mit den Händen in feuchter Gartenerde wühlen, nicht in Kalles Vergangenheit.

»Das kann nicht dein Ernst sein«, erwiderte er, und Petras Mund verzog sich zu einem schmalen Strich.

Okay. Jetzt wurde sie wütend.

»Nein. Dass du hier sitzen und Däumchen drehen willst, während irgend so ein Hosenscheißer gegen dich ermittelt, kann nicht *dein* Ernst sein!«, zischte sie. »Du warst ein hervorragender Polizist. Verflucht noch mal, ich war nie mit deiner Berufswahl einverstanden, hatte ständig Angst um dich. Aber das war nichts gegen die Angst, die ich *jetzt* habe. Hast du mal an mich und Joni gedacht? Und an den Verein? Wenn du tatsächlich wegen Mordes verhaftet wirst, weißt du, was dann hier los ist?«

»Hm«, machte Manne. Natürlich hatte er so weit noch nicht gedacht. Weil er im Grunde seines Herzens dem Polizeiapparat und dem Rechtssystem vertraute, was dieses Wiesel Lohmeyer mit einschloss. Dabei hatte er streng genommen überhaupt keinen Grund dazu. Im Laufe seiner gut dreißig Jahre bei der Berliner Polizei hatte er es immer wieder erlebt, dass Leute ins Gefängnis gewandert waren, die er für unschuldig hielt. Meist jedoch nur: unschuldig in diesem speziellen Fall. Die Polizei bediente sich gern aus einem Pool passender Ganoven, wenn sie irgendwo nicht weiterkam. Das waren Typen, die immer irgendeine Art von Dreck am Stecken hatten. Aber doch keine rechtschaffenen Leute wie Manne. Oder?

»Mir passiert schon nichts«, sagte er nun beschwichtigend und wollte seine Hand auf Petras legen, doch die zog sie weg und funkelte ihn an.

»Dann tu was dafür!«

Manne presste nun seinerseits die Lippen aufeinander und schwieg.

Nach einer gefühlten Ewigkeit stand Petra auf und begann, im Schubladenschrank hinter dem Tisch herumzukramen. Schließlich schien sie gefunden zu haben, was sie gesucht hatte. Sie legte ein Foto vor ihn auf den Tisch.

Manne kannte es gut. Zwar hatte er es seit Jahren nicht mehr angesehen, und doch versetzte es ihm sofort einen schmerzlichen Stich.

Er erinnerte sich an den Tag, als es aufgenommen wurde, als wäre es gestern gewesen. Im Sommer 1990 hatten sie in der Anlage das erste Sommerfest nach der Wende gefeiert. Kalle und er hatten Dienst am Ausschank geschoben und dabei jedes »verzapfte« Bier selbst genossen.

Auf dem Foto standen sie Arm in Arm hinterm Zapfhahn. Kalle hatte ihm gerade einen stinkenden Bierkuss auf die Wange und Petra den Auslöser gedrückt.

»Wenn du es nicht für mich tun willst, dann tu es für ihn«, sagte sie leise. »Er war unser Freund.«

Im Wintergarten hätte man eine Stecknadel fallen hören können. Die von Ribbeks starrten die Holzvertäfelung an, um ihnen ein wenig Privatsphäre zu lassen, was leidlich gelang.

Manne fuhr mit dem Zeigefinger über das alte Foto, und Tränen stiegen ihm in die Augen.

Er hatte vergessen wollen, was er nicht vergessen konnte. Und jetzt? Jetzt wollte er verdrängen, was er auch nicht verdrängen konnte.

Kalles Tod würde ihn in Zukunft beschäftigen, ob er wollte oder nicht. War es da nicht folgerichtig, aktiv zu werden?

»Gut«, sagte er schließlich. »Okay. Ich will sehen, was ich herausfinden kann.« Er wandte sich an die von Ribbeks. »Aber wir gründen keine Detektei. Sich so aneinanderzubinden ist keine gute Art, eine Nachbarschaft zu beginnen. Glaub mir. Außerdem ist das nicht so einfach, soweit ich weiß. Da braucht man einen Haufen Unterlagen und eine Gewerbeerlaubnis. Also schlag dir das lieber aus dem Kopf.«

»Wie du meinst«, sagte Caro. »Trotzdem werde ich dich unterstützen – als deine Assistentin.« Sie hielt ihm den pinken Weinbecher hin, und Manne entging nicht, dass nun Petra ihrerseits etwas säuerlich aus der Wäsche guckte, während Eike seine Frau fassungslos anstarrte. Mangelnde Spontaneität konnte man Caroline von Ribbek jedenfalls schon mal nicht vorwerfen.

Eigentlich hatte Manne überhaupt keine Lust auf die »Hilfe« seiner neuen Nachbarin. Im Gegenteil: Ihm graute davor, wie sie – passend im Trenchcoat und mit Fliegersonnenbrille– durch die Berliner Polizeilandschaft rennen würde wie das Abziehbild eines Privatdetektivs. Aber Petras Eifersucht war einfach zu schön. Das hatte sie sich nun wirklich selbst zuzuschreiben.

Manne stieß mit seinem Becher gegen Caros. »Abgemacht«, sagte er.

KAPITEL 6

Eike schlief. Natürlich schlief er. Selbst wenn der Krieg ausbrechen, die Berliner Mauer wieder hochgezogen oder ihr Mietshaus plötzlich auf einer Eisscholle treiben würde, würde ihr Mann schlafen. Er verfügte über die Superkraft der Seligen.

Caro konnte das nicht. Was sie gut konnte, war grübelnd an die Decke zu starren und Probleme zu wälzen, die sie vom Bett aus sowieso nicht lösen würde. Dieser Tag hatte sich komplett anders und so bizarr entwickelt, dass ihr Hirn noch eine Weile brauchen würde, ihn überhaupt zu verarbeiten.

Sie hatte das erste Mal eine Leiche gesehen und war in polizeiliche Ermittlungen geraten, wenn auch nur am Rande. Aus einem ersten Tag im neuen Garten mit nachbarschaftlichem Beschnuppern war von einem Moment auf den anderen ein Krimi geworden.

Und irgendwie war am Ende herausgekommen, dass sie gemeinsam mit einem völlig fremden Mann versuchen wollte, den Mord an einem Typen aufzuklären, dessen Leiche in ihrem Gemüsebeet gelegen hatte. Ihr wurde schlecht bei dem Gedanken, ihrer Mutter davon zu erzählen. Nicht wegen der Leiche, sondern wegen der zu erwartenden Kommentare.

Caro seufzte tief, drehte sich um und schüttelte ihr Kissen zurecht. Jetzt denk an was anderes, schalt sie sich und versuchte, Schäfchen zu zählen.

Ob man die Erde im Beet jetzt wohl austauschen musste? Wahrscheinlich schon. Wie sollten sie sonst jemals etwas essen, das dort gewachsen war? Sie würde Manne fragen, der wusste sicher, was da zu tun war. Oder war das pietätlos? Schließlich war dieser Kalle einmal sein bester Freund gewesen. Vielleicht sollte sie besser noch etwas mit dem Thema warten. Aber sie wollte nicht aussehen, als drücke sie sich vor der Gartenarbeit. Hm.

Caro schüttelte den Kopf, und ihr Kissen raschelte leise. Jetzt war sie gedanklich mal wieder von Kuchenbacken auf Arschbacken gekommen, wie ihre Freundin Dilek immer sagte. Wenn sie schon wach lag, sollte sie lieber über irgendetwas Nützliches nachdenken. Den Toten und ihren neuen Job zum Beispiel, oder nicht?

Mama würde wahrscheinlich fragen, was in sie gefahren war. Sie hatte so einen gut bezahlten Halbtagsjob bei einem nachhaltigen Berliner Modelabel, genug Zeit für Greta und nette Kollegen. Warum sollte sie das für »so eine Sache« aufs Spiel setzen? Caro war sich ganz sicher, dass ihre Mutter »so eine Sache« sagen würde. Worüber sie sich nicht im Klaren war, war die Antwort, die sie daraufhin geben wollte. Also, was war in sie gefahren? Sie mochte ihren Job doch, oder nicht?

Die Wahrheit war, dass Social-Media-Manager einfach das berufliche Abstellgleis für all die Geisteswissenschaftler war, die nach dem Studium in der Stadt geblieben waren. Die konnten ja nicht allesamt an der Uni arbeiten, Ausstellungen kuratieren oder reich heiraten.

Himmel noch mal. Sie hatte Allgemeine und Vergleichende Kulturwissenschaften studiert. Bis heute fragte sie sich mehrmals täglich, was *dabei* eigentlich in sie gefahren war. Es war, zumindest für sie, eine anstrengende Lebenszeitverschwendung gewesen.

Caro wusste nur noch, dass dieses Fach so wunderbar abstrakt nach Kulturbetrieb geklungen hatte. An Instagram-Kampagnen für puderfarbene Plisseeröcke hatte sie dabei ganz sicher nicht gedacht.

Von da, wo sie jetzt war, ging es nicht mehr weiter. Und bei dem Gedanken daran, noch in zehn oder zwanzig Jahren an der Anzahl ihrer Likes, Herzchen, Sterne, Däumchen, oder was auch immer es dann sein würde, gemessen zu werden, brach ihr manchmal kalter

Angstschweiß aus. Wenn sie nicht darüber nachdachte, war alles in Ordnung. Aber wenn sie einmal damit anfing …

Plötzlich wurde es ihr im Schlafzimmer unter der Decke zu heiß, ihr Körper begann zu kribbeln und trieb sie schließlich aus dem Bett. So leise wie möglich schlich sie über die knarzenden Altbaudielen in die Küche und stellte sich ans Fenster. Ihre nackten Oberschenkel drückte sie an die kalte Heizung. Das tat gut.

Ein Blick auf die leuchtende Zeitanzeige ihres Backofens verriet, dass es kurz vor zwei Uhr war, also mitten in der Nacht, aber in dem großen Altbaukomplex in der Florastraße waren trotzdem ein paar Fenster beleuchtet – so wie immer. Sie fand es tröstlich zu wissen, dass ständig jemand wach war. Den man um Hilfe bitten oder einfach nur beobachten konnte. Jedes einzelne dieser Fenster erschien Caro wie eine Bühne.

Schräg gegenüber konnte sie einen Tisch mit ein paar Flaschen und Gläsern darauf erkennen, die Stühle achtlos zurückgeschoben. Dieses Wohnzimmer sah nach Aufbruch aus und erzählte von zwei Freunden, die sich lange und gut unterhalten hatten. In der vierten Etage gegenüber flimmerte das blaue Licht eines Fernsehers. Noch so ein Schlafloser, dachte sie. Und dann wanderten ihre Gedanken wieder zu Manne und Karl Wischnewski.

Sie hatte heute einen Einblick in das Leben beider Männer bekommen, der genauso intim und persönlich war wie der, den die leuchtenden Fenster ihr nun gewährten. Sie wusste gleichzeitig viel zu viel und viel zu wenig. Über den Toten und ihren neuen Gartennachbarn, darüber, was die beiden verbunden und was sie getrennt hatte. Caro fühlte sich merkwürdig verantwortlich und hatte das dringende Bedürfnis, ihr Bestes zu geben. Als wäre das erste Mal seit Langem wieder etwas, das sie tat, wirklich wichtig. Der Gedanke beängstigte und elektrisierte sie zugleich.

Unten im Hof sprang der Bewegungsmelder an, und sie zuckte zusammen. Jemand schob sein Fahrrad in Richtung der überfüllten Ständer, und Caro konnte kurz das Chaos ihres Hinterhofs betrachten. Den großen Sandkasten voller kaputter Laster, Schaufeln und Katzenscheiße, aus dem die zerbrochene Plastikrutsche wie ein gerammter Eisberg schief hervorragte.

In dem Sandkasten, den sie Greta im Garten aufstellen würden, würde es ganz sicher keine Katzenscheiße geben, was sie für einen Moment sehr erleichterte.

Kurz überlegte sie, sich einen Tee zu machen, dann fiel ihr Blick auf ihr eigenes Fahrrad, das halb umgekippt wie ein Ertrinkender an einem der Ständer hing. Als das Licht wieder ausging, kam Caro ein irrwitziger Gedanke.

Sie hatten das Auto auf dem Parkplatz neben der Gartenanlage stehen lassen und sich ein Taxi nach Hause genommen. Zu viel Rotwein und irgendwelche Schnäpse hatten sie dazu veranlasst. Irgendwann würden sie es holen müssen, warum also nicht jetzt, wo sie sowieso nicht schlafen konnte? Vielleicht würden die kalte Nachtluft und die Bewegung helfen, ihre Gedanken zu ordnen.

Caro schnappte sich einen Zettel und kritzelte eine Notiz für Eike darauf, bevor sie sich eine Jogginghose und Gummistiefel sowie ihren Parka und eine Mütze überzog und die Wohnung verließ.

Auf dem Weg nach unten musste sie kichern. Wann war sie das letzte Mal um diese Uhrzeit in Berlin unterwegs gewesen? Es musste lange vor Gretas Geburt gewesen sein. Sie fühlte sich sehr verwegen.

Die Nachtluft war deutlich kälter, als Caro angenommen hatte, aber als sie bei der knapp acht Kilometer entfernten Gartenanlage ankam, war ihr angenehm warm. Sie schob das Fahrrad über den Parkplatz, auf dem nur noch ihr schwarzer Passat stand. Caro dachte nicht daran, jetzt schon einzusteigen und wieder zurückzufahren. Stattdessen strebte sie direkt auf das Eingangstor zur.

Die Tatsache, dass sie einen Schlüssel für das Tor hatte, milderte ihren Eindruck, etwas Verbotenes zu tun, ein wenig, dennoch klopfte ihr das Herz bis zum Hals, als das Tor mit einem leisen Quietschen aufschwang und sie die Anlage betrat. Sofort wurde es ein paar Grad kälter, was vermutlich an den ganzen Pflanzen und der Feuchtigkeit lag, die Gänsehaut in ihrem Nacken rührte allerdings nicht nur da her. Die Harmonie war eine der größten Anlagen Deutschlands und der Handyempfang auf dem Gelände eine Katastrophe. Außerdem hatte hier bis vor wenigen Stunden noch eine Leiche gelegen – das Opfer eines Verbrechens. Die musste ja irgendwie hierhergekommen sein. Was, wenn der Mörder Wind von dem Fund bekommen hatte und ebenfalls auf dem Weg zu ihrer Parzelle war? Die Nachricht hatte sich am Nachmittag in Windeseile in der Anlage verbreitet, vielleicht war sie ihm ebenfalls zu Ohren gekommen. Außerdem hieß es doch, Mörder kehrten immer an den Ort des Geschehens zurück, oder?

Mit klopfendem Herzen drehte sie sich einmal um die eigene Achse und atmete tief durch. Die vom Hauptweg abzweigenden Wege lagen da wie fette, schwarze Zungen, deren Enden Caro nicht sehen konnte. Sie lebte seit fast zwanzig Jahren in Berlin und konnte sich nicht erinnern, wann sie das letzte Mal nachts allein einen dunklen Feldweg oder so etwas Ähnliches entlanggegangen war – falls sie es überhaupt schon einmal getan hatte.

Nicht nur die Schwärze, auch die Stille kam ihr gespenstisch vor. Wie konnte es sein, dass um sie herum die Stadt war, sie diese aber nicht mehr hörte? Stattdessen umgaben sie lauter fremde Geräusche. Rascheln und Schaben und Knistern. Die Stimmen der Nachtvögel. Sie zog den Parka fester um ihre Schultern. »Warum hast du eigentlich kein Messer mitgenommen, du dumme Nuss?«, schalt sie sich flüsternd, dann hastete sie kurz entschlossen den Holunderblütenweg entlang in Richtung ihrer Parzelle.

Nichts deutete darauf hin, dass sich außer ihr noch jemand in der Anlage aufhielt. Natürlich nicht, schließlich war es nicht Hochsommer, sondern Ende März. Weshalb die Bäume und Hecken noch sehr licht waren und den Mondschein durchließen.

Doch das, was da durch die Hecken ihres Grundstückes schimmerte, war nicht der Mond, sondern irgendein künstliches Licht. Caro schnappte nach Luft und duckte sich instinktiv, sobald sie den Lichtschein sah. Ihr Herz machte Anstalten, aus der Brust zu hüpfen, so schmerzhaft schnell klopfte es. Da war tatsächlich jemand in ihrem Garten. Was, wenn der Mörder zurückgekommen war? O Mann, was, wenn er sie entdeckte?

So vorsichtig und leise sie konnte, lugte sie über das Tor und atmete erleichtert aus, als sie erkannte, dass niemand anderes als Manne vor dem großen Beet in einem Klappstuhl saß. Neben ihm auf dem Boden stand eine kleine Laterne, von der das Licht ausging. Erst jetzt bemerkte sie, dass sie eine ganze Weile die Luft angehalten hatte.

Als sie das Gartentürchen öffnete, sprang Manne wie angestochen vom Stuhl auf und griff nach einem Beil, das offenbar neben dem Stuhl im Gras gelegen hatte. Sie mussten beide denselben Gedanken gehabt haben, nur dass Manne sich besser vorbereitet hatte als sie.

Das Beil hoch in die Luft gereckt, rief er: »Wer ist da?« In einer Lautstärke, dass sie das zweite Mal vor Schreck heftig zusammenzuckte.

»Leg das Ding weg, ich bin's nur!«, rief sie zurück. »Caro.«

Manne sackte in sich zusammen, als hätte man ihm die Fäden durchgeschnitten, und legte mit einem leicht verschämten Gesichtsausdruck das Beil zurück auf die Erde.

»Ach so«, sagte er. »Komm rein.«

KAPITEL 7

Komm rein?

Manne musste über sich selbst den Kopf schütteln. Was sagte er denn da, verdammt? Eigentlich hatte er überhaupt kein Recht, hier zu sein, geschweige denn jemanden hereinzubitten. Es war schließlich ihr Garten, sie könnte ihn achtkantig rauswerfen, wenn sie wollte. Was sie nicht tat.

Stattdessen kam sie schief lächelnd auf ihn zu und stellte sich so selbstverständlich neben seinen Klappstuhl, als hätten sie sich hier und um diese Zeit verabredet.

»Kurz dachte ich, du wärst der Mörder, der an den Ort des Geschehens zurückgekehrt ist«, sagte sie.

»Das dachte ich auch über dich.«

»Klar. Ich sehe ja auch aus wie jemand, der einen Riesen wie Kalle eigenhändig umbringen und vergraben kann.«

»Sei mir nicht böse, ich hab dir doch schon gesagt, dass ich im Dunkeln nicht zu gebrauchen bin. Natürlich hast du die Statur einer Ballerina und kommst als Mörderin wohl kaum infrage.«

»Gut … das heißt, nicht gut. Ich fände es jedenfalls ziemlich merkwürdig, wenn du es dir zur Gewohnheit machen würdest, mich mit einem Beil zu bedrohen.«

»Die Zeit wird zeigen, wie oft mich dieses Bedürfnis überkommt«, sagte Manne, und Caro kicherte. Es war ein schönes und sehr unpassendes Geräusch für diese Uhrzeit und diesen Ort. Aber er musste mitlachen.

»Warte mal, siehst du dann gar nichts, oder wie muss ich mir das vorstellen?«

»Doch, ich sehe dich jetzt ja auch. Aber die Folge meiner Netzhautablösung ist, dass ich etwas habe, das sich ›Gesichtsfeldausfall‹ nennt. Wo andere Leute alles sehen können, was vor ihnen liegt, habe ich mehrere schwarze Flecken im Sichtfeld. Tagsüber kann mein Gehirn die Flecken wunderbar ausgleichen, aber nachts funktioniert das nicht mehr so gut.«

Caro nickte langsam. »Verstehe. Darfst du dann überhaupt noch Auto fahren?«

»Nachts nicht. Und ich musste diverse Untersuchungen durchlaufen sowie noch einmal zehn Fahrstunden nehmen, nachdem klar war, dass die Folgen der Ablösung dauerhaft sind. Ich mache auch jedes Jahr eine neue Tauglichkeitsprüfung. Zur Sicherheit.« Manne rutschte unbehaglich auf seinem Stuhl hin und her. Er sprach wirklich nicht gerne über seine körperlichen Unzulänglichkeiten.

»Du bist aber doch sicher nicht hergekommen, um mit mir über meine Sehschwäche zu sprechen, oder?«

»Nein.« Caro lachte. »Ich konnte nicht schlafen.«

Manne nickte wissend. Dann stand er wortlos auf, um Caro einen Stuhl und eine Decke aus seinem eigenen Garten zu holen.

»Eigentlich bin ich nur hergekommen, um das Auto zu holen«, sagte sie direkt, als er wiederkam, als müsste sie sich erklären. Was nicht der Fall war. Die Anlage hatte keine Öffnungszeiten.

Caro nahm die Decke mit einem dankbaren Lächeln entgegen und wickelte sich so sorgfältig darin ein, dass sie aussah wie eine Kohlroulade. Missmutig stellte Manne fest, dass dieses Persönchen eine Decke dreimal um ihren Körper wickeln konnte, die sich vor seinem Bauch nur mit knapper Not zusammenhalten ließ. Prompt bereute er das letzte Würstchen. Was er eigentlich immer tat. Nur nie lange genug, um das letzte Würstchen nächstes Mal nicht zu essen.

Er blickte auf seine Uhr. »Ja, zwanzig vor drei ist die perfekte Zeit, um das Auto zu holen, finde ich.«

»Wie schön, dass wir uns da einig sind«, gab Caro zurück und kuschelte sich tiefer in den Campingstuhl.

Danach schwiegen sie eine Weile, und Manne stellte irritiert fest, dass es kein unangenehmes Schweigen war. Wenn er nachdenken wollte, störten ihn die meisten Menschen, aber Caros Anwesenheit war okay. Wie merkwürdig.

»Und warum bist du hier?«, fragte sie ihn schließlich.

Manne seufzte. »Weil ich hoffe, irgendwas zu finden«, antwortete er wahrheitsgetreu.

»Ich dachte, du siehst im Dunkeln nichts. Wie möchtest du denn so was finden?«

Er musste lachen. Caro von Ribbek erinnerte ihn an die Protagonistin aus *Natürlich Blond*, dem Film, den Petra so gern sah. Jemand, den man schnell unterschätzte und der mit einem Lächeln auf dem hübschen Gesicht und in einem vollkommen unschuldigen Ton genau die richtigen Fragen stellte.

»Ich glaube nicht, dass die Spusi irgendwas übersehen hat, das ich finden könnte«, versuchte er zu erklären. »Es geht mir mehr darum, die Situation zu begreifen. Mich zu erinnern. Etwas zu erfühlen, auch wenn das zu esoterisch klingt.«

»Spusi?«

»Spurensicherung«, erklärte er.

»Spusi klingt irgendwie bayrisch«, stellte sie fest.

»Es war eine sehr berlinerische Spurensicherung und sie hat sehr gründlich gearbeitet. Und wenn ich nach Spuren suchen würde, dann würde ich morgen früh wiederkommen. Wenn der Tau noch auf den Blättern und der Welt liegt. Dann sieht man manchmal etwas, das andere übersehen haben, weil die Wassertropfen wie kleine Lupen wirken. Aber auch das glaube ich nicht. Wie gesagt: Es ist ein bisschen schwer zu erklären. Warum bist du denn hier?«

Caro lächelte. »Hab ich doch schon gesagt. Um das Auto abzuholen.«

»Haha. Unsere Parkplätze befinden sich außerhalb der Anlage. Warum bist du bis hierher in den Garten gekommen?«

Sie zuckte die Schultern. »Vermutlich aus ähnlichen Gründen wie du. Um zu begreifen, dass es wirklich passiert ist. Dass tatsächlich eine Leiche in meinem neuen Garten gefunden wurde. Und der restliche Abend. Als ich vorhin im Bett lag, kam mir alles sehr unwirklich vor.«

»Mord ist sehr unwirklich, vor allem, wenn man das erste Mal mit ihm in Berührung kommt. Er ist in unserem Leben nicht vorgesehen. Und wenn man ihm einmal begegnet ist, hängt das eigene Menschenbild für immer ein bisschen schief. Als halbwegs normaler Mensch begreift man Mord außerdem nie wirklich. Und das ist auch gut so.«

Er seufzte. Dann fragte er nach längerem Schweigen: »Macht ihr das eigentlich auch so, dass ihr nicht im Streit ins Bett geht?«

»Natürlich«, Caro nickte eifrig. »Stell dir mal vor, einem von uns passiert was Schlimmes, und man ist dann im blöden Streit auseinander und …« Sie hielt inne. »Oh.« Ihr Blick schoss zu Manne und schnell wieder zurück.

Er nickte voll Bitterkeit. »Ja, genau. Ich habe das Gefühl, Kalle und ich sind zerstritten ins Bett, und jetzt wacht er nicht mehr auf.« Manne zeigte auf die dunkle Fläche vor ihnen, von der beide wussten, dass es sich dabei um das zerwühlte Beet und die ausgehobene Grube handelte, in der vor rund zwölf Stunden noch ein toter Körper gelegen hatte.

»Tut mir leid«, murmelte Caro irgendwann.

Manne winkte ab. »Es ist nicht deine Schuld, dass zwei alte Sturköpfe es nicht geschafft haben, sich wieder zusammenzuraufen. Es ist nicht deine Schuld, dass Kalle tot ist. Und mit meinen Schuldgefühlen muss ich auch alleine zurechtkommen.«

»Ich verstehe, und mir würde es vermutlich auch nicht anders gehen.« Caro knabberte nachdenklich an ihren Fingernägeln. Eine Geste, die bei einer derart gepflegten Frau reichlich fehl am Platze wirkte.

»Wenn ihr so gut befreundet wart, musst du doch zumindest eine Ahnung haben, wer das getan haben könnte, oder nicht?«, fragte sie schließlich.

Er schnaubte. »Wenn es so wäre, dann könnten wir uns das ganze Theater sparen. Kalle war ein Einzelgänger, das habe ich doch schon erzählt. Er hatte seine Familie, seine Kollegen und mich. Ende der Geschichte.«

»Warum nicht noch mehr Freunde? Warum keine Frau? War er vielleicht schwul?«, fragte Caro.

Manne zuckte die Schultern. »So richtig weiß ich nicht, warum er alleine geblieben ist, aber schwul war er sicher nicht. Es gab die große Liebe, Renate. Sie ist früh gestorben, und danach hat er nie wieder eine Frau angesehen. Kalle war nicht der Typ für zweite Chancen. Ganz oder gar nicht, deshalb war es ja auch so schwierig mit uns beiden, nachdem wir uns einmal zerstritten hatten. Nach Renates Tod hat er sich in die Arbeit gestürzt und Karriere gemacht, ist in seiner Firma aufgestiegen. Von Kollegen hat er manchmal erzählt, aber sie standen einander nicht so nahe, dass er sie mit hierhergebracht hätte. Zum Grillen oder so.« Er fuhr sich mit der flachen Hand übers Gesicht. Warum war ihm nie zuvor aufgefallen, wie unglaublich einsam Kalle gewesen sein musste? Manne fühlte sich wie der letzte Mensch.

»Er war der Patenonkel meines Sohnes«, sagte er, als wollte er sich gegen seine Selbstvorwürfe verteidigen.

»Früher stand er Jonas sehr nah. Aber der ist längst erwachsen und nach München gezogen«, erklärte er weiter und fügte nach einem Seitenblick hinzu: »Seine Ex-Freundin macht einen sehr guten Quinoa-Salat.«

»Tut mir leid. Es war Gretas Idee«, sagte Caroline und sah dabei das erste Mal leicht verunsichert aus.

Manne zog die Brauen hoch. »Es ist ziemlich schäbig, sich hinter einer Fünfjährigen zu verstecken.«

»Ich weiß. Aber es ist auch so schön einfach. Ich gelobe Besserung und schütte das nächste Mal einfach ein Kilo Mayonnaise über ein paar Pellkartoffeln, okay?«

»Klingt himmlisch in meinen Ohren.«

Caro schloss die Augen und seufzte. »Wenn selbst du keine Ahnung hast, wer deinen Freund so zugerichtet haben könnte, wo sollen wir dann anfangen?«

Manne angelte sich die Flasche, die neben seinem Stuhl stand, und trank einen kleinen Schluck. Wie selbstverständlich streckte Caro die Hand aus.

»Ich dachte, du bist hier, um das Auto zu holen.«

»Gekommen bin ich mit dem Fahrrad«, sagte sie und nahm die Flasche entgegen. Manne grinste.

»Nun, wir fangen da an, wo alle Ermittler anfangen würden. Bei Kollegen, der Familie. Außerdem werde ich versuchen, meine alten Kontakte anzuzapfen. Und hoffen, dass wir diesem Lohmeyer dabei nicht über den Weg laufen.«

»Lohmeyer klingt auch irgendwie bayrisch«, stellte Caro fest und nahm einen großen Schluck. Sofort begann sie zu husten.

»Scheiße, was ist das denn?«, fragte sie anklagend. »Du beschwerst dich über meinen Salat und lässt es gleichzeitig zu, dass ich *das* hier trinke?«

Manne lächelte verstohlen. »Das, meine liebe Caro, ist der legendäre Schokolikör von Parzelle 21. Gewöhn dich lieber schnell dran. Er wird von heute an Teil deines Lebens sein.«

KAPITEL 8

Er wusste nicht, wie lange es her war, dass er das letzte Mal eine Nacht durchgemacht hatte. Vermutlich war das vor vielen Jahren gewesen – im Dienst. Zwar wurde es oft spät im Sommer, wenn sie in der Anlage etwas zu feiern hatten, aber Manne hatte nie den Drang verspürt, die Sonne nach so einer Nacht mit eigenen Augen aufgehen zu sehen.

Jetzt spürte er bis ins letzte Knöchlein, dass es keine gute Idee wäre, daraus eine Gewohnheit zu machen. Steifheit und Erschöpfung streckten sich vom Kopf bis zur Spitze seines mittleren und längsten Zehs. Doch er hatte das Gefühl gehabt, es Kalle schuldig zu sein. Als Totenwache und Buße, eine letzte Ehre. Und das frühe Wachsein hatte sich obendrein gelohnt.

Manne hatte schon ein paar Anrufe getätigt, bevor Petra sich auch nur einmal im Bett umgedreht hatte, und jetzt war er sehr zufrieden mit sich selbst. Er übernahm das erste Mal seit Jahren wieder Verantwortung für sein Schicksal, was sich gut anfühlte. Wenn er das wirklich durchziehen wollte, dann musste er diesem Lohmeyer immer einen Schritt voraus sein. Vielleicht war er ein bisschen eingerostet – aber mit dem Polizistendasein war es wie mit dem Fahrradfahren. Man verlernte es nicht.

Es war kalt in der Gartenlaube, in der sie nicht ganz geplant die Nacht verbracht hatten. Petra und er hatten beide zu viel getrunken, um noch nach Hause zu fahren, und außerdem hatte Manne auch gar nicht das Bedürfnis verspürt. Es hätte sich so angefühlt, als würde er seinen Freund endgültig im Stich lassen. Eine merkwürdige Ahnung beschlich ihn, dass er überhaupt nicht mehr zu Hause schlafen würde, bevor er nicht wusste, was genau geschehen war.

Was ihn am meisten quälte, war der Gedanke, dass Kalle in der Anlage gestorben sein könnte. Dass ihm jemand mit einem Gartengerät das Gesicht zertrümmert hatte. In seiner, in ihrer Anlage. Einer von ihnen, von seinen Leuten. Unbemerkt. Zwar wusste er das gar nicht, doch allein die Tatsache, dass es jemand geschafft hatte, Kalle unbemerkt hier drin zu verscharren, auf seinem eigenen Grundstück, machte Manne nervös.

Dieser Gedanke brachte ihn auf einen anderen. Er stand auf und verließ den Wintergarten, um wie früher über das Pumpenhäuschen hinüber in Kalles Garten zu steigen. Der jetzt Caros und Eikes Garten war.

Caro hatte das kleine Gartentörchen heute Nacht doppelt abgeschlossen, so wie es die ganze Zeit seit der Räumung im Januar gewesen war. Manne selbst hatte ihnen gestern die Parzelle aufgeschlossen und dabei bemerkt, dass das Schloss ein wenig hakte.

Er betrachtete das alte Metalltörchen aufmerksam von allen Seiten. Es bot einen typischen Anblick mit seinen rostigen Stellen und dem grünen Lack, der hier und da abblätterte und Blasen warf.

Dieses Törchen war der einzige Zugang zum rundherum eingezäunten Grundstück, das zusätzlich von einer mittlerweile ziemlich wild wuchernden Hecke umgeben war. Da es sich um das Eckgrundstück und das Ende der Anlage handelte, war er selbst der einzige Nachbar, was ihn in Kommissar Lohmeyers Augen natürlich umso verdächtiger machte. Allerdings führte der Weg von seinem Grundstück hierher nur über das Pumpenhäuschen oder eben durch den kleinen Eingang.

Nachdenklich betrachtete Manne den Lack auf der obersten Strebe des Törchens, das ihm selbst bis zur Brust reichte. Da die Oberseite der Witterung ausgesetzt war, befand sich die Farbe hier in einem besonders schlechten Zustand. Aber, und das war das Wichtige: Sie war trotzdem noch da. Hätte jemand eine Leiche über das Metalltörchen auf das Grundstück gehievt, dann hätte er den Lack großflächig mit herunterreißen müssen. Doch das war nicht geschehen.

Vielleicht waren es nicht einer, sondern zwei Täter gewesen, überlegte Manne. Zwei kräftige Männer könnten einen Toten vielleicht über das Törchen heben, ohne es zu beschädigen. Aber nur vielleicht. Manne hatte leider ein paar Erfahrungen in der Rechtsmedizin gesammelt und wusste, dass eine Leiche so unendlich viel schwerer zu transportieren war als ein lebender Mensch, der zum Beispiel ohnmächtig geworden war.

Eine Leiche, bei der sich die Leichenstarre gelöst hatte, war nichts weiter als ein sehr schwerer und in Kalles Fall auch sehr langer, unförmiger Sack, von dem kaum kontrollierbare Gliedmaßen baumelten. Nein, entschied Manne. Es war unwahrscheinlich, auch zu zweit, einen toten Körper über dieses Törchen zu bugsieren, ohne erhebliche Schäden zu verursachen. Außerdem hätten sie selbst ja auch noch darüberklettern müssen, was sicherlich Spuren hinterlassen hätte. Entweder zwei starke Männer hatten Kalle während des Rigor mortis hierhergebracht, oder Kalle war auf seinem Grundstück gestorben.

Oder der Mörder hatte einen Schlüssel.

Manne überlegte eine Weile. Kalle hatte fristgerecht gekündigt und ihm sofort die Schlüssel zugeschickt. Drei Sätze, wie im Protokoll vermerkt. Entweder er hatte noch einen vierten nachgemacht, um weiterhin unbemerkt seine Parzelle betreten zu können, oder … ja, oder was? Die Kündigung war eigenhändig unterschrieben gewesen, die Schlüssel waren mit der Post gekommen. Anfang Dezember. Also hatte er da noch gelebt.

Hm.

Er bückte sich und betrachtete das Schloss von beiden Seiten. Es gab keinerlei Kratzer, die darauf hindeuteten, dass der Schließmechanismus vor Kurzem manipuliert worden war.

Denn auch das würde man deutlich sehen.

Manne Nowak stemmte die Arme in die Hüften und starrte noch eine Weile auf das Törchen, als wollte er mit ihm schimpfen. Dieser Zugang gab ihm das erste richtige Rätsel auf. Mit einiger Genugtuung stellte er fest, dass die Spurensicherung von Lohmeyer offenbar nicht auf das Törchen angesetzt worden war. Jedenfalls noch nicht.

Nachdenklich kletterte er über das Pumpenhäuschen, das er ebenfalls einer näheren Betrachtung unterzog, und ging zurück in die Laube.

»Wie lange bist du schon auf?« Petra kam aus dem winzigen Schlafzimmer geschlurft, die dicke Wolldecke fest um die Schultern geschlungen.

»Ich hab gar nicht geschlafen«, gab er zurück und spürte wie auf Kommando, dass sich die Müdigkeit einen Weg durch seine Eingeweide bahnte. »So habe ich mir wenigstens das böse Erwachen erspart. Du weißt schon. Diesen Moment, in dem man kurz denkt, alles sei gut. Bis es einem wieder einfällt.«

Petra lächelte traurig.

»Ach, mein Männlein«, sagte sie liebevoll und strich ihm mit den Fingern durch das graue Haar. »Ein müder Kopf wird dir nicht viel nutzen.«

Mehr sagte sie nicht. Musste sie auch gar nicht. Der Kloß in seinem Hals war jetzt schon so groß wie ein Tennisball.

»Ich mach uns dann mal Kaffee«, sagte er. »Es sind noch Würstchen von gestern übrig, wenn du Hunger hast.«

Seine Frau verzog das Gesicht. »Diese Vorstellung macht mich eher traurig.«

Manne schenkte ihr ein Lächeln und beschloss, dass kalte Würstchen seine Stimmung wohl kaum verschlechtern würden. Er öffnete den Kühlschrank und aß zwei direkt bei geöffneter Tür, wobei er immer etwas Senf auf die Spitze tupfte und das Stück dann abbiss.

»Ach, Manne!«, rief Petra, als sie sah, was er da trieb. »Nimm dir doch einen Teller!«

»Das lohnt sich gar nicht«, gab er zurück.

»Du hast überhaupt keine Kultur!«

Mit nur halb gespielter Entrüstung drehte er sich zu seiner Frau um.

»Aha. Aber wenn Franzosen dasselbe mit einem Croissant und Marmelade veranstalten, ist es der Gipfel der Kultiviertheit. Oder wie oft hast du schon mit mir geschimpft, dass ich meine Croissants aufschneide, weil es so ›nicht richtig‹ ist?«

Petra runzelte die Stirn. »Das ist was vollkommen anderes.«

»Nein, ist es nicht.« Und nur, um seinen Standpunkt zu unterstreichen, griff sich Manne auch noch das letzte Würstchen und aß es im Stehen, bevor er die Milch aus der Kühlschranktür nahm und sich an die Zubereitung des Kaffees machte. Petra schien, wenn schon nicht überzeugt, dann zumindest befriedet, und machte sich auf den Weg ins Bad.

»Ich habe Martin angerufen«, rief Manne über die Schulter, während er zwei Pads in die Kaffeemaschine legte und zwei gesprungene Tassen darunterstellte. Wie bei den meisten Kleingärtnern bestand ihre Ausstattung in der Laube aus Sachen, die sie zu Hause ausgemustert hatten. Merkwürdig, dass ihnen der hässliche Kram in ihrem Gartenhäuschen überhaupt nichts ausmachte. Dabei lebten sie die besten Monate des Jahres hier.

»So früh?«, fragte Petra.

»Oder so spät. Er hatte Nachtschicht. Stell dir vor, die junge Rechtsmedizinerin von gestern ist doch tatsächlich die Schwiegertochter von Heinrich.«

Petras Kopf erschien in der Tür. »Dein alter Kollege von der Sitte?«

»Genau der. Sein Sohn ist auch bei der Kripo. So haben die beiden sich wohl kennengelernt. Martin versucht, uns bei ihr einzuschleusen.«

Petra stemmte den rechten Arm in die Hüfte. Ihr war anzusehen, dass die Erinnerungen des verrückten Vorabends erst langsam zurückkamen, sich durch den Dunst kämpften, den Schlaf und Alkohol über ihren Geist gelegt hatten. Und der mit zunehmendem Alter immer dichter wurde. Manne kannte das nur zu gut.

»*Uns*«, wiederholte sie gedehnt, und Manne nickte.

»Wie du dich sicher erinnerst, habe ich jetzt eine Kollegin. Ich werde Caro wohl mitnehmen müssen.«

»Aber ... aber ... sie hat doch gar keine Ahnung von diesem Job. Warum will sie dich überhaupt unterstützen?«

Manne zog die vollen Tassen vorsichtig unter der Maschine hervor, drehte sich zu seiner Frau um – und stellte sie sofort wieder ab, als er ihren Blick bemerkte. Der sein Herz im Handumdrehen in einen weichen Klumpen Butter verwandelte.

»Ach, du dummes Huhn«, sagte er und nahm sie fest in die Arme. »Glaubst du etwa, so ein junges Ding könnte mir gefallen?«

»Ich kann mir nicht vorstellen, dass Caro von Ribbek irgendeinem Mann nicht gefällt.«

»Sie könnte unsere Tochter sein. Und wird Jonas sicher den Kopf verdrehen, sollte er sich mal wieder hier blicken lassen. Sie ist genau sein Typ. Aber meiner doch nicht. Ich habe nur Augen für dich.«

Was nicht gelogen war. Er hatte sich für Petra entschieden, und damit war die Sache für Manne geklärt.

»Und du bist sogar noch schöner, wenn du eifersüchtig bist«, flüsterte er, wofür er einen ziemlich harten Schlag auf den Oberarm kassierte.

Knapp zwei Stunden und drei Kaffee später stand er im Paralleluniversum. Wenn Manne einige Zeit in der Anlage verbracht hatte, vergaß er leicht, dass sie in Berlin lebten und die Stadt um sie herum existierte. Und das, beschloss er gerade nicht zum ersten Mal, war auch gut so.

Die Florastraße quoll beinahe über vor Geschäftigkeit, und das Gewusel war ihm wie immer ein bisschen zu viel. Er liebte die Stadt, brauchte aber ein bisschen Zeit, sich wieder an sie zu gewöhnen. Auch das war eine Nebenwirkung seines frühen Ausscheidens aus dem Polizeidienst. Er war Trubel nicht mehr gewohnt.

Das waren seine Straßen gewesen. Hier hatte er ermittelt, hier kannte er jeden Stein und die Leute gleich mit. Die Netzhautablösung war plötzlich und ohne Vorwarnung über ihn hereingebrochen, er hatte keine Gelegenheit gehabt, sich richtig zu verabschieden; sich mental darauf einzustellen, dass nun andere hier nach dem Rechten sahen. Es war doch wirklich eine blöde Ironie des Schicksals, dass die von Ribbeks ausgerechnet in diesem Kiez wohnen mussten. In dem riesigen, ockerfarbenen Eckhaus, in dem früher ein Gemüseladen gewesen war und sich nun etwas befand, das *The Art of Art* hieß und auch sonntags von jungen Leuten mit sehr flachen Laptops bevölkert wurde. Offenbar gab es dort nicht nur Kunst, sondern auch Salate in Schraubgläsern zu kaufen. Bestimmt mit ganz viel Quinoa.

Manne schnaubte leise und fuhr sich mit der flachen Hand durchs Gesicht. Er wollte so schnell wie möglich wieder hier weg. Wie ein Mann, dessen Herz gebrochen worden war, hielt er sich normalerweise vom Florakiez fern. Blieb in seiner Anlage oder in ihrer geräumigen Wohnung in Wilhelmsruh, umgeben von Kleinstadtgefühl und vielen Bäumen. Er hatte keine Lust zu sehen, was aus seiner alten Liebe geworden war.

Er hatte Caro schon vor einer Weile geschrieben, dass er vor der Tür wartete, und war kurz davor, sich zu ärgern, dass sie so lange brauchte, als sie aus der Haustür stürzte und sich suchend umsah. Manne hob eine Hand und winkte ihr zu.

Dass sie keinen Trenchcoat trug, war für Manne eine regelrechte Erleichterung. Dennoch konnte man sehen, dass sie sich für »den Anlass« gekleidet hatte. Sie trug eine blau-weiß gestreifte Bluse, die sie in eine ordentliche Bluejeans gesteckt hatte, dazu einen strengen Pferdeschwanz, einen blauen Blazer und weiße Sneakers.

»Habe ich was verpasst? Ich dachte, wir fahren in die Rechtsmedizin und nicht auf den Golfplatz«, begrüßte er sie, und Caro schoss ihm einen beleidigten Blick zu. Dann musterte sie ihn ihrerseits von oben bis unten.

»Es schadet sicher nicht, wenn nur einer von uns beiden aussieht, als würde er unter einer Brücke wohnen.«

Okay, der hatte gesessen. Manne war tatsächlich nicht mehr zu Hause gewesen und hatte aus seinem Kleiderschrank im Garten wahllos irgendetwas herausgezogen. Er hatte keine Ahnung, von wann die Jeans war, die er gerade trug, aber der Hosenbund verriet ihm, dass der Kauf schon eine Weile her sein musste. Darüber hatte er ein graues Shirt gezogen, das den Winter im Gartenschrank verbracht hatte und nicht nur entsprechend zerknittert war, sondern auch ein bisschen strenger roch und Flecken ungeklärten Ursprungs aufwies, die nicht mehr rausgingen. Petra und er waren noch nicht dazu gekommen, die Laube für den Sommer auf Vordermann zu bringen.

»Glaub mir, im Sektionssaal schaut niemand auf deine Klamotten«, sagte er schließlich. »Wir bekommen sowieso Überzieher, Hauben und Einwegkittel.«

Caro schluckte, und ihr Blick flackerte ein wenig.

»Bist du sicher, dass du mitkommen möchtest?«, fragte er nicht zum ersten Mal an diesem Tag. Und ein bisschen hoffte er sogar, sie würde es sich doch noch anders überlegen. »Es wäre keine Schande, zu kneifen«, setzte er nach. »So ein Sektionssaal ist kein schöner Ort.«

Manne hatte das Gefühl, dass über das Gesicht der jungen Frau kurz eine Spur Unsicherheit huschte. Doch dann lächelte sie.

»Ich habe ihn doch gestern schon gesehen. Wie viel schlimmer kann es sein?«

Oh, du hast ja keine Ahnung, dachte Manne, verkniff sich aber dann, es laut auszusprechen.

»Außerdem kann ich es doch wirklich nicht bringen, gleich beim ersten richtigen Termin von Nowak & Partner zu fehlen.«

Mannes Brauen schossen in die Höhe. »Nowak & Partner?«

»Genau!« Caro strahlte. »Falls du es dir mit der Detektei doch noch anders überlegst, haben wir gleich einen passenden Namen.«

Manne schüttelte halb genervt, halb amüsiert den Kopf. »Und wenn mir der Name gar nicht gefällt?«

»Ich bin hier die Marketingexpertin. Du bist der Polizist. Wenn du mir nicht reinredest, dann rede ich dir auch nicht rein.«

Jetzt fiel Manne nichts mehr ein. Was Caro als Einladung zu nehmen schien, einfach weiter drauflos zu reden.

»Deshalb auch Nowak und Partner. Du bist nicht mein Chef. Das möchte ich von Anfang an klarstellen.«

»Das will ich auch gar nicht sein!«, gab Manne zurück, und Caro nickte zufrieden.

»Gut. Dann wäre das ja geklärt.«

Ach. War es das? Manne schwirrte der Kopf, bei dieser Frau kam er nicht mit. Allerdings gab es jetzt auch Wichtigeres, als sich über den Namen einer Firma zu streiten, die es so sicher niemals geben würde.

Manne fühlte den altbekannten Sog in sich aufsteigen – und das war gut. Dieses unwiderstehliche Verlangen, ein Rätsel zu lösen und einer Sache auf den Grund zu gehen. Das Verbrechen rief nach ihm. Wie früher. Die Härchen auf seinen Armen stellten sich allein beim Gedanken an den Sektionssaal, an Befragungen und Recherchearbeit auf. Fast könnte er sich wirklich freuen, endlich wieder seiner alten Arbeit nachzugehen. Wenn das Opfer nicht ausgerechnet Kalle wäre, sondern irgendein Fremder.

»Du kannst jedenfalls gleich mit dem Nichtreinreden anfangen«, sagte er. »Der Schwiegervater von Doktor Thießen hat mich zwar wissen lassen, dass sie eine umgängliche Frau ist, doch das heißt nicht, dass sie uns helfen muss. Also überlass es besser mir, die Fragen zu stellen.«

KAPITEL 9

Die Fahrt nach Moabit dauerte Caro nicht annähernd lang genug. Trotz des dichten Verkehrs in der Innenstadt fuhren sie nur knapp dreißig Minuten später vor einem unansehnlichen, grauen Betonklotz vor.

»So, da wären wir«, sagte Manne und ließ seinen kleinen Toyota langsam auf die Schranke zurollen.

Caro versuchte, ihre Angst hinunterzuschlucken, doch es gelang ihr immer weniger. Ob dieser Ärztin auffallen würde, dass ihre Halsschlagader drohte zu platzen? Oder dass ihr Gesicht eine ungesunde Farbe hatte?

»Weißt du, ob viele Leute da drinnen ohnmächtig werden?«, fragte sie.

Manne nickte. »Ständig. Ist mir auch schon passiert, kein Grund sich zu schämen.«

Das beruhigte sie ein bisschen. Und andererseits überhaupt nicht. Während Manne sie beim Pförtner anmeldete, fragte Caro sich, in welchem Paralleluniversum ihr ein Besuch in der Rechtsmedizin wie eine gute Idee vorgekommen war.

»Du musst wirklich nicht mitkommen«, erinnerte sie Manne, nachdem er den Wagen in eine Parklücke manövriert hatte, und sein mitfühlender Blick gab ihr den Antrieb, den sie brauchte. Das hier war anders als das Schlagzeug, das sie sich in einem Anfall von Euphorie gekauft hatte und seit ihrer zweiten Musikstunde nicht mehr benutzte, weil ihr Lehrer seufzend erklärt hatte, dass sie überhaupt kein Rhythmusgefühl besaß. Oder der Töpferkurs, den sie abgebrochen hatte, weil sie das Gefühl von nassem Lehm zwischen den Fingern überhaupt nicht gemocht hatte. Es hatte ewig gedauert, das Zeug unter den Fingernägeln wieder hervorzuholen. So viel zu Demi Moore und Patrick Swayze. Nein, das hier war ernst.

Caro wollte diesen Mordfall lösen. Sie wollte es wirklich.

»Doch«, sagte sie daher tapfer. »Ich muss.« Und damit stieß sie schwungvoll die Beifahrertür auf. So schwungvoll, dass sie mit Karacho gegen den nebenstehenden Wagen knallte.

»Ich hoffe für uns beide, dass das nicht das Auto des Institutsleiters ist«, bemerkte Manne trocken und schlenderte in Richtung Eingang.

Na bravo.

Während sie hinter Manne herhastete, schossen ihr viele Dinge gleichzeitig durch den Kopf. Viel zu viele und komplett durcheinander. Das war immer so, wenn sie besonders nervös war. Dann spuckte ihr Hirn irgendwelche mehr oder weniger passenden Gedanken aus. Wie ein Zufallsgenerator mit Charakter.

So hatte sie zum Beispiel vergessen, bei ihrer Chefin Urlaub zu beantragen.

Und sie hatte Eike und Greta einfach allein gelassen, ohne Ansage, wann sie zurückkommen würde. An ihrem Familientag. Sie hatte die Waschmaschine befüllt, aber nicht angestellt, vergessen, ihrer Freundin Dilek zu antworten, und meinte sich zu erinnern, dass Leichengase giftig waren. Hätte sie vielleicht lieber eine Schutzmaske mitbringen sollen? Oder bekamen sie so was gleich automatisch in diesem Ungetüm von Gebäude?

Überhaupt: das Gebäude.

Die Rechtsmedizin der Hauptstadt hatte sie sich immer irgendwie anders vorgestellt. Als einen Backsteinbau oder, na ja, einen Keller im Krankenhaus.

Die Flure sahen tatsächlich aus wie in einem ganz normalen Krankenhaus. Braun gefliest und mit einem unnötigen Dekostreifen – war das Orange? – an der Wand, der wohl die Fliesenfarbe ergänzen sollte.

Was er nicht tat. Die beiden Farbtöne bissen sich leicht.

Der größte Unterschied zu einem Krankenhaus bestand wohl darin, dass die Flure extrem leer waren. Und die Bahren, die hier und da herumstanden, aus blankem Metall. Ihre Passagiere brauchten keine Kissen mehr.

Anhand der Beschilderung konnte Caro erkennen, dass es eine Radiologie, ein MRT und eine Toxikologie gab. Die paar Leute, denen sie auf den Fluren begegneten, sahen allesamt aufgeräumt und vollkommen normal aus. Die meisten grüßten freundlich und trugen dabei Kaffeetassen und Unterlagen durch die Gegend. Zum Glück, sonst hätte Caro sich schon gefragt, ob sie hier in einem Zombie-Horrorfilm gelandet waren.

Schließlich blieb Manne stehen, klopfte an eine Tür, neben der »Sektionssaal 2« stand, und drückte sie auf, ohne auf ein »Herein« zu warten. Sie gelangten in eine schmale Kabine, die dem Sektionssaal vorgelagert war. Hier gab es Spinde, Regale mit allerlei Überziehern und ein großes Waschbecken mit einem noch größeren Seifenspender. Caro erinnerte das an die Umkleidekabine in einer Sporthalle oder dem Schwimmbad.

»Nehmt euch bitte ein paar Kittel und zieht euch die Hauben über«, rief ihnen eine freundliche Frauenstimme durch die offen stehende Tür zu, und sie taten genau das. Danach betraten sie den Sektionssaal.

Hier war alles so, wie Caro es schon aus unzähligen Krimis kannte. Tische mit Metallablagen auf der einen und Waschbecken auf der anderen Seite. Metallschränke, große Lampen, Rolltische. Noch mehr Waschbecken und Seifenspender. Und auch hier der Dekostreifen an der Wand, nur dass er in diesem Raum gefliest war und sich sogar noch stärker mit der Fußbodenfarbe biss. Immerhin hatten die Architekten ihr Designkonzept konsequent durchgezogen.

»Du bist Manne, richtig?«, rief die Frau nun quer durch den

Saal. Caro hatte sie am Abend zuvor schon einmal gesehen. In ihrem nagelneuen Gemüsebeet.

»Genau der. Wir sind uns gestern Abend schon kurz begegnet.« Er zeigte auf Caro: »Und meine Kollegin war auch dabei.«

Die Rechtsmedizinerin kam mit schnellen Schritten und einem freundlichen Lächeln auf sie zu und zog sich im Gehen die Latexhandschuhe aus. Dann stemmte sie einen Arm in die Seite und lächelte so herzlich, dass Caro sich sofort mit ihr anfreunden wollte.

»Freut mich, ich bin Svenja. Wie schön, dass ihr mich auf einen Kaffee besucht.«

Manne grinste. »Ich werde es mir ja wohl nicht nehmen lassen, die Schwiegertochter meines alten Freundes kennenzulernen.«

Kaffee? Caro verstand nur Bahnhof, mischte sich aber nicht ein. Sie hatte schließlich versprochen, Manne das Reden zu überlassen. Stattdessen musterte sie die Medizinerin. Das kleine Schildchen an ihrem Kittel verriet, dass sie nicht einfach nur Svenja, sondern Prof. Dr. Svenja Thießen-Kaiser hieß. Allein dieser Name bewirkte, dass sich Caro sofort mindestens zehn Zentimeter kleiner fühlte. Svenja konnte nicht viel älter sein als sie selbst, wenn überhaupt. Vielleicht war sie sogar jünger. Die Sommersprossen auf ihrer kleinen Stupsnase und die einschüchternde Faltenfreiheit ihres hübschen Gesichts ließen sie jedenfalls wie jemand wirken, dessen Abitur noch nicht allzu lang her war.

»Du hast vor ein paar Jahren bei der Truppe aufgehört, oder?«, fragte Svenja im Plauderton, während sie Manne und Caro durch den Raum in Richtung des letzten Tisches lotste, auf dem ein nackter, großer Körper lag. Im Fernsehen lag immer ein Tuch über den Leichen, dachte Caro und merkte, dass sie leicht panisch wurde. Wo war dieses Tuch?

Schlimmer noch, die Ärztin steckte offenbar mitten in der Obduktion, Schüsseln mit rötlichem Wasser standen am Rand des

Tisches, gebrauchte Instrumente lagen herum. Darunter auch Sachen, die Caro niemals mit einem menschlichen Körper in Verbindung gebracht wissen wollte. Wie ein Hammer, ein Meißel und eine Säge.

Sie schluckte und versuchte, dem Toten einfach nur auf die Beine zu starren – der einzige Bereich des Körpers, der nicht wie ein Schlachtfeld aussah. Aber viel besser waren die Beine auch nicht. Von den schwarzen Zehen ganz zu schweigen.

War der gestern auch schon so grau gewesen? Und wieso sah die Haut so dick aus? Menschenhaut war nicht dick.

Caro zwang sich, tief ein- und wieder auszuatmen. Ihr größter Feind wäre jetzt Sauerstoffmangel. Ein und aus. Ein und aus.

»Ja, vor acht Jahren. Aber nicht freiwillig.« Manne zeigte auf seine Brille und verzog das Gesicht.

»Spontane Netzhautablösung.«

»Oh, verdammt.« Die Rechtsmedizinerin blieb neben dem Seziertisch stehen und lehnte sich lässig dagegen. »Das tut mir leid.«

»Ja, ich habe lange getrauert«, gab Manne unumwunden zu. »Das Herz eines Polizisten ist stur und nachtragend. Aber ich habe beschlossen, zur Ermittlungsarbeit zurückzukehren.«

Svenja zog die Brauen hoch.

»Ach so? Das ist ja schön. Wann das?«

»Heute Nacht.«

Wieder huschte ein Lächeln über das Gesicht der Ärztin. »So spontan. Alle Achtung.«

»Das stimmt. Aber sei versichert, dass du nicht mit zwei dahergelaufenen Passanten sprichst, sondern mit Profis.«

»Mit einem Profi, der trotzdem nicht mehr im Dienst ist«, berichtigte Svenja und sah auf einmal ziemlich streng aus. Bei aller Sympathie – Caro wollte nicht auf die falsche Seite von Frau Professor Doktor kommen, so viel war klar.

Svenja legte den Kopf schief und musterte die beiden einen Augenblick. »Natürlich war mir klar, dass ihr nicht einfach kommt, um mich zu besuchen. Ich bin im Bilde.«

Manne lächelte entschuldigend. »Ertappt. Um ganz ehrlich zu sein: Der Tote war ein enger Freund von mir. Und mein Gartennachbar. Weshalb ich natürlich unter Verdacht stehe.«

»Martin sagte so was schon. Dass Lohmeyer dich auf dem Kieker hat. Aber er sagte auch, dass er die Hand für dich ins Feuer legt.«

»Was ich übrigens ebenfalls tue«, meldete Caro sich zu Wort. Zum Glück war ihr mittlerweile nicht mehr ganz so übel.

Svenja legte den Kopf schief. »Lohmeyer genießt keinen allzu guten Ruf unter den alten Hasen, und ich kann mir denken, warum. Und Sympathiepunkte hat er bei mir jedenfalls noch keine gesammelt. Trotzdem bin ich nicht in der Position, geltendes Recht zu brechen und einem Verdächtigen zu helfen. Mein Chef könnte sich das vielleicht sogar leisten. Ich kann es nicht.«

»Das verstehe ich natürlich vollkommen«, sagte Manne ernst, und Caro wusste, dass er es auch so meinte. »Ich kann nur hoffen, dass es vielleicht ein paar Dinge gibt, die du einem alten Freund des Toten mitteilen kannst. Ganz im Vertrauen.« Er sah die Ärztin an, und sein Blick sprach Bände. »Er hat mir wirklich viel bedeutet.«

Das war einer dieser Momente, in denen man eine Stecknadel hätte fallen hören können. Caro sah der Medizinerin an, dass Mannes Worte sie nicht kaltließen. Und dass sie eigentlich gern helfen wollte.

Svenja sagte lange nichts. Caro meinte fast, die Zahnräder, die sich im Kopf der Rechtsmedizinerin in alle Richtungen drehen mussten, zu hören.

»Mein Bericht ist auch noch gar nicht fertig«, sagte sie schließlich langsam und deutete auf den Toten. »Ich habe gerade erst die innere Leichenschau beendet.«

»Wir haben Zeit. Für einen Kaffee oder zwei.«

»Wenn Lohmeyer erfahren würde, dass ich euch Informationen zur Verfügung stelle, dann …«

»Wird er nicht. Jedenfalls nicht von mir.«

Sie warf einen Blick auf die Uhr.

»Er hat sich für zwölf angekündigt, gemeinsam mit dem Staatsanwalt. Ihr könnt froh sein, dass der heute irgendeinen Familien-Brunch hat und nicht bereit war, früher zu kommen. Ich wette, Lohmeyer hat ihn bis aufs Blut genervt.«

»Das kann er bestimmt gut«, entfuhr es Caro, und Manne warf ihr einen mahnenden Blick zu.

»Ja, da wette ich auch drauf«, stimmte Svenja ihr zu und lächelte gequält. »Trotzdem leitet er polizeiseitig die Ermittlungen, und ich kann ihn nicht einfach ignorieren, ganz egal, wie gern ich das täte.«

»Wenn das irgendwie hilft: Ich könnte die Mutter des Toten anrufen und um ihre Zustimmung bitten. Ich denke, sie würde mir Einsicht gestatten.«

Svenja zupfte sich noch einmal an der Unterlippe, dann schien sie eine Entscheidung getroffen zu haben.

»Das hilft in dieser speziellen Situation überhaupt nichts, was du auch wissen müsstest. Ohne Zustimmung der Staatsanwaltschaft darf ich gar nichts sagen.«

Sie schüttelte bedauernd den Kopf.

»Tut mir leid, ich kann euch nicht helfen. Es geht einfach nicht. Ich habe zu hart um diesen Job gekämpft, um ihn jetzt zu gefährden.«

Manne ließ die Schultern hängen. »Das verstehen wir natürlich.«

»Aber einen Kaffee kann ich euch gerne holen«, setzte Svenja nach, als hätte sie Manne gar nicht gehört.

»Ein paar Minuten haben wir schließlich noch.«

Sie ging zu einem der Schreibtische und nahm ein Aufnahmegerät zur Hand, drückte ein paar Tasten und legte es dann neben Manne auf die Ablage am Fußende des Seziertisches.

»Natürlich, gern«, sagte Manne und starrte auf das Aufnahmegerät.

»Es wird aber ein bisschen dauern. Der Automat in unserem Flur ist kaputt. Ich muss ganz ans andere Ende der Station zur Kaffeeküche. Und die Maschine dort ist entsetzlich langsam.« Sie lächelte. »Milch? Zucker?«

KAPITEL 10

»Diese Frau ist ja der Hammer«, flüsterte Caro, während sie der Rechtsmedizinerin einen bewundernden Blick hinterherwarf. Manne konnte ihr da nur beipflichten. Ein anderes Wort als »cool« wollte ihm für Svenja Thießen-Kaiser nun wirklich nicht einfallen. Kein Wunder, dass sie Nils den Kopf so verdreht hatte.

»Das kann man wohl sagen. Und jetzt bietet sie uns die Gelegenheit, etwas wirklich Illegales zu tun, ohne selbst darin verwickelt zu werden. Ohne auch nur ein Wort zu sagen.« Er nahm das Diktiergerät zur Hand. »Wirklich elegant.«

Manne betrachtete das schmale Teil und stieß einen tiefen Seufzer aus. Es war ein digitaler Rekorder. Natürlich.

Er wusste, dass nicht nur in der Rechtsmedizin, sondern auch bei polizeilichen Vernehmungen mittlerweile diese schmalen, digitalen Diktiergeräte zum Einsatz kamen, aber er hatte bis zum Schluss mit seinem kleinen Kassettenrekorder aufgezeichnet, weil ihm die Kassetten irgendwie sympathischer waren. Wenn sich das Band drehte, dann sah man, dass aufgezeichnet wurde. Vernehmungen waren oft das Herzstück der Ermittlungen, und Manne konnte es nicht leiden, sich ständig zu fragen, ob auch wirklich aufgezeichnet wurde. Bei digitalen Geräten war es ihm ein paarmal passiert, dass er eine Aufnahme pausiert und anschließend vergessen hatte, sie fortzusetzen. Und ein Vernehmer, der panisch an einem Gerät herumfummelte, strahlte nicht gerade die Art von Autorität aus, die es in solchen Momenten brauchte. Außerdem waren manche dieser kleinen Teile Bluetooth-fähig, was ihm irgendwie auch immer zu unsicher erschien. Was, wenn es jemandem gelang, eine Verbindung zu einem der Geräte herzustellen und die Informationen abzugreifen? Nein, ihm war es immer lieber gewesen, die kleinen Kassetten zu verwenden und sie bei wichtigen Fällen im Safe einzuschließen. Vielleicht war er da ein bisschen eigen, aber … nun ja.

Und ausgerechnet jetzt fiel ihm diese Eigenart auf die Füße.

Das Teil hatte nur drei Knöpfe und er viel zu große Angst, etwas Wichtiges zu überspielen und Svenja damit Arbeit oder Probleme zu machen.

Er hielt Caro das Gerät hin. »Kannst du mit so was umgehen?«

Sie nahm es entgegen und drückte einen der drei winzigen Knöpfe. »Klar.« Sie lächelte.

Ein Knacken ertönte, und dann erfüllte auch schon die monotone Stimme der Rechtsmedizinerin den Raum:

»Heuteistsonntagderdreißigstemärzzweitausendzweiundzwanzigsechsuhrfünfundvierzigmännlicheleichecircaeinenmeterfünfundneunziggroßschlank …«

»Stop!«, rief Manne, und Caro hielt die Wiedergabe an.

»Gott, holt die Frau mal Luft?«, fragte Caro.

Manne musste lachen. »Richter klingen auch so, wenn sie Urteile diktieren, ich habe noch nie verstanden, wie sie das machen. Wir brauchen einen Zettel und einen Stift.«

Caro kramte unter dem grünen Einwegkittel in ihren Taschen herum und brachte ein elegantes, brandneu aussehendes Notizbuch und einen silbernen Kugelschreiber zutage. Manne hätte sie gern für ihren Eifer belächelt. Doch er konnte nicht. Auch verkniff er sich die Frage, ob sie über Nacht in einen Schreibwarenladen eingebrochen war.

Immerhin hatte sie einen Zettel dabei. Und er nicht.

»Hervorragend. Ich diktiere dir, was wichtig ist. Wir müssen uns ein bisschen beeilen.«

»Okay.« Caro legte das kleine Notizbuch auf einen freien Seziertisch und beugte sich mit zwischen die Zähne geklemmter Zungenspitze darüber. Für Manne sah sie ein bisschen aus wie ein Sprinter kurz vor dem Start. Voll konzentriert und bereit.

Sie drückte auf den Knopf, und Manne bemühte sich nach Kräften, aus dem eintönigen Stakkato der Ärztin alle relevanten Informationen herauszufiltern, die er notiert wissen wollte. Das Blöde war nur, dass man zu diesem Zeitpunkt kaum wissen konnte, was alles möglicherweise relevant sein würde.

Also schoss er ziemlich viele Ein- und Zweiwortsätze in Caros Richtung, und die tat ihr Bestes, das Tempo zu halten. Dreimal musste sie allerdings stoppen und ein Stück zurückspulen (wie sie das genau machte, blieb Manne ein Rätsel), um das letzte Stück noch einmal anzuhören.

Zwischendurch meinte Manne, sie etwas von Militär und Feldwebel in seine Richtung murmeln zu hören, aber er ging nicht darauf ein. Immerhin wusste er nicht, wie weit diese Kaffeeküche weg war. Und auch wenn Svenja sie praktisch dazu aufgefordert hatte, ihr Gerät an sich zu nehmen, so würde diese Session in dem Augenblick enden, in dem sie wieder zur Tür hereinkam.

Doch seine Eile war unbegründet gewesen. Die Aufnahme endete abrupt mit dem Geräusch einer sich öffnenden Tür in wahrscheinlich dem Moment, als sie den Raum betreten hatten.

Da die Obduktion also noch lange nicht abgeschlossen war, hatte Svenja noch keine Gelegenheit gehabt, auf die Todesursache einzugehen. Ihre wichtigste Frage würde somit erst einmal unbeantwortet bleiben.

Manne wischte das Diktiergerät sorgfältig ab – man konnte ja nie wissen – und legte es zurück auf den kleinen Schreibtisch, von dem Svenja es vorhin genommen hatte.

»Sind wir jetzt schlauer?«, fragte Caro, während sie ihre vom Schreiben schmerzende Hand ausschüttelte und ein wenig ratlos auf das starrte, was sie zu Papier gebracht hatte.

»Ein bisschen«, sagte Manne. »Der Todeszeitpunkt ist zum Beispiel ungemein wichtig.«

»Aber wir wissen nicht, was Kalle umgebracht hat.«

»Nein«, gab Manne zu. »Das wissen wir nicht. Allerdings gibt es offenbar keine körperlichen Auffälligkeiten, also nichts, was einem zertrümmerten Schädel als Todesursache den Rang ablaufen könnte.«

Mannes Blick wanderte dorthin, wo einmal ein vertrautes Gesicht gewesen war. Zum ersten Mal an diesem Tag betrachtete er den Körper seines toten Freundes genauer. Wie er auf der Bahre lag, zerstört, aufgeschnitten, aufgeklappt und ausgeräumt. Es war ein jammervolles Bild. So entsetzlich einsam. Doch ein Teil von Manne war froh, Kalles Gesicht in diesem Moment nicht sehen zu müssen. Es hätte ihm den Rest gegeben.

Der Mörder muss eine ähnlich enge Beziehung zu Kalle gehabt haben wie ich, schoss es ihm durch den Kopf.

»Was verursacht denn solche Verletzungen?«, hörte er Caro fragen, als hätte sie seine Gedanken gelesen.

»Wut«, gab er zurück. »Zorn. Hass. Zurückweisung. Verletzter Stolz.«

Caro lächelte. Es sah ein wenig verunsichert aus. »Ich meine die Waffe.«

»Tja, wenn wir das wüssten …«

Manne riss sich zusammen und beugte sich tiefer über das, was einmal ein vertrautes Gesicht gewesen war. Doch er konnte in dem verwesten Fleisch nichts erkennen.

Kalle war vor nicht allzu langer Zeit gestorben, Verwesung war allerdings ein erstaunlich schnell ablaufender Prozess. Die Natur ließ nichts verkommen.

»Ich sehe keine Schnitte oder so was, aber ich bin auch kein Experte.« Schnell trat er wieder zurück. »Eigentlich ist es gar nicht so wichtig, was es für eine Waffe war«, ergänzte er nachdenklich. »Jedenfalls nicht für uns.«

»Ach nein?«

»Nein. Das ist eine Information, die für die Polizei wichtig ist.

Die Beamten können dann bei Durchsuchungen danach Ausschau halten. Können verdächtige Gegenstände beschlagnahmen und Laboruntersuchungen daran durchführen lassen. Das alles können wir nicht.«

»Stimmt natürlich«, gab Caro zu. »Aber was, wenn es eine sehr ungewöhnliche Mordwaffe war? Eine Statue vom Berliner Dom zum Beispiel oder so? Dann könnten wir ebenfalls danach Ausschau halten.«

Gegen seinen Willen schossen Mannes Brauen in die Höhe. Hatte er es doch gewusst. Diese Frau hatte zu viele Fernsehkrimis gesehen. Und nur deshalb schleppte sie auch ein nagelneues Notizbuch mit sich herum.

»Glaub mir«, schnaubte er. »In keinem Obduktionsbericht der Welt steht: ›Wurde wahrscheinlich mit einer Statue des Berliner Doms erschlagen. Die stumpfen Verletzungen ähneln in Proportion, Anordnung und Tiefe dem berühmten Schinkel'schen Kuppelbau.‹«

Zwischen Caros Augen bildete sich eine schnurgerade Falte. »Okay, ich hab's kapiert. Kein Grund, sich gleich über mich lustig zu machen. Immerhin bin ich hier, um dir zu helfen.«

Manne seufzte. »Entschuldige. Die Vorstellung war einfach nur so absurd. Was ich sagen will, ist: Für uns ist viel wichtiger, zu begreifen, warum passiert ist, was passiert ist. Und nicht, wie. Das Motiv führt zum Täter. Die Umstände führen zur Tat. Verstehst du, was ich meine?«

Caro nickte nachdenklich. »Und dieser Täter hier war wütend?«

Manne nickte. »So wütend, wie man nur auf jemanden werden kann, der einem wirklich nahesteht. Wäre es hier um etwas anderes gegangen – Drogen oder ein geplatztes Geschäft, irgendeine offene Rechnung –, hätte der Mörder ihn nur getötet und nicht dieses Schlachtfeld im Gesicht hinterlassen.« Er fuhr sich mit der flachen Hand durchs Haar. »Wenn das Gesicht betroffen ist, dann war es meist etwas sehr Persönliches.«

Caro nickte. »Verstehe«, sagte sie. Manne entging nicht, dass sie vermied, Kalle anzusehen. Aber für ihr erstes Mal hielt sie sich erstaunlich wacker.

Die Tür ging auf, und Svenja kam schnellen Schrittes durch den Saal geeilt.

»Entschuldigt, ich wurde aufgehalten«, rief sie ihnen entgegen. »Jetzt haben wir leider keine Zeit mehr zu plaudern. Hoffentlich holen wir das bald nach. Deshalb gibt es euren Kaffe jetzt leider *to go*.«

Sie drückte Caro einen Pappbecher in die Hand. »Hafermilch für dich!« Dann gab sie Manne ebenfalls einen Becher. »Und für dich auch. Kuhmilch war aus. Und jetzt müsst ihr wirklich gehen.«

Sie hatten den Sektionssaal gerade verlassen, als Manne eine vertraute Stimme den Gang entlangtönen hörte, die ihn erstarren ließ.

»Alles nur Formsache, Herr Staatsanwalt!«

»Scheiße«, zischte Manne. »Lohmeyer!«

Hektisch blickte er sich um und zog Caro in einen schmalen Seitengang, der zu zwei großen Lastenaufzügen führte, wobei ein Gutteil seines Kaffees auf dem Fußboden landete. Auch schon egal. Er wusste sowieso nicht, ob er einen Kaffee mit Hafermilch allen Ernstes trinken wollte.

Sie kauerten sich hinter zwei Metallgestelle, auf denen schlichte Holzsärge darauf warteten, vom Bestatter abgeholt zu werden. Die hier gingen ins Krematorium nach Ruhleben, das sagten ihn die kleinen Etiketten an der Seite. Manche Dinge hatte er nicht vermisst.

Die Schritte der beiden Männer kamen näher.

»Wenn die Sache sicher ist, warum haben Sie es dann so verdammt eilig heute Morgen?«, fragte der Staatsanwalt nun einigermaßen ungehalten, was Manne zum Lächeln brachte.

Auch diese Stimme kannte er. Bodo Matthes war ein Urgestein der Berliner Staatsanwaltschaft und allergisch gegen jede Form von Bullshit. Typen wie Lohmeyer konnte Matthes auch nicht leiden.

»Ich bitte um Verzeihung, Herr Staatsanwalt. Aber immerhin handelt es sich hier um eine Mordermittlung und …«

»Ob es sich um Mord handelt oder nicht, hat immer noch die Rechtsmedizin zu entscheiden, Lohmeyer. Und im Zweifel der Richter, ganz am Ende der Geschichte. Aber sicher nicht Sie.«

»Selbstverständlich, aber hier kann kein Zweifel bestehen. Der Mann hat quasi kein Gesicht mehr«, empörte sich Lohmeyer.

»Voreilige Schlüsse haben noch keinem geholfen. Schon gar nicht in unserem Metier.«

Der Staatsanwalt seufzte laut.

»Hören Sie: Ich schätze Ihren Eifer wirklich sehr, Lohmeyer. Sie wollen einen guten Job machen, und das ehrt Sie. Ihr Ruf spricht für Sie, Ihre Quote auch. Aber ein guter Polizist weiß Eifer von Eile zu unterscheiden. In der Eile passieren Fehler, die nicht mehr gutzumachen sind. Vergessen Sie nicht, dass es in jeder Hinsicht um Menschenleben geht. Um das verlorene, aber auch das der Angehörigen, der Verdächtigen und das von deren Freunden und Bekannten. Unsere Entscheidungen ziehen weite Kreise. Da ist Sorgfalt geboten. Akribie. Innehalten und genauer hinsehen. Nicht Hast. Und wenn Sie sowieso schon einen Verdächtigen haben, verstehe ich erst recht nicht, warum Sie so drängeln.«

»Ich schon«, flüsterte Manne tonlos und versuchte, sein Gewicht zu verlagern, weil er in einem für sein Knie wirklich sehr ungünstigen Winkel hockte. Dabei schwappte noch mehr Kaffee auf den Boden. Caro nahm ihm mit strengem Blick den Pappbecher aus der Hand.

»Es handelt sich bei dem Verdächtigen um einen alten Kollegen und überdies den Vorstandsvorsitzenden der Kleingartenanlage. So jemand hat viele Freunde, viele Leute, die ihn decken würden. Ich möchte schneller sein.«

»Ein ehemaliger Kollege, sagen Sie?«

»Richtig.« Lohmeyer hatte wenigstens den Anstand, zerknirscht zu klingen.

»Dann ist es umso wichtiger, dass Sie sorgfältig sind, Mann. Wenn Sie einen Polizisten zu Unrecht verdächtigen, verzeiht ihnen das die Truppe nie. Und Sie haben noch ein paar Dienstjahre vor sich. Seien Sie auf der Hut.«

Nach diesen Worten erklang das Geräusch einer sich öffnenden Tür, die kurz darauf wieder ins Schloss fiel. Manne ließ sich recht unzeremoniell auf seinen Hosenboden plumpsen und atmete auf.

»Du siehst aus wie ein Kind an Weihnachten«, stellte Caro amüsiert fest, während sie ihn von oben bis unten musterte.

»So fühle ich mich auch«, gab Manne grinsend zu.

»Wollen wir erst mal frühstücken?«

Wenig später saßen sie im Thea & Coffee, einem gemütlichen Café in der Nähe der Rechtsmedizin. Es war einer von diesen Orten, die es früher so in Berlin nicht gegeben hatte, die aber jedes Viertel besser machten. Bunt und gemütlich, voller junger und absurd schöner Menschen, die aussahen, als wären sie auf dem Weg zu einem Drehort.

Manne gehörte nicht zu den Leuten, die jede neue Entwicklung verteufelten, im Gegenteil. Seitdem es in fast jedem Teil der Stadt junge Leute gab, die sich trauten, ihren eigenen gastronomischen Traum zu verfolgen, gab es nun auch fast überall gemütliche, kleine Cafés mit tiefen Sesseln, gutem Kaffee und selbst gebackenen Kuchen. Besonders gern mochte er es, wenn Menschen aus Portugal ihren Traum vom eigenen Café verwirklichten. Diese Pastéis de Nata, die es überall zu kaufen gab, waren wirklich ein Traum. Was man dagegen haben konnte, war ihm wirklich schleierhaft. Im Gegensatz zu dem Prinzip von Mittagessen in Einmachgläsern verstand er das Prinzip von gutem Kuchen sehr wohl. Kuchen war international und zeitlos.

Natürlich wusste er, warum Gentrifizierung ein Problem war. Aber konnte köstlicher Aprikosen-Mandel-Kuchen wirklich Teil des Problems sein?

»Sind wir jetzt eigentlich irgendwie schlauer?« Caro betrachtete mit gerunzelter Stirn ihre Notizen, dann hielt sie Manne das Büchlein hin. Er unterdrückte ein Grinsen, als ihm auffiel, dass sie sich dank des tiefen Sessels ziemlich weit recken musste.

Er nahm das Notizbuch entgegen, brauchte aber gar nicht reinzuschauen, um zu antworten.

»Nicht wirklich«, gab er seufzend zu. »Aber das konnten wir vorher schlecht wissen, oder?«

»Was wissen wir denn überhaupt? Was ist mit dem Todeszeitpunkt?«

Manne schlug die entsprechende Seite auf und las sich alles noch einmal aufmerksam durch.

»Die Verwesung weist auf einen Todeszeitpunkt irgendwann vor ungefähr zehn Tagen hin«, sagte er dann.

»Das ist doch gut! Oder nicht?«, fragte Caro und versenkte ihre Gabel in der handbreiten Schokoladen-Ganache auf ihrem Stück Torte.

»Jein«, antwortete Manne. »Das Problem ist der Frost.«

»Hm?«

»Kalle lag nur weniger Zentimeter unter der Erdoberfläche in einem Gemüsebeet«, erklärte er geduldig. »Wir hatten einen sehr harten Winter. Meine Regenauffangtonne hinter dem Haus ist gerissen, weil da alles komplett durchgefroren war, und das Ding ist einen Meter fünfzig hoch. War ein einziger, riesiger Eisklumpen.«

»Okay«, sagte Caro, aber die Falte über ihrer Nasenwurzel verriet, dass sie nicht wirklich verstand, wo das Problem lag.

Manne hob die Brauen.

»Tiefkühlen stoppt die Verwesung. Wäre es nicht so, hätten wir keine Tiefkühlpizza, keine Hähnchen aus Polen, keine Himbeeren im Winter.«

Nun hellte sich das Gesicht seiner neuen Kollegin auf. »Das heißt also, wir wissen gar nicht, ob er vor einer Woche oder eine Woche vor Einsetzen des Frostes gestorben ist.«

»Du hast es erfasst. Wir sprechen hier von einem möglichen Zeitraum von über zwei Monaten. Vielleicht sogar noch länger. Letztes Jahr hatten wir immerhin weiße Weihnachten. Er könnte theoretisch auch zwischendurch kurz aufgetaut und dann wieder eingefroren sein.«

»Okay.« Sie rührte versonnen in etwas, das aussah wie grüne Milch. »Also hilft uns noch nicht mal das.«

»Vielleicht, vielleicht auch nicht. Es ist noch viel zu früh, das zu beurteilen.«

»Wann hast du ihn denn eigentlich das letzte Mal gesehen?«

Manne lächelte dünn.

»Irgendwann Ende August, glaub ich. Da bin ich ein letztes Mal zu ihm rüber, um mit ihm über die Pumpe zu sprechen. Er hat mich hochkant aus dem Garten geworfen, seine Sachen gepackt und kam dann nicht mehr wieder.«

»Überhaupt nicht mehr?«

Manne zuckte die Schultern. »Jedenfalls nicht, wenn ich da war. Er muss noch ein paarmal im Garten gewesen sein. Die Hütte war ja leer. Aber wahrscheinlich hat er sie im Winter ausgeräumt. Oder nachts, während alle schliefen. Gesehen haben Petra und ich ihn nie wieder. Tine hat noch ein paarmal versucht, ihn telefonisch zu erreichen, hatte allerdings auch kein Glück. Aber ganz so ungewöhnlich, wie es jetzt klingt, ist das gar nicht. Es kommt immer mal wieder vor, dass Pächter einfach verschwinden. Sie zahlen nicht mehr weiter und sind auch nicht mehr aufzufinden. Diesmal war es nicht ganz so schlimm, trotzdem ist euer Grundstück völlig verkommen in der Zeit. Wir haben es mit dem Verein im Januar geräumt, damit es nicht ganz so katastrophal aussieht.«

»Und da habt ihr nichts Persönliches mehr gefunden?«

»Ein paar Sachen. Nichts Besonderes. Eher ein bisschen Schrott und Gartenkram, für den er keine Verwendung mehr hatte. Ich habe alles in einer Kiste im Vereinsheim stehen. Wollte ich ihm schon lange mal zuschicken, aber ...«

»Du hast gehofft, ihr könntet noch mal reden?«, bot Caro an.

Doch Manne schüttelte den Kopf. »Ich war zu wütend auf ihn, um das Porto aus der Vereinskasse zu nehmen.«

Ein leichtes Lächeln huschte über Caros Gesicht. »Ich verstehe. Das heißt, die Kiste ist noch da?«

»Natürlich.«

»Dann schadet es doch bestimmt nicht, mal einen Blick hineinzuwerfen, oder?«

KAPITEL 11

Weil sie wussten, dass in ihren Parzellen die Familien mit allerlei Fragen auf sie warteten, gingen Manne und Caro direkt durch zum Vereinsheim, das auf der zentralen Festwiese stand.

Es war ein ziemlich großes Haus mit zwei Eingängen und einer Kneipe, die noch nicht wieder geöffnet hatte. Caro liebte diese Kneipe schon ewig. Sie trug den schlichten Namen Harmonie 2 und war dermaßen aus der Zeit gefallen, dass Caro sich jedes Mal wunderte, warum sie so spärlich besucht war. Sicherlich dachten viele Leute wegen der Lage mitten im Kleingartenverein, dass nur Mitglieder hier essen und trinken durften. Aber die Harmonie 2 stand jedem offen. Als Greta noch kleiner gewesen war, hatte der umzäunte Außenbereich mitten in der Kleingartenanlage für sie und Eike die einzige Möglichkeit geboten, einigermaßen entspannt mit Kind auswärts zu essen. Nur so waren sie überhaupt auf die Idee gekommen, sich auf die Warteliste für einen Kleingarten innerhalb der Kolonie setzen zu lassen.

»Gibt es eigentlich auch ein Harmonie 1?«, stellte sie die Frage, die ihr immer in den Kopf gekommen war, wenn sie das Schild erblickte.

»Gab es mal«, antwortete Manne. »Aber die erste ist abgebrannt. War nur eine große Holzhütte mit Ausschank durchs Fenster. Mit Fördergeldern der EU haben wir nach der Wende dann unser Vereinsheim mit der großen Kneipe gebaut.«

»Oh. Warum ist die Hütte denn abgebrannt?«

Manne drehte sich zu ihr um und schenkte ihr einen langen Blick. »Das hat man nie herausgefunden. Es war mitten im Winter, und Zeugen gab es keine. Verletzte auch nicht. Nach der Wende sind so einige Dinge in Rauch aufgegangen. Meistens schob man es auf die miese Verkabelung.«

Caro warf ihm einen fragenden Blick zu.

Manne lächelte. »Es war eine ziemlich wilde Zeit, vor allem in Berlin. Viele Dinge gingen zu Bruch, andere wurden aufgebaut. Und nirgends wurde genauer hingesehen.«

»Glaubst du, die alte Kneipe ist eines natürlichen Todes gestorben?«, fragte Caro, und nun grinste Manne.

»Ich bezweifle es.«

Sie gingen auf die rechte der beiden Türen zu, und noch im Gehen zog Manne einen großen Schlüsselbund aus der Hosentasche.

Caro staunte nicht schlecht. So ein Monstrum schleppten normalerweise nur Briefträger mit sich herum. »Bekommst du von dem Ding nicht Schlagseite? Was hast du denn da alles dran?«

»Schrankenschlüssel, Torschlüssel, Kneipenschlüssel, Schlüssel zum Vereinsheim, Schlüssel für die Geräteschuppen, das ehemalige Waschhaus, Parzellen von Mitgliedern, die nicht mehr so oft nach dem Rechten sehen können, verschiedene Briefkastenschlüssel …« Manne betrachtete das riesige Bündel Metall in seiner Hand. »Alles eben.«

»Du trägst hier ganz schön viel Verantwortung«, sagte Caro, der allein beim Gedanken an all das, worum sich Manne offenbar kümmerte, ganz schwindelig wurde.

Der brummte nur zustimmend und schloss die Tür auf.

Beim Eintreten fiel Caros Blick auf einen großen Schaukasten, in dem noch die Freizeitangebote der letzten Saison angeschlagen waren. Sommerfest, Kinderfest, Kartoffelfest. Stammtischrunden und Rommé in der Harmonie 2. Arbeitseinsätze.

All das war so spießig und kleinstädtisch, dass Caro der Kopf schwirrte. Eigentlich war sie nach Berlin gezogen, um vor genau so etwas sicher zu sein. Warum nur hatte sie plötzlich den unbändigen Drang, hier in der Anlage dazuzugehören und ihren Platz zu finden? War das so was wie ein verspäteter Nestbautrieb?

Eigentlich waren Multifunktionshosen genauso wenig ihr Ding wie Gespräche über irgendwelche anderen »Gartenfreunde«, während das Billigfleisch auf sündhaft teuren Gasgrills brutzelte. Im nächsten Augenblick schämte sie sich für diesen sehr tiefen Griff in die Klischeekiste.

Das Vereinsheim lag noch im Winterschlaf. Caro fand, dass man es Räumen immer anmerkte, wenn sie eine Weile nicht genutzt worden waren.

Sie rochen anders. Klangen anders. Vielleicht lag das am vielen Staub, der sich in der Zwischenzeit über alles gelegt hatte. Doch sie glaubte eher, dass es die Luft selbst war. Hier war schon lange nicht mehr geatmet, geschweige denn gelüftet worden.

Manne ging durch einen schmalen, mit Teppichboden ausgekleideten Flur voran in ein winziges Büro. Neben der Tür stand »Manfred Nowak, Vorstandsvorsitzender« auf einem dieser Behördenschilder, bei denen sich Caro immer fragte, wie man sie wohl beschriftete. War das Papier da drinnen? Plastik? Und wie kam es da überhaupt rein?

Sie schritt über die Schwelle und schaute sich um. Viel zu sehen gab es nicht, lediglich ein Schreibtisch mit dazugehörigem Stuhl sowie eine kleine Anrichte mit Auszeichnungen und Geschenken hatten darin Platz. Also … abgesehen von den ganzen Akten. An drei von vier Wänden wuchsen Aktenschränke bis unter die Decke. In keinem schien auch nur noch ein Millimeter Platz zu sein.

»Du führst aber einen heftigen Papierkrieg«, bemerkte sie.

Manne nahm die Brille von der Nase, um sie mit einem Zipfel seines fragwürdigen T-Shirts zu putzen. »Das ist nicht meine Entscheidung, ich bin nur ein einfacher Soldat. Der Bezirksvorstand will alles ausgedruckt und in mehrfacher Ausführung haben. Mir ist das auch alles zu viel. Neumitglieder werden förmlich von Papier erschlagen.«

»Ja, das ist mir aufgefallen. Außerdem sollte man doch denken, dass Kleingärtner Bäume mögen und sie schützen wollen, anstatt sie für ihre Zwecke hinzumetzeln.« Sie grinste und schüttelte halb vor Unglauben, halb vor Bewunderung den Kopf.

Tatsächlich war Caro überrascht gewesen, wie viel es zu lesen gab, wenn man so einen Garten pachtete. Bundeskleingartengesetz, Abwasserverordnung, Bezirksverordnung, Vereinssatzung, Informationen über Bienen und Singvögel, Gartenabfälle und den Eichenprozessionsspinner. Kleingartenentwicklungsplan. Terminkalender, Parzellenplan, Hausordnung. Der ganze Kram füllte einen dicken Ordner.

Manne umrundete seinen Schreibtisch und bückte sich, um eine ziemlich große Kiste aus dem hintersten Winkel des Raumes hervorzuzerren. Bei näherer Betrachtung war es sogar ein Umzugskarton, und er schien schwer zu sein.

»Okay. Das Porto wäre teuer gewesen«, gab Caro zu und fragte sich, ob das wohl schon Sperrgut war.

»Vom Aufwand ganz zu schweigen.«

»Lagert alles, was so auf den Parzellen verbleibt, hier in deinem Büro?«

Manne schüttelte den Kopf. »Natürlich nicht. Ich fühlte mich nur in diesem Fall irgendwie verpflichtet, den Krempel an mich zu nehmen. Aber wie schon gesagt, glaube ich nicht, dass da irgendwas Interessantes drin ist.«

Er öffnete den Deckel, und sie spähten beide so vorsichtig hinein, als fürchteten sie, vielleicht ein Leichenteil oder Ähnliches vorzufinden.

Tatsächlich war es nur ein Haufen Schrott.

Nacheinander holte Manne ein altes Miniradio, einen stark benutzten Toaster, einen kleinen Werkzeugkoffer, eine zerfledderte

Ausgabe von *Der Fänger im Roggen*, einen Stapel Gartenmagazine, eine halb volle Flasche Ameisenstopp, drei linke Gartenhandschuhe und ein Paar Gummistiefel hervor.

»Okay. Das sieht wirklich nicht sehr aussagekräftig aus«, gab Caro zu.

Trotzdem nahm sie sich das Buch und blätterte es sorgfältig durch. Ihr Herz schlug kurz höher, als ein kleiner Zettel heraussegelte. Doch es handelte sich nur um die vollkommen ausgeblichene Quittung für einen Gartenschlauch. Von 2005.

Danach blätterten sie gemeinsam durch die Gartenmagazine. Kalle hatte sie offenbar sorgfältig gelesen. Hier und da hatte er Artikel markiert oder mit Notizen versehen. Am Rand waren dann immer kleine Klebemarker gesetzt worden.

»Er schien die Gartenarbeit sehr ernst zu nehmen«, stellte sie fest.

Manne nickte. »Ja, aber so war er mit allem, was er anfasste. Ziemlich gründlich. Und wenn er sich für etwas wirklich interessierte, dann machte er es richtig. Richtiger als alle anderen. Gegen seine Parzelle sah selbst unsere verwildert aus – und ich habe hier mehr Zeit verbracht als er. Außerdem sind Petra und ich zu zweit. Keine Ahnung, wie er das angestellt hat.«

»Hm.« Caro runzelte die Stirn und fragte sich im Stillen, welches Erbe sie da angetreten hatte. »Ist es nicht merkwürdig, wenn so jemand seine Parzelle einfach verkommen lässt? Nach vielen Jahren sorgfältiger Gartenarbeit?«

»Natürlich ist es das. Aber die letzten Monate vor seiner Kündigung hat er den Garten auch schon schleifen lassen. Ich sagte doch: Petra und ich haben ihn kaum wiedererkannt.«

»Was war denn der größte Unterschied zu früher?«, wollte Caro wissen.

Manne runzelte die Stirn und verzog das Gesicht, als müsste er in die Sonne blinzeln.

»Er war nur noch eine schlechte Kopie seiner selbst. Nicht mehr so freundlich und hilfsbereit, nicht mehr auf diese stille und melancholische Weise zufrieden. Kalle war immer das gewesen, was man so schön ›stilles Wasser‹ nennt, hat aber nie jemanden abgewiesen, der Hilfe brauchte, und war auch nicht unbedingt um einen Plausch verlegen. Er blieb einfach eher für sich. Aber am Ende hat er alle von sich weggestoßen, hat um sich gebissen wie ein verletztes Tier. Und hat offenbar noch nicht einmal uns anvertrauen wollen oder können, was genau los war.«

»Schon ganz schön scheiße«, stellte sie fest, und Manne lachte.

Sie blätterten alles durch, drehten alles um, schauten in jede Dose, in die Schlitze des Toasters und schraubten sogar das Batteriefach des Radios auf.

»Nichts«, sagte Manne.

Caro seufzte. »Was für ein verlorener Vormittag. Dabei haben wir eine Leiche gesehen, uns vor zwei Beamten hinter einem Sarg versteckt und danach noch eine geheimnisvolle Kiste durchwühlt.«

»Ermittlungen sind meistens so. Man sucht nicht die Stecknadel im Heuhaufen. Man sucht die Stecknadel auf einem Bauernhof. Und man weiß nicht einmal, wie sie aussieht.«

»Schöner Vergleich.«

Der guten Ordnung halber nahm Caro die Gummistiefel zur Hand und drehte sie herum. Dabei rieselte ein bisschen Gartenerde auf den behördenblauen Teppich. Schließlich fiel noch eine Packung Zigaretten der Marke Cabinet heraus. Manne runzelte verwirrt die Stirn.

»Was machen die denn hier?«, fragte er und griff nach der Packung. Er klappte sie auf. Sie war ungefähr halb voll.

»War Kalle Raucher?«

Manne lachte und schüttelte den Kopf. »Als junge Männer haben wir beide geraucht, das schon. Aber als bekannt wurde, wie schädlich das Rauchen ist, haben wir es sein gelassen. Kalle entwickelte sich sogar zu einem dieser militanten Nichtraucher, die es gar nicht leiden konnten, wenn in ihrer Nähe geraucht wurde. Geschweige denn in ihrer Hütte.«

»Könnte das noch eine alte Packung sein? Von damals? Cabinet ist doch eine Ostmarke.«

»Das schon«, bestätigte Manne. »Aber damals sahen die Packungen völlig anders aus. Sie hatten oben keine Klappe, sondern eine Staniolfolie und ein buntes Siegel. Die hier ist neuer und definitiv nicht von Kalle.«

»Vielleicht war er in den letzten Wochen und Monaten auch so gestresst, dass er wieder angefangen hat, zu rauchen«, mutmaßte Caro. »In seinem Leben ging ja einiges drunter und drüber.« Sie warf ihm einen Seitenblick zu. »Der Streit mit seinem besten Freund zum Beispiel.«

Manne betrachtete die Packung. »Kann schon sein«, murmelte er und drehte sie zwischen den Finger. Dann lachte er traurig. »Offen gestanden könnte ich mir glatt auch eine anzünden. Aber Kalle … ich weiß nicht.«

»Und dass ein Besucher sie vergessen hat, kann nicht sein?«

»Nein. Er hätte es wie gesagt gar nicht zugelassen. Wer rauchen wollte, musste das draußen tun. Außerhalb seines Grundstücks.«

»Und dass sie jemand aus Versehen eingepackt hat, als ihr das Grundstück geräumt habt?«

Manne überlegte einen Moment. »Das waren nur eine Handvoll Leute. Petra, Tine und ich. Dann noch Joachim von der 1 und Heide.« Er schüttelte den Kopf. »Alles Nichtraucher.«

Ratlos saßen sie einander gegenüber und betrachteten die Packung, die so viel erzählte und ihnen gleichzeitig überhaupt nichts sagte.

»Vielleicht solltest du die Packung Lohmeyer geben. Fürs Labor?«

Manne schnaubte. »Dem Typen geb ich gar nichts. Der würde eh nur glauben, dass ich versuche, mich zu entlasten, und irgendwas fingiere. Nein, die bleibt schön hier bei uns.«

»Du meinst, weil sie dem Mörder gehört haben könnte?«

»Vielleicht«, bestätigte Manne.

»Heute früh ist mir aufgefallen, dass euer kleines Gartentörchen unversehrt ist. Da hat sicher niemand eine Leiche drübergewuchtet. Also muss der Mörder einen Schlüssel gehabt haben. Was nur bedeuten kann, dass er schon mindestens einmal vorher hier war.«

Caro spürte, wie ihr ein kalter Schauder über den Rücken lief. »Du meinst, der Mörder hat einen Schlüssel zu *meinem* Garten?«

Der Schreck, den diese Worte bei Manne auslösten, war deutlich zu sehen. »Scheiße, daran habe ich ja noch gar nicht gedacht. Ihr solltet vielleicht besser das Tor auswechseln, Caro.«

Sie atmete tief durch. »Ja, das denke ich auch. Immerhin eine nützliche Information an diesem Vormittag.«

»Tut mir leid, da hätte ich selbst draufkommen müssen.«

Caro winkte ab. »Ist ja noch früh genug.«

Er kratzte sich am Kopf. »Immerhin wissen wir jetzt, dass wir einen Raucher suchen.«

Caro grinste. »Das ist ein Anfang, oder nicht?«

KAPITEL 12

Sie schlenderten gemeinsam über die Anlage zurück zu ihren Gärten. Manne fühlte sich merkwürdig entrückt von allem und fragte sich, ob bei ihm der Schockzustand wohl mit Verzögerung einsetzte. Seine Gedanken rasten, und er merkte kaum, wohin er lief. Nur gut, dass sein Unterbewusstsein vollkommen von selbst zurückfand. Diese Wege waren ganz tief in seine Hirnwindungen gebrannt.

»Und du hast wirklich keine Ahnung, zu wem die Zigaretten gehört haben könnten? Hast nie etwas gesehen? Ich meine: Die Hecke kann keinen Meter fünfzig hoch sein«, bohrte Caro nach. Sie hörte wirklich sehr selten auf zu reden.

»Einen Meter fünfundzwanzig«, murmelte er geistesabwesend.

»Gibt es vielleicht eine Möglichkeit herauszufinden, ob Kalle die Zigaretten gekauft hat?«

Manne blieb abrupt stehen. Mit einem Mal verursachte ihm Caros Anwesenheit entsetzliche Kopfschmerzen.

»Noch mal zum Mitschreiben: Wir sind nicht die Polizei, Caro. Wir haben weder die Mittel noch die Möglichkeiten. Kein Personal, keine Befugnisse und darüber hinaus könnte, wer auch immer sie gekauft hat, dies auch einfach an einem Automaten getan haben. Wie stellst du dir das denn vor?«

Caro runzelte die Stirn.

»Ich weiß auch nicht. Dachte, es gäbe vielleicht eine EC-Karten-Abrechnung.«

»Natürlich gibt es die!« Manne war gereizt, und so klang er auch, konnte es aber nicht ändern. Wie naiv konnte man sein? »Aber da kommen wir nicht ran, weil kein Kreditinstitut *uns* Auskunft erteilen würde. Weil *wir* keine Autorität haben. Was sowieso vollkommen egal ist, weil kaum jemand eine Packung Kippen mit der Karte zahlt. Schon gar nicht Kalle. Der hat nämlich gar nicht geraucht, und Punkt.« Er schnaubte. »Du hast wohl zu viel *Tatort* geschaut, was?«

Am Ende dieser Tirade wurde er richtig laut, und ein kleiner Teil von ihm schämte sich sogar dafür. Aber nur ein kleiner Teil, und der wurde ebenfalls niedergeschrien.

»Ist ja schon gut«, gab Caro patzig zurück. »Tut mir leid, wenn ich mir Mühe gebe, die Sache ernst zu nehmen. 'tschuldigung, ich versuche nur, mich einzubringen.«

»Wenn das dein Beitrag ist, kann ich gerne darauf verzichten«, ätzte Manne. Er wusste selbst nicht so genau, warum Caro ihn gerade so aufregte. Oder warum er so an die Decke ging.

»Ach so? Klar, du kannst es gerne mal versuchen, wenn du alles so viel besser weißt und kannst. Aber soll ich dir was sagen? Nur, weil du mal Polizist warst, bedeutet das noch lange nicht, dass ich bloß ein Anhängsel bin. Du hast seit Jahren nicht mehr gearbeitet und wirkst, als hättest du dich hier in der Anlage vor der Welt verkrochen.« Sie zuckte die Schultern. »Vielleicht bin ich kein Profi, vielleicht koste ich dich Nerven. Okay. Aber hast du dir mal Gedanken darüber gemacht, was du ohne mich wärst?«

»Ein Mann, der seine Ruhe hat?«, schlug Manne vor.

Caro stemmte die Hände in die Hüften. »Ein Ex-Polizist unter Mordverdacht, der im Alleingang versucht, die Schuld für einen Mord jemand anderem in die Schuhe zu schieben. Ein bedauernswerter Gartenzwerg in Cargohosen, der nicht damit klarkommt, seinen besten Freund wegen einer beschissenen Wasserpumpe verloren zu haben, und jetzt verzweifelt versucht, etwas wiedergutzumachen, das man nicht wiedergutmachen kann.«

Manne atmete zischend aus. Autsch. Der hatte gesessen. Mit der Zeit war auch Caro laut geworden, ihr Gesicht war rot angelaufen, und gerade drehte sie sich so schwungvoll auf den Absätzen ihrer neuen Leinenturnschuhe um, dass sich ihr Pferdeschwanz wie eine Peitsche quer durch Mannes Gesicht zog. Dann stapfte sie in die völlig falsche Richtung davon.

Manne, der offen gestanden ziemlich verdattert war, setzte sich in Bewegung und nahm die Verfolgung auf.

»Caro!«, rief er hinter ihr her und war froh, dass gerade niemand in den umliegenden Parzellen den Rasen mähte oder den Weg fegte oder sonst was tat. Ihm war bewusst, wie lächerlich die Situation von außen wirken musste. Trotzdem tat er, was zu tun war.

»Jetzt warte doch mal! Der Schattige Winkel führt viel zu weit nach Westen!«

Caro blieb abrupt stehen und funkelte ihn wütend an. »Was?«

»Der Schattige Winkel führt zu weit nach Westen«, wiederholte Manne.

Caros Augen verengten sich zu Schlitzen. »Ist das eine Parole? Bist du vielleicht ein Spion oder so was?«

Jetzt war es an Manne, verwirrt zu sein. »Parole?«

»Der Adler ist ausgeflogen. Die Spatzen singen nicht mehr. Der Schattige Winkel führt zu weit nach Westen. Das klingt alles nach einem James-Bond-Film. Du weißt schon: Gehen Sie in dieses Hotel und fragen Sie nach Mustafa. Wenn sich Ihnen ein Mann dieses Namens vorstellt, fragen Sie ihn nach dem Schattigen Winkel. Die Parole lautet: Der Schattige Winkel führt zu weit nach Westen.«

Manne musste gegen seinen Willen lachen. Erst *Tatort,* dann James Bond. »Komm mal mit«, raunte er. »Hier können wir nicht ungestört miteinander reden.«

Er zog sie sanft am Ärmel hinter sich her bis zur Kreuzung, an der der Weg vom großen Hauptweg abzweigte, und zeigte auf das Schild.

»Ach so.« Caro ließ die Schultern sinken. »Schattiger Winkel. Der Weg heißt nur so.«

»Exakt.«

Ein paar Sekunden lang herrschte merkwürdiges Schweigen, dann ergriff Manne das Wort: »Hör zu, es tut mir leid, dass ich dich so angefahren habe. Die ganze Sache ist nicht gut für meine Nerven.«

Caro lächelte matt. »Du müsstest ein Stein sein, wenn dich diese Situation nicht fertigmachen würde. Aber das ist kein Grund, es an mir auszulassen, nur weil ich grade greifbar bin.«

Sie atmete tief durch und zog ihren Pferdeschwanz zurecht. »Ich weiß nicht, ob dir das schon mal jemand gesagt hat, aber schreien ist auch nicht gerade der beste Weg, eine gute Nachbarschaft zu beginnen.«

»Hm«, machte Manne, der fand, dass eine Entschuldigung reichen musste.

»Und nur, damit du es weißt: Ich hasse *Tatort!* Und ich finde, wenn uns die normalen Ermittlungswege verschlossen sind, kann es nicht schaden, ein bisschen kreativer zu denken und seine Fantasie spielen zu lassen. Wenn du sowieso schon weißt, dass alles nichts bringt, dann kannst du dich von mir aus auch gerne auf deine Terrasse setzen und mit 'ner Molle in der Hand darauf warten, dass Lohmeyer kommt und dir Handschellen anlegt.«

Okay, er gab sich geschlagen. Die Erwähnung seiner möglichen Verhaftung bewirkte endgültig, dass Manne sich wieder zusammenriss.

»Du hast ja recht«, gab er zähneknirschend zu. »Es fällt mir einfach schwer, mich damit abzufinden. Mit ... na, mit allem eigentlich.«

Sie legte den Kopf schief, und ihr Blick wurde weicher. »Ich versteh dich ja. Das tu ich wirklich. Und ich weiß auch, dass ich keine Ahnung von Ermittlungsarbeit habe. Aber ich bin auf deiner Seite und bereit zu lernen. Ich würde es nur vorziehen, wenn du mich nicht jedes Mal anpampen würdest, wenn ich es versuche.«

»Okay, abgemacht«, sagte Manne, der froh war, dass die Stimmung wieder normal war, aber keine Lust hatte, das Thema noch weiter zu vertiefen.

Er würde sich eben am Riemen reißen müssen. Schließlich waren die von Ribbeks, wie Caro ihn gerade erinnert hatte, seine neuen Gartennachbarn. Und mit denen sollte man es sich bekanntlich unter keinen Umständen verscherzen. Denn die Pumpe stand zum Beispiel nach wie vor auf ihrem Grundstück.

»Dann gehen wir doch den Bachstelzenweg zurück zu unseren Gärten«, schlug er vor und zeigte in die richtige Richtung.

Caro setzte einen Blick auf, der ihm wohl weismachen wollte, dass sie die ganze Zeit über genau gewusst hatte, wo es langging, und stapfte voraus.

In der Anlage war an einem Sonntag wie diesem eigentlich besonders viel los, doch aus irgendeinem verrückten Grund begegneten sie fast niemandem. Das war ungewöhnlich; die Sonne schien, und die Temperaturen waren über die zwanzig Grad geklettert – und das noch vor Ostern. Normalerweise konnten es die meisten Gartenfreunde gar nicht schnell genug in ihre Parzellen schaffen.

Merkwürdig.

Doch schon beim Einbiegen in den Holunderblütenweg beschlich ihn eine Ahnung, warum es in der restlichen Kolonie so verdächtig still war an diesem Sonntagmittag.

Es war gar nicht so, dass niemand in der Anlage war. Die waren bloß alle in seinem Garten!

Schon aus der Ferne war das Gemurmel vieler Stimmen zu hören, und der Rauch, der von seiner Parzelle aufstieg, sowie das sperrangelweit aufstehende Gartentor sagten ihm alles, was er wissen musste. Manne blieb abrupt stehen.

»Hat jemand Geburtstag?«, fragte Caro, der die Volksfestakustik ebenfalls nicht entgangen war.

»Nein. Ganz im Gegenteil«, sagte Manne, während er versuchte, die neuerlich aufsteigende Wut irgendwie zu unterdrücken. Er wusste, was die meisten der Gartenfreunde heute in seine Parzelle getrieben hatte. Genau wie gestern Abend war es die reine Sensationslust, die sie dazu brachte, ihnen auf die Pelle zu rücken.

Wer gestern Abend nicht dabei gewesen war, empfand den Sensationshunger wahrscheinlich als besonders nagend.

Manne hasste Sensationslust. Sie wurde oft als Neugier getarnt, und manche Menschen verwechselten das eine mit dem anderen. Neugier war gut. Der Drang des Menschen, die Welt zu verstehen. Ein Hunger nach Fakten. Sensationslust hingegen war der Wunsch, etwas Schreckliches beobachten zu dürfen, ohne selbst betroffen zu sein. Damit sich das eigene Leben für einen Moment besonders sicher und gut anfühlte, ganz egal, welche Kämpfe man im Alltag sonst so ausfocht.

Sie war der Grund, weshalb es in der Nähe von Auffahrunfällen so leicht zu Auffahrunfällen kam. Nicht, weil alle Autofahrer noch mal schnell überlegen mussten, wie das mit der stabilen Seitenlage genau funktionierte, bevor sie den Verunfallten zu Hilfe eilten, sondern weil sie gaffen und sich am Leid anderer ergötzen wollten.

Und jetzt war Manne, ihr Vorstandsvorsitzender, der Auffahrunfall.

Er selbst hatte das Prinzip der Sensationsgier theoretisch begriffen, aber nie ganz verstanden. Wahrscheinlich, weil er als Kriminalkommissar in seiner Karriere mehr echtes Leid gesehen hatte, als ein Mensch im Leben überhaupt verkraften konnte.

»Sollen wir uns einfach verstecken?«, schlug Caro mit einem Lächeln im Gesicht vor.

»Wieso das denn?«

»Na, weil du aussiehst, als wolltest du weglaufen.«

Manne seufzte. »Will ich auch«, gab er zu, während er sich wieder in Bewegung setzte. »Aber das hier ist eindeutig eine Situation aus der Rubrik ›Hilft ja nüscht, wa?‹.«

Als sie am Zaun ankamen, wurde sein Fluchtreflex allerdings so groß, dass er wirklich kurz davor war, auf dem Absatz kehrtzumachen und davonzurennen. Sein Garten war gerammelt voll, anders konnte man es nicht ausdrücken. Sämtliche Sitzgelegenheiten waren besetzt, in jeder Ecke seines Gartens standen Leuten in Grüppchen beisammen. Rechts neben dem Haus hatte sich sogar schon eine Raucherecke gebildet, und an seinem Grill stand eine junge Frau, die er nicht kannte und die das Grillgut eher wie jemand beäugte, der eine Bombe zu entschärfen hatte. So hatte es zuletzt an seinem Sechzigsten ausgesehen. Nur dass da Kalle noch am Grill gestanden hatte.

Manne gab sich einen Ruck. Doch als er durch das kleine Gartentor trat, passierte genau das, was er befürchtet hatte und aus unzähligen Filmen und Werbespots kannte. Es wurde still, und alle schauten ihn an. Eine Sekunde wurde zur Ewigkeit, und er verfluchte sich dafür, dass er sich keine geistreiche Begrüßung zurechtgelegt hatte.

Er zwang seine Lippen in ein Lächeln und rief laut: »Hat jemand Geburtstag?«

Sofort entspannten sich alle ein wenig und nahmen ihre Gespräche wieder auf, ein paar lachten leise.

Er durchquerte den Garten auf der Suche nach Petra, Tine oder einem anderen freundlichen Gesicht, war dann aber doch überrascht, als sich die Tür ihrer Laube öffnete und ein großer, schlaksiger Kerl auf die Terrasse trat.

»Papa!« Jonas kam schnellen Schrittes durch die Schar ungebetener Gäste auf ihn zu, und Mannes Vaterherz verzog sich leicht, wie immer, wenn er nicht mit Jonas gerechnet hatte. Wie um alles in der Welt ein so großer, schöner Kerl unter Beteiligung seiner Gene hatte entstehen können, war ihm ein fortwährendes Rätsel.

»Jonas!« Er nahm seinen Sohn fest in die Arme, und für einen kurzen Moment blieb ihm die Luft weg vor Erleichterung und Freude. »Ich dachte, du bist in München«, brachte er heraus, und Jonas lotste ihn am Arm durch den Garten, auf der Suche nach einem ruhigen Ort zum Reden.

Sie landeten schließlich ganz hinten neben dem Komposthaufen.

»Mama hat mir gestern Abend noch geschrieben, und wir sind heute früh direkt mit dem ersten Zug gekommen.« Jonas' Blick wanderte in Richtung Grill, und Manne verstand.

»Ah, ist das …« Er wühlte in seinem Gedächtnis, konnte sich aber nicht an den Namen von Jonas' aktueller Freundin erinnern. Petra versorgte ihn immer zuverlässig mit den neuesten Änderungen im Leben ihres Sohnes, doch wenn es um die Frauen in Jonas' Leben ging, so hatte Manne vor circa fünf Jahren aufgegeben, Schritt halten zu wollen. Sie waren eher ein stetiger Fluss als eine Konstante in dessen Leben. Und er hatte schnell herausgefunden, dass einem eher verziehen wurde, wenn man einen Namen gar nicht wusste, als wenn man die neue Freundin aus Versehen mit dem Namen einer Ex ansprach.

»Mala«, sagte Jonas mit einem breiten Lächeln. »Und, Papa: Mit ihr ist es anders. Wirklich.«

Wie oft hatte er das eigentlich schon gehört? Ein Dutzend Mal? Öfter? Und wie immer hoffte er für seinen Sohn, dass es wirklich so war. Dieses ständige Auf und Ab musste doch unglaublich anstrengend sein. Er selbst hatte zwei lose Freundschaften gehabt, bevor er Petra kennenlernte, und nicht das Gefühl, irgendetwas verpasst zu haben.

»Das ist schön«, sagte Manne und unterzog die junge Frau noch einmal einer genaueren Begutachtung. Tatsächlich stach sie ein wenig heraus aus der langen Reihe großer, schmaler, langhaariger Frauen. Sie war klein und muskulös, mit dunklem Teint und seidig schwarzen, sehr kurzen Haaren.

»Sie kommt aus Indien. Und wenn ihre Eltern erfahren, dass sie mit einem Deutschen zusammen ist, brennt die Hütte.«

Jonas grinste, und Manne schüttelte lächelnd den Kopf. In den Augen seines Sohnes glitzerte etwas, das er bisher nur selten gesehen hatte.

»Okay, ich verstehe. Es ist ernst.«

»Das ist es«, bestätigte Jonas, der seiner Freundin nun ein liebevolles Lächeln quer über den Rasen zuwarf.

»Weiß sie, dass ich …«

»Dass du unter Mordverdacht stehst?«

Manne nickte knapp, und Jonas kratzte sich verlegen am Ellbogen. Etwas, das er schon tat, seit er vier oder fünf Jahre alt gewesen war.

»Ich bin nicht ins Detail gegangen. Aber bei dem, was hier gerade läuft, wird es ihr wohl kaum verborgen geblieben sein.«

»Wohl kaum.«

Jonas stemmte die Hände in die Hüften und sah seinen Vater forschend an. »Überraschung, Papa. Was Mala über dich denkt, ist nicht dein größtes Problem.«

»Ich weiß.« Wieso fühlte sich Manne auf einmal, als wäre er hier das Kind? Diese natürliche Autorität hatte der Junge von seiner Mutter. Und ihren strengen Blick ebenfalls.

»Als ich das letzte Mal hier war, hast du mir versprochen, das mit Kalle und dieser dämlichen Wasserpumpe aus der Welt zu schaffen.«

»Ich weiß.«

»Er war mein Patenonkel. Glaub es oder nicht, aber das alles trifft mich auch ziemlich hart.«

»Ich weiß.« Manne klang wie eine kaputte Schallplatte.

»Du klingst wie eine kaputte Schallplatte.«

Als Manne den Mund öffnete, schüttelte Jonas den Kopf. »Sag es nicht, bitte.«

Mit schief gelegtem Kopf fragte Manne: »Wann genau bist du eigentlich so alt geworden?«

Jonas lächelte gequält. »Passende Frage. Gestern früh hat Mala mein erstes graues Haar entdeckt.« Er hielt eine Weile inne. »Ich fand es übrigens gar nicht lustig, hier vorhin völlig übermüdet aufzuschlagen und dich nicht vorzufinden. Im Gegensatz zum gesamten Rest dieser verfluchten Anlage. Oder jetzt keine Zeit zu haben, in Ruhe mit dir zu reden.« Sein Blick schweifte durch den Garten. »Auch wenn ich mir hätte denken können, dass der Laden heute brummen würde.«

»Ich habe irgendwie auch nicht damit gerechnet, obwohl ich es hätte besser wissen müssen«, gab Manne zu. »Ich leite schließlich diesen Laden hier.«

»Was ich nie verstehen werde.« Der zum Lachen geborene Mund seines Sohnes verzog sich missbilligend nach unten. In der Gartenfrage gingen sie sehr weit auseinander; und das schon ziemlich lange. Jonas hatte in der Pubertät eine leidenschaftliche Abneigung gegen die Kleingartenanlage und alles, was mit ihr zu tun hatte, entwickelt, die er bis heute hegte und pflegte. Der einzige echte Streitpunkt zwischen Vater und Sohn.

»Das sind gute Leute, Jonas«, sagte Manne, auf einmal sehr müde, auch wenn es ihm gerade in diesem Moment schwerfiel, sich selbst zu glauben.

»Sie benehmen sich wie Aasgeier. Heucheln Anteilnahme und wollen doch nur Informationen abgreifen, die andere noch nicht haben.«

»In ihren Leben passiert selten was und noch seltener was Gutes. Sie sind einfach aufgekratzt und wollen dort sein, wo was los ist.«

Zu Mannes Überraschung lächelte Jonas nun wieder. »Dein Herz ist zu weich, Papa.«

Jonas legte den Arm um seinen Vater, und Manne wurde wieder

einmal bewusst, wie viel größer Jonas was als er selbst. Wie konnte etwas, das einmal in seine Armbeuge gepasst hatte, nun so groß werden, dass er ihn nun mühelos in den Schwitzkasten nehmen konnte?

Jonas war sogar ein bisschen größer, als Kalle gewesen war.

»Apropos Gartenfreunde«, sagte Jonas nun und deutete diskret in Richtung des Tisches, an dem es sich die Familie von Ribbek bequem gemacht hatte. Caro war in ein Gespräch mit Reinhold, einem ihrer Gartenfachberater vertieft, der verzweifelte Blicke in Richtung Raucherecke warf.

»Mama hat erzählt, du ermittelst in Sachen Kalle gemeinsam mit der blonden Sirene da drüben. Mehr wollte sie nicht erzählen, aber sie wirkte irgendwie aus dem Takt.«

Manne nickte. »Caro von Ribbek. Sie und ihr Mann sind die neuen Pächter von Parzelle 9. Kalle lag quasi in ihrem Kartoffelbeet.«

»Und sie ist auch Polizistin?«

Er schüttelte den Kopf. »Sie macht was mit Instagram.«

Jonas Brauen schossen nach oben. »Okay, das passt. Aber warum arbeitest du dann mit ihr zusammen?«

Manne seufzte. »Weil es ihre Idee war. Gestern Abend waren wir alle vier nicht mehr ganz nüchtern, der Schock steckte uns noch in den Gliedern, und auf einmal …« Er kratzte sich am Kopf. »Auf einmal waren alle der Meinung, ich müsste selbst ermitteln, um nicht ein Langzeitticket für die JVA zu lösen. Und sie war Feuer und Flamme und ist es irgendwie immer noch.«

»Aber kann sie denn … also …«

»Ich habe keine Ahnung. Aber in meiner Situation ist es irgendwie nett, jemanden zu haben, der einem hilft. Und sie ist im Sektionssaal nicht umgekippt, obwohl Kalles Körper komplett geöffnet und ausgeräumt war, also …«

Jonas wurde blass. Verdammt, manchmal vergaß Manne, dass

sein Sohn mit solchen Informationen überhaupt nicht umgehen konnte. Das hatte er ebenfalls von seiner Mutter. Jonas wurde schon schwindelig, wenn er nur an Blut dachte. Weshalb Manne immer nur sehr zurückhaltend von seinem Arbeitsalltag hatte erzählen können.

»Papaaaaa«, beschwerte sich sein großer, breitschultriger, gut aussehender Sohn dann auch gleich ein wenig weinerlich.

»Schon gut, entschuldige. Habt ihr irgendwas Wichtiges rausfinden können seit heute Morgen?«

Jonas zog die Stirn kraus und überlegte. »Ein paar Leute sagen, dass sie ihn noch im Winter über die Anlage haben schleichen sehen, aber Mama meinte, er hätte sich seit September nicht mehr blicken lassen.«

»Korrekt. Gekündigt hat er zum Jahresende«, bestätigte Manne nickend. »Und die Schlüssel hat er gleich mitgeschickt mit der unfreundlichen Aufforderung, seinen ›restlichen Müll‹ einfach wegzuschmeißen oder damit zu machen, was wir wollen.«

»Das klingt aber gar nicht nach ihm.«

»Nein. Nichts, was er am Ende tat oder sagte, klang noch nach ihm.«

Jonas seufzte. »Ich wünschte, ich wäre noch öfter hergekommen. Um ihn noch einmal zu sehen und mit ihm zu reden. Ich …«

Manne legte seine rechte Hand auf Jonas' Schulter. »Schieb den Gedanken beiseite, Jonas. Es reicht, wenn einer von uns beiden sich elend fühlt.«

»Sind Sie so froh über den Tod Ihres alten Freundes, dass Sie gleich eine Party feiern müssen, Herr Nowak?«, schnitt auf einmal eine Stimme, die er jetzt und hier nun wirklich nicht gebrauchen konnte, durch die Geräuschkulisse der plaudernden Gartenfreunde. Kriminalkommissar Lohmeyer stand mitten in ihrem Frühbeet und schenkte ihm einen herablassenden Blick. Sollte der nicht immer noch in Moabit sein und Svenja auf die Nerven gehen?

»Ihnen auch einen schönen Sonntag, Kommissar Lohmeyer«, sagte er müde. »Seien Sie doch so nett und verlassen Sie unser Frühbeet, ja? Meine Frau hängt an ihren Tomaten.«

Der Kommissar schaute einen Moment lang dermaßen irritiert auf seine Füße, dass Manne beinahe laut aufgelacht hätte. Jonas und er tauschten einen kurzen Blick, während der Kommissar etwas umständlich aus dem Pflanzrahmen stakste und etwas murmelte, das wie »Verzeihung« klang.

Eine Weile standen die beiden Männer einander gegenüber und musterten sich mit stummer Feindseligkeit.

»Sie ermitteln im Todesfall meines Patenonkels?«, fragte Jonas schließlich so freundlich und unschuldig, als hätte er keine Antennen für das, was um ihn herum passierte.

»Im Todesfall Karl Dieter Wischnewski«, bestätigte der Kommissar, und Jonas lächelte.

»Dann ist ja heute Ihr Glückstag«, sagte Jonas fröhlich und breitete die Arme aus. »Sämtliche Nachbarn sind versammelt, um des Toten zu gedenken. Niemand wollte nach so einer schrecklichen Nachricht alleine sein, wie Sie sicher verstehen. Das ist für Sie doch die perfekte Gelegenheit, Informationen zu sammeln. Jetzt, wo alle schon mal hier sind.«

Lohmeyer brauchte einen Moment, sich zu fangen, dann nickte er. »Ich hatte zwar auf einen weniger großen Auftritt gehofft, aber … gut.«

Ausnahmsweise war Manne einmal Lohmeyers Meinung. »Glauben Sie mir: ich auch«, sagte er deshalb, erntete aber nur einen abschätzigen Blick vom ermittelnden Kommissar, der sich dann an Jonas wandte.

»Dann fangen wir doch gleich mit Ihnen an«, sagte er.

Jonas zuckte betont lässig die Schultern. »Wie Sie meinen«, erwiderte er nur. »Wollen wir drinnen sprechen? Da ist es etwas ruhiger.«

Ohne die Antwort des Mannes abzuwarten, ging Jonas mit Riesenschritten in Richtung Häuschen. Manne fühlte sich unbehaglich, auch wenn er genau wusste, dass Jonas nichts zu befürchten hatte. Er war in den letzten Jahren nur noch sehr selten in Berlin gewesen.

Kurz wusste er nicht, was er jetzt tun sollte. Dann gab er sich einen Ruck und mischte sich unter die Leute. Bat alle, hierzubleiben, bis der Kommissar mit ihnen gesprochen hatte. Verteilte Würstchen, die ihm Mala mit großer Selbstverständlichkeit auf Papptellern reichte, auch wenn sie dabei nach wie vor dreinblickte, als sei ihr die Sache nicht ganz geheuer.

Als er sie fragte, ob er sie ablösen solle, schüttelte sie jedoch heftig den Kopf. »Bitte nicht!«, sagte sie. »Ich möchte nicht herumstehen wie bestellt und nicht abgeholt. Solange ich was zu tun habe, fällt mir die Merkwürdigkeit der ganzen Situation nicht so sehr auf.«

Manne verstand sofort und ohne Einschränkung, was sie meinte.

»Du musst das hier nicht machen«, sagte er. »Ich kann dir auch den Schlüssel zu unserer Wohnung geben, und du ruhst dich dort ein bisschen aus. Oder du schaust dir die Stadt an.«

Doch Mala schüttelte wieder den Kopf. »Nein, ich wollte euch schon lange mal kennenlernen. Und wann lernt man einen Menschen besser kennen als dann, wenn sein gesamtes Leben auf dem Kopf steht?«

Manne lachte. »Da hast du wohl recht. Auch wenn mir persönlich ein ruhiges Abendessen oder ein gemütlicher Sonntagskaffee lieber gewesen wären.«

»Mir nicht«, gab Mala zurück und fragte dann: »Habt ihr noch mehr Würstchen?«

Es stellte sich heraus, dass sie keine Würstchen mehr hatten, aber so ein Problem ließ sich unter Gartenfreunden schnell lösen. Jeder schaute nach, was er noch im Kühlschrank oder in der Truhe hatte, und bald herrschte auf dem Grill dasselbe Durcheinander wie in seinem Garten.

Beides mochte Manne nicht sonderlich. Allerdings begnügte er sich damit, Mala zu assistieren, deren Anwesenheit eine seltsam beruhigende Wirkung auf ihn hatte, und zu beobachten, wie sich Lohmeyer durch seine Gäste arbeitete. Die Gespräche fielen allerdings insgesamt eher kurz aus, und Lohmeyers Miene wurde immer sauertöpfischer. Manne ahnte, was in ihm vorging. Wahrscheinlich hatte er sich deutlich mehr erhofft, als er nun bekam.

Irgendwann kam der Kommissar zu ihm rüber. »Können Sie mir diese Pumpe mal zeigen?«, fragte er.

Manne legte den Kopf schief. »Ich kann Ihnen das Häuschen zeigen. Einen Schlüssel habe ich nicht mehr. Wenn überhaupt, dann haben ihn die von Ribbeks.«

Aber eine kurze Inventur sämtlicher Schlüssel, die zum Garten gehörten, ergab, dass auch Caro und Eike keinen Schlüssel zu dem Pumpenhäuschen hatten. Das war doch ein schlechter Witz, dachte Manne. Hatte Kalle das Ding wirklich mit ins Grab genommen?

Er führte den Polizisten vom LKA trotzdem in den hinteren Bereich seines Gartens, wo auf der anderen Seite des Zauns die mittlerweile schon berühmte Pumpe mit dem dazugehörigen Häuschen stand. Auch hier schien Lohmeyer mehr erwartet zu haben als ein Rohr, das aus der Erde ragte und in einer altmodischen, gusseisernen Handpumpe endete; das verriet jedenfalls seine Miene.

»Erzählen Sie mir ein bisschen zu dem Ding«, forderte er, und Manne holte tief Luft.

»So ein Garten verbraucht viel Wasser, wie Sie sich vielleicht vorstellen können«, erklärte er. »Vor allem im Sommer muss man gießen und gießen und gießen, damit die Pflanzen uns nicht verkümmern.«

»So viel verstehe ich noch.« Lohmeyer klang leicht gereizt.

»Stadtwasser kostet«, fuhr Manne ungerührt fort. »Auf Dauer geht das ganz schön ins Geld, weshalb sich viele von uns einen eigenen Brunnen bohren lassen, um dann mit Grundwasser die Pflanzen zu bewässern.«

»Was bestimmt auch nicht ganz billig ist.«

»Richtig. Deshalb teilen sich viele Nachbarn einen Brunnen.« Manne zeigte auf das Rohr, von dem noch zwei weitere Rohre abzweigten und in ein kleines gemauertes Häuschen mündeten.

»Das Wasser wird nach oben gepumpt und auf die beiden Gärten verteilt. Berlin ist ein Sumpf, und es ist eigentlich immer genug für beide Parteien. Früher haben wir das Wasser noch mit der Handpumpe hochgeholt, heute erledigen das elektrische Pumpen von Gardena für uns. Die sind da drin.« Er zeigte auf das rund einen Meter zwanzig breite wie hohe Häuschen, das im Garten der von Ribbeks stand.

»Sie haben sich also mit Herrn Wischnewski einen Brunnen geteilt?«

»Richtig. Wir haben die Kosten für die Bohrung und den Bau gemeinsam getragen und das Wasser gemeinsam genutzt.«

Lohmeyer nickte. »Ich verstehe. Und was war nun der Grund für Ihren Streit?«

Manne seufzte und zeigte auf ein kleines, rotes Rädchen, das vor der Abzweigung seines Rohres saß. »Dieses Ventil da. Oder vielmehr die Tatsache, dass Kalle es ständig geschlossen hat.«

»Und Sie dann kein Wasser mehr hatten.«

Manne nickte. »Zuerst habe ich mir nichts dabei gedacht. Die Wassersäule rauscht hin und wieder ab, und dann muss man das Ventil schließen, um sie wieder hochzuholen. Oder manchmal braucht man auch mehr Wasserdruck für irgendwas. Kein großes Ding. Ich bin auf einen Eimer gestiegen und rübergeklettert, so wie immer, habe das Ventil wieder geöffnet und die Pumpe wieder angeschmissen. Damals hatte ich noch einen Schlüssel für das

Häuschen.« Er seufzte, und etwas zog sich bei der Erinnerung in ihm zusammen.

»Und dann?«, fragte Lohmeyer mit forschendem Blick, und Manne seufzte erneut.

»Dann hat er mich darüber informiert, dass ich nicht das Recht habe, sein Grundstück zu betreten. Und dass er mich anzeigt, wenn ich es noch einmal wagen sollte.«

Lohmeyer zog die Brauen zusammen. »Einfach so?«

»Einfach so. Und er hat den Schlüssel zurückgefordert.«

»Zwischen Ihnen beiden war nichts vorgefallen? Er hat Ihnen einfach das Wasser abgedreht?«

»Wenn etwas vorgefallen ist, dann habe ich es nicht bemerkt. Ich habe ihn gefragt, was los ist, aber er ist mir ausgewichen.«

»Aber irgendeinen Grund muss er ja gehabt haben«, hakte Lohmeyer nach.

»Vielleicht, aber wenn, dann kenne ich ihn nicht. Ich habe es Ihnen doch gestern schon gesagt: Kalle war wie ausgewechselt.«

Lohmeyer beäugte die Pumpenkonstruktion noch eine Weile. Dann nickte er und sagte in einem Tonfall, der wohl verständnisvoll wirken sollte: »Kein Wunder, dass man bei so einem Verhalten die Beherrschung verliert.«

Manne spürte, dass er Kopfschmerzen bekam. »Ich weiß, was Sie denken. Und was Sie hören wollen. Dass mich diese blöde Pumpe so in Rage gebracht hat, dass ich immer wütender auf Kalle wurde. Dass ich rüber bin, um mit ihm zu reden. Dass die Situation eskaliert ist, ich es nicht wollte, ihn aber im Streit erschlagen habe. Dass ich nie geplant habe, ihn zu töten, es aber trotzdem passiert ist.«

»War es nicht so?«

»Nein.«

»Wie war es dann?«

Manne holte tief Luft. Das Pochen breitete sich in seinem Kopf immer weiter aus. »Ich weiß es nicht. Wirklich nicht. Wenn ich es wüsste, würde ich es Ihnen sofort sagen. Ob Sie es glauben oder nicht: Auch ich wüsste gerne, wer das Gesicht meines ehemals besten Freundes zu Brei gehackt hat. Denn ich war es nicht!«

Er hörte, wie er wieder lauter wurde, doch es half jetzt auch nichts mehr. »Leider sind Sie der ermittelnde Kommissar und nicht ich. Also bitte ich Sie: Krempeln Sie mein Leben um. Gucken Sie in jeden Winkel und verschwenden Sie Ihre wertvolle Ermittlungszeit. Sie werden nichts finden. Und wenn Sie endlich fertig sind, fangen Sie vielleicht ja doch noch an, anständig zu ermitteln.«

Lohmeyers Lippen hatte sich zu einem schmalen, weißen Strich zusammengepresst. »Passen Sie auf, welchen Ton Sie anschneiden, Herr Nowak.«

»Wieso sollte ich? In diesem Rechtsstaat gilt das Grundrecht der freien Meinungsäußerung. Und das ist nun einmal meine Meinung. Wenn Sie anfangen wollen, Leute aufgrund ihrer Meinung einzusperren, sollten Sie sich vielleicht ein anderes Land suchen. Hier ist das seit über dreißig Jahren aus der Mode gekommen.«

Auf dem Gesicht des Kommissars bildete sich eine handfeste Gewitterwolke, aber das war Manne egal. Es tat so gut, auszusprechen, was er dachte.

»Wenn Sie jetzt keine Fragen mehr haben, möchte ich Sie höflich bitten, meinen Garten zu verlassen«, sagte er und atmete einmal tief durch. »Denn ich hätte jetzt wirklich wahnsinnig gerne ein Würstchen.«

KAPITEL 13

Auf einen seltsamen Tag folgte ein seltsamer Abend. Eike war immer schweigsamer geworden, und schließlich hatten sie sich in ihre neue Gartenhütte zurückgezogen. Dort stand ein scheußliches altes Schlafsofa, das ein paar Gartenfreunde mehr oder weniger ungefragt vorbeigebracht hatten. Auf dem hatte sich Greta mittlerweile eingerollt. Die Gartenluft schien ihr gutzutun, sie schlief schon den zweiten Tag in Folge früher und fester als sonst. Und mit ziemlich dreckigen Händen und Füßen.

Die Natur schien das bei Kindern zu bewirken, auch wenn die nahe Autobahn eigentlich genug Feinstaub produzieren dürfte, um den Effekt wieder auszugleichen. Sie waren trotz allem noch mitten in der Stadt.

Die Hütte roch muffig und wirkte genauso müde wie sie selbst – doch nach dem morbiden Gartenfest hatten sie beide beschlossen, hierzubleiben.

Eigentlich war es total verrückt, schließlich musste Greta morgen wieder in die Kita, Eike musste zur Arbeit, und die Nächte waren noch immer sehr kalt. Aber irgendwie wollten sie alle drei nicht nach Hause. Als wollten sie das, was geschehen war, nicht mit in ihre helle und bunte Pankower Wohnung nehmen. *What happens in the Gartenanlage, stays in the Gartenanlage,* wie man so schön sagte.

Die Gartenfreunde, die das Sofa gebracht hatten, hatten noch mehr Geschenke dabeigehabt. Überwiegend Zeug, das sich in ihren Geräteschuppen mit der Zeit angehäuft hatte – zu schrottig zum Benutzen, aber zu gut zum Wegschmeißen –, aber angesichts der Tatsache, dass sie noch gar nichts angeschafft hatten außer drei Paar Gummistiefel und ein paar Gartengeräten, waren sie nicht wählerisch. Außerdem wäre es sehr unhöflich gewesen, abzulehnen. Mord hin oder her, sie wollten immer noch einen guten Eindruck machen.

Vor ihnen auf der überdachten Terrasse stand kistenweise Kram, den sie nun schweigend durchkämmten und dabei versuchten, sich einen Überblick zu verschaffen.

Caro wusste nicht, ob Eike sauer war oder nicht. Da über ihm ständig eine Glocke der Heiterkeit schwebte, war das manchmal schwer zu sagen. Selbst für sie, und sie waren schon über zehn Jahre zusammen. Oder sogar elf? Himmel, sie wusste es nicht.

»Wir müssen morgen ziemlich früh hier raus, wenn wir alles pünktlich schaffen wollen«, sagte er nun, den Blick fest auf ein Durcheinander aus Schläuchen und Schlauchanschlüssen in der Kiste vor sich gerichtet.

»Ich habe mich schon per Mail krankgemeldet.«

Eikes Blick schoss in ihre Richtung. »Du willst nicht zur Arbeit?«

»Nein, will ich nicht. Ich werde Manne helfen, wie versprochen.«

Caro ließ sich auf den Hosenboden sinken und zog die Fleecejacke fester um die Schultern, die sie sich von Petra geliehen hatte.

»Ich weiß nicht, ob das vernünftig ist, deinen sicheren Job so leichtfertig aufs Spiel zu setzen.«

»Dann ist es ja gut, dass ich dich nicht gefragt habe.«

Ihre Blicke begegneten sich, aber Caro konnte trotzdem nicht sagen, was ihr Mann dachte. Und aus irgendeinem verrückten Grund brachte sie sein ruhiger, gelassener Blick auf die Palme.

»Du hast überhaupt gut reden, Eike! Du wusstest dein ganzes Leben schon, was du werden willst, und jetzt bist du es geworden. Ende der Geschichte!«

Eike runzelte die Stirn – bei ihm ein Zeichen milder Irritation – und setzte sich ebenfalls hin. Mit einem Stück Schlauch in der

Hand. Irgendwie machte sie das noch wütender. Konnte es nicht eine Sekunde mal nur um sie gehen? Was hatte der Schlauch damit zu tun?

»Es ist doch nicht meine Schuld. Außerdem habe ich hart gearbeitet, um an mein Ziel zu kommen.«

»Oh, und ich habe nicht hart gearbeitet?« Caro brauchte etwas zum Fuchteln und schnappte sich die erstbeste Blumenschaufel, die sie zu fassen bekam.

»Das habe ich nicht gesagt.«

»Weißt du, was viel schlimmer ist, als hart zu arbeiten, um ein Ziel zu erreichen? Hart zu arbeiten, ohne überhaupt ein Ziel zu haben.«

»Du hast immer gesagt, es sei in Ordnung, weil du uns hast.«

Caro lachte auf, aber es klang eher wie ein Schnauben. »Ja, ich habe euch. Und soll ich dir was sagen? Ein Halbzeitjob, der sich wie ein Alibi anfühlt, ist gar kein richtiger Job, sondern nur ein Ausweg für die moderne Frau, nicht ausschließlich Hausfrau und Mutter sein zu müssen. Schließlich hat man da ja noch den Job. Diesen coolen Halbtagsjob, irgendwas mit Social Media. Ein Job, der so unwichtig ist, dass die ganzen Fehltage, die durch ein krankes Kita-Kind entstehen, nicht ins Gewicht fallen. Niemand stirbt, wenn ich nichts poste, Eike!«

Sie fuchtelte mit der Schaufel vage in seine Richtung. »Aber Leute sterben, wenn *du* nicht zur Arbeit kommst.«

»Na ja …«

»Du bist wichtig, ich bin unwichtig. Und ich hasse es!«

»Du bist doch nicht unwichtig. Greta und ich lieben dich über alles, du hast gute Freunde und …«, er brach ab, weil er merkte, dass er gerade mit Vollgas in die falsche Richtung fuhr.

»Diesen Satz willst du jetzt nicht zu Ende bringen, oder?«

Eike schüttelte den Kopf und sah ziemlich müde aus. »Aber trotzdem müssen wir über Greta sprechen. Und über unsere Familienorganisation. Immerhin habe ich gerade meinen Traumjob angefangen und …«

Wieder brach er ab und schüttelte den Kopf. »Okay, nichts, was ich sage, klingt auch nur ansatzweise nicht nach dem egoistischen Arschloch, das ich ganz sicher nicht sein will.«

Er lächelte. »Aber auch für mich und Greta geht das alles ganz schön schnell. Ich habe keine Ahnung, wann ich das letzte Mal sonntags mit ihr alleine war.«

»2018«, antwortete Caro. »Als ich wegen des Blinddarms im Krankenhaus lag.«

Eike riss die Augen auf. »So lange ist das her?«

Sie nickte.

Und war dankbar für dieses Gespräch, auch wenn es nicht angenehm war. Weil es ihr zeigte, dass das, was hier gerade passierte, überfällig war, wenn sie nicht verschwinden wollte. Und Caro wollte alles Mögliche, nur ganz sicher nicht verschwinden.

Eike atmete langsam aus.

»Du willst das wirklich durchziehen?«

Sie nickte. »Ja, das will ich.«

»Ich wusste gar nicht, dass du dich für solche Dinge interessierst. Ermittlungen, Verbrechen …«

Caro lächelte schwach. »Doch. Schon seit ich ein kleines Mädchen war. Mit meinen beiden Freundinnen habe ich immer Detektiv gespielt. Wir waren die Detektive Maredo, Ricola und Douglas, und niemand konnte uns entwischen.«

»Kreative Namensgebung.«

»Danke.« Sie grinste. »Unser großes Vorbild war Miss Marple, und wir haben die ganze Nachbarschaft terrorisiert – auf der Suche nach Verbrechen, die aufgeklärt werden wollten.«

»Klingt nach einer echten Leidenschaft.«

Sie nickte.

»Und warum weiß ich nichts davon?«

Diese Frage brachte sie wieder zum Seufzen. Es wäre leicht, jetzt wieder sauer auf ihren Mann zu werden, aber der Aufwand würde sich irgendwie auch nicht lohnen. Weil er sie liebte und es nicht so meinte. Beides wusste sie.

»Eike. Ich höre drei verschiedene True-Crime-Podcasts und folge diversen Ermittlern und Verteidigern auf Twitter. Ich habe eine einschlägige Zeitschrift abonniert und finde alles, was dir abhandenkommt. Egal, wie lange du vorher schon danach gesucht hast. Du könntest es wissen, wenn es dich interessieren würde.«

»Schön. Jetzt fühle ich mich doch wie ein egoistisches Arschloch.«

»Das bist du nicht, aber es könnte trotzdem nicht schaden, wenn du dich in Zukunft ein bisschen mehr für mich interessieren würdest.«

Ihr Mann legte sich die Hand in Höhe seines Herzens auf die Brust. »Ich verspreche es. Jetzt, wo ich den neuen Job habe, werde ich auch wieder mehr Zeit für euch beide haben.«

Caro grinste. »Das trifft sich doch gut. Ich nämlich nicht.«

»Es könnte trotzdem eng werden. Nicht immer wird einer von uns beiden Zeit haben, sich um Greta zu kümmern.«

Daran hatte Caro auch schon gedacht. Allerdings wollte sie am liebsten so tun, als gäbe es dieses Problem überhaupt nicht. Sie seufzte. »Können wir ihr nicht einfach einen Schlüssel um den Hals hängen, so wie man das früher mit uns gemacht hat?«

Eike lachte. »Liebling, sie ist fünf.«

»Ich weiß. Außerdem ist sie entzückend und sehr höflich. Wenn jemand sie bitten würde, ihm den Schlüssel zu schenken, dann würde sie es wohl tun.« Caro kratzte sich am Kopf. »Festbinden können wir sie allerdings auch nicht.«

»Wohl kaum.«

Sie schwiegen eine Weile, während Eike das Stück Schlauch zwischen den Fingern hin und her drehte.

»Weißt du«, begann Caro nach einer Weile. »Das ist das erste Mal, dass ich etwas Wichtiges tue. Etwas wirklich Wichtiges. Für die Gesellschaft. Und das Gleichgewicht.«

»Das Gleichgewicht? Ist das nicht ein bisschen esoterisch?«

Sie zuckte die Schultern. »Mir egal. So fühlt es sich jedenfalls an. Ich habe diesen Mann gesehen, Eike. Nackt und aufgeschnitten und … stinkend. Es war mal ein Mensch. Mit Eltern, Träumen, Vorlieben. Ein kleiner Junge mit großen Plänen, so alt wie unser Kind. Jemand hat ihn ausgelöscht, und ich fühle mich für ihn verantwortlich.«

»Weil er in unserem Garten lag?«

»Nein.« Sie schüttelte den Kopf. »Nicht deshalb. Sondern weil ich ihn so gesehen habe. So tot und kaputt und verletzt. Ich fühle mich, als müsste ich nun eine Schuld begleichen. Und Eike: Ich möchte wirklich, wirklich wissen, wer das getan hat. Ich will ihn auf dem Rücksitz eines Einsatzwagens sehen.«

Eike nickte. »Du bist echt was ganz Besonderes. Weißt du das? Die meisten Menschen, die mit dem Tod konfrontiert werden, können sich gar nicht schnell genug wegducken.« Er musterte seine Frau von der Seite. »Ich bewundere dich. Das tue ich wirklich.«

Caro schlang die Arme um ihre Knie und fröstelte leicht. »Ich dachte wirklich nicht, dass ich das packe. Mir den Leichnam anzusehen, ohne umzukippen. Aber ich habe hingesehen. Nicht nur kurz, sondern ziemlich lange. Ich habe ihn gesehen. Den Menschen, das Opfer. Das Rätsel. Manne meinte, jemand muss ihn umgebracht haben, der Kalle sehr nahestand.«

»Das ist doch meistens so, oder? Bei schweren Verbrechen sind es doch oft irgendwelche Angehörigen und nicht der finster dreinblickende Fremde auf der Straße.« Eike pufite sie in die Seite. »Rein statistisch gesehen bin ich für dich wahrscheinlich sogar gefährlicher als jeder andere Mensch auf der Welt.«

Caro zog die Jacke noch fester um sich. Was für ein grauenvoller

Gedanke. Aber dennoch die Wahrheit. »Was müsste passieren, damit du mir was antust? Oder Greta?«, fragte sie leise, und Eike zog sie fest an sich.

»Das wird nicht passieren. Du weißt doch, dass ich Greta oder dir niemals ein Haar krümmen würde, unter keinen Umständen. Da müsste ich schon ein vollkommen anderer Mensch werden.«

KAPITEL 14

Wo fahren wir hin?«

Caro zog die Tür seines kleinen Autos so geräuschvoll zu, dass es Manne in den Ohren klingelte. Ihre Fröhlichkeit war durchdringend wie die Frühlingssonne, die sich unter der Klappblende hindurch den Weg direkt in seine Augen bahnte – und genauso nervtötend. Er hatte schlecht geschlafen und unglaubliche Kopfschmerzen. Aber all das war nicht ihre Schuld.

Also beobachtete er geduldig, wie sie sich anschnallte und dann in ihrer Tasche kramte, um das Notizbuch hervorzuholen und aufzuklappen. Danach sah sie ihn wie eine fleißige Schülerin erwartungsvoll an.

»Nach Charlottenburg«, antwortete er und ließ den Motor an. »Zu Kalles Arbeitsplatz.«

Caro zog überrascht die Brauen hoch. »Er ist jeden Tag quer durch die Stadt gegurkt?«

Manne zuckte die Achseln. »So wild ist das nicht. Mit der Tram bis zur U 9 und dann ein paar Stationen bis zum Zoo. Außerdem ist er immer gern Bahn gefahren. Den Arbeitsweg nannte er ›geschenkte Zeit‹, in der er tun und lassen konnte, wonach ihm war. Im Sommer ist er auch oft mit dem Rad gefahren. Ich fand das ein bisschen bescheuert, aber man kann nicht leugnen, dass Kalle im Gegensatz zu mir immer sehr belesen war. Und nie angesetzt hat.« Manne tätschelte ein wenig verlegen seinen Bauch.

»Wenn man in der Bahn lesen kann, ist das sicher eine gute Sache«, sagte Caro nun. »Ich bekomme das nicht hin. Alle reden durcheinander, die Durchsagen nerven, und andere Leute hängen einem zu dicht auf der Pelle.«

Manne nickte. »Geht mir genauso. Da sitze ich lieber in meinem Auto und höre ein bisschen Radio. Aber jeder ist anders.«

Sie schwiegen, während er sich in den dichten Verkehr auf der Berliner Straße einfädelte. Das Autofahren war auch schon lange kein Spaß mehr, er hatte beinahe das Gefühl, als würde die Stadt von Tag zu Tag voller.

»Warum besuchen wir nicht erst seine Familie?«, fragte Caro nun.

Manne zuckte zusammen. »Hm?«

»Na, Kalles Familie. Du hast doch gesagt, dass seine Eltern noch leben. Warum fahren wir dann zuerst zu seinem Büro?«

»Weil es logischer ist, zuerst die Angehörigen aufzusuchen und wir deshalb damit rechnen müssen, Lohmeyer dort anzutreffen.«

»Verstehe. Aber der war doch bestimmt gestern schon dort. Was ist, wenn er heute, am Montagmorgen, als Erstes zum Arbeitsplatz fährt?«

»Davon gehe ich nicht aus«, gab Manne zurück. »Es gibt noch ein paar Formalitäten zu klären, sobald alle wieder am Platz sind. Lohmeyer versucht bestimmt, irgendjemandem einen Haftbefehl für mich aus den Rippen zu leiern.«

Bei dem Gedanken verzog sich sein Gesicht.

»Dann ist er aber im LKA und nicht bei Kalles Eltern«, bemerkte Caro.

Mannes Kopfschmerz nahm zu. »Da hast du recht, so weit habe ich gar nicht gedacht«, log er und ordnete sich links ein, um in Richtung Stadtring abzubiegen. »Jetzt sind wir aber schon auf dem Weg, und ich habe uns telefonisch angekündigt. Da hat niemand was von der Polizei gesagt. Zu Kalles Eltern können wir jederzeit fahren.«

Wenn wir etwas vorzuweisen haben, ergänzte er im Stillen. Die Wahrheit war nämlich, dass er sich schlicht nicht traute, Lore und Dieter Wischnewski unter die Augen zu treten. Er hätte direkt vorgestern, nachdem Kalle gefunden worden war, zum Hörer greifen und sie anrufen müssen. Es wäre seine Pflicht gewesen. Und er wusste, dass Lore das genauso sah. Doch er hatte es nicht getan.

Überhaupt hätte er sich bei den Wischnewskis melden müssen. Schließlich hatte er mit ihnen keinen Streit, und spätestens nach Kalles Verschwinden wäre es an der Zeit gewesen, Kontakt aufzunehmen. Vorher hatte er sich immer gemeldet. Zu Weihnachten und an Geburtstagen. Doch als Kalle aus seinem Leben verschwunden war, hatte er auch Lore und Dieter daraus gestrichen. Aus schlichter Feigheit, wie er sehr wohl wusste.

Lore hatte er immer respektiert und auch ein bisschen gefürchtet. Sie war eine strenge, elegante Frau, die viel Wert auf Disziplin und Sauberkeit legte, aber an guten Tagen witzig und kreativ wie keine Zweite sein konnte. Wenn die Hausaufgaben erledigt und Ohren und Hände gewaschen waren, hatte man mit ihr die tollsten Abenteuer erleben können. Otterwanderungen an der Spree, Wettschwimmen im Liepnitzsee, träges Lesen in der Sonne. Er verdankte ihr die schönsten Tage seiner Kindheit. Und die heftigsten Standpauken. Manne konnte ihr nicht unter die Augen treten, jedenfalls nicht sofort.

Obwohl er seinen Gedanken nachhing, entging ihm nicht, dass Caro ihn aufmerksam musterte. Die Fragen, die ihr auf den Lippen lagen, konnte er beinahe schon ablesen. Zu seiner grenzenlosen Erleichterung blieb sie jedoch ausnahmsweise mal stumm.

Er fuhr nur selten nach Charlottenburg, und nach einer kurzen Fahrt durch das Viertel am Savignyplatz sowie einer endlosen Parkplatzsuche in der Kantstraße wusste er wieder ganz genau, warum das so war.

Charlottenburg fühlte sich für ihn nicht an wie Berlin. Als sie noch jung gewesen waren, hatte es für Manne und Kalle sowie ihre anderen Freunde das gelobte Land dargestellt, mit dem Ku'damm und dem ganzen Drumherum, aber seit seinem ersten Besuch war Manne enttäuscht. Wenn er Leute dabei beobachten wollte, wie sie ihr Geld zur Schau trugen, konnte er genauso gut nach München fahren. Oder gleich in die Schweiz. Und das meinte er gar nicht mal negativ, er hatte nur nicht mehr das Gefühl, zu Hause zu sein.

Es war ihm hier einfach zu prunkvoll, zu hübsch, zu aufgeräumt. Dabei trog der schöne Schein: In Charlottenburg wurden jährlich deutlich mehr Verbrechen verübt als in Lichtenberg, Pankow oder Marzahn. Wo Geld war, gab es auch immer Leute, die es sich unter den Nagel reißen wollten.

Endlich fand er einen Parkplatz unweit von Kalles altem Büro und war wieder einmal froh, sich für einen Kleinwagen entschieden zu haben. Die Lücke war ziemlich eng, und sowohl Caro als auch er mussten sich wenig elegant durch die Türen nach draußen schlängeln. Wenigstens schaffte Caro es diesmal, das Auto in der Parklücke neben ihnen zu verschonen.

»Ich war schon ewig nicht mehr hier«, stellte sie strahlend fest und blickte sich mit den staunenden Augen eines Kindes um. »Bestimmt seit … Jahren nicht.«

»Ich auch nicht«, brummte Manne. »Gibt auch keinen Grund.«

Caro grinste. »O doch. Es gibt viele sehr gute Gründe. Das Eis von Katchi Ice Cream und der Spazierweg an der Spree, der Schleusenkrug, das Brot & Butter, der Zwiebelfisch, das Stilwerk, das What do you fancy, love?, das Schwarze Café …«, zählte sie begeistert auf.

»Jetzt hol mal Luft!«

»Ist ja schon gut. Aber ehrlich: Besuchst du nicht auch gerne andere Stadtteile? Das ist wie Urlaub! Am liebsten würde ich alles gleichzeitig machen.«

Urlaub? Fast hätte er laut losgelacht. Wer wollte denn bitte in Charlottenburg Urlaub machen? »Wir sind aber nicht hier, um Eis zu kaufen und uns mit Federweißer zu betrinken, sondern um zu ermitteln.«

Caro stieß einen Seufzer aus. »Jammerschade. Aber wenn nachher noch Zeit ist, holen wir uns ein Eis, einverstanden?«

Manne brummte zustimmend, auch wenn er noch nie verstanden hatte, warum um Speiseeis so ein Wind gemacht wurde. War doch sowieso überall dasselbe. Und wirklich satt machte es auch nicht. Ganz im Gegensatz zu Kuchen.

Das Büro von Sieveking und Partner lag in einem prunkvollen Gründerzeitbau, dessen Portal allein dreimal so hoch war wie er selbst. Sogar der Türknauf aus poliertem Messing hing deutlich höher als bei normalen Türen, knapp unter seinem Kehlkopf.

»Wohnt hier etwa ein Riese?«, fragte Caro, und Manne kicherte.

»Könnte man meinen. Aber ich schätze, bei den vielen Firmen im Haus wohnt hier überhaupt niemand.«

Er drückte auf die Klingel, und ein Summer ließ sie ein, wobei er sich mit seinem gesamten Körpergewicht gegen das massive Türblatt stemmen musste.

Manne war erst einmal zuvor hier gewesen. Eine Ermittlung hatte ihn in die Nachbarschaft rund um die Kantstraße geführt, und bei der Gelegenheit hatte er gemeinsam mit Kalle zu Mittag gegessen.

Seinem Freund hatte diese Nachbarschaft im Gegensatz zu ihm selbst immer gut gefallen. Er hatte die kleinen Feinkostläden, die guten Wein zum Mittagstisch ausschenkten, und den wohlwollenden Frieden, den Menschen mit Geld anderen Menschen mit Geld entgegenbrachten, immer gemocht. Kalle hatte Ordnung geschätzt – genauso wie einen gewissen Luxus. Auch wenn er sich niemals hätte vorstellen können, hierherzuziehen. Schon allein wegen des Gartens nicht.

»Ich hätte gar nicht gedacht, dass das zusammengeht«, sagte Caro versonnen, während sie die Treppe mit dem dicken roten

Teppich hinaufstapften. Ihre Blicke wanderten über die reich verzierte Stuckdecke des Aufgangs. »Gummistiefel, Dreck unter den Nägeln und dann das hier.«

Manne nickte nur und verkniff sich die Frage, wie ein Adelstitel mit Gummistiefeln und Dreck unter den Nägeln wohl zusammenging.

»Wir sind doch alle in verschiedenen Welten unterwegs. Aber ich weiß natürlich, was du meist. In gewisser Weise unterscheidet sich dieser Arbeitsplatz gar nicht so sehr von seinem Garten. In beiden herrschte Ordnung, und Kalle wusste genau, was er tat. Er war sehr erfolgreich und wurde geschätzt. Hier wie dort.«

Was man auch daran sah, dass Peter Sieveking sie persönlich begrüßte, und nun war Manne froh, dass er nach Caros Bemerkung am Tag zuvor doch noch einmal kurz nach Hause gefahren war, um ein paar ordentliche Klamotten zu besorgen.

Sieveking war einer dieser Menschen, die immer gut angezogen waren. Jeden Tag, ohne Ausnahme, ohne Fehlgriffe. Eine Eigenschaft, die Manne zu gleichen Teilen bewunderte und verabscheute. Der Architekt war stets todschick und korrekt gekleidet, aber mit kleinen Accessoires und Farbtupfern, die verrieten, dass er ein weltoffener, lustiger und unkonventioneller Mensch war. Einer, der niemals fehl am Platz wirkte, egal, ob in einer Fernsehsendung, bei wichtigen Zusammenkünften oder einem lockeren Abendessen mit Freunden. Neben so jemandem konnte man eigentlich nur verlieren. Heute trug er einen strahlend blauen, eng geschnittenen Nadelstreifenanzug und dazu ein blau-weiß geringeltes T-Shirt. Ein knallroter Anker am Revers verstärkte den maritimen Look, und seine Segeltuch-Turnschuhe waren genauso sauber wie Caros. Na ja, dachte Manne mit ein wenig Unbehagen. Wenigstens trage ich ein Polohemd.

Sieveking, Chefarchitekt und Gründer des Büros, führte sie durch imposante Flure und Zimmer mit Fischgrätparkett und Deckenstuck in einen Konferenzraum, in dem ein weißer, ovaler Tisch von schwarzen Freischwingern mit Wiener Geflecht umkränzt war.

»O mein Gott. Sind die echt?«, rief Caro aus und zeigte mit einem verzückten Gesichtsausdruck auf die Stühle.

Sieveking lächelte nickend. »Natürlich. Etwas anderes würde ich mich bei unserer Kundschaft überhaupt nicht trauen.« Als er Mannes Blick auffing, fügte er mit einem Lächeln hinzu: »Sie dürfen sich selbstverständlich trotzdem setzen.«

Caro musterte die Stühle noch einen Moment ehrfürchtig und ließ sich dann so vorsichtig auf einem davon nieder, als handelte es sich nicht um ein Sitzmöbel, sondern um ein rohes Ei. Er selbst hatte keine Ahnung von Möbeln, aber das musste er auch gar nicht, um zu wissen, dass alles hier drin sehr teuer und exklusiv war. In dieser Hinsicht waren sich Sieveking und Kalle immer ähnlich gewesen. Sie hatten häufiger gemeinsam Möbel gekauft und diese Leidenschaft geteilt.

Dass die Firmenkunden Geld hatten, genauso wie die Firma selbst, zeigte sich überdies daran, dass auf dem Tisch nicht der Teller mit den üblichen Konferenzkeksen sowie eine Kanne Filterkaffee standen, sondern eine Platte mit kleinen Törtchen von Butter Lindner (die Manne im Gegensatz zu den Möbeln überall erkennen würde), frisches Obst und kleine, sehr schick aussehende Flaschen, auf denen »Cold Brew Coffee« stand. Was, bitte, war das denn?

»Bitte bedienen Sie sich!«, forderte Sieveking sie freundlich auf, und nach kurzem Ringen mit sich selbst schob sich Manne eines der kunstvoll verzierten Schokoladentörtchen auf einen Teller, auf dem verzuckerte kleine Johannisbeeren prangten.

Caro hingegen öffnete eine Flasche mit dem merkwürdigen Kaffee, schüttete den Inhalt in ein Glas und griff nach dem Milchkännchen mit der Aufschrift »Hafer«.

»Also, Herr Nowak. Was kann ich für Sie tun? Meine Kollegin meinte, Sie hätten sich am Telefon sehr bedeckt gehalten, aber es geht um Karl Wischnewski, richtig?«

Manne nickte und fühlte, wie seine Handflächen zu schwitzen begannen.

»Ist mit ihm alles in Ordnung?«, fragte der Architekt.

Manne schüttelte den Kopf. »Leider ist das Gegenteil der Fall«, sagte er unbehaglich. Auf seine Worte folgte aufgeladene Stille.

»War die Polizei schon hier?«, fragte Caro irgendwann rundheraus.

»Nein.« Sieveking wurde etwas blass um die Nasenspitze, und Manne bereute, sich für das Törtchen entschieden zu haben. Es fühlte sich absolut unpassend an, überhaupt etwas zu essen, und die zuckrige Schokoladenmasse schien seine Lippen zusammenzukleben.

Er nahm sich eine Serviette und tupfte sich damit sicherheitshalber über das Gesicht, bevor er sagte: »Es tut mir leid, dass wir Sie so überfallen, Herr Sieveking, aber ich versichere Ihnen, dass wir gute Gründe dazu haben. Vielleicht erinnern Sie sich an mich. Ich war eng mit Herrn Wischnewski befreundet.«

Der Architekt nickte bedächtig. »Ja, deshalb habe ich auch eingewilligt, Sie zu empfangen. Wir haben bei Ihnen auch mal einen kleinen Auftrag ausgeführt, oder?«

»Richtig. Einen Anbau.« Manne räusperte sich. »Leider ist es nun so, dass Kalle verstorben ist.«

»Habe ich es mir doch gedacht«, murmelte Sieveking traurig und schluckte schwer.

»Er wurde ermordet«, stellte Caro richtig, und Manne wünschte, sie hätte es nicht getan. Mord war eines der sensibelsten Themen überhaupt, und diese Frau preschte vor wie ein Pferd, dem jemand eine Stricknadel in den Hintern gejagt hatte. Er warf ihr einen bösen Blick zu, aber Caro zuckte nur unschuldig die

Schultern, als wollte sie sagen: »Was denn, es ist doch die Wahrheit!«

»Was sagen Sie da?« Sieveking starrte Caro an, als hätte sie den Verstand verloren. »Ich verstehe nicht … ich …« Der Schock stand dem Mann sichtlich ins Gesicht geschrieben. »Ich dachte, Sie kommen, um mir zu erzählen, dass er an einer schrecklichen Krankheit gestorben ist. Ich dachte … Ich dachte, Sie hätten aus reiner Höflichkeit den Weg auf sich genommen, um mir nicht am Telefon die schreckliche Nachricht überbringen zu müssen.«

»Es tut uns wirklich sehr leid, dass wir hier so mit der Tür ins Haus fallen. Es gibt keine gute Art, eine solche Nachricht zu überbringen«, sagte Manne und dachte, dass es sehr wohl eine schlechte Art gab.

Sieveking winkte mit starrer Miene ab. »Ist schon in Ordnung. Ich bin ja nicht aus Zucker.«

Nach einer kurzen Pause runzelte er die Stirn und sah Manne fragend an. Ihm schien plötzlich ein Gedanke gekommen zu sein. »Darf ich überhaupt mit Ihnen darüber sprechen? Wenn es doch ein Mordfall ist? Sie sind doch nicht von der Polizei, oder?«

Manne schüttelte lächelnd den Kopf. »Nein, das sind wir nicht, da haben Sie recht. Aber ich war lange Jahre Polizist. Kalle war mein bester Freund, und sein Tod hat mich schwer getroffen, deshalb möchte ich mich nicht alleine auf die Ermittlungen meiner ehemaligen Kollegen verlassen, so kompetent diese auch sein mögen. Sie können selbstverständlich frei entscheiden, ob Sie mit uns sprechen oder nicht. Es ist nicht verboten, falls Sie diese Frage umtreibt. Sie können sich gar nicht in Schwierigkeiten bringen, die Verantwortung für dieses Gespräch liegt voll und ganz bei uns.«

Sieveking schaute nachdenklich im Raum umher, als hoffte er, die Antwort auf seine Frage irgendwo an den Wänden stehen zu sehen. Dann blieb sein Blick an Caro hängen.

»Und warum sind Sie hier, Frau …«

»Von Ribbek«, antwortete Caro freundlich. »Wie nett, dass Sie fragen. Der Tote wurde in meinem Gemüsebeet gefunden. Ich habe also auch ein gewisses persönliches Interesse an dem Fall.«

»In Ihrem … Gemüsebeet.«

Caro nickte. »Eigentlich war es früher sein Gemüsebeet. Das des Toten, meine ich.«

Sieveking atmete einmal zitternd aus, und Caro öffnete ihm fürsorglich eine der kleinen Kaffeeflaschen. Manne konnte sich nicht vorstellen, dass kalter Kaffee irgendjemandem bei irgendetwas helfen würde, doch Sieveking nahm das Glas dankbar entgegen und hielt sich daran fest. Vielleicht wurde das Zeug dadurch wenigstens ein bisschen wärmer.

»Hören Sie«, sagte Manne nach kurzem Zögern. »Ich verrate Ihnen noch was. Weil Kalle so gut wie keine Freunde hatte außer mir und wir uns gestritten haben, bevor er starb, bin ich jetzt Hauptverdächtiger. Es ist eine ziemlich banale Verdächtigung, aber ich möchte sie nicht auf sich beruhen lassen. Und ganz ehrlich: Ich habe so viele Fragen an meinen toten Freund, wie es Sterne am Himmel gibt. Blöd nur, dass ich sie ihm alle nicht mehr stellen kann. Deshalb liegt es für mich nahe, mit den anderen Menschen zu sprechen, die ihn kannten und täglich mit ihm zu tun hatten. Um wenigstens ein paar der Fragen beantworten zu können. Sie sind nicht verpflichtet, mir da zu helfen. Ich bitte Sie lediglich darum.«

Der große, hagere Mann blies die Backen auf und starrte eine Weile an die Decke, dann nickte er. »Ja, warum nicht? Schließlich gibt es hier nichts, was irgendwie der Geheimhaltung unterliegt. Was wollen Sie denn wissen?«

»Zum Beispiel würde es mich interessieren, warum Sie dachten, Kalle sei schwer krank.«

»Na, weil er vor einem halben Jahr einfach gekündigt hat. Von einem Tag auf den anderen. Und dann für keinen von uns mehr erreichbar war. All seine Projekte sind liegen geblieben. Er hat nichts zu Ende gebracht, und hier herrschte deshalb für einige Wochen das totale Chaos.«

Manne setzte sich aufrecht hin. »Vor einem halben Jahr, sagen Sie?«

»Ja, ziemlich genau. Anfang September, glaube ich.«

Natürlich, dachte Manne. Wann sonst?

»Das sah ihm gar nicht ähnlich«, fuhr Sieveking fort. »Er hat vorher nie auch nur einen Tag unentschuldigt gefehlt, hat sich auch gerne mal krank auf Baustellen geschleppt und alle Mann angesteckt. Und plötzlich weigerte er sich sogar, seine Projekte wenigstens noch an Kollegen zu übergeben. Auch dass er drei Monate Kündigungsfrist hatte, hat ihn überhaupt nicht interessiert. Ich habe ihn dann irgendwann entnervt freigestellt, immerhin haben wir viele Jahre gut zusammengearbeitet. Zur Unterzeichnung des Auflösungsvertrags musste ich ihm einen Kurier nach Hause schicken. Vollkommen lächerliches Verhalten. Der reinste Kindergarten. Ich wusste überhaupt nicht mehr, was ich davon halten soll.« Er schüttelte den Kopf, fügte aber noch etwas hastig hinzu: »Ich weiß, dass wir keine Freunde waren. Aber ich hätte doch zumindest gehofft, dass er mir vertraut. Dass er zu mir kommt, wenn etwas nicht in Ordnung ist.«

Manne nickte. Das Gefühl kannte er wahrlich zu gut.

»Natürlich haben wir uns alle große Sorgen um ihn gemacht.«

Manne verstand. »Aufgrund seines Verhaltens haben Sie gedacht, er hätte eine Diagnose bekommen. Etwas, das ihn veranlasst hat, alles hinzuschmeißen und die restliche Zeit zu genießen. Eine Weltreise zu machen oder so.«

Sieveking nickte. »Es war für mich die einzige Erklärung. Auch in der Kaffeeküche wurde das viel diskutiert, und wir waren uns alle einig. Für manche war es auch eine schöne Vorstellung, der immer korrekte Kalle hätte sich am Ende seines Lebens doch noch mal freigeschwommen.«

»Es hätte ihm zumindest ähnlich gesehen, niemandem davon zu erzählen. Schwäche wollte er nicht eingestehen«, stimmte Manne melancholisch zu und wollte sich ohrfeigen dafür, damals nicht selbst auf den Gedanken gekommen zu sein, Kalle könnte ein ernstes Problem haben. Verletzte Tiere bissen schließlich auch um sich. Aus Angst vor noch mehr Schmerzen. Er schluckte.

Kalles ehemaliger Chef lächelte leicht. »Ehrlich gesagt dachte ich sogar an einen Hirntumor. Der soll ja manchmal sogar den Charakter eines Menschen verändern. Je nachdem, wo genau im Hirn er sich befindet. Entweder das oder Alzheimer, dachte ich mir. Hat mir auch geholfen, nicht fortwährend wütend auf ihn zu sein.« Der Architekt seufzte. »Nun war es ja doch etwas ganz anderes.«

»Etwas vollkommen anderes«, bestätigte Caro und machte ein betretenes Gesicht.

»Wie … wie ist er denn genau …« Sieveking schluckte, und Kalle schüttelte den Kopf.

»Glauben Sie mir. Das wollen Sie nicht wissen. Außerdem bekommen Sie sicherlich noch Besuch von der Polizei. Die wird es Ihnen schon erzählen. Hat sich Kalle in der Zeit vor seiner Kündigung denn irgendwie merkwürdig verhalten? Anders als sonst?«

»Nein, das würde ich so nicht sagen. Das Einzige, was auffällig war, war, dass er eine Woche spontan Urlaub nehmen wollte, mitten in einem Großprojekt. In all den Jahren unserer Zusammenarbeit war das zuvor nicht ein einziges Mal passiert. Weshalb ich den Urlaub auch bewilligt habe. Ich dachte, wenn Kalle danach fragt, wird es wohl wichtig sein.«

»Aber Sie wissen nicht, was er in der Woche getrieben hat?«

»Nein, leider nicht. Er hat sich auch nicht erklärt, sondern nur gesagt, dass es ihm leidtue, aber er brauche spontan eine Woche Urlaub. Ich bin von einem Notfall ausgegangen und habe nicht weiter gefragt.« Der Architekt lächelte. »Wir haben wie gesagt vor Jahren aufgegeben, uns mit ihm anzufreunden. Da hatten Sie mehr Glück.«

Manne zuckte unbehaglich die Schultern. »Ich habe ihn in der Grundschule kennengelernt. Direkt am ersten Tag. Wir hatten die gleichen Zuckertüten, oben Blumenmuster und unten Goldpapier. Das weiß ich noch wie heute. War wohl mein großes Glück. Können Sie uns noch sagen, wie lange der Urlaub vor seiner Kündigung lag?«

»Ziemlich genau drei Wochen. Ich habe das vorhin noch einmal nachgeschaut, weil ich nach Ihrem Telefonat seit Langem mal wieder an ihn gedacht habe. Armer Kalle.«

»Und wirkte er nach dem Urlaub erholter oder weniger erholt als vorher?«

Sieveking dachte nach, dann tippte er sich mit der Fingerspitze an die Unterlippe.

»Jetzt, wo wir hier sitzen und darüber sprechen, muss ich sagen: Er wirkte wirklich abgekämpft. Und ein bisschen unglücklich. Mir erschien das nur logisch, weil ich zu diesem Zeitpunkt ja davon ausgegangen war, dass es in seiner Familie einen Trauerfall gab oder Ähnliches. Sein Verhalten war insofern vollkommen schlüssig für mich.«

»Nur dass es gar keinen Trauerfall gab, jedenfalls nicht in der Familie.« Manne schüttelte seufzend den Kopf. Dieses Rätsel wuchs und wuchs. Was hatte Kalle in dieser einen Woche getrieben? In der Kolonie jedenfalls hatte er sie nicht verbracht, so viel stand fest.

»Gab es jemanden hier in der Firma, der ihm näherstand? Ein Kollege oder eine Kollegin?«

Sieveking schüttelte den Kopf. »Wenn überhaupt, dann ich. Aber wie Sie sehen, bin ich ziemlich ratlos.«

Caro zuckte die Achseln. »Ein Jammer.«

»Woran hat Kalle denn zuletzt gearbeitet?«, wollte Manne wissen.

»Wir hatten ein Neubauprojekt am Halensee. Townhouse, Sie wissen schon. Ein Teil sozialer Wohnungsbau, ein Teil Luxus. Ein bisschen Gewerbe. Nicht sonderlich aufregend, aber lukrativ.«

»Keine Schwierigkeiten?«

Sieveking lächelte. »Die Firma ist Stammkunde bei uns. Alle sind sehr nett, alle verstehen sich gut. Alles lief reibungslos.«

Er sah Manne eine Weile an. »Ehrlich, ich wünschte fast, ich könnte Ihnen irgendwas anderes sagen. Man weiß ja nie, was in den Köpfen der Leute so vor sich geht, aber ich denke, Ihren Mörder müssen Sie woanders suchen. Tut mir leid.«

Manne nickte, dann lächelte er. »Ich bin froh, dass wir ihn hier nicht finden. Es ist genauso hilfreich, etwas ausschließen zu können«, sagte er und schob den Stuhl zurück. »Vielen Dank, dass Sie sich die Zeit genommen haben.«

KAPITEL 15

Sie waren noch bei Katchi vorbeigefahren, damit Caro sich ein Eis holen konnte, doch sie wollte Manne, den der Besuch bei Sieveking offenbar sehr mitgenommen hatte, nicht auch noch um einen Spaziergang bitten. Ihr Gartennachbar war die gesamte Rückfahrt über sehr schweigsam, und Caro überließ ihn seinen Gedanken.

Kalles Geist hatte in den Bürowänden gewohnt, zumindest für Manne, das war Caro klar. Sie wusste, dass sie manchmal viel zu unbekümmert mit schwierigen Themen umging; überspielen war ihre Art, mit Überforderung umzugehen, was zugegeben nicht sonderlich taktvoll war. Also blätterte sie schweigend durch ihre Notizen, die sie bald schon auswendig konnte, und genoss die riesige Portion Schokoladen- beziehungsweise Nusseis mit kinderkopfgroßen Teigstücken darin.

»Was hat er nur in diesem Urlaub gemacht?«, fragte Manne nach bestimmt fünfzehn Minuten Stop-and-go in Richtung Siegessäule.

»Vielleicht ist er ja weggefahren?«

Manne schüttelte den Kopf. »Er fuhr immer erst im Herbst. Drei Wochen Toskana. Dort hatte er Freunde, denen hat er ein bisschen auf dem Hof ausgeholfen.«

Caro hob die Brauen. »Freunde?«

Auf Mannes Gesicht erschien ein melancholisches Lächeln. »Na ja. Jedenfalls so was in der Richtung. Oder wie nennt man Menschen, die man einmal im Jahr besucht, mit denen man aber kein Gespräch führen kann?« Er seufzte. »Zu Beginn hat er bei Flavio und Roberto tatsächlich einfach nur Urlaub gemacht. Aber Kalle konnte nicht lange still sitzen. Das Konzept von Urlaub ist ihm nie wirklich vertraut geworden, wenn du verstehst, was ich meine. Er hat sich einfach schnell gelangweilt. Wenn er sich nützlich machen konnte, dann tat er das. Ganz selbstverständlich. Und so haben sie einander kennengelernt. Ich glaube, einer der beiden Jungbauern hatte damals die neue Küche unter Wasser gesetzt oder so. Kalle hat ihnen sogar geholfen, ein neues Gästehaus zu bauen. So war er eben. Allerdings bezweifle ich, dass die beiden ihn wirklich gut kannten.«

»Weil er so verschlossen wie hilfsbereit war?«

Manne legte den Kopf schief. »Ich habe ihn nie als verschlossen empfunden. Nur als schweigsam. Wie ein stilles Wasser, das nicht sehr tief ist, verstehst du?«

Caro verspürte einen traurigen Stich im Herzen. »Du meist, er hat nichts verborgen, weil es nichts zu verbergen gab?«

»So ungefähr.« Mannes Gesicht war so traurig, wie Caro sich fühlte.

»Womit ich ja verdammt falschlag, nicht wahr?«

Sie nickte, sagte jedoch nichts dazu. In dieser Wunde wollte sie nicht herumbohren. »Warst du auch mal dort? In der Toskana, meine ich. Du klingst so, als ob.«

Er nickte. »Ja, aber nur einmal. Was Kalle Urlaub schimpfte, nenne ich einen ganz normalen Arbeitstag. Natürlich musste ich mit ran, und auch Jonas blieb nicht verschont. Wir haben einen gottverdammten Kuhstall gestrichen. Ich habe den ganzen Rest des Urlaubs den Dung in der Nase gehabt und beschlossen, das nächste Mal lieber wieder nach Mallorca zu fliegen. Meinem Sohnemann schien das alles viel weniger auszumachen als mir. Er war, glaube ich, noch drei weitere Male dort, aber nicht noch einmal mit Kalle, sondern mit seiner jeweiligen Freundin.«

Manne lächelte versonnen. »Flavio und Roberto scheinen daraus ein Geschäftsmodell gemacht zu haben. Die Leute zahlen wenig, müssen dann aber bei irgendwelchen Arbeiten auf dem Hof helfen. Das letzte Mal hat Jonas einen Hühnerstall gebaut. Und hat es genossen. In dem Punkt ist er Kalle sehr ähnlich, kann nicht lange still sitzen. Als Kind und Teenager hat er sich durch unsere Strandurlaube gemault, weil ihm langweilig war. Der Kerl wurde mit Hummeln im Hintern frei Haus geliefert.«

Caro runzelte die Stirn. Sie hatte Mannes Sohn gesehen, gestern, auf der spontanen Versammlung im Nachbargarten. Ein hübscher Kerl. Sehr groß und schlaksig, ganz anders als seine Eltern; von der Statur her glich Mannes Sohn eher dem Toten als …

»Sag mal, standen Petra und Kalle sich eigentlich auch so nahe wie ihr zwei?«, fragte sie nun und versuchte, dabei so unbeteiligt wie möglich zu wirken. Doch in ihrem Kopf begannen die Gedanken zu rasen.

»Nicht wirklich. Sie war gut mit seiner Verlobten Renate befreundet, bevor diese starb. Kalle gehörte für sie zur Familie, würde ich sagen, aber eher so wie ein Cousin. Jemand, der eben da ist und den man zu Festen einlädt. Ich kann mich nicht erinnern, dass die beiden ein besonderes Vertrauensverhältnis hatten oder so. Manchmal hat Petra Kalle mir gegenüber in Schutz genommen, aber das macht sie eigentlich mit jedem. So ist sie eben.«

Caro wurde kalt. Sie wollte den Gedanken beiseiteschieben, aber es gelang ihr nicht. Jetzt, wo er einmal da war, saß er in ihrem Kopf und ging nicht mehr weg.

War es nicht Petra gewesen, die darauf bestanden hatte, dass sich Manne selbst der Ermittlungen annahm? Hatte sie nicht genau gewusst, wo das alte Foto lag? Warum?

Natürlich durfte sie Manne auf keinen Fall darauf ansprechen. Es war nur ein fixer Gedanke, nicht mehr. Auf der anderen Seite – was, wenn sie richtiglag? Was würde das bedeuten?

Hatte Manne nicht selbst gesagt, der Täter müsse Kalle nahegestanden haben? Dass nur Wut, schwere Kränkung oder Eifersucht

Verletzungen wie im Gesicht des Toten erklären konnten? Was, wenn Manne etwas herausgefunden hatte? Dass Kalle Jonas' Vater war zum Beispiel. Unwillkürlich schüttelte Caro den Kopf. Nein, dann hätte er seine Frau damit konfrontiert. Oder? Sie fühlte, wie ihre Handflächen zu schwitzen begannen, und klemmte sie zwischen ihre Oberschenkel.

»Warum interessiert dich das?«, fragte Manne mit einem misstrauischen Seitenblick.

Caro zuckte betont lässig die Schultern. »Ach, ich dachte nur, dass Kalle ihr vielleicht sonst von seinen Urlaubsplänen erzählt hätte. Du weißt schon, beim Plaudern. Wenn er wusste, dass du dich nicht dafür interessieren würdest, meine ich.«

»Hm. Wir können sie ja fragen.«

Caro nickte, dann kam ihr eine Idee. »Vielleicht kann Jonas in der Toskana anrufen und mit den beiden Gastgebern reden. Vielleicht wissen die ja doch was.«

»Ja, das ist eine gute Idee.« Manne nickte. »Ich werde ihn darum bitten.«

Sie schwiegen wieder eine Weile, dann fragte sie: »Was war Kalle eigentlich von Beruf? War er auch Architekt?«

Manne schüttelte den Kopf. »Nein, er war Bauzeichner. Hat nach der Wende sogar ein paar Semester studiert, um noch Bauingenieur zu werden, aber dann kam das Angebot, bei Sieveking einzusteigen, und er hat es wieder gelassen.«

Sie umrundeten mittlerweile im Schneckentempo die Siegessäule, und Caro fragte sich, ob sie an diesem Tag irgendwann noch einmal wieder in Pankow landen würden. Sämtliche Spuren waren verstopft, als wäre ein Staatsbesuch im Gange, aber sie hatte nichts dergleichen gehört. Um sich vom zähen Verkehr abzulenken, wanderten ihre Augen das Wahrzeichen hinauf zur Goldelse, die ihre blank polierten, goldenen Flügel über sie zu halten schien wie einen Schutzschild.

»Hat er sich schon immer für solche Sachen interessiert?«, fragte sie Manne. »Architektur? Das Baugewerbe?«

Manne trommelte mit den Fingern nachdenklich auf dem Lenkrad herum. »Doch, schon. Er hat sich auch in der Anlage immer direkt angeboten, wenn es was zu bauen gab. Kalle mochte es, Dinge entstehen zu sehen, wobei ihn eher die Statik faszinierte als alles andere. Brücken und so, vor allem abenteuerliche Konstruktionen. Als wir jung waren, hat er riesige Kartenhäuser gebaut, Reihe für Reihe und Stockwerk für Stockwerk. Einmal hat er ein ganzes Deck verbaut, ohne dass es einstürzte.«

»Das ist ja irre«, sagte Caro und versuchte, sich zu erinnern, ob sie es jemals geschafft hatte, auch nur ein kleines Kartenhaus zu bauen.

Manne lächelte, und die Erinnerung brachte sein Gesicht zum Leuchten. Es war schlimm und schön zugleich, ihn schwelgen zu sehen, doch Caro wollte auf etwas Bestimmtes hinaus, daher fragte sie: »Und war er es, der euer Pumpenhaus gebaut hat?«

Ihr Kollege trat abrupt auf die Bremse, als hätte sie ihn erschreckt.

»Worauf willst du hinaus?«, fragte Manne.

Das Pumpenhaus war ein wunder Punkt, das hatte sie gewusst. Nur hätte sie obendrein auch noch zu gern gewusst, warum das so war. »Na ja, ich dachte nur, dass es vielleicht deshalb auf seinem, also jetzt auf unserem Grundstückt steht, weil …«

»Es ist nicht euer Grundstück«, gab Manne verärgert zurück. »Der Grund und Boden gehört der Stadt Berlin. Hast du das Infomaterial nicht gelesen?«

Caro spürte, wie ihr Gesicht heiß wurde. Wollte er durch dieses ätzende Verhalten ablenken, oder was war hier los? »Dazu hatte ich leider keine Zeit. Es lag nämlich eine Leiche in meinem Gemüsebeet. Pardon. Im Gemüsebeet der Stadt Berlin, meine ich natürlich.«

»Dann solltest du das besser nachholen.«

»Das werde ich, verlass dich drauf.« Caro hatte keine Ahnung, warum sie plötzlich so wütend war. Eigentlich regte sie sich nicht schnell auf, aber Manne schaffte spielend mit wenigen Worten, wofür andere deutlich länger gebraucht hätten.

»Also?«, hakte sie nach, als ihr klar wurde, dass Manne nicht zu antworten gedachte.

»Also was?«

»Hat Kalle unser Pumpenhaus gebaut?«

»Ja.« Caro konnte sehen, wie Manne die Kiefer aufeinanderpresste.

»Und hatte euer Streit irgendwas damit zu tun?«

Manne stieß einen tiefen Seufzer aus und sackte ein wenig in sich zusammen. Er fuhr den halben Meter vorwärts, der sich während der vergangenen Minute im Ampelstau gebildet hatte, und wischte sich mit der flachen Hand übers Gesicht. Er wollte sich bei ihr entschuldigen, das konnte sie ganz genau erkennen. Aber auch, dass er nicht wusste, wie er das anstellen sollte. Er steckte in sich selbst fest.

»Vielleicht. Vielleicht auch nicht. Es war ja noch nicht einmal ein richtiger Streit.«

»Wie meinst du das?«

»Um sich zu streiten«, führte Manne aus, »muss man sich miteinander unterhalten. Aber das war keine Unterhaltung, so viel kann ich dir versichern. Kalle hat mich lediglich aus der Ferne angeschrien, dass ich seinen Garten niemals wieder ohne Erlaubnis betreten darf. Und dann hat er sich umgedreht und ist ins Haus gestapft. Danach hat er kein Wort mehr mit mir gesprochen. Ohnehin ist er eine Woche danach aus der Anlage verschwunden. Über dreißig Jahre Freundschaft, und dann dieses blöde, unnötige Ende.«

Caro schüttelte verwirrt den Kopf. »Das ergibt doch überhaupt keinen Sinn.«

»Richtig«, bestätigte Manne. »Das tut es nicht.«

Den Rest der schier endlos langen Fahrt verbrachten sie schweigend. Caro war trotz des Verkehrs ganz froh, dass Montag war. So musste sie sich bis zum späten Nachmittag weder um Greta noch um Eike kümmern. Der Rest konnte warten.

Als sie bei ihren Parzellen ankamen, saß ein hagerer, streng dreinblickender Mann auf Mannes Terrasse und rührte in einer Tasse Kaffee. Caro entging nicht, dass ihr Partner bei dessen Anblick kurz stutzte. Seine Schultern strafften sich, und sie meinte, ein geflüstertes »Auch das noch« zu vernehmen, war sich aber nicht sicher, da Manne im nächsten Augenblick aus vollem Halse und breit lächelnd »Schmittchen!« rief und mit festen Schritten auf den Mann zuging.

»Manfred«, erwiderte der Angesprochene mit einem kurzen Nicken, und Caro schoss durch den Kopf, dass ihr selten ein Mann begegnet war, der mehr wie ein Beamter ausgesehen hatte als dieser hier. Er wirkte völlig fehl am Platz in einem Garten – ungefähr so, wie der Architekt Sieveking auf dem Wacken Open Air wirken würde –, weshalb Caro umso erstaunter war, als er ihr als der Bezirksvorstandsvorsitzende von Pankow vorgestellt wurde.

»Ah«, rief sie fröhlich aus. »Wir haben telefoniert!«

Schmittchen nahm ihre ausgestreckte Hand offenbar nur widerwillig in seine, und Caro hatte das Gefühl, ein sterbendes Vögelchen zwischen den Finger zu halten. Menschen ohne Händedruck irritierten sie immer maßlos. Sie hatte dann den Eindruck, mit der Hand irgendetwas tun, sie vielleicht sogar wiederbeleben zu müssen.

»Mag sein. Ich telefoniere viel«, sagte er, was für Caro das Stichwort war, sich in die Laube der Nowaks zu verziehen und die beiden allein zu lassen. Du liebe Zeit. In der Nähe dieses Schmittchens musste man ja direkt Angst haben, sich in einen Aktenordner zu verwandeln. Sie war froh, sich aus dem Staub machen zu können.

Wenig überraschend fand sie Jonas und Petra wie zufällig in der

Nähe der Eingangstür vor. Petra winkte sie hastig herein und schloss die Tür hinter ihr.

Die drei schauten einander verlegen an, und Caro schwante nichts Gutes. Keiner sagte ein Wort, weil sie alle hören wollten, was zwischen Schmittchen und Manne besprochen wurde. Doch zu ihrem großen Verdruss hörten sie den Bezirksvorstand nur sagen: »Komm, wir gehen ein Stück«, als ahnte er, dass der Garten deutlich zu viele Ohren hatte für das Gespräch, das er führen wollte.

In dem Augenblick sackte Petra ein Stück in sich zusammen und funkelte die Tür an, als sei diese persönlich schuld daran, dass die beiden Männer draußen aufstanden und in Richtung des Gartentörchens verschwanden.

»Dass Schmittchen da ist, heißt gar nichts Gutes. Das letzte Mal ist Jahre her«, murmelte sie besorgt, dann rang sie sich ein Lächeln ab. »Caro. Möchtest du vielleicht einen Kaffee?«

Caro nahm dankend an und wandte sich dann an Jonas: »Manne hat erzählt, dass Kalle und du öfter nach Italien gefahren seid.«

»Ja, aber nicht zusammen«, erwiderte Jonas schnell, ganz so, als hielte sie ihn für verdächtig. »Nur einmal. Danach bin ich immer alleine, also ...« Jonas suchte nach den richtigen Worten und wurde tatsächlich ein bisschen rot. Irgendwie süß. Er hatte was vom Frontmann einer Rockband, der zwar nicht sonderlich gut war, aber durch Charme und gutes Aussehen trotzdem eine beachtliche Menge Publikum anzog. Wäre Caro jünger gewesen, dann wäre sie ihm schnell und heftig verfallen, das war ihr sofort klar. Und somit auch, warum er nie lange suchen musste, um Gesellschaft für eine Italienreise zu bekommen.

»Du bist nicht mehr mit Kalle hingefahren.« Caro lächelte. »Das reicht doch. Außerdem wäre auch das alleine nicht außergewöhnlich. Er war dein Patenonkel.« Sie legte den Kopf schief. »Gut. Vielleicht ein bisschen merkwürdig. Aber nicht verdächtig.«

Jonas lächelte, dann setzte er sich auf einen niedrigen Hocker und sortierte seine langen Gliedmaßen in ihre Richtung. »Tatsächlich wollen Mala und ich auch gerne noch diesen Sommer hinfahren. Flavio und Roberto haben zwei Pferde gekauft. Und da wollte ich helfen, den Stall auszubauen.« Er runzelte die Stirn. »Warum interessiert dich das überhaupt? Wie kommst du auf die Toskana?«

»Weil Kalle letztes Jahr ganz kurzfristig eine Woche Urlaub genommen hat. Nur wenige Wochen bevor er seinen Job und den Garten hier gekündigt hat.«

Jonas Brauen schossen in die Höhe. »Kalle hat seinen Job gekündigt?«, echote er ungläubig.

Caro nickte. »Ja, von einem Tag auf den anderen. Hat niemandem erklärt, warum, und alles stehen und liegen lassen.«

»Wie bei seinem Garten«, murmelte Jonas stirnrunzelnd.

»Ja, genau. Und das auch noch ungefähr zur selben Zeit. Seine Kollegen hatten vermutet, dass er einen Hirntumor oder sonst irgendwas Schreckliches hatte.«

»Das wäre zumindest eine Erklärung«, bestätigte Jonas. »Aber ich verstehe trotzdem nicht, was das mit der Toskana zu tun haben soll.«

»Ich habe mich gefragt, ob er vielleicht spontan dort hingefahren sein könnte. Um den Kopf frei zu bekommen. Vielleicht hat er ja dort seinen Entschluss gefasst. Oder es ist etwas vorgefallen. Oder er hat sich den Freunden dort anvertraut.«

Jonas lachte auf. »Das wohl eher nicht.«

»Warum nicht?«

»Flavio und Roberto sind Italiener, die ungefähr so gut Englisch sprechen, wie Kalle es gesprochen hat. Ausreichend, um sich ein wenig auszutauschen. Über das Wetter oder wie viele Brötchen zum Frühstück besorgt werden müssen. Über die Tiere. Aber alles mit wirklich sehr starkem Akzent und bei Weitem nicht ausreichend, um über Nöte und Gefühle zu reden.«

Jonas lächelte leicht. »Die Chaoten sind auch so unterhaltsam genug. Einfach nur in ihrer Gesellschaft zu sein reicht aus, um sich wohl und gelöst zu fühlen. Und sowieso ist es mal ganz nett, im Urlaub eine Weile nicht an schwerwiegende Dinge zu denken und sich beim Abendessen nur über die Sonne und das Meer zu unterhalten.«

Caro nickte. »Ich verstehe schon. Könntest du vielleicht trotzdem dort anrufen und sie fragen, ob Kalle bei ihnen war? Dann wüssten wir wenigstens, was er in der Woche gemacht hat, denn niemand scheint eine Ahnung zu haben.«

Jonas nickte und ging zu seinem Rucksack, um das Handy aus der Seitentasche zu ziehen. Er bedeutete Caro und seiner Mutter mit einer Handbewegung, dass er draußen telefonieren wollte.

Caro fragte Petra, ob sie kurz das Bad benutzen könne, und schlüpfte dann durch die schmale Tür hinter der Küche.

Das Bad der Nowaks war auf jeden Fall geräumiger als das in ihrer Laube. Dort war es gerade mal möglich, sich einmal um die eigene Achse zu drehen. Hier gab es sogar eine große Dusche. Caro benutzte die Toilette und ging zum Waschbecken, um sich die Hände zu waschen. Dabei fiel ihr Blick auf ein paar lange dunkelbraune Haare, die eigentlich nur von Jonas stammen konnten.

Zwar mochte sie den *Tatort* wirklich nicht, dennoch hatte sie schon genug Krimis gesehen und gelesen, um zu wissen, dass ein Haar mit intakter Wurzel für einen DNA-Test ausreichte. Caro überlegte kurz. Konnte es wirklich schaden, auf Nummer sicher zu gehen?

Mit klopfendem Herzen öffnete sie den Spiegelschrank, der über dem Waschbecken hing, und hatte tatsächlich Glück. Im Inneren entdeckte sie einen Kamm, in dem ein paar kurze graue Haare steckten, die einmal zu Manne gehört hatten.

Sie nahm ihr Smartphone zur Hand, und eine kurze Suche führte sie auf die Webseite einer Firma, die DNA-Abgleiche auch mit

Haaren anbot. Als Serviceleistung für Privatdetektive. Na, wenn das nicht passte.

Sie nahm zwei Stück Toilettenpapier, suchte sich jeweils Haare mit Wurzel aus Kamm und Waschbecken, schlug sie sorgsam in das Papier ein und steckte alles in ihre Hosentasche. Richtig wohl fühlte sie sich bei der ganzen Aktion zwar nicht, aber sie wusste auch, dass sie es nicht lassen konnte.

Zurück in der Laube setzte sie sich zu Petra an den kleinen Tisch, auf dem mittlerweile zwei Kaffeebecher und ein paar Kekse standen. Mannes Frau sah besorgt aus; es war ihr anzusehen, dass sie nicht viel Schlaf bekommen hatte in den letzten Nächten. Wie auch?

»Tja, jetzt sitzen wir hier, während die Herren irgendwelche wichtigen Gespräche führen«, sagte sie und rührte mit abwesender Miene in ihrer Tasse herum.

»Wir können ja auch ein wichtiges Gespräch führen«, schlug Caro vor, deren Gedanken zu den Haaren in ihrer Hosentasche wanderten.

»Wie meinst du das?«, fragte Petra, und ihrem Tonfall war anzumerken, dass sie auf der Hut war.

Caro zuckte betont lässig die Achseln. »Ich kenne euch beide ja noch kaum, aber deinen Mann lange genug, um zu wissen, dass er sehr stur ist. Intelligent und erfahren, das ja, aber …«, sie suchte nach den richtigen Worten, »vielleicht nicht immer so feinfühlig. Ich könnte mir vorstellen, dass ihm sein Dickkopf oft im Weg steht.«

Petra lachte kurz auf. »Das ist eine sehr treffende Beobachtung«, sagte sie nur und nickte.

»Ich habe die Erfahrung gemacht, dass wir als Ehefrauen und Mütter doch manchmal einen anderen Blick auf die Dinge und einen anderen Zugang zu Menschen haben«, sagte sie vorsichtig. »Und gleichzeitig weiß ich, dass eine große Runde nicht immer der richtige Rahmen ist, seine Gedanken und Beobachtungen zu teilen.«

»Das klingt jetzt alles ziemlich vage«, sagte Petra mit gerunzelter Stirn. »Worauf willst du hinaus?«

Himmel, dachte Caro. Es war nur allzu deutlich, warum Petra Schuldirektorin war. Ihr Blick konnte vermutlich auch Beton durchbohren, und mit Ausflüchten oder Wischiwaschi-Rhetorik gab sie sich nicht zufrieden. Mit einem »Wir waren es aber nicht, Frau Nowak. Ganz bestimmt nicht, versprochen«, würde sich diese Frau jedenfalls nicht abspeisen lassen. Caro überlegte, wie viel und was sie sagen konnte.

»Ich möchte einfach wissen, wie du Kalle erlebt hast. Als jungen Menschen und später. Mannes Blick ist dermaßen verstellt – von seinem schlechten Gewissen, seinem inneren Polizisten und der eigenen Angst –, dass er mir nicht wirklich dabei hilft, Kalle kennenzulernen. Alles muss ich ihm aus der Nase ziehen, er verstummt, wenn ich versuche, das Gespräch auf Kalles Persönlichkeit und sein Leben zu lenken. Aber ich muss schon ein bisschen mehr über den Menschen wissen, wenn ich Manne wirklich helfen soll. Momentan habe ich noch das Gefühl, dass er ein paar Dinge vor mir zurückhält.«

Sie hob den Kopf und sah Jonas im Garten telefonierend auf und ab gehen. Warum konnte man eigentlich bei wichtigen Gesprächen so schlecht still sitzen bleiben?

Sie nahm einen Schluck Kaffee und überlegte, dann ergänzte sie: »Sieh mal, ihr habt ihn alle gekannt, ich aber nicht. Und irgendwie werde ich nicht schlau aus dem Mann. Er hatte viele Kontakte, aber niemand will sich wirklich zu ihm äußern. Alle sind sich darüber einig, dass er die Welt auf Abstand hielt. Aber warum? Was zum Beispiel hat ihn derart zum Einzelgänger werden lassen?«

Petra zuckte die Achseln. »Ich weiß nicht, ob Einzelgänger das richtige Wort für ihn ist. Er war ja nicht wirklich jemand, der alleine blieb. Er hatte seine Kollegen, hat viel gearbeitet. Dann hatte er uns, war viel in der Anlage. Kalle hatte immer Leute um sich herum, war hilfsbereit und hat auch niemanden von sich gestoßen.«

»Aber alle berichten übereinstimmend, dass es ihnen nicht gelungen ist, wirklich an ihn heranzukommen«, hielt Caro dagegen. »Und er hat alleine gelebt, obwohl er zumindest auf den Fotos, die ich gesehen habe, ein gut aussehender Kerl war. Groß, aber nicht schlaksig, wache Augen, halblange Haare. Der totale Frauentyp!« Sie zögerte einen Augenblick, dann sagte sie: »Genau wie Jonas.«

Petra lachte laut auf. Das erste Mal, seit Caro sie kannte. Es klang gelöst und überhaupt nicht aufgesetzt, was Caro ein wenig beruhigte. Nun wanderte auch Petras Blick in den Garten zu ihrem Sohn und füllte sich mit unverhohlenem Stolz. »Das stimmt.«

»Oder Männertyp«, schob Caro noch hinterher.

Petra legte den Kopf schief. »Ich glaube nicht, dass er an Männern interessiert war«, überlegte sie laut, und Caro hielt die Luft an. »Er war einfach so, wie er war. Hat seine Gedanken und sein Herz geschützt. Ich habe es mir immer so erklärt, dass der Verlust von Renate ihn so sehr verletzt hat, dass er sich in einen Schutzbereich vor der Welt zurückgezogen hat, damit ihn nichts mehr so berühren kann. Er war zwar immer ziemlich zugeknöpft, was seine eigenen Emotionen anging, aber das ist mir nicht weiter aufgefallen. So sind wir nun mal groß geworden. So wurde er erzogen, und niemanden hat es gewundert. Als Renate noch lebte, war er ein wenig geselliger. Aber danach …« Sie lächelte und zuckte die Schultern. »Wir haben beide sehr gelitten damals, aber schon kurz nach ihrem Tod hat er sich zurückgezogen. Ich hätte gerne mit ihm gemeinsam getrauert. Sie war meine beste Freundin, ich kannte sie seit einer halben Ewigkeit. Es hat mir das Herz gebrochen, als sie starb. Wir hatten doch noch so viel vor.«

Caro nickte. »Ja, das hat Manne erzählt. Wie ist es denn passiert?«

Petras Augen wurden glasig. »Sie hatte einen Autounfall. Ist aus der Kurve und gegen einen Baum geflogen. Das Auto hat es in zwei Teile gerissen.« Petra schluckte. »Und Renate selbst sah auch nicht viel besser aus.«

Caro hatte den Impuls, nach Petras Hand zu greifen, ließ es dann aber bleiben. Das hätte sich auf irritierende Weise unanständig angefühlt.

»Das tut mir so leid«, flüsterte sie stattdessen. Und es stimmte.

»Es war schwer für uns alle. Aber Kalle hat sich entschieden, die Sache mit sich alleine auszumachen, und wir haben diese Entscheidung nicht infrage gestellt. Wir dachten immer, er käme schon wieder zu sich, wenn man ihm nur genügend Zeit ließ. Aber so ganz hat er nie zu sich selbst zurückgefunden.«

»Und er hat nie wieder nach jemandem gesucht, mit dem er das Leben teilen konnte? Oder wenn schon keine Partnerschaft, dann vielleicht ein sexuelles Abenteuer? Jeder Mensch sehnt sich doch nach anderen Menschen. Nach Gesellschaft und Liebe. Und Nähe.«

Petra lächelte matt. »Falls er Liebschaften hatte, wussten wir nichts davon. Und seinen Wunsch nach einem Kind hat er mit unserem Jonas zumindest ein Stück weit kompensiert. Die beiden waren früher unzertrennlich. Als Jonas noch klein war, konnte Kalle nicht genug von ihm bekommen. Uns war das ganz recht. So hatten wir immer einen Babysitter, dem wir vertrauen konnten. Jonas und wir, das schien Kalle zu genügen. Als unser Sohn dann auszog und seiner Wege ging, hat sich Kalle aus unserem Familienleben zurückgezogen.«

»Warum das?«

»Einfach weil Jonas nicht mehr da war, schätze ich.«

Caro nickte langsam, aber ihre Gedanken wirbelten wild durcheinander. Am liebsten hätte sie Petra auf den Kopf zu gefragt, ob Kalle Jonas' Vater war, nur um ganz sicherzugehen. Doch sie hielt sich zurück. Sie hatte die Haare und würde eine Antwort erhalten.

Die Laubentür ging auf, und Jonas kam herein. Er blickte verwirrt auf das Smartphone in seiner Hand, als hätte es sich gerade in ein Spielzeugtelefon verwandelt. Oder in eine weiße Maus.

»Und?«, fragte Caro ungeduldig.

Jonas schüttelte den Kopf. »Bei Flavio und Roberto war Kalle letztes Jahr schon mal nicht. Aber er hatte für diesen Sommer zwei Wochen gebucht.«

Jonas blickte kopfschüttelnd in Richtung der beiden Frauen. »Für zwei Personen.«

KAPITEL 16

Es war wirklich merkwürdig, mit Schmittchen »ein paar Meter zu gehen«. Der Bezirksvorstand war kein Mann, mit dem Manne sich eine Freundschaft auch nur im Entferntesten vorstellen konnte, weshalb ihn diese Vertraulichkeit enorm irritierte. Sie liefen in einträchtigem Schweigen nebeneinanderher, gemächlich und scheinbar ohne Plan und Ziel, einfach kreuz und quer durch die Gärten, die Manne so liebte. Schmittchen betrachtete das geordnete Chaos in ihrer Anlage wie jedes Mal mit einer Mischung aus Abscheu und Bewunderung, was in Manne den starken Drang auslöste, sich und die Harmonie zu verteidigen.

»Wir haben schon ein Rundschreiben verschickt und alle daran erinnert, rechtzeitig vor dem Sommer die Hecken zu schneiden«, berichtete er wahrheitsgetreu und selbst für seinen Geschmack etwas zu eilfertig, als er sah, dass der kritische Blick des Vorsitzenden an ein paar struppigen Auswüchsen hängen blieb.

»Schön, aber ich wiederhole mich hier, Manfred, wenn ich sage, dass die Gesamthöhe eurer Hecken einfach zu hoch ist. Das sind mindestens zwei Meter bei fast jeder Parzelle.«

»Ja, mag sein. Aber so ein bisschen Privatsphäre …«

»Es geht nicht um die Privatsphäre«, schnitt der Bezirksvorstand ihm scharf das Wort ab. »Sondern um das, was im Bundeskleingartengesetz geregelt ist. Aber ihr hier in der Harmonie meint immer, ihr könntet eure eigenen Gesetze machen.«

Manne fühlte sich wie in *Und täglich grüßt das Murmeltier*. Er wusste gar nicht mehr, wie oft er dieses Gespräch mit Schmittchen schon geführt hatte. Manne holte tief Luft, wurde aber unverhofft am Sprechen gehindert.

»Ich bin heute aber nicht wegen eurer Hecken hier. Das ist ein Thema für den gesamten Vorstand.«

»Ach?«

Manne fühlte, wie in seinem Inneren etwas verkrampfte. Natürlich war Schmittchen nicht wegen der Hecken hier. Wegen der Hecken schickte er Mails, Briefe, Memos und irgendwelche verdeckten Ermittler, die im Nachhinein Bericht über die Höhe erstatten konnten. Doch er kam niemals selbst.

Schmittchen blieb stehen und sah ihn über den Rand seiner viel zu kleinen Brille an. Manne hatte sich schon immer gefragt, ob das Gestell überhaupt zum Durchgucken reichte. Das schien allerdings gar nicht unbedingt der Sinn zu sein, da Schmittchen eigentlich immer über den oberen Rand lugte wie ein Kaninchen aus dem Bau. Was sagte man dem Optiker, wenn man eine solche Brille kaufen wollte? »Guten Tag, ich möchte etwas, das meine Augäpfel zu zwei Dritteln einrahmt«?

»Die Polizei war heute Morgen bei uns«, erklärte Schmittchen knapp, aber nicht unfreundlich. Manne meinte sogar, so etwas wie Mitgefühl in seinen Augen zu erkennen, und war sehr irritiert. Vielleicht lag das aber auch nur am Brillengestell.

»Oh«, machte er nur, weil er nicht wusste, was er sonst dazu sagen sollte. Nie und nimmer hätte er damit gerechnet, dass Lohmeyer zu einem solchen Zeitpunkt der Ermittlungen ausgerechnet Schmittchen und die Kollegen vom Bezirksvorstand behelligen würde. Wäre er selbst Ermittlungsleiter, stünde so ein Besuch später auf dem Plan. Viel später, wenn überhaupt. Ein Anruf hätte es aus seiner Sicht auch schon getan.

»Sie wollten die Mitgliederlisten eures Vereins. Parzellenpläne, Ein- und Austritt und so weiter.«

»Das hätten sie doch auch alles von mir haben können. Oder von Tine!«, empörte sich Manne.

Schmittchen nickte bedächtig. »Ja, das ist richtig. Offenbar glaubt dieser Lohmeyer, du könntest etwas unter den Tisch fallen lassen. Etwas, das dich selbst belasten könnte. Das klang jedenfalls laut genug zwischen den Zeilen durch.«

Der Blick über den Brillenrand wurde strenger.

»Warum hast du uns nicht gesagt, dass du verdächtigt wirst, Manfred?«, fragte der Bezirksvorstandsvorsitzende, und der Oberlehrereindruck, den er vermittelte, wurde beinahe grotesk.

»Weil ich seit vorgestern Abend gar nicht mehr weiß, wo mir der Kopf steht«, gab Manne zu. »Ich habe keine Zeit, Luft zu holen, geschweige denn, mir zu überlegen, was ich als Nächstes tun muss oder möchte. Die meiste Zeit hängt jemand irgendwie an mir dran und fragt mich aus. Tut mir leid, ich hätte euch darüber informieren müssen.«

»Das hättest du allerdings. Wie stehen wir denn da, wenn davon etwas an die Presse durchsickert?«

War ja klar, dass der Mann an so etwas zuerst dachte.

»Schmittchen, kein Mensch interessiert sich für die Reputation des Bezirksvorstands von Pankow.«

»Du hast ja keine Ahnung«, schoss Schmittchen gereizt zurück. »Einen Verein zu leiten mag einfach sein, aber ein ganzer Bezirk ist eine vollkommen andere Hausnummer. Wir konkurrieren direkt mit den Vorständen anderer Bezirke. Und seit die Gärten bei jungen Leuten in Mode gekommen sind …« Er ließ den Satz zusammen mit seinen hochgezogenen Brauen in der Luft hängen.

Manne hob abwehrend die Hände. »Schon gut. Es tut mir leid. Daran habe ich einfach nicht gedacht.« Er ließ die Schultern sinken. »Ich habe meinen ehemals besten Freund verloren und stehe im Zentrum der Ermittlungen. Da ist es nicht leicht, alles im Blick zu behalten.«

»Das verstehe ich«, sagte Schmittchen nun wieder mit einem Lächeln. »Voll und ganz. Aus diesem Grunde wirst du vorerst deines Amtes enthoben. Bis sich die Sache geklärt hat oder du inhaftiert wirst oder …« Das Satzende gesellte sich zu den anderen in der Luft hängenden Enden. Manne hatte keine Ahnung, ob da überhaupt noch etwas hätte kommen können.

Und er glaubte, sich verhört zu haben. Nach allem, was er die letzten Tage so durchgemacht hatte, war das vielleicht der größte Schock überhaupt. Manne war seit acht Jahren Vorstandsvorsitzender des Kleingartenvereins Harmonie e. V. Es war das, was er tat, und das, was er war. Was ihn und seine Tage füllte. Abgesehen davon, dass sich so gut wie niemand für diesen Job interessierte, hätte er niemals damit gerechnet, dass er ihn überhaupt einmal verlieren konnte. Er war gut und gewissenhaft, fleißig und leutselig. Durch seine frühe Pensionierung hatte er immer genügend Zeit gehabt, sich um die Belange der Anlage eigenhändig und zügig zu kümmern.

All das lag ihm jetzt auf der Zunge.

»Du glaubst doch nicht wirklich … du kannst doch nicht …« Er wollte Schmittchen entgegenschleudern, wie ungerecht und unangemessen das alles war, doch der hob abwehrend die Hand. »Ich kann. Und was ich glaube oder nicht, steht auf einem anderen Blatt. Aber du bist momentan nicht der Richtige, um diesem Verein vorzustehen.«

Der hagere Mann legte Manne die Hand auf die Schulter. »Du hast jetzt wirklich Wichtigeres zu tun, als dich um die Belange des Harmonie e. V. zu kümmern, das musst du doch selbst einsehen. Es ist ja nur vorübergehend, bis der Staub sich gelegt hat.«

Sie blickten einander an, und Manne nickte langsam. Er hatte ja sowieso keine Chance. Und vielleicht, ganz vielleicht hatte Schmittchen ja sogar recht.

»Dann wäre das ja geklärt«, sagte der Bezirksvorstand beschwingt. »Das macht aus meinem Besuch hier auch nichts weiter als ein Freundschaftstreffen.« Seine Augen funkelten listig. »Und ich gerate in keinerlei Interessenskonflikte, wenn ich dir erzähle, was dieser Polizist so alles von uns wissen wollte.«

Mannes Herz geriet für ein paar Schläge aus dem Takt.

»Was … was wollte er denn wissen?«

»Komm«, forderte Schmittchen. »Gehen wir noch ein Stück.«

KAPITEL 17

Manne kochte vor Wut, nachdem er Schmittchen verabschiedet hatte. Bei Lohmeyers Fragen war es nur sehr wenig um Kalle und sehr viel um ihn selbst gegangen – Manfred Nowak. Um seinen Leumund, um genau zu sein.

Ob er ein zuverlässiger Vorstand sei, ob er schon einmal ausfallend oder gar gewalttätig geworden sei. Ob er Geld veruntreut oder jemand Externes schon mal die Abrechnungen geprüft habe. Ob er selbst vielleicht sogar eine Stasivergangenheit habe oder Bestechungen entgegennehme. Und so weiter und so fort. Alles Fragen, die nur von ein bisschen heißer Luft zusammengehalten wurden, Herrgott noch mal. Lohmeyer suchte keinen Täter, er suchte Beweise. Die Blickrichtung stimmte nicht.

Als er dann auf dem Rückweg durch den Holunderblütenweg auch noch die Silhouette des Kommissars vor seinem Gartentor erspähte, fluchte Manne leise in sich hinein. Er musste ein paarmal tief durchatmen, bevor er weitergehen konnte. Wie gut, dass Schmittchen den zweiten Kaffee abgelehnt und sich in Richtung Bushaltestelle aufgemacht hatte. Der Besuch hätte den Bezirksvorstand in große Schwierigkeiten stürzen können, was Manne umso mehr leidgetan hätte, da er genau wusste, wie weit Schmittchen gerade über seinen eigenen Schatten gesprungen war. Das rührte ihn. Manchmal kam Unterstützung aus ungeahnter Richtung.

Beim Anblick Lohmeyers schlug die Rührung nun in Wut um. Und die wuchs, als der Beamte ihn streng von oben herab musterte. »Wir waren zuerst bei Ihnen zu Hause, aber dort haben wir Sie nicht angetroffen.«

Ihm lag eine bissige Erwiderung auf der Zunge, doch Manne konnte sich im letzten Moment zurückhalten. Natürlich hatten sie ihn dort nicht angetroffen, er war ja hier. Was für eine selten dämliche Art, ein Gespräch zu beginnen.

»Bei gutem Wetter kommen Sie am besten gleich hierher. Die Chancen, mich hier anzutreffen, sind größer. Oder Sie rufen einfach vorher an. Meine Handynummer habe ich Ihnen ja gestern Abend gegeben. Dann sparen Sie dem Land Berlin unnötige Spritkosten.«

Lohmeyer warf ihm einen weiteren strengen Blick zu. »Ich muss Sie bitten, mich zu begleiten. Es gibt da ein paar Dinge, die Sie sich ansehen sollten, Herr Nowak.«

Manne schluckte und fühlte, wie ihm das Herz in die Hose rutschte. *Es gibt nichts, was sie gegen dich verwenden könnten*, versuchte er sich zu beruhigen. *Weil du nichts getan hast*. Doch es half kaum. Manne bekam es mit der Angst zu tun. Aus dem Augenwinkel nahm er hinter der großen Brombeerhecke, die an der Stirnseite seines Gartenhäuschens wuchs, eine Bewegung wahr und vermutete, dass Petra Mäuschen spielte. Er straffte die Schultern.

»Ja, natürlich«, sagte er so fröhlich und unbekümmert, wie er konnte, und folgte dem Beamten in Richtung des westlichen Parkplatzes.

An das Gefühl, hinten in einem Einsatzwagen zu sitzen, wollte und würde Manne sich nicht gewöhnen. Er ärgerte sich noch mehr über Lohmeyer, auch wenn er nicht gedacht hätte, dass das überhaupt ginge. Weil dieser ihn nicht nur zum zweiten Mal binnen achtundvierzig Stunden persönlich aus der Anlage abgeholt hatte, sondern weil er auch diesmal einen Kollegen bei sich hatte, als rechne er damit, Manne könnte gewalttätig werden. So saß er also auf der Rückbank wie ein Verbrecher. Zumal die beiden Beamten heute nicht mit einem Zivilfahrzeug unterwegs waren. Natürlich nicht. Warum auch?

Was dieser Kommissar abzog, war wirklich schlimmste Einschüchterungstaktik und obendrein völlig übertrieben. Dabei war er kein unerfahrener junger Mann Anfang zwanzig, den so etwas beeindrucken konnte. Nein, Manne wurde davon einfach nur grantig. Er hatte ein eigenes Auto.

»Wissen Sie, ich hätte den Weg auch alleine gefunden«, sagte er nun, um die Stille im Wagen zu durchbrechen. »Das nächste Mal, wenn Sie mir etwas zeigen wollen, rufen Sie doch bitte einfach an, und ich komme überallhin.«

»Ich bin gern überraschend«, antwortete Lohmeyer knochentrocken, und Manne musste sich schon wieder einen Kommentar verkneifen. In Gegenwart dieses Kommissars füllte sich sein Mund unablässig mit Dingen, die er besser nicht sagen sollte. Dieser Typ war alles Mögliche, aber sicher keine Überraschung. Eher das schlechte Abziehbild eines echten Kommissars. Als würde ein mäßig talentierter Schauspieler versuchen, sich auf die Rolle seines Lebens vorzubereiten. Was allerdings eine Überraschung war: An diesem Montag fuhren sie mit Manne nicht in die Direktion in Abschnitt 14 wie Samstagabend, sondern in die Hadlichstraße. Abschnitt 13, seine alte Direktion.

Ihm zog sich alles zusammen. In dem unfassbar hässlichen Plattenbau im Herzen von Pankow hatte sich sein gesamtes Berufsleben in den Jahren vor der Netzhautablösung abgespielt. Da drin saßen viele seiner alten Freunde, standen noch sein alter Schreibtisch und der Stuhl, auf dem er so viele Jahre gesessen hatte. Die Stadt war zu arm, um die Büromöbel häufiger als … nun, so alle dreißig Jahre auszutauschen. Weshalb es fast überall noch so aussah wie in einem *Tatort* der Achtzigerjahre.

»Warum fahren wir nicht ins LKA?«, fragte er und konnte nicht verhindern, dass seine Stimme zwischen Panik und Aggression schwankte.

Lohmeyer drehte sich um, und Manne konnte ihm ansehen,

dass diese Reaktion genau das war, was er beabsichtigt hatte. Verdammt, diese Genugtuung hatte er Lohmeyer nicht verschaffen wollen.

»Da sowohl der Fundort als auch die Wohnung des Toten hier in der Nähe befindlich sind, stellen uns die Kollegen in Pankow Räumlichkeiten zur Verfügung. Dann muss niemand allzu weite Strecken fahren. Auch Sie nicht. Oder ist das nicht in Ihrem Sinne?«

Arschloch, dachte Manne. Natürlich war das nicht in seinem Sinne. Wie konnte es? Nichts lag ihm ferner, als vor seinen alten Kollegen vorgeführt zu werden.

»Ich hätte das LKA vorgezogen. Es ist nicht so leicht, auf diese Weise in mein altes Dezernat zurückzukehren«, gab er daher nur mühsam beherrscht, aber wahrheitsgetreu zurück.

Lohmeyers schmale Brauen schossen in die Höhe. »Ach? Dann waren Sie also hier eingesetzt?«

Du mieser, kleiner, dreckiger …, dachte Manne, verkniff es sich aber gerade noch rechtzeitig. Er räumte seine Flüche zu den anderen ungesagten Worten und schwieg. Als wüsste dieser Typ das nicht schon längst. Als hätte dieses Wissen ihn in seiner Entscheidung nicht beeinflusst.

»Hatten Sie noch eine schöne Party?«, fragte Lohmeyer nach einer Weile in aufgesetztem Plauderton, und Manne wünschte sich nichts sehnlicher, als einer Religion anzuhängen und irgendeinen Gott um Geduld anflehen zu können.

»Das war nicht meine Party«, erklärte er nicht zum ersten Mal mit einem kaum unterdrückten Seufzen.

»Ach, Herr Nowak. Verkaufen Sie mich doch bitte nicht für dumm.«

»Das ist überhaupt nicht nötig«, flüsterte Manne.

»Wie bitte?«

»Ich sagte nur, dass mir das niemals einfallen würde.«

Er versuchte wirklich mit aller Kraft, Ruhe zu bewahren, aber es würde ihm nicht mehr lange gelingen. Das spürte er. Genauso, wie man wusste, dass man demnächst etwas würde trinken oder zur Toilette gehen müssen.

Seine Eingeweide kochten. Er erinnerte sich nicht, wann er zum letzten Mal so viele verschiedene Emotionen auf einmal verspürt hatte. Das war nicht gut. Jetzt musste er buchstäblich einen kühlen Kopf bewahren. Das Problem war nur, dass alles an ihm glühte. Vor allem sein Gesicht.

Nur widerwillig folgte er den Beamten in die Direktion. Allein der Geruch reichte aus, um heftige Flashbacks und ein schweres Gefühl von Sehnsucht in ihm auszulösen. In Mannes Hals formte sich ein tennisballgroßer Kloß, und er konnte nur hoffen, dass nicht allzu viele seiner alten Kollegen heute Dienst hatten. Immerhin war es kurz vor Ostern, und soweit er wusste, hatten die Schulferien schon begonnen. Sicher waren einige von ihnen im Urlaub oder irgendwo in der Stadt unterwegs im Einsatz. Einige. Aber ganz bestimmt nicht alle.

Er hätte sich so gern versteckt. Oder sich einen Pullover über den Kopf gezogen, wie es manche prominente Angeklagte auf dem Weg ins Gerichtsgebäude gern taten, um sich vor den Objektiven der Paparazzi zu schützen. Natürlich war es kein Verhör, sondern einfach nur ein Gespräch, aber für das geschulte Auge sah es anders aus. Wenn zwei LKA-Beamte einen Einzelnen persönlich abholten, dann war es ernst.

Lohmeyer handelte schon wieder nach Lehrbuch. Das Kapitel, das er gerade mit Manne durchorgelte, hieß: *Wie man ein schnelles Geständnis herbeiführt.*

Sie gingen durch das verglaste Treppenhaus bis in den dritten Stock, an vielen Büros vorbei, wo ihn tatsächlich der eine oder andere Kollege verwirrt mit einem Nicken grüßte. Er konnte ihre Blicke im Nacken spüren, während er weiterging.

Zu seiner großen Überraschung stand sein alter Freund und Weggefährte Martin Burgwächter am Kaffeeautomaten im Flur. Eigentlich war seine Schicht seit über zwei Stunden zu Ende, das wusste Manne genau. Sie hatten ja gestern früh erst miteinander telefoniert. Und tatsächlich sah Martin aus, als hätte er Schlaf bitter nötig. Seine Tränensäcke quollen müde über die Wangenknochen.

»Hey, Manne. Mensch, wie schön, dich zu sehen!«, rief er viel zu heiter aus, als er die Gruppe erblickte, und setzte sein strahlendstes Lächeln auf. Die Kollegen vom LKA ignorierte er völlig.

Er klatschte Manne mit einer seiner Pranken zu fest auf die Schulter. Das Geräusch hatte was Obszönes. »Geht's dir gut, altes Haus?«

Manne wurde sofort klar, dass Martin nur auf sie gewartet hatte. Der Kaffee im Becher seines Freundes war kalt; aus der Tasse stieg kein Dampf auf. Er musste hier schon eine ganze Weile gestanden haben. Sein alter Kollege grinste wie ein Honigkuchenpferd und gab eine Interpretation des Freundes, den man lange nicht gesehen hat und nun rein zufällig trifft, zum Besten. Manne fand, dass Martin es mit der Schauspielerei etwas übertrieb. Was ganz und gar nichts Neues war. Er war ein guter Ermittler und großer Menschenfreund, der es schaffte, mit jedem ins Gespräch zu kommen, aber für verdeckte Ermittlungen war er komplett ungeeignet. Er überzeichnete. Grundsätzlich und gnadenlos. Er gehörte zu den Menschen, die der Aufforderung, sich möglichst unauffällig zu kleiden, nachkamen, indem sie einen langen Trenchcoat anzogen und einen Hut und eine übergroße Sonnenbrille aufsetzten. Das bekam ja sogar Caro unauffälliger hin. Manne konnte nur hoffen, dass Lohmeyer nicht misstrauisch wurde.

»Danke, Martin. Uns geht's gut. Und dir? Was machen Rita und die Kinder?«

Er wusste haargenau, dass Rita mit der jüngeren Tochter Leonie gerade auf Städtetrip in München war, um sich die dortige Uni anzuschauen, doch seine einzige Chance war es, Martins Spiel mitzuspielen.

»Gut, gut. Ich bin mit dem Großen gerade allein daheim, die anderen beiden Mädels sind gen Süden ausgeflogen. Wir müssen uns unbedingt mal wieder auf einen Kaffee treffen«, antwortete Martin gut gelaunt und nahm die Tasse aus dem Automaten, wobei seine Hand merklich zitterte. Nicht nur ein kalter Kaffee, mutmaßte Manne, sondern auch bei Weitem nicht der erste.

»Gern. Aber auf einen richtigen. Dieses Gesöff vermisse ich sicher nicht.«

Martin lachte. »Es hält einen gerade so am Leben. Rufst du mich an?«

»Das werde ich.«

Sein Freund zwinkerte ihm kurz zu, und Manne stöhnte innerlich. Er hätte auch so verstanden.

Zu seinem großen Glück hatte Lohmeyer offenbar seine Aufmerksamkeit gerade woanders, da er mit verkniffener Miene auf das Display seines Telefons starrte.

Martin zog mit seinem Kaffee ab, und Manne dachte, dass es vielleicht doch ein Glücksfall für ihn war, hierhergefahren worden zu sein.

»Möchten Sie auch einen?«, fragte Lohmeyer nun, den Blick noch immer auf sein Telefon geheftet.

»Nein danke. Meine Herzkranzgefäße würden mir das vermutlich nicht verzeihen.« Er lächelte kopfschüttelnd und erklärte Lohmeyer: »Zu meiner Zeit haben wir das Zeug immer Kardiologengold genannt.«

Lohmeyers Kollege lachte auf. »Nicht schlecht«, sagte er grinsend. Es war das erste Mal, dass Manne ihn überhaupt sprechen hörte. Wie schön zu wissen, dass zumindest dieser Kerl zu normalen menschlichen Regungen in der Lage war.

»Kommen Sie jetzt bitte«, forderte Lohmeyer mit gerunzelter Stirn. »Das ist keine Kaffeefahrt.«

Manne warf dem zweiten Beamten einen fragenden Blick zu. Hatte Lohmeyer da gerade einen Scherz gemacht, oder war er so dermaßen humorlos, dass ihm so was nur zufällig gelang?

Der andere zuckte noch immer grinsend die Schultern.

Vermutlich Letzteres.

Sie gingen noch ein ganzes Stück weiter die Flure entlang und den seitlichen Treppenaufgang hinauf. Allmählich ahnte Manne, welchen Raum man den Kollegen vom LKA zugeteilt hatte. Unwillkürlich musste er lächeln. Natürlich. Der, der am weitesten vom Tagesgeschehen entfernt war und den kein Schwein brauchte.

Und tatsächlich. Nach einer Weile hielten sie vor der Tür, die ins alte Kino führte.

Lohmeyer öffnete den linken Türflügel und ließ ihm mit einer ausgesucht höflichen Geste den Vortritt, was Manne einigermaßen irritierte. Als wäre Lohmeyer kurzfristig in die Rolle eines Ticketabreißers geschlüpft.

Der alte Kinosaal sah aus, wie er ihn in Erinnerung hatte. Große Fenster mit schweren Vorhängen, eine kleine Bühne, auf der die riesige, verstaubte Leinwand stand, ebenfalls mit schweren Vorhängen. Früher hatten hier im Kinosaal oftmals sogenannte Medienveranstaltungen stattgefunden. Aufklärungsfilme für Schulklassen und Regierungsvertreter, Schockfilmchen für Verkehrssünder und Kleinkriminelle. Nach und nach hatte dieses polizeiliche Mittel allerdings an Bedeutung verloren. Schulen konnten sich mittlerweile die Filme als DVD für den Unterricht zuschicken lassen.

Zu seiner Zeit hatten die Jüngeren unter ihnen noch Filme in dem großen Saal geschaut, später war er dann vom juristischen Prüfungsamt der Länder Berlin und Brandenburg genutzt worden, um einen Teil der gewaltigen Anzahl Prüflinge unterzubringen, die ihr juristisches Staatsexamen ablegen wollten.

Und jetzt also das LKA.

Die wenigen Tische, die man den Gästen zur Verfügung gestellt hatte, standen seltsam verloren in dem großen Raum herum. Man konnte sehen, dass die Kabel für Strom und Internet mit Hast verlegt worden waren, nur hier und da hatte man sie mit schwarzem Tape auf dem alten Linoleumboden festgeklebt, damit sich keiner den Hals brach. Die gesamte Szenerie wirkte ein wenig grotesk auf Manne, wie aus einem Kriegsfilm. Vor allem, weil die Frühlingssonne gerade sehr hell und fröhlich durch die großen Fenster schien und man eine ganze Armee von Staubkörnern durch die Luft tanzen sehen konnte.

Eine Beamtenlaufbahn in Berlin war nichts für Leute, die allergisch auf Hausstaub reagierten, so viel war klar. Wenn sie von einer Sache wirklich in allen Amtsstuben genug hatten, dann davon. Der Geruch der Vergangenheit stieg Manne in die Nase, und er musste schlucken. Vielleicht hätte er den Kaffee besser doch angenommen, einfach nur, um etwas zu haben, an dem er sich festhalten konnte.

Insgesamt standen rund zehn Tische im Raum, von denen drei besetzt waren, als sie eintraten. Zwei junge Beamte saßen vor viel zu alten Laptops, und eine Frau wirkte, als hätte sie nur auf Lohmeyer gewartet. Manne kannte sie schon; sie war am Samstagabend mit von der Partie gewesen, als sie Kalles Leiche geborgen hatten. War das wirklich erst zwei Tage her?

Als sie Lohmeyers knappes Nicken auffing, setzte sie sich in Bewegung und holte mehrere Boxen aus einem der Rollcontainer, die das Dezernat offenbar ebenfalls zur Verfügung gestellt hatte. Alte, verbeulte Dinger aus dem Keller mit klemmenden Schubladen.

Sie erreichten fast zeitgleich einen etwas größeren Tisch, um den herum sich mehrere Stühle aufreihten. Offenbar der Konferenztisch, an dem die Ermittlungsergebnisse zusammengetragen wurden.

Eine Sache fehlte jedoch: das Whiteboard, auf dem klassischerweise immer der Stand der Ermittlungen festgehalten wurde. Hatten sie es extra wegen ihm weggeräumt, oder machte man so was heutzutage digital? Manne konnte es sich nicht vorstellen. Ein Whiteboard war etwas, das man seiner Meinung nach gar nicht digitalisieren konnte. Es war Gedächtnisstütze, Mittelpunkt des Einsatzraumes, Versammlungsort und Denkhilfe. Mindmap sagte man heute wohl dazu. Man musste es sehen, anfassen und nach Lust und Laune verändern können. Es stand hier sicher irgendwo, vielleicht hinter einem der Vorhänge.

Ob sein Foto im Zentrum pinnte, direkt neben Kalles?

Lohmeyer bedeutete ihm, sich zu setzen, und Manne tat wie geheißen. Die Frau mit den verschiedenen Boxen stellte sich ihm gegenüber auf.

»Ich habe Sie hergebeten, weil wir ein paar Gegenstände in Herrn Wischnewskis Wohnung gefunden haben, die uns Rätsel aufgeben, und hoffen, Sie können uns weiterhelfen«, sagte Kommissar Lohmeyer, und die Polizistin breitete ein dickes Moltontuch auf der Tischplatte aus. Manne kannte diese Tücher. Auf ihnen wurden Asservate angeordnet. Er schluckte. Was kam jetzt? Die Mordwaffe?

Die Polizistin öffnete die kleinen Kisten und holte nacheinander mehrere billige Springmesser, fünf Smartphones und einen Ausweis des Königreichs der Niederlande hervor. Darauf prangte ein Foto von Kalle, aber der Name neben dem Foto lautete Bert van Dijk.

Manne wusste, dass er blöd aus der Wäsche schaute, aber er bekam den Mund einfach nicht mehr zu. Er konnte nicht glauben, was er da sah. Das war die typische Ausstattung eines Kleinkriminellen.

»Das ist alles aus Kalles Wohnung?«, fragte er schließlich und registrierte, dass seine Stimme brüchig klang.

Lohmeyer nickte. »Ja, wir haben eine gründliche Durchsuchung der Wohnräume von Herrn Wischnewski vorgenommen und diese Gegenstände nur notdürftig versteckt in einer Kommode im Schlafzimmer vorgefunden.«

Manne schüttelte den Kopf. »Das … das verstehe ich nicht.«

Lohmeyer nickte und setzte sich auf die Tischkante. Noch so eine Machtdemonstration. Manne hätte ihn am liebsten gefragt, ob er sich nicht vielleicht auch auf einen Stuhl setzen wolle wie ein normaler Mensch, doch der Großteil seines Gehirns war viel zu sehr mit den Gegenständen beschäftigt, die dort auf dem Mulltuch lagen.

»Sehen Sie, wir verstehen es auch nicht. Wie ich schon sagte, die Gegenstände geben uns Rätsel auf. Sie wurden in der Wohnung des Toten gefunden und weisen zumindest partielle Fingerabdrücke auf, die zu Herrn Wischnewski passen. Aber der Rest passt nicht.«

»Ganz und gar nicht!«, rief Manne verärgert aus. Das war doch alles ein schlechter Scherz. Es musste einer sein. »Kalle war ein normaler Mann. Ein Bauzeichner und Gärtner. Wozu hätte er diesen Kram denn brauchen sollen?«

Lohmeyer schenkte ihm einen langen Blick. »Sie können sich also nicht erklären, was diese Sachen in der Wohnung des Toten zu suchen haben?«

Manne schüttelte heftig den Kopf. Er verstand überhaupt nichts mehr.

»Wischnewski hatte keinerlei Kontakt in kriminelle Kreise? Ins Rotlichtmilieu beispielsweise?«

»Wie kommen Sie denn ausgerechnet darauf?«

»Nun, er war nicht verheiratet, hatte keine feste Partnerin. Männer, die viel alleine sind, wenden sich nicht selten käuflicher Liebe zu.«

»So ein Mann war er nicht. Ich habe nie irgendetwas in dieser

Richtung mitbekommen. Aber selbst wenn: Nicht jeder, der sich, wie Sie es nennen ›käuflicher Liebe zuwendet‹, hat gleich mehrere Waffen und falsche Papiere in der Kommode.«

»Das wissen wir selbst. Aber gerade ein niederländischer Ausweis deutet in diese Richtung. Viele Menschenhändler haben niederländische Papiere, weil Amsterdam immer noch einer der größten Umschlagplätze für junge Frauen ist. Nach wie vor ist mit diesem Geschäft sehr viel Geld zu machen. Und Berlin zieht langsam nach. Dank der liberalen Gesetze in diesem Land.«

»Das Dong Xuan Center«, nickte Manne. »Ich weiß.« Auch er war während seiner Karriere ein paarmal in den zweifelhaften Genuss gekommen, in dem riesigen asiatischen Handelszentrum, in dessen engen Gängen es nach Mangos, Garküchenessen und Plastikkleidung roch, zu ermitteln. Beinahe jeder Beamte der Stadt wusste, dass in dem Pho-Restaurant am Eingang nicht nur Suppen verkauft wurden.

Er lehnte sich auf dem Stuhl zurück und betrachtete die Gegenstände mit gerunzelter Stirn. Besonders der gefälschte Ausweis verwirrte ihn maßlos. Er war gut gemacht, mit Stempel und Hologramm, und der Mann auf dem Foto war eindeutig sein alter Freund Karl. Sein Kalle. Und doch wieder nicht. Auf dem Bild wirkte er weniger gepflegt, ein bisschen zotteliger und verwegener, als sein Freund es je gewesen war. Er blickte hart, vielleicht sogar ein wenig wütend in die Kamera. Wenn er genauer darüber nachdachte, ergab das durchaus Sinn. Falls sein Freund ein Doppelleben geführt hatte, hatte er auch eine zweite Identität gepflegt, von der niemand etwas gewusst hatte. Eine härtere Identität.

»Haben Sie jemals mit Ihrem Freund über den Menschenhandel im Center gesprochen?«, hakte Lohmeyer nach. »Ihn damit vielleicht auf Ideen gebracht?«

Manne schnaubte und schüttelte den Kopf.

»Ich habe mit ihm nur sehr selten über meine Arbeit gesprochen – und über Menschenhandel schon dreimal nicht. Weil ihn solche Dinge einfach nicht interessiert haben. Wir hatten andere Themen. Zumal Kalle kein kleines Kind war, kein Teenager, den man leicht auf blöde Ideen bringen kann. Er war ein erwachsener Mann, verflucht!«

»Aber einer mit mindestens zwei Gesichtern«, gab die Beamtin zu bedenken, und Manne fuhr sich mit der flachen Hand übers Gesicht.

Sie hatten ja recht. Wenn sie wirklich die Wahrheit sagten und diese Gegenstände aus Kalles Wohnung stammten, dann hatte er seinen Freund vielleicht noch weniger gekannt, als er gedacht hatte. Sie alle. Allerdings hatte Kalle immer genug Geld gehabt und es nicht nötig, die schiefe Bahn zu beschreiten.

»Es gibt noch eine andere Möglichkeit«, sprach er das, was er dachte, laut aus.

»Nämlich?« In Lohmeyers Augen trat ein interessiertes Funkeln.

»Für mich wirkt es so, als wollte der Mörder Kalle was anhängen. Eine falsche Fährte legen, indem er ihn in ein kleinkriminelles Milieu einordnet. Damit die Polizei am falschen Ort ermittelt. Warum sonst hätte der Kram irgendwo liegen sollen, wo ihn jeder sofort findet?«

»Eine Möglichkeit, die wir durchaus auch in Betracht gezogen haben.« Lohmeyer nickte. »Es wäre ziemlich clever, das alles so zu präparieren. Und aufwendig. Derjenige muss Zugang zur Wohnung des Opfers gehabt haben. Zugang zu Waffen und gefälschten Papieren.«

»Kriminelle haben häufig solche Kontakte«, gab Manne zu bedenken. »Das finde ich jetzt nicht gerade ungewöhnlich.«

»Oder Polizisten«, sagte Lohmeyer und sah Manne lange an. »Sagen Sie: Haben Sie eigentlich einen Ersatzschlüssel zu Wischnewskis Wohnung?«

Manne wurde kalt.

KAPITEL 18

Seine Hände zitterten, während er die Treppe des Präsidiums hinabstieg und seine Taschen nach dem Handy absuchte.

Das durfte doch alles nicht wahr sein! Zum zweiten Mal in vierundzwanzig Stunden wünschte sich Manne, er hätte niemals mit dem Rauchen aufgehört. Eine Zigarette wäre jetzt genau das Richtige. Und, wenn man ihn fragte, auch das einzig Richtige, denn sonst war hier gerade wirklich alles falsch. So musste sich ein Kaninchen in der Falle fühlen.

Das alles ergab überhaupt keinen Sinn. Was hatten die Waffen und der falsche Ausweis in Kalles Wohnung zu suchen gehabt? Was hatte sein Freund vor ihnen allen verheimlicht? Manne verstand die Welt nicht mehr.

Karl Dieter Wischnewski kam aus gutem Hause, er war ein geachteter Bauzeichner gewesen, der als rechte Hand des Chefs eines renommierten Architekturbüros absurd viel Geld für nur eine Person verdient hatte. Er hatte immer genug von allem gehabt, war gut gekleidet gewesen und hatte sich schöne Dinge geleistet. Kalle hatte seines Wissens niemals gewettet, spekuliert, investiert oder sich auf sonst eine Art verzockt, die ihn hätte verführen können, für schnelles Geld etwas Illegales zu tun. Auch hatte er keine familiären Verbindungen ins kriminelle Milieu gehabt; was schon den besten Menschen mit den hehrsten Vorsätzen das Genick gebrochen hatte. Ganz im Gegenteil: Seine Eltern hatten bei der Erziehung penibel darauf geachtet, dass Kalle keinen Mist baute. Oftmals hatte er sich eine Schelle eingefangen für etwas, das eigentlich auf Mannes Mist gewachsen war. Einfach nur, weil er mitgemacht hatte. Sicher, in jungen Jahren hatte auch er gegen den Muff der DDR rebelliert, so wie sie alle, aber das erklärte noch lange kein kleines Waffenarsenal oder einen gefälschten Ausweis.

Nachdenklich ging Manne in Richtung der Breiten Straße und wählte Martins Nummer. Sie verabredeten sich in einer Stunde am Schönwetter. Dann rief er Petra an.

Schließlich rang sich Manne auch noch dazu durch, Caro anzurufen und sie ebenfalls dazuzubitten. So ersparte er sich lange Erklärungen. Wie sich herausstellte, war sie sowieso gerade ganz in der Nähe.

Er schlenderte durch das sonnige Pankow in Richtung Schlosspark, über die belebte Breite Straße und die Ossietzkystraße, vorbei an den kleinen Läden und Wohnhäusern, die diese ruhige Gegend prägten. Manne fragte sich, wie hoch die Wahrscheinlichkeit war, dass er tatsächlich angeklagt wurde. Oder gar verurteilt. Er wäre nicht der erste Mensch, der fälschlicherweise eingebuchtet wurde, und auch nicht der letzte, das wusste er genau. Das Rechtssystem war gut, aber sicher nicht unfehlbar. Sogar in seiner eigenen Einheit hatte es mal einen solchen Fall gegeben. Er selbst war damals nur ein unbedeutender Beamter gewesen, aber sein Chef, Polizeihauptkommissar Schäfer, hatte ein paar Entscheidungen für seine Karriere und gegen einen praktisch mittellosen Familienvater getroffen.

Schäfer hatte es nicht geschadet. Auch dann nicht, als herauskam, dass der Mann fast drei Jahre lang unschuldig gesessen hatte.

Man hatte beschämt die Schultern gezuckt und eine Entschädigung gezahlt. Kann ja mal passieren.

Und das war ein Fall, der für den Unschuldigen wenigstens noch gut ausgegangen war. Nach drei Jahren.

Manne begann allein beim Gedanken an diese alte Geschichte zu schwitzen.

Caro saß schon an einem der Holztische und winkte ihm hektisch zu, als er den Vorplatz des Schlosses erreichte. Der kleine Kaffeewagen, der vor ein paar Jahren dort seinen Stellplatz gefunden hatte, hatte eine belebende Wirkung auf das gesamte streng barocke Ensemble gehabt. Wo die Leute früher allerhöchstens mal durchgelaufen waren, um von einem Teil Pankows in den anderen zu gelangen, war entspannte Betriebsamkeit eingezogen. Dank des Schönwetter, das offiziell nur Kaffee und Kuchen verkaufte, bei dem man aber durchaus auch das eine oder andere Gläschen Wein erstehen konnte, war hier jetzt immer was los. Und das Idyll, auf das er gerade zusteuerte, machte Manne seine eigene Situation noch bewusster – und schwerer.

Der Vorteil am Schönwetter war, dass man sich mit seinem Getränk nicht zwangsläufig an einem der Tische niederlassen musste, sondern auch durch den Park spazieren, sich auf eine der Bänke oder gleich auf die Wiese setzen konnte und somit vor neugierigen Blicken und Ohren so gut geschützt war, wie es eben ging. Außerdem war das Schönwetter kein Ort, das von Polizisten rege besucht wurde. Martin kannte es auch nur, weil Manne und Petra ihn dort schon mehrfach getroffen hatten. Und Manne selbst kannte es eigentlich nur dank Petra.

»Was wollte Lohmeyer denn jetzt schon wieder von dir? Petra hat sich Sorgen gemacht!«, bestürmte ihn Caro, kaum dass er in Hörweite kam.

Manne atmete einmal tief durch, dann sagte er: »Lange Geschichte. Aber komm, wir holen erst mal Kaffee. Was möchtest du?«

»Einen Cappuccino mit Hafermilch!«, erklärte Caro strahlend, und Manne fragte sich, wie lange er es wohl noch aushalten würde, nicht nachzufragen, warum sie keine normale Milch trank. Einfach, weil er fürchtete, damit etwas loszutreten, das er ganz sicher nicht lostreten wollte.

»Wieso hast du drei Kaffee?«, fragte sie, als er mit einem Tablett zurückkam und Caro mit einem Kopfnicken in Richtung zweier Bänke navigierte, die neben einer Statue rechts vom Kaffeewagen standen.

»Weil mein alter Kollege Martin gleich noch dazukommt. Er hat wohl ein paar Informationen für uns.«

»Woher weißt du das?«, fragte Caro, und Manne erzählte ihr kurz und knapp, was er in den vergangenen Stunden erlebt hatte, während ihre Augen immer größer wurden.

»Ein gefälschter Ausweis?«, fragte sie. Manne mochte nicht, wie aufgeregt, beinahe elektrisiert sie dabei klang. Nach wie vor hatte er das Gefühl, diese Ermittlung sei etwas, das sich Caro seit Jahren erträumte.

Er nickte ernst. »Ja. Die Messer und Telefone könnte man zur Not noch erklären. Aber den niederländischen Ausweis nicht. Er war ziemlich neu, eine von diesen Chipkarten. Mit seinem Foto drauf.«

»Und die Sachen waren alle in Kalles Wohnung?«

»Direkt in der Kommode im Schlafzimmer. Hat Lohmeyer jedenfalls gesagt. Es klang fast so, als hätte das Zeug direkt obenauf gelegen. Jedenfalls alles andere als schwer zu finden.«

»Hm.« Caro verschränkte die Arme. »Das ergibt doch keinen Sinn. Wer hat denn so was und versteckt es so schlecht?«

»Jemand, der sich in seiner Wohnung absolut sicher fühlt. Wenn es sich um Sachen handelt, an die man häufiger dranmuss, ergibt es auch keinen Sinn, sie zu gut zu verbergen.«

Caro nickte langsam. »Aber … wir waren doch gerade erst in seinem Büro. Heute Morgen. Wie passt das noble Architekturbüro in Charlottenburg zu billigen Sprungmessern und einem gefälschten Ausweis?«

»Ich habe keine Ahnung. Das alles wirkt sehr merkwürdig auf mich. Fast schon fingiert. Aber es braucht einiges, um einen niederländischen Ausweis inklusive Hologramm zu fälschen. Da war ein Profi am Werk – und hat sich das Ding sicherlich einiges kosten lassen.«

»Hast du eine Ahnung, wo er sich den hätte besorgen können?«, fragte Caro.

Manne schüttelte den Kopf. »Nicht die leiseste. Ich kannte mal einen Berliner Fälscher, aber der hat noch zu Zeiten gearbeitet, als man für einen Pass nicht viel mehr brauchte als eine Schreibmaschine, gefärbtes Druckerpapier und ein hart gekochtes Ei.«

»Ein Ei?«, echote Caro.

Manne lächelte schwach. »Um den Stempel zu übertragen. Wenn das Ei noch warm und ein bisschen feucht ist, funktioniert es am besten. Du rollst es über den originalen Stempel und danach über die Stelle, an die der gefälschte Stempel soll. Früher war das eine Ecke des Passbildes und der Pass an sich. Damit niemand unbemerkt das Foto austauschen kann. Nicht sehr knifflig.«

»Klingt jedenfalls nicht so. Und wo kommen die gefälschten Chipkarten heute her?«

»Heute werden die meist von Banden im großen Stil hergestellt. Der Prozess ist etwas aufwendiger, aber immer noch sehr lukrativ. Und ein Fall fürs LKA.«

»So wie du.«

»So wie Kalle«, berichtigte er.

»Und wie kommt man an solche Ausweise?«

Manne zuckte die Schultern. »Keine Ahnung. Ich bin schon zu lange nicht mehr im Dienst. Wir fragen Martin, wenn er kommt.«

Sie saßen eine Weile schweigend nebeneinander und tranken ihren Kaffee, bis Caro sagte: »Weißt du, es könnte noch einen zweiten Grund für das alles geben. Die Messer, die Telefone, den Ausweis.«

»Wie meinst du das?«

»Nun, auf den ersten Blick deutet das auf Kriminalität hin, oder? Auf jemanden, er es gewohnt ist, Gewalt auszuüben und seine Identität zu wechseln.«

Mit einem Nicken gab Manne ihr recht.

»Was aber, wenn es um etwas völlig anderes geht? Was, wenn Kalle das alles zu Hause hatte, um untertauchen zu können, falls nötig?«

»Warum sollte er?«

Caro sah ihn fast schon mitleidig an. »Denk doch mal nach!«

»Ich tue seit Tagen nichts anderes!«, brummte Manne missmutig, aber Caro überging ihn.

»Er nimmt sich plötzlich Urlaub, er kündigt von einem Tag auf den anderen nach vielen Jahren sowohl seine Arbeit als auch seinen Kleingarten. Die zwei Säulen in seinem Leben. Das sind ziemlich drastische Schritte, findest du nicht?«

Wieder nickte Manne.

»Und was treibt Menschen im Allgemeinen zu drastischen Schritten?«

»Gier«, antwortete Manne sofort. »Und Liebe.«

»Und Angst«, ergänzte Caro und sah ihn dabei direkt an. »Könnte es nicht sein, dass Kalle Angst vor jemandem hatte? Vor seinem Mörder gar? Todesangst? Solche Angst, dass er Vorkehrungen für den Tag X getroffen hat?«

Bei dem Gedanken lief es Manne eiskalt den Rücken herunter. Natürlich. Wenn man es von der Seite betrachtete, passte auf einmal alles zusammen. Es ärgerte ihn gewaltig, dass erst eine Caroline von Ribbek kommen und ihn mit der Nase auf etwas stoßen musste, das doch so offensichtlich war. Schließlich war er hier der Polizist, verflucht.

»Du hast recht«, murmelte er. »Kalle war ein sehr rationaler Mensch. Wenn er vor jemandem Angst hatte, dann wäre er genauso analytisch an dieses Problem herangegangen wie an jedes andere auch. Und er hätte versucht, möglichst wenig andere mit hineinzuziehen.«

Caro nickte heftig. »Wenn wir davon ausgehen, dass er vor jemandem Angst hatte, dann passt alles wieder zusammen, oder? Du sagst, er war ziemlich wohlhabend. Heutzutage kann man sich im Darknet alles bestellen, solange man nur bereit ist, dafür zu zahlen. Vielleicht hat er auch einfach nur eine Flucht vorbereitet, zu der es dann doch nicht kam.«

»Ja, das klingt logisch.« Manne nahm noch einen Schluck Kaffee und merkte, wie sich ein Teil von ihm angesichts der Angsthypothese entspannte. Weil es wieder nach seinem Kalle klang, sich das Bild seines Freundes über die verzerrte Realität legte und alles wieder einigermaßen harmonisch wirkte. Auf der anderen Seite wollte er nicht, dass es zutraf. Wollte sich das Leid nicht ausmalen, das sein Freund durchgemacht hatte. Ganz allein. Er kniff die Augen zusammen und seufzte tief.

»Eine Sache passt allerdings doch nicht dazu«, sagte Caro nun.

Er öffnete die Augen wieder. »Und die wäre?«

»Jonas hat doch mit den beiden Bauern in der Toskana telefoniert. Kalle war vergangenen Herbst nicht dort – hatte aber für diesen Sommer zwei Wochen bei den beiden gebucht.« Sie zog ihre hellen Brauen hoch. »Für zwei Personen.« Dann lächelte sie. »Was die Liebe als Motiv auch nicht ganz ausschließt.«

Martin winkte heftig, als er sie inmitten der barocken Parkanlage erblickte. Eine weitere eindrucksvolle Demonstration seiner schauspielerischen Künste. Er hastete auffällig unauffällig über den knirschenden Kies, was ihm einige erstaunte Blicke einbrachte. Alles an ihm schrie *Polizist in Zivil*. Schwer schnaufend ließ er sich neben Manne auf die Parkbank sinken und begrüßte Caro mit einem fröhlichen Lächeln. »Du musst Caro sein. Freut mich!« Caro ergriff die dargebotene Hand und schüttelte sie. Dann hielt sie ihm den Kaffeebecher hin, doch Martin lehnte kopfschüttelnd ab.

»Ich bin seit fast dreißig Stunden auf den Beinen. In meinem Alter wäre ein weiterer Kaffee wahrscheinlich genug, um mein Herz in Stücke zu sprengen. Will vielleicht noch einer von euch beiden Hübschen einen Weißwein?«

Manne sah auf die Uhr. Es war kurz nach vier und somit später, als er erwartet hatte, deshalb willigte er ein, und auch Caro nickte freudig.

»Es versteht sich von selbst, dass ich eigentlich gar nicht hier bin«, sagte Martin, als er sich wieder zu ihnen setzte und die Gläser verteilte.

»Natürlich nicht. Warum solltest du?«, sagte Manne lapidar.

Martin grinste voller Genugtuung. »Denn wenn das rauskommt, könnte ich mächtig Ärger bekommen. Vor allem, weil ich mit den Ermittlungen der hohen Herrschaften eigentlich nichts zu tun habe und mir vollkommen ohne Erlaubnis den vollständigen Bericht der Rechtsmedizin besorgt und einen Blick in die Ermittlungsakten geworfen habe.«

»Du hast was?« Manne schnappte nach Luft. Damit hatte er nun wirklich nicht gerechnet.

»Jupp«, erwiderte Martin.

»Das gibt's ja gar nicht. Kann das LKA seine Dateien nicht mal mit einem simplen Passwort schützen?«

»Klar kann es das! Die Sicherheitsabfragen sind sogar zweistufig.« Martin schwenkte zufrieden sein Weinglas. Für einen Mann Mitte fünfzig, der gerade fast dreißig Stunden auf den Beinen war, wirkte er erstaunlich fidel.

»Auf dem Server komm ich nirgendwo ran. Glaube, sie speichern ihre Dateien nicht mal bei uns, sondern in irgendeiner externen Cloud. Aber die Berichte kommen immer noch per Kurier aus der Rechtsmedizin und werden wie früher eingescannt.« Er legte mit Unschuldsmiene den Kopf schief. »Tja, wenn die geschätzten Kollegen den lokalen Speicher des Kopierers nach dem Scanvorgang nicht löschen, dann kann jeder, der möchte, sich das Dokument noch einmal ausdrucken.« Er grinste und griff in seine Umhängetasche. »Ein klassischer Anfängerfehler, wenn du mich fragst. Was beweist, dass beim LKA auch nur mit Wasser gekocht wird.«

Mannes Herz schlug höher. Er wollte den kleinen Stapel getackertes Druckerpapier schon an sich nehmen, da streckte Caro die Hand danach aus. Als sie seinen verdutzten Blick auffing, lächelte sie.

»Wenn du damit erwischt wirst, hast du ein weit größeres Problem, als ich es überhaupt bekommen kann. Außerdem habe ich eine Handtasche und du nicht.«

Mit beidem hatte sie leider recht, weshalb er knapp nickte und die Unterlagen in Caros übergroßer Handtasche verschwanden.

»Ich weiß nicht, wie viel Svenja dir erzählt hat, und ich habe mich nicht getraut, den Befund im Präsidium komplett durchzulesen«, sagte Martin. Es klang beinahe entschuldigend.

»Du musst ihn ja auch gar nicht lesen. Je weniger du weißt, desto besser«, gab Manne zurück. »So kannst du dich nicht verplappern.«

Martin nickte traurig. »Und was hast du heute auf dem Revier getrieben? Warum haben sie dich überhaupt geholt? Ich wusste nur davon, weil ich ein Gespräch am Kaffeeautomaten belauscht habe. Da dachte ich, ich könnte auch noch ein bisschen bleiben und auf dich warten.«

»Eine WhatsApp hätte es auch getan«, schalt Manne fast liebevoll. »Und wäre nur halb so auffällig gewesen.«

»Ach was. Du kannst die moralische Unterstützung gebrauchen. Außerdem: Zu Hause wäre ich eh nur auf dem Sofa eingeschlafen. Komme, was wolle. Im Präsidium zu bleiben war die einzige Möglichkeit, euch heute überhaupt noch zu treffen.«

»Ich danke dir von Herzen. Es tut gut zu wissen, dass nicht die ganze Welt gegen mich ist.«

Martin grinste. »Gern geschehen. Und was wollte der feine Herr jetzt von dir?«

»Lohmeyer hat mir ein paar Asservate aus Kalles Wohnung vorgelegt.« Manne warf seinem ehemaligen Kollegen einen Seitenblick zu. »Eine ziemliche Überraschung, um ehrlich zu sein. Springmesser, diverse Telefone und so Zeug.«

»Springmesser?«, wiederholte Martin ungläubig. »Dein alter Kumpel Karl? Im Leben nicht.«

»Doch. Und weißt du, was sie noch gefunden haben? Einen niederländischen Ausweis. Mit Kalles Foto und einem falschen Namen drauf.«

»Da hol mich doch der Teufel«, sagte Martin und nahm einen großen Schluck Wein. »Hatte den immer für einen der eher feinen Sorte gehalten.«

»Das war er auch«, sagte Manne und merkte, wie ihm die Stimme wegrutschte. Verdammt, Kalle.

»Wo könnte jemand wie er, ohne nennenswerte Kontakte, einen gefälschten Ausweis herbekommen?«, fragte er schnell.

Martin kratzte sich nachdenklich am Kinn. »Da gibt es leider tausend Möglichkeiten. Facebook-Gruppen, ein Telegram-Kanal. Der letzte Fall war, glaube ich, jemand, der ziemlich dreist Ausweisdokumente über eBay-Kleinanzeigen verkauft hat.«

Caro klappte die Kinnlade herunter. »Bitte was? Über eBay-Kleinanzeigen?«

Martin nickte. Er genoss die Aufmerksamkeit der beiden sichtlich. Gut, wahrscheinlich am meisten Caros Aufmerksamkeit.

»Welche Kategorie stellt man da überhaupt ein?«, fragte sie nachdenklich.

Na, die Frau hatte Sorgen.

»Heißt, den einen Fälscher oder Fälscherring gibt es nicht mehr?«

Martin schüttelte den Kopf. »Ne. Das geht eigentlich alles übers Internet. Versuch es gar nicht erst, das ist ein Fass ohne Boden.« Die beiden Kollegen sahen einander an. »Findet lieber raus, warum er so ein Ding überhaupt hatte. Warum die Niederlande? Hatte er Kontakte? Wollte er dorthin? Und weshalb?«

»Versuchen wir ja. Aber wir laufen gegen Mauern. Hast du eine Ahnung, ob sie seine Handydaten schon ausgewertet haben?«

»Angefordert ist alles. Einzelverbindungsnachweise jedenfalls.«

»Funkzellenabfrage würde nicht viel bringen, solange der Tatort nicht feststeht«, murmelte Manne, und Caro zog fragend die Brauen hoch.

»Wenn ein Verbrechen geschieht, können die Behörden bei den Mobilfunkbetreibern nachfragen, welche Nummern in dem entsprechenden Zeitfenster in die nächste Funkzelle eingeloggt waren«, erklärte er. »Ohne den Tatort bringt das allerdings nichts.«

Caro nickte. »Verstehe. Aber selbst wenn man wüsste, wann der Täter Kalle in unserem Beet vergraben hat, würde das nichts nützen, weil die Abfrage wahrscheinlich nur Kleingärtner auflisten würde.«

»Es könnte schon helfen. Wenn eine Nummer dabei wäre, die keinem Gartenfreund zugeordnet werden kann. Allerdings kennen wir den Zeitpunkt ja nicht. Die Anfrage muss schon konkret sein, sonst lässt sie sich mit dem Datenschutz nicht vereinbaren.«

»Also wollen sie herausfinden, mit wem er vor seinem Tod noch Kontakt hatte«, folgerte Caro, und Manne nickte.

»Könnte das nicht auch ein Hinweis zum Todeszeitpunkt sein?«, fragte sie weiter. »Tote telefonieren für gewöhnlich nicht. Das könnte den Todeszeitpunkt doch besser eingrenzen.«

Manne nickte erneut. »Ja, das stimmt. Oftmals ist das eine große Hilfe. Das Problem ist, dass wir beide an die Daten kaum herankommen werden.«

»Und die Abfrage wird wohl dauern«, antwortete Martin und verzog das Gesicht. »So was dauert immer.«

»Weißt du sonst noch etwas über die Ermittlungen?« Manne nahm einen Schluck Wein. Er war zu sauer. Eigentlich war ihm Wein immer zu sauer.

»Bei seinen Eltern waren sie schon. Heute Morgen. Kam wohl nicht viel bei rum. Das letzte Mal hat die Mutter im Herbst mit ihrem Sohn gesprochen, aber sie hatten sich irgendwie gezofft.«

»Klingt, wie eine kaputte Schallplatte«, bemerkte Caro und nippte an ihrem Wein. Martin zog fragend die Brauen hoch.

»Alles, was ich über den Toten in den letzten Tagen zu hören bekomme, ist: Er war sehr verschlossen und er hat sich mit x oder y zerstritten, so Anfang September.«

»Kalle hat es sich mit so gut wie jedem verscherzt«, ergänzte Manne grimmig. »Das ist ja der Grund, weshalb ich im Fadenkreuz stehe. Wir hatten auch Zoff. Und wir waren Nachbarn. Du weißt ja, was Nachbarn in Schrebergärten gerne mal unterstellt wird.«

»Dass sie über hängenden Kirschbaumästen und verrotteten Äpfeln zu Monstern werden«, sagte Caro, und Martin zwinkerte ihr freundlich zu.

Er blickte von Caro zu Manne und wieder zurück. »Jetzt mal was anderes: Ihr zwei habt wirklich eine Detektei gegründet?«

Manne runzelte verwirrt die Stirn. »Wir arbeiten gemeinsam an diesem Fall. Aber mehr auch nicht.« Sein Blick glitt zu Caro hinüber, die sich gerade sehr intensiv mit seinen Fußspitzen beschäftigte.

»Außerdem gründet man eine Detektei ja nicht mal so eben. Das habe ich Caro auch schon gesagt. Das ist mit einem Haufen Papierkram verbunden, und außerdem weiß ich ja noch überhaupt nicht, ob ich das will. Mein Leben war bisher sehr gemütlich, und finanziell kommen Petra und ich wunderbar aus.« Er holte tief Luft. »Und zu guter Letzt müssen wir sowieso erst mal schauen, ob Caro und ich überhaupt gut zusammenarbeiten können. Das ist nämlich alles andere als klar.«

»Ach. Ich finde, bis jetzt läuft es ganz gut«, gab Caro gut gelaunt zurück, doch Manne fiel auf, dass ihre Hände leicht zitterten.

»Woher weißt du eigentlich davon?«, fragte er seinen Freund.

»Na, von Instagram.«

»Instagram?« Manne fühlte, dass ihm heiß wurde. Er bemühte sich, ganz tief durchzuatmen. Eigentlich wollte er schreien. Sehr, sehr laut.

»Na klar! Ihr geht mit der Zeit und ich auch!« Martin tippte vergnügt und sehr souverän auf seinem Smartphone herum, während Manne hin- und hergerissen war, ob er das faszinierend finden oder laut »Judas« schreiend wegrennen sollte. Martin und Instagram? Wie ging das denn zusammen?

»Was treibst du denn bei Instagram?«, fragte Manne schließlich mühsam beherrscht.

»Ich suche einen Weg, das Privatleben meiner Kinder auszuspionieren, ohne dass sie es merken«, erklärte Martin grinsend. »Und es funktioniert hervorragend! Ich heiße auf der Plattform Big Daddy, und mein Profilfoto ist ein Hamster mit Hut und Sonnenbrille. Das ist so viel einfacher, als sie ständig auszufragen. Und effektiver! Wenn sie auf einer Party sind, schaue ich immer mal wieder rein, ob sie Storys oder Bilder hochladen. Was meistens der Fall ist. Wenn man sich auf eines verlassen kann, dann auf die Selbstverliebtheit von Teenagern.«

»Martin!«, rief Manne halb anerkennend, halb tadelnd. »Das ist irgendwie mies.«

Martin zuckte unbeeindruckt die Schultern. »So einseitig würde ich das jetzt nicht sehen. Sie freuen sich bestimmt immer über meine Likes. Und ich tue das alles nur aus Liebe. Ah, hier ist es ja.«

Er drehte das Telefon so, dass Manne den Bildschirm sehen konnte.

Tatsächlich. Da waren sie. Detektei Nowak und Partner inklusive professionell wirkendem Logo und sogar schon mit ein paar Einträgen. Wann hatte sie das denn gemacht? Immerhin war er auf keinem der Bilder zu sehen. Trotzdem konnte er seinen Ärger kaum zurückhalten.

»Wieso gibt es diese Instagram-Seite, Caro? Ich habe dir doch schon erklärt, dass ich jetzt ganz sicher keine Detektei gründen werde.«

»Aber falls du es dir anders überlegst, haben wir einen schon gut gefüllten Kanal«, hielt Caro dagegen.

»Vielleicht will ich gar keinen gut gefüllten Kanal!«

»Du kümmerst dich um den polizeilichen Teil, ich mich um unsere Publicity«, erklärte sie mit kaum verhohlenem Trotz.

»Bei Ermittlungsarbeit geht es aber nicht um Publicity. Ganz im Gegenteil. Es geht um Vertrauen und Diskretion, Caro! Ich will kein Instagram!« Jetzt war er doch laut geworden.

»Du bist aber nicht alleine auf der Welt«, gab Caro spitz zurück. »Was ist überhaupt dein Problem? Die Seite schadet doch niemandem!«

»Ich habe keine Lust, bloßgestellt zu werden«, grummelte Manne.

Caros Augen verengten sich zu Schlitzen. »Was veranlasst dich zu der Annahme, ich könnte dich bloßstellen? Ist dir schon mal der Gedanke gekommen, dass so ein Kanal für die Ermittlungen nützlich sein könnte?«

»Wie das denn?«

Caro nahm einen Schluck Wein. »Schwarmintelligenz«, sagte sie nur.

Manne nahm ebenfalls noch einen Schluck Wein, damit er nichts sagen konnte, was er besser nicht sagen sollte. Sicherheitshalber schüttelte er nur den Kopf.

Martin beobachtete die beiden amüsiert und fragte gespielt scherzhaft: »Ihr benehmt euch ja wie ein altes Ehepaar. Ist Petra da nicht eifersüchtig?«

Manchmal, ganz manchmal, wollte Manne seinem alten Freund eine reinhauen.

»Du hast recht, wir klären das besser später. Hast du sonst noch was für uns?«, fragte Caro hastig. Auf ihrer hellen Gesichtshaut schimmerten unregelmäßige rote Flecken. Offenbar hatte sie das Gespräch aufgewühlt.

»Ja, das hab ich.« Martins Lächeln verschwand, und er sah nun sehr alt und sehr müde aus. Ganz zu schweigen von sehr besorgt.

»Lohmeyer hat einen Durchsuchungsbeschluss für deine Wohnräume bekommen, Manne. Das schließt die Laube mit ein. Morgen früh schlagen sie bei dir zu Hause auf, zwei Beamte sollen dann mit einem von euch in die Anlage fahren. Sieh lieber zu, dass du zu Hause bist, wenn sie kommen.«

Manne stöhnte und ließ sich schwer gegen die Rückenlehne der Parkbank fallen. Eine Überraschung war das nicht gerade, aber trotzdem war er enttäuscht. Das bedeutete, dass es Lohmeyer gelungen war, den Verdacht gegen ihn einem Richter gegenüber ausreichend zu begründen. Wahrscheinlich hatte dieser Terrier längst gewusst, dass Manne über einen Zweitschlüssel zu Kalles Wohnung verfügte. Dass er selbst sich überhaupt nicht mehr daran erinnerte, wo das Ding lag, geschweige denn, wann er es zum letzten Mal benutzt hatte, war dabei natürlich vollkommen nebensächlich.

»Das ist doch gar nicht so schlecht«, meinte Caro munter und schaute von einem zum anderen. »Wenn sie nichts finden, dann sind sie vielleicht überzeugt, dass du es nicht warst!«

Manne lächelte matt. »Das wäre schön. Aber an deinem Optimismus merkt man, dass du noch nie dabei warst, wenn das LKA eine Wohnung durchsucht. Die lassen keinen Stein auf dem anderen.«

Er schluckte und dachte unwillkürlich an all die Durchsuchungen, die er in seinen aktiven Jahren mitgemacht und beaufsichtigt hatte. An aufgeschnittene Sitzgruppen, umgekippte Möbel, zerbrochenes Porzellan.

Eigentlich war er immer ein Verfechter der harten Hand gewesen, wenn es um Verhaftungen und Durchsuchungen ging. Lieber hinterher entschuldigen, als etwas zu übersehen oder den Richtigen laufen zu lassen.

Aber hatte er sich jemals wegen einer fälschlichen Durchsuchung entschuldigt? War Geld geflossen, um ein versautes Sofa zu ersetzen? Er wusste es nicht, und beim Gedanken, am nächsten Tag gleich mehrere Beamte durch Petras Wäsche wühlen zu sehen, stieg ihm die Galle hoch.

»Danke, das ist gut zu wissen«, sagte er tonlos.

Martin nickte. »Tut mir leid. Aber wenigstens wissen wir, dass sie nichts finden werden.«

Wenn sie mir nichts unterjubeln, dachte Manne bitter.

Sie saßen noch eine Weile beisammen, und Caro gelang es tatsächlich, der Situation die Schwere zu nehmen, indem sie Martin nach seinen und Mannes *gemeinsamen Abenteuern*, wie sie es nannte, ausfragte. Und Martin war nur zu gern bereit, noch ein bisschen aus dem Nähkästchen zu plaudern. Aufmerksamkeit anderer Menschen war für ihn schon immer ein Jungbrunnen gewesen.

Doch als die Gläser geleert waren, verkündete er, dass es für einen alten Mann nun wirklich Zeit wäre, ins Bett zu gehen. Und zum ersten Mal seit Langem war Manne von Herzen froh, nicht mehr im Dienst zu sein. Er konnte morgens aufstehen und abends ins Bett gehen. Ohne Dienstpläne, Nachtschichten und Tage, die kein Ende nehmen wollten. Ohne schlechtes Essen vom Lieferservice und schwarzbraune Plörre aus dem Kaffeeautomaten.

Es hatte doch auch sein Gutes.

KAPITEL 19

Weil sie erst noch nach Hause wollte und sich nicht wohl bei dem Gedanken fühlte, die Unterlagen der Rechtsmedizin in der Gartenanlage oder bei Manne herumliegen zu haben, schlug Caro vor, zu sich nach Hause zu gehen. Eike und Greta waren sicher auch schon auf dem Weg dorthin.

Die Florastraße lag nur einen kleinen Spaziergang vom Schloss Schönhausen entfernt, und so war es nur logisch, dass sie dorthin gingen, um den vollständigen Bericht von Svenja, der coolsten Rechtsmedizinerin der Welt, durchzugehen.

Trotzdem war Caro nervös, als sie die Tür zu ihrer Altbauwohnung im zweiten Stock aufschloss. Sie wusste selbst nicht genau, warum das so war. Eike und sie hatten gern und oft Besuch. Greta brachte alle naselang Freunde mit, die wiederum ihre Eltern dabeihatten. Nachbarn, Studienfreunde, Übernachtungsgäste. Ihre Wohnung war selten so leer wie in diesem Moment.

Und dennoch war es etwas anderes, Manne, ihren Gartennachbarn mit hierherzunehmen. Es fühlte sich intimer an, als es sollte. Bisher hatte sie zwar tiefe Einblicke in sein Privatleben erhalten, er aber noch keine in ihres. Für Caro fühlte sich die Situation an, als würde sie eine Schuld begleichen. Eine Informationsschuld. Und als würde das, was sie anzubieten hatte, ganz sicher nicht ausreichen.

Das hier war ihre private Welt. Eine Welt aus knarzenden Dielen, herumfliegendem Spielzeug und klebrigen Möbeln. In der Küche hingen bunte Kritzeleien ihrer Tochter am Kühlschrank, den Flur pflasterten Schnappschüsse der Familie. Und egal, wie oft sie auch saugten: Jeden zweiten Schritt trat man in etwas. Eine Insel Spielplatzsand, Haferpops oder alte Erbsen beispielsweise.

Caro hatte schon mehr als einmal ernsthaft über die Anschaffung eines Hundes nachgedacht, nur, damit sie nicht mehr ständig in Essensreste treten musste. Sie hatten mal einen Saugroboter gehabt, diesen jedoch sehr schnell wieder zurückgeschickt. In einer Altbauwohnung mit unterschiedlich hohen Türschwellen, in der ein kleines Kind sein Territorium dadurch markierte, dass es Spielzeug verteilte, blieb so ein Ding häufiger stecken, als dass es irgendeinen Nutzen bringen konnte.

Sie trat in den Flur, kickte einen Luftballon, einen Kuscheltiger und zwei Paar Schuhe zur Seite und bat Manne, einzutreten. Es war nicht so, dass sie sich für ihr leicht chaotisches Zuhause schämte. Das passierte immer nur dann, wenn Sigrun von Ribbek, ihre Schwiegermutter, hier einfiel. Was zum Glück selten genug vorkam, argumentierte Sigrun doch, dass auf dem »Landsitz« in Brandenburg mehr Platz und Komfort für alle war.

Nein, sie fühlte sich merkwürdig, weil es so privat und so heil war. Mit Manne holte sie die Dunkelheit in diese Wohnung. Einen Obduktionsbericht. Eine Leiche. Ein zu Brei geschlagenes Gesicht. Einen Mörder.

»Komm rein und sieh dich nicht allzu genau um«, forderte sie, während sie ihre eigenen Turnschuhe von den Füßen grob in die Ecke kickte, in der ihre Garderobe stand. Flüchtig bemerkte sie, dass Gretas und Eikes Fahrradhelme nicht an ihren Haken hingen. Sie waren also noch nicht von der kleinen Radtour zurück, die Eike mit ihr nach der Kita unternommen hatte, damit Caro zu dem Treffen mit Martin gehen konnte. Gut.

»Ach was. Als Jonas klein war, sah es bei uns viel schlimmer aus. Schön habt ihr es hier«, bemerkte Manne, während er sich lächelnd umsah. »So eine Wohnung hatten wir auch mal. Früher.«

»Und jetzt?«, fragte Caro. »Wohnt ihr im Neubau?«

Manne schüttelte den Kopf. »Ne. Dachgeschoss. Nachdem Jonas ausgezogen ist, haben wir uns verkleinert. Aber Petra hat sich eine Terrasse gewünscht, also wohnen wir jetzt ganz oben. Also schon ein Neubau. Aber nicht so richtig.«

Caro lachte. »Ich verstehe schon«, und fragte sich, ob man als Schulleiterin wirklich dermaßen gut verdiente, dass man sich ein Dachgeschoss leisten konnte. Anschließend fragte sie sich, wo genau sie eigentlich falsch abgebogen war.

»Möchtest du was trinken?«

Manne schüttelte den Kopf. »Wenn ich jetzt einen Kaffee trinke, kann ich nicht mehr schlafen, und wenn ich noch einen Wein trinke, kann ich Svenjas Bericht nicht mehr die volle Aufmerksamkeit schenken.«

Caro nickte und machte sich daran, einen Stapel Juteeinkaufstaschen vom Küchentisch zu räumen und in die Speisekammer zu stopfen, wobei alte Zwiebelschalen aus einer der Taschen auf den abgewetzten Dielenboden der Küche rieselten. Sie seufzte resigniert. Honigpops an Zwiebelschalen. Der Müll quoll auch schon wieder über.

Warum war es ihr überhaupt so wichtig, wie es hier aussah? Sie kannte Mannes Gartenhütte, das war auch nicht gerade Neuschwanstein. Natürlich wusste sie, dass sie dank der beharrlichen Erziehung ihrer Mutter einfach nicht über kleine oder größere Makel hinwegsehen konnte, sobald Besuch da war. Und ihre Schwiegermutter wirkte wie ein Verstärker der schon vorhandenen Erziehung.

Wann hörte man eigentlich auf, sich wie ein Kind zu fühlen?

Sie setzten sich an den Küchentisch, und Caro legte den Bericht der Rechtsmedizinerin so hin, dass Manne mitlesen konnte. Sie versuchte, sich einen Reim auf das zu machen, was sie da sah und las, musste sich aber schnell eingestehen, dass ihr das allein nicht gelingen würde.

»Okay«, forderte sie dann auch nach einer Weile. »Hilf mir hierbei!«

Manne nickte, sagte aber noch eine ganze Weile nichts, während er den vor ihm liegenden Bericht sehr aufmerksam las. Irgendwann holte er Luft. »Also. Hier steht, dass die Todesursache wahrscheinlich eine der zahlreichen Schädelfrakturen war – oder die Kombination aller Verletzungen. So was lässt sich schwer feststellen, ist in unserem Fall aber egal. Es gibt nichts, das auf eine andere Todesursache hindeutet.«

»Also wurde Kalle erschlagen«, folgerte Caro und machte sich, nachdem Manne es mit einem Nicken bestätigt hatte, eine Notiz in ihrem Buch.

»Aber nicht nur das. Jedenfalls sieht es nach mehr aus.«

»Wie meinst du das?«

Mannes Gesicht verzog sich zu einer traurigen Maske. Er holte tief Luft und antwortete: »Er hatte eine gebrochene Nase, ein geplatztes Trommelfell und einen ausgelaufenen Augapfel. Das wundert jetzt nicht. Darüber hinaus fand Svenja jedoch noch zahlreiche Quetschungen am Körper sowie eine gebrochene Rippe. Das bedeutet, dass er gehörig zusammengeschlagen wurde, bevor der Täter oder die Täter mit irgendwas so heftig auf seinen Kopf eindrosch, dass er starb. Oder danach.«

Caros Magen krampfte sich zusammen.

»Meine Güte«, murmelte sie und schielte zu dem großen Glas Schokoladenplätzchen, das gut sichtbar auf dem Kühlschrank stand.

Eigentlich war es Gretas Glas; die Kekse waren dafür da, besonders vorbildliches Verhalten zu belohnen, und außerdem war das hier gerade kein Thema, bei dem man essen sollte, doch sie fühlte, wie ihr Blutzuckerspiegel gerade den Fußboden im Kellergeschoss durchbrach und auf den Erdkern zuraste. Also stand sie mit wackeligen Beinen auf, holte das Glas vom Kühlschrank und stellte es zwischen sich und Manne auf den Tisch, als wollte sie ein süßes Bollwerk gegen seine Worte aufbauen.

»Hat sie irgendwas zur Waffe geschrieben?«, wollte Caro wissen, nachdem sie den ersten Keks vernichtet hatte.

»Stumpfe Gewalteinwirkung, ausgefranste Wundränder«, sagte Manne mit gerunzelter Stirn und steckte seine Hand ganz selbstverständlich ebenfalls in das Glas. »Die einzelnen Wunden sind unterschiedlich lang, die Ränder teilweise gequetscht, einige sind Platzwunden, manche auch Schnitte.« Er schüttelte den Kopf und sagte dann: »Das kann alles gewesen sein. Ein Küchengerät, ein Stuhl, eine Statue, eine Lampe, eine Vase, ein Stein, ein Briefbeschwerer, ein Casio-Keyboard.«

»Ein Keyboard?«

»Hab ich alles schon erlebt. Interessanter ist allerdings, was hier nicht steht.«

»Wie meist du das?«

»Bei einer Obduktion werden die Wunden immer ganz genau untersucht«, erklärte Manne, und Caro nickte.

»Es ist einer der wichtigsten Schritte für die Polizei, weil das, was in den Wunden gefunden wird, für die Ermittlungen von entscheidender Bedeutung sein kann.«

»Was soll man denn in der Wunde finden?«

»Zunächst mal Maden und andere Insekten«, antwortete Manne ungerührt, während Caro die Hand, die schon halb im Glas gesteckt hatte, rasch wieder herauszog. Igitt. Natürlich wusste sie, dass Leichen von Maden zerfressen wurden. Sie war mit einem Arzt verheiratet und hatte nicht zuletzt schon diverse Tierkadaver gesehen. Aber es war ein himmelweiter Unterschied, ob man unterbewusst etwas wusste oder ob man mit der Nase darauf gestoßen wurde. Sie hüstelte und war froh, dass der Weißwein ihren Kopf zumindest in eine dünne Schicht Watte gepackt hatte.

»Aber die meine ich nicht«, fuhr Manne fort. »Ich meine Rückstände. Gewebe, Dreck, kleine Äste, Nadeln und so ein Kram.« Er sah hoch. »Ich hatte mal einen Fall, da hat der damalige Rechtsmediziner pures Gold in einer Kopfwunde gefunden. Winzige Partikel, aber sehr hochkarätig.«

Jetzt war Caro wieder voll bei der Sache. »Gold?« Sie überlegte. »Von einem Ring?«

»Nein, aber die Vermutung ist nicht schlecht. Wir haben auch mal den Abdruck eines Siegelrings in einer Quetschung so gut rekonstruiert, dass wir den Täter anhand seines Ringes überführen konnten. Aber in dem Fall war es eine reich verzierte Kaminuhr, die dem Opfer ins Gesicht gedroschen worden war. Das Gold in der Wunde zusammen mit einem Goldschmied, der aussagte, dass die Partikel genau zu dem Blattgold der Kaminuhr passten, haben das Arschloch damals hinter Gitter gebracht. Zum Glück, denn mehr hatten wir leider nicht gegen den Täter in der Hand.«

In Caro machte sich Aufregung breit. »Und hier?«

»Keine Erde, keine Steinchen oder sonst was, das darauf hindeuten würde, dass Kalle in seinem Garten, innerhalb der Anlage oder überhaupt im Freien getötet wurde.«

»Das ist gut, oder nicht?« Caro lächelte und nahm sich nun doch noch einen Keks.

»Lohmeyer wird es ziemlich egal sein, wenn es darum geht, mir den Mord anzuhängen, da bin ich mir sicher. Aber für den Verein ist es gut. Bei dem, was alles bei uns kreucht und fleucht, hätte irgendwas in den Wunden landen müssen. Was gefunden wurde, sind bunte Synthetikfasern, aber die helfen erst mal nicht weiter.«

»Warum das nicht?«

»Weil sie fast auf jeder Leiche gefunden werden, die transportiert und versteckt wurde. Sie stammen von billigen Filzdecken, Badematten, Teppichen oder Autositzen. Wieder eine Information, die der Polizei am Ende nutzen wird, aber nicht uns.«

»Okay.«

»Allerdings hilft mir schon mal weiter, dass er nicht in der Anlage ermordet wurde. Was das Rätsel nicht kleiner macht.«

»Wegen der Transportfrage«, stellte Caro fest.

Manne nickte. »Genau.«

»Hm.« Sie überlegte laut. »Mit dem Auto darf man nicht in die Anlage fahren. Es geht auch gar nicht. Auf den Hauptweg käme man noch, wenn man einen Schlüssel für das große Tor am Eingang hat, aber nicht bis zu unserer Parzelle.«

»Weder die Müllsäcke noch die Kleidung weisen Schleifspuren auf. Die Schuhe waren auch in Ordnung«, Manne tippte auf einen Bereich am Anfang des Berichts. »Geschleift wurde er schon mal nicht.«

»Eine Schubkarre vielleicht?«

»Vielleicht.« Manne sah skeptisch aus. »Aber Kalle war riesig. Fast zwei Meter groß. Ich kann mir kaum vorstellen, wie man einen Körper von der Größe transportieren soll, wenn er komplett schlaff ist. Der rutscht doch immer wieder aus der Schubkarre raus!«

»Rätselhaft. Gibt es noch etwas? In dem Bericht?«

»Nun, der Entomologe muss sich die Maden, die Svenja von der Leiche entfernt hat, noch genau ansehen, aber es scheint, als hätte der Mörder Kalle entweder letzte Woche oder bei Frost in der Erde vergraben. Die Fliegen werden bei Tauwetter schnell wieder aktiv. Aber wer ist schon so blöd und gräbt bei starkem Frost ein Loch?«

Caro dachte nach. »Na ja. Tief war es nicht.«

»Aber lang. Kalle war ja groß. In gefrorener Erde zu graben ist absolute Schinderei.«

Caro runzelte die Stirn. »Also meinst du, er lag erst ganz kurz im Beet? Aber was hat er dann die ganze Zeit bis zu seinem Tod getrieben?«

Manne zuckte die Schultern. »Vielleicht mit seiner neuen kettenrauchenden Flamme, die niemand kennen durfte, die Welt bereist?«

Er sah dabei so traurig und verloren aus, dass ihn Caro am liebsten in die Arme genommen hätte.

Da hörte sie die Wohnungstür gehen und im nächsten Augenblick Gretas tippelnde Schritte, gefolgt von einem spitzen, gellenden Schrei.

»Das sind meine Kekse!«

KAPITEL 20

Er hatte völlig vergessen, dass die Harmonie 2 heute den ersten Öffnungstag hatte, doch sein Handy erinnerte ihn daran. Petra speicherte ihm regelmäßig seine Termine in das Ding, weil es ihr irgendwann zu bunt geworden war mit seiner Vergesslichkeit. Ständig hatte er bei ihr nachgefragt, wann noch einmal dieses oder jenes Ereignis anstand. Jetzt erschien alles mit zuverlässiger Präzision auf seinem Bildschirm.

Und da stand »Anstich H2 – Saisonstart« neben einem roten Ausrufezeichen, sodass er es auf keinen Fall ignorieren konnte.

Ausgerechnet.

Manne hatte keine Lust, sich jetzt noch in die Kneipe zu begeben, aber es würde ihm wohl nichts anderes übrig bleiben. Zwar war er momentan nicht der amtierende Vorsitzende des Harmonie e. V., doch er wollte nicht für noch mehr Gerede sorgen.

Genau das war der Grund, warum er sich jetzt nicht vor einem Abstecher in die Harmonie 2 drücken konnte, ganz egal, wonach ihm zumute war. Er hatte immer noch gewisse Verpflichtungen.

Und dann war da noch seine Freundschaft mit den Pächtern der Harmonie: Sie hatten sicher auch schon bei Petra auf der Parzelle vorbeigeschaut, um ihn abzuholen – in den letzten Jahren war es zur Tradition geworden, dass Manne mit Heide und Walter nach der Winterpause durchputzte und die ersten Fässer anschloss. Und natürlich auch die ersten Schultheiss mit ihnen gemeinsam trank, bevor die anderen Gartenfreunde eintrudelten. Prost. Auf eine schöne Saison. Doch auch das war, wie so vieles, in diesem Jahr anders.

Es war wieder ein ungewöhnlich milder Frühlingsabend. Fast war Manne sauer auf das Wetter, das in krassem Gegensatz zu seinem eigenen Leben gerade so schön war wie in den letzten zehn Jahren nicht um diese Zeit. Und er konnte es überhaupt nicht genießen, was eine wahre Schande war. Teufel, er hatte in den letzten Tagen nicht ein einziges Mal richtig an den Garten gedacht. Ihm wäre es jedenfalls lieber gewesen, es hätte die ganze Zeit durchgeregnet. So hatte er irgendwie das Gefühl, die ganze Welt hätte den Mittelfinger in seine Richtung erhoben. Ihm war nicht selten danach, die Geste zu erwidern.

Eigentlich wäre jetzt die perfekte Zeit, das Gartenjahr so richtig schwungvoll zu beginnen. Was hatte er sich darauf gefreut, die Hecke zu schneiden, Petra mit den Hochbeeten zu helfen, sich selbst um die Frühbeete zu kümmern und sich mit den Nachbarn bei ein paar Bier gemütlich auf den neuesten Stand zu bringen. Sogar die von ihm eher ungeliebten Aufgaben wie das ordentliche Umgraben des Gemüsebeets sowie das Beschneiden der Obstbäume gingen gleich viel leichter von der Hand, wenn die Sonne auf diese Art schien und alle Vögel gleichzeitig zu singen begannen. Die anderen Gartenfreunde in der Anlage sahen das ganz ähnlich. Es war so viel Betrieb wie selten, die Aufbruchstimmung war überall zu spüren. Hier und da hörte man das Geräusch einer Motorsäge oder geschäftiges Hämmern. Es war die Zeit für Großprojekte. Und er? Er fuhr quer durch die Stadt, um einen brutalen Mord aufzuklären und seine eigene Haut zu retten. Auch ein Großprojekt. Aber ein weitaus unangenehmeres. Eines, das ihm Angst machte.

Nur widerwillig parkte er sein Auto auf dem westlichen Parkplatz, der der Kneipe am nächsten lag und für diese Uhrzeit noch ziemlich voll war. Nachdem er Petra eine kurze Nachricht geschickt hatte, dass es noch später wurde, machte er sich auf den Weg.

Wie er befürchtet hatte, waren Heide und Walter nicht allein im Schankraum. Der Tresen war voll besetzt, und auch an einigen Tischen hatten sich gesellige Runden gebildet.

Diese Mischung aus dunklem Holz, Grün, Braun und dem speziellen Geruch aus abgestandenem Bier und jahrzehntealtem Zigarettenrauch hatte einen großen Teil seiner Jugend ausgemacht, deshalb wirkte die Kneipe auch jedes Mal wie eine Zeitmaschine, wenn er eintrat. Zumindest für die Emotionen. Heide und Walter hatten, seit sie die Pacht übernommen hatten, wahrscheinlich nicht einmal die Kunstblumen auf den Fensterbänken ausgetauscht oder wenigstens abgestaubt. Alle mochten die Kneipe genau so, wie sie war. Auch er. Normalerweise.

»Da kommt ja der Staatsfeind Nummer eins«, rief Motte von Parzelle 31 fröhlich, und die anderen hoben und drehten die Köpfe in Mannes Richtung, während die Tür hinter ihm quietschend zurück in die Angeln fiel. Es wurde still im Gastraum.

»Hallo zusammen«, sagte Manne etwas steif und überlegte, wo er sich am besten hinsetzen sollte. Er entschied sich für einen einzelnen Barhocker an der Seite des Tresens und schob sich mit einem Seufzer darauf. Barhocker waren noch nie seins gewesen. Er war ein bisschen zu klein, um komfortabel darauf sitzen zu können, da er nur die Fußspitzen, nicht die ganze Sohle auf dem verchromten Ring abstellen konnte. So war sein Körper auf einem solchen Ding immer ein wenig angespannt.

Heide stellte ihm unaufgefordert eine frisch gezapfte Molle hin und schenkte ihm einen Blick, der sowohl Mitleid als auch Argwohn ausdrückte.

»Brauchst du noch was Stärkeres?«, fragte sie rundheraus, und Manne überlegte kurz, schüttelte dann aber den Kopf. Wer wusste schon, was dieser Abend noch für ihn bereithalten würde? Wenn Lohmeyer auf die Idee kam, ihn ein drittes Mal abzuholen, dann sollte er besser keine Kornfahne haben.

»Ne, lass mal«, sagte er und nippte an seinem Bier. »Tut mir leid, dass ich heute Vormittag nicht da war.«

Heide winkte ab. »Du hast andere Sorgen.«

Auf ihr Stichwort hin begann die ganze Kneipe zu summen wie ein Bienenstock. Von Neugier getrieben kamen jetzt auch die Gartenfreunde an den Tresen, die zuvor an den verschiedenen Tischen gesessen hatten, und binnen weniger Augenblicke wirkte es, als scharten sich alle Anwesenden während des WM-Finales um einen winzigen Fernseher auf dem Tresen. Nur dass im Zentrum ihrer Aufmerksamkeit gar kein Fernseher war, sondern Manne.

»Warst du heute bei der Polizei?«, wollte Motte wissen. »Hab den Typen wieder in der Anlage gesehen.«

»Was haben sie überhaupt gegen dich in der Hand?«, fragte Walter, der mit einem großen Teller Pommes in der Hand auf halbem Weg zwischen Küche und Schankraum stehen geblieben war, um zu lauschen.

»Es muss einen Grund geben, dass sie dich verdächtigen«, bemerkte Helena, die Esoterikerin von Parzelle 54, noch bevor Manne Luft holen konnte, sehr altklug und erinnerte ihn mal wieder daran, warum sie alleinstehend war. Sie sah sehr gut aus für ihr Alter, allerdings war sie nur so lange eine nette Gesellschaft, bis sie den Mund aufmachte. Himmel, hatte die nicht irgendwas nach Mondphasen zu pflanzen?

Er nahm noch einen Schluck und seufzte. Es war doch eine dämliche Idee gewesen, hierherzukommen.

Eigentlich war er es gewohnt. Die Neugierde, die Grenzüberschreitungen, das Gerede und die Gerüchte. Die ständige Beobachtung. Er leitete die Mitgliederversammlungen, die Vorstandsversammlungen, schlichtete Streit zwischen verschiedenen Parteien und fand es normalerweise nicht unangenehm, im Mittelpunkt zu stehen. Im Gegenteil, er hatte sich mit der Zeit an die Vorteile gewöhnt, die das Dasein als Vorstandsvorsitzender so mit sich brachte, doch jetzt, in diesem Augenblick, wollte er einfach nur weg.

»Hört mal zu. Mir wäre es lieber, wenn ihr mir nicht zu den laufenden Ermittlungen Löcher in den Bauch fragen würdet. Die eine Hälfte weiß ich nicht, und die andere Hälfte ist mir unangenehm. Und falls noch was übrig bleibt, darf ich nicht drüber sprechen. Ich verspreche euch, dass ich mit Kalles Tod nichts zu tun habe. Er war mein Freund, und ich habe noch nicht einmal komplett verdaut, was ihm zugestoßen ist. Also habt ein bisschen Anstand.«

»Du hast völlig recht. Tut mir leid«, sagte Motte mit einem Gesichtsausdruck, der zeigte, dass es ihm überhaupt nicht leidtat. »Aber du bist nun mal unser Vorsitzender, und wir haben ein Recht, zu erfahren, was hier in der Anlage vor sich geht. Schließlich geht uns Kalles Tod alle was an.«

Zustimmendes Gemurmel erfüllte die Kneipe.

»Ich weiß nicht, was ich euch sagen soll. Das sind Polizeiinformationen. Wollt ihr, dass ich noch mehr Schwierigkeiten mit dem Kommissar bekomme, weil ich hier im Vereinsheim aus dem Nähkästchen plaudere?«

»Wir können dichthalten«, behauptete Motte großspurig, und Manne begnügte sich damit, diese Aussage lediglich mit skeptisch hochgezogenen Brauen zu quittieren. Als er kapierte, dass von Manne nichts zu erwarten war, wandte sich Motte mit verdrießlicher Miene ab.

»Ich habe eh nie verstanden, was Kalle und dich verbunden hat. Ihr wart immer grundverschieden«, meinte Walter nun, der den Teller offenbar an den Mann gebracht hatte.

»So verschieden nun auch wieder nicht«, murmelte Manne. »Wir konnten über alles reden. Das war immer schon so gewesen. Über Politik und Musik, über den Garten, Reisen, Gedanken.« Er zuckte die Schultern und sah Walter fest in die Augen. »Und wir waren dabei öfter einer Meinung, als du jetzt vielleicht denkst.«

Walter hob in einer abwehrenden Geste die Hände. »Schon gut. Schon gut. Ich kannte ihn nicht so, wie du ihn kanntest, und wollte auch gar nichts andeuten.« Er senkte die Stimme. »Aber zum Schluss hat er sich wie ein Arschloch verhalten, oder nicht?«

Manne nickte und stellte sein leeres Bierglas ab, das von Heide so schnell durch ein volles ersetzt wurde, dass er gar keine Zeit hatte, zu protestieren. Und eigentlich hatte er auch keine Lust. Dieses Gespräch war zu stressig, um noch 'ne Molle abzulehnen. Die ganze Situation war zu stressig.

»Ja, etwas stimmte nicht mit ihm. Ich weiß aber nicht, was.«

Walter senkte die Stimme noch weiter, sodass sie nicht mehr war als ein Flüstern. »Wenn du ihn umgebracht hättest, könntest du es ruhig sagen. Wir stünden hinter dir. Wenn du Hilfe brauchst …«

Irgendwie rührte Manne diese Aussage auf seltsame Weise. Es war eben so, wie er Jonas immer wieder versuchte zu erklären: Das hier waren gute Leute. Ihre Gedanken waren vielleicht manchmal etwas verdreht, und vielleicht achteten sie auch nicht immer darauf, was sie sagten. Aber es waren gute Leute.

Manne wollte etwas sagen, als seine Rührseligkeit jäh von Heide unterbrochen wurde, die ihrem Mann ein feuchtes Spültuch gegen den ausladenden Hintern klatschte.

»Weißt du, Walter, manchmal frage ich mich, ob der liebe Gott bei dir nicht einen Fehler gemacht und deine zwei Ausgänge vertauscht hat.«

»Hä?«, machte Walter.

»Na, aus deinem Mund kommt jedenfalls ganz schön viel Scheiße raus«, antwortete sie ruhig. »Jetzt lass Manne in Ruhe. Der hat genug eigene Sorgen.«

Walter, der offenbar versuchte, aus der Beleidigung seiner Frau den tieferen Sinn zu extrahieren, nickte abwesend und fragte: »Sag mal, stimmt es, dass die Neue von Parzelle 9 jetzt irgendwie mit dir zusammenarbeitet?«

»Stimmt!«, warf Helena ein und hielt ihr Smartphone mit einer triumphierenden Geste hoch. Sie schwenkte es wie ein Feuerzeug bei einem Rockkonzert. »Die beiden haben sogar schon einen Instagram-Kanal.«

Das letzte Wort betonte sie so, als handele es sich dabei um irgendetwas Schlüpfriges.

»Instagram, hm?« Walter nickte wissend, aber Manne sah ihm an, dass er im Gegensatz zu seinem alten Kollegen Martin nur eine vage Vorstellung hatte, was das überhaupt war. So viel anders ging es ihm damit allerdings auch nicht.

»Caroline von Ribbek hat mir angeboten, mich zu unterstützen«, sagte Manne und war sich in dem Augenblick bewusst, wie lahm das klang.

»Wobei unterstützen?«, fragte Heide. Ein Gast kam von draußen herein und warf den beiden auf dem Weg zur Toilette einen nahezu feindseligen Blick zu. Wahrscheinlich wollte er endlich bedient werden. Doch das Ehepaar hatte gerade anderes zu tun. Die beiden ließen sich nur selten aus der Ruhe bringen, schon gar nicht von Gästen.

»Na ja«, sagte er gedehnt. »Wir …«

»Sie ermitteln *zusammen* in dem Mordfall«, schaltete sich Helena von hinten wieder ein. Sie war wie einer dieser verdammten Spielzeugteufel. Egal, wie oft man den Deckel schloss, sie sprang immer wieder aus ihrer Box. »Ist das nicht eigenartig?«, fügte sie hinzu, und ihre Brauen verschwanden unter dem dichten, lockigen Pony.

Manne drehte sich entnervt zu ihr um. Wo hatte sie das bloß wieder aufgeschnappt? »Was, bitte, soll daran eigenartig sein? Ich war lange Jahre Polizist und Kalle mein bester Freund. Streit hin oder her.«

»Aber was«, hakte Helena bissig nach, »hat die hübsche Caroline von Ribbek damit zu tun?«

Manne verdrehte die Augen. »Was genau sie dazu bewogen hat,

mir ihre Hilfe anzubieten, weiß ich zwar nicht, aber ich bin dankbar für die Unterstützung. In so einem Fall kann man jede Hilfe gebrauchen, die man bekommen kann. Der leitende Ermittler hat sich auf mich eingeschossen, das ist kein Geheimnis, und die Arbeit, die anfällt, kann ich nicht ganz alleine bewältigen. Was mich zum nächsten Punkt bringt.«

Er räusperte sich und sagte nun etwas lauter: »Wir wollen herausfinden, wer Kalle ermordet hat. Denn das ist es, worüber wir hier sprechen. Was euch alle so zu elektrisieren scheint. Kaltblütiger, grausamer Mord.« Sein Blick wanderte von einem zum anderen, und plötzlich wurde er wütend. Er konnte selbst nicht recht erklären, wieso, aber die Wut schwoll in ihm an wie ein Gebirgsbach, und er polterte: »Irgendjemand hat Kalle das Gesicht zertrümmert. Hat ihn vergraben wie ein Stück Müll, das man einfach nur loswerden muss. Hat sein Leben mit Füßen getreten und im Dreck verscharrt. Der Mörder muss die Anlage gekannt haben, wie hätte er sonst vollkommen unbemerkt herkommen und graben können? Auf einem Eckgrundstück, an dem auch im Winter immer wieder jemand vorbeikommt? Wie? Es ist nicht ausgeschlossen, dass der Mörder einer von uns war. Und ich will verdammt sein, wenn ich nicht herausfinde, wer.«

Nun war es mucksmäuschenstill im Harmonie 2, und Manne holte zufrieden Luft. Er hatte den Spieß umgedreht. Sollten sie doch mal sehen, wie es sich anfühlte, verdächtig zu sein. Der Kreis der Verdächtigen war nicht so exklusiv, dass er keine neuen Mitglieder mehr aufnahm. Die betretenen Blicke verrieten ihm, dass es seinen Gartenfreunden ganz guttat, von ihrer eigenen Medizin zu kosten.

»Einer von uns?«, hauchte Motte und sah dabei aus, als würde er im Geiste die Fehltritte seines gesamten Lebens zusammenzählen und sich fragen, ob auch er verdächtigt werden könnte. Verdächtig sein konnte.

Manne entspannte seine Schultern ein wenig. »In der Anlage gärtnern über tausend Leute. Und ihr wisst alle, dass es sich um einen Querschnitt der Gesellschaft handelt. Ich will nicht glauben, dass es einer von uns war, kann es mir aber auch nicht anders erklären.« Er ließ den Blick durch die Runde wandern.

»Wenn einer von euch irgendwas beitragen kann: Caro und ich nehmen Informationen immer gerne entgegen.«

»Aha. Caro und du«, spottete jemand hinter ihm, doch Manne machte sich nicht die Mühe, sich umzudrehen.

»Meine Petra ist unantastbar für mich. Das sollte hier eigentlich jeder wissen.«

»Aber diese Caroline von Ribbek ist schon sehr hübsch«, sagte Walter nun, was die Miene seiner Frau sofort gefrieren ließ.

»Eike ist auch sehr nett. Und schlecht aussehen tut er ebenfalls nicht«, gab sie zurück.

»Wer ist denn Eike?«, wollte Walter wissen.

»Na, ihr Mann. Ich bin ihm gestern begegnet. Mit seiner reizenden Tochter. Wahrscheinlich werde ich ihm den Sommer über zeigen, wie man Früchte einweckt. Du weißt doch, dass sie in ihrem Garten diesen riesigen Kirschbaum haben, oder?«

Der Kirschbaum war Walter offenbar vollkommen egal. »Eike also, ja?« Der Wirt warf Manne einen finsteren Blick zu, und dieser musste sich beeilen, um sein Grinsen hinter dem Bierglas verschwinden zu lassen.

»Ja. Eike«, sagte Heide, und ihre Augen blitzten zufrieden. »Gehst du bitte mal nach draußen? Ich glaube, die Gäste werden langsam unruhig.«

Walter schoss seiner Frau noch einen nervösen Blick zu, dann nahm er sich das Tablett vom Tresen und stapfte nach draußen. Heide griff nach einem Bierglas und zapfte sich summend selbst ein Schulti. Manne hätte sie am liebsten geküsst.

»Stimmt das mit dem Einwecken?«, fragte er und erinnerte sich, wie Eike mit der Mistgabel auf das Beet zugestürmt war, als wollte er in die Schlacht ziehen.

»Ja«, antwortete Heide. »Er ist sehr interessiert an der Verwertung von Lebensmitteln. Einwecken, Fermentieren, Marmelade kochen.«

Es fiel Manne sehr schwer, sich den riesigen Eike mit einer Schürze am Marmeladentopf vorzustellen, doch er lächelte nur. »Zuerst muss bei dem mal was wachsen, das man fermentieren kann.«

»Kalles Parzelle ist komplett hinüber?«, fragte sie, und Manne nickte.

»Komplett. Er hat alles rausgerissen, bevor er gegangen ist. Die beiden müssen noch mal von null anfangen.«

»Kalle war schon ein komischer Kauz«, schaltete sich jetzt Joachim von Parzelle 1 ein. Mit dem hatte Manne schon eine ganze Weile sprechen wollen, aber noch nicht die Gelegenheit bekommen. Da Parzelle 1 direkt am zentralen Eingangstor lag, hatte Joachim immer einen ganz guten Überblick darüber, was in der Anlage so los war.

»Kann schon sein. Aber was meinst du genau?«, wollte Manne wissen.

»Er ist den ganzen Winter hier durch die Anlage geschlichen, hat mich aber nie gegrüßt. Fast wie ein Gespenst. Ich habe ihn einmal bei den Bienen getroffen und einmal hinten beim Baumschnitt. Außerdem habe ich ein paarmal gesehen, wie er durchs Tor ist. Er kam zu Fuß. Ohne sein Auto.«

Manne horchte auf. »Bist du sicher?«

»Ja, aus Richtung der Bushaltestelle.«

»Hm. Und wann hast du ihn zuletzt gesehen? Weißt du das auch noch?«

Joachim kratzte sich nachdenklich am Kinn. »Das muss auf jeden Fall nach Weihnachten gewesen sein. So um Fasching rum.«

»Also im Februar?«

Joachim machte eine wiegende Bewegung mit der Hand. Er war sich nicht ganz sicher. »Wann war noch mal dieser scheißharte Frost? Die Temperaturen unter minus zehn Grad?«

Manne fischte in seiner Hosentasche nach dem Handy, aber Helena war schneller. Für eine Frau, die an Engel und Lichtnahrung glaubte, konnte sie erstaunlich gut mit einem Smartphone umgehen, fand er.

»Die bisher kältesten zwei Wochen des Jahres waren in Berlin vom ersten bis fünfzehnten Februar«, rief sie und strahlte danach so breit, als würde sie erwarten, von irgendjemandem im Raum jetzt ein Fleißbildchen zu bekommen.

Manne rang sich zumindest ein dankendes Nicken ab.

»Also dann irgendwann in dem Zeitraum«, sagte Joachim. »Da habe ich ihn zum letzten Mal gesehen.«

»Hast du das auch der Polizei gesagt?«, wollte Manne wissen, doch Joachim schüttelte den Kopf.

»Ne. Ich war letzte Woche nicht hier, sondern auf Kreta.« Er grinste. »Hab wohl ganz schön was verpasst, oder? Wir sind erst heute früh gelandet.«

»Kreta«, seufzte Heide. »Da würde ich auch gerne mal hin.«

»Kannst ja deinen Eike mitnehmen«, grummelte Walter, der sich hinterm Tresen materialisiert hatte wie aus dem Nichts. Für einen Mann seiner Größe und seines Umfangs konnte er sich erstaunlich flink bewegen. Heide beachtete ihn gar nicht.

»Warum warst du im Winter eigentlich so viel in der Anlage?«, wollte Manne wissen, auch um Heide beizuspringen.

»Es war so kalt, dass ich immer wieder das Eis auf meinem Teich bearbeiten musste, damit die Kois nicht erfrieren.«

Manne nickte. Das Problem hatten diesen Winter viele Teichbesitzer gehabt. Nicht wenige Fische waren erfroren.

»Und wie oft warst du hier?«, fragte er.

Joachim legte nachdenklich den Kopf schief, sodass sich das funzelige Licht der Schultheiss-Lampe überm Tresen auf seiner Glatze spiegelte.

»Als es so lausig kalt war jeden Tag. Ich liebe meine Fische! Ansonsten bestimmt so zweimal in der Woche. Hab dieses Jahr auch das Wintergemüse durchgezogen.« Er grinste. »Hat sich gelohnt. Wenn dieser Eike was von Sauerkraut wissen will, kann ich ihm auch weiterhelfen.« Er zwinkerte Heide zu, und die grinste breit zurück.

»Und wie oft ist dir Kalle begegnet?«, fragte Manne.

»Mindestens ein halbes Dutzend Mal. Vielleicht auch öfter. Ich habe ihn an einem Tag auch mehrfach gesehen. Oft nur von hinten, wenn ich den Weg entlanggeschaut habe. Heißt, manchmal habe ich nur vermutet, dass es Kalle ist. Weil sonst kaum jemand so groß ist hier in dieser Ecke des Gartens. So groß und so dünn. Und weil er immer in eure Richtung ging. Gegrüßt habe ich ihn aber nur ein paarmal. Einmal hab ich ihm noch hinterhergerufen, wollte ihm sagen, dass seine Sachen schon im Vereinsheim stehen, aber er hat so getan, als würde er mich nicht hören.«

»Danke dir«, sagte Manne nachdenklich und zupfte an seiner Unterlippe herum. Februar also.

»Noch eins?«, fragte Heide.

Er schüttelte den Kopf. »Nein danke. Ich muss jetzt mal zu meiner Familie. Wir haben ein bisschen was zu besprechen.«

Die Wirtin nickte verständnisvoll, winkte ihn dann aber noch mal zu sich heran. »Mein Hohlschädel von Mann hat manchmal eine wirklich bescheuerte Art, sich auszudrücken. Aber Manne: Wenn du Hilfe brauchst, wir sind immer für dich da. Weißte, oder?«

Manne nickte und schluckte zum zweiten Mal die Rührung hinunter, die in ihm aufstieg und seine Augen feucht werden ließ. Anstelle einer Erwiderung räusperte er sich, klopfte zweimal laut auf den Tresen und verließ die Harmonie 2.

KAPITEL 21

Mala war wirklich ganz anders als Jonas' andere Freundinnen. Und wenn man Manne fragte, dann war sie auch hübscher, freundlicher und angenehmer als die anderen, deren Namen er sich nie gemerkt hatte. Mit Malas Namen hatte er hingegen überhaupt keine Probleme.

Sie sprach nicht viel, beobachtete eher und zog ihre Schlüsse, aber was sie sagte, traf meist ins Schwarze, womit sie so ziemlich das Gegenteil von Caro war, deren Mundwerk eher einer Schrotflinte glich. Und sie konnte exzellent kochen.

Als er gegen 21 Uhr endlich auf der Parzelle eingetroffen war, hatte Petra ihn zuerst lange umarmt und dann an den Esstisch geschoben, während sie ihm freudestrahlend erklärte, dass Mala heute das Abendessen übernommen hatte. Mannes Befürchtungen, der von indischem Essen immer scheußliches Sodbrennen bekam, lösten sich in Luft auf, als Mala ihm eine wunderbare Spinatlasagne auftischte. Während sie die winzige Laubenküche aufräumte, strich sein Sohn um sie herum wie eine junge Katze. Der Anblick beglückte und amüsierte Mannes Vaterherz dermaßen, dass er für ein paar Augenblicke seine missliche Lage sowie die Abwesenheit von Hackfleisch in der Lasagne komplett vergaß. Wenn er diesen schönen, friedlichen Abend in ihrer Gartenlaube für die Ewigkeit einfrieren könnte, er würde es tun.

Es half auch, dass Petra die Nachricht mit der Durchsuchung recht gelassen hinnahm. Seine wunderbare Frau ließ sich von so etwas nicht aus dem Takt bringen, auch wenn sie natürlich besorgt war. Aber Petra ging mal wieder strukturierter an die ganze Sache heran, als es ihm eingefallen wäre, und rief direkt Doktor Scheurig an, einen Anwalt für Strafrecht, der im Nachbarhaus wohnte und sich trotz der späten Stunde sofort erbot, morgen zum Frühstück vorbeizukommen. Er würde sich zu erkennen geben und die gesamte Durchsuchung überwachen. Jonas würde mit in die Laube fahren und den Beamten hier auf die Finger schauen. Damit war für Petra die Sache erst einmal erledigt, und Manne war nicht zum ersten Mal erstaunt und verzaubert von der Brillanz seiner Frau. Das war viel besser, als die ganze Familie einzuspannen, wie er es vorgehabt hatte.

Nachdem er seinen Teller geleert hatte und die Küche aufgeräumt war, breitete sich eine wohlige Stille in der Laube aus, die daher rührte, dass alle Anwesenden so volle Bäuche hatten, dass ihnen kaum Luft zum Atmen blieb.

»Jonas, wie lange hast du denn jetzt eigentlich noch Urlaub?«, fragte Manne, als er genug von dieser Stille hatte.

»Ich habe überhaupt keinen Urlaub«, antwortete sein Sohn.

Mannes Brauen schossen in die Höhe. »Ach nein? Wurde dir gekündigt?«

Jonas lachte. »Nein, Papa. Ich habe heute ganz normal gearbeitet. Von hier.«

»Ach?«

»Ja, das ist kein Problem.« Wie zum Beweis zog er sein Smartphone hervor und hielt es hoch. »Ich brauche nur mein Telefon und eine stabile Internetverbindung. Dann kann ich überall arbeiten.«

»Auch hier?«

»Ja, auch hier. Das Telefon ist mein Modem. Solange mein Telefon Empfang hat, kann ich mit dem Laptop online gehen. Die Flatrate zahlt die Firma. Alles kein Problem.«

»Und warum bist du dann überhaupt aus deiner Geburtsstadt weggezogen, wenn du diesen Job überall machen kannst?«, brummelte Manne, was Mala zum Lächeln brachte.

»Ach Paps«, seufzte Jonas nur. Manne hasste es, wenn er das tat.

Dann fühlte er sich immer so entsetzlich dumm und alt. Als würde es sich nicht lohnen, dem greisen Vater den Sachverhalt zu erklären.

»Du klingst wie meine Mutter«, sagte Mala nun mit einem hintergründigen Lächeln. »*Why you move to Germany? Why not stay home with your family, Malisha, eh?*«, sagte sie in dem abgehacktem Englisch, das für Menschen aus Indien so typisch war, und verdrehte dabei die Augen.

»Natürlich sind sie stolz, dass ich ins Ausland gegangen bin und studiert habe. Dass ich einen so guten Abschluss gemacht habe. Aber jetzt finden sie, es würde Zeit für mich, zurück nach Hause zu kommen und einen netten jungen Inder zu heiraten.« Mala seufzte entnervt. »Erst erziehen sie mich zum eigenständigen Denken, und dann beschweren sie sich, wenn ich auch eigenständige Entscheidungen treffe.«

Manne fühlte sich ein wenig ertappt, und Petra lachte.

»Wo lebt deine Familie?«, fragte sie.

»In South Hall, dem Little India von London.« Sie seufzte. »Eine sehr enge Gemeinschaft. Jeder kennt jeden, jeder wurschtelt in den Geschäften des anderen herum. Viel indisches Essen, viele Tempel, viele Turbane.«

»Wenig Luft zum Atmen«, folgerte Petra.

Mala strahlte sie an. »Genau.«

»Ein bisschen wie in einer Kleingartenanlage«, sagte Jonas, und Manne fühlte den altbekannten Stich. Warum konnte sein Sohn nicht sehen, wie schön es hier war? Welchen Wert die Gemeinschaft hatte? Ob sich Malas Eltern das wohl auch fragten, wenn sie an ihre Tochter dachten?

»Hier gibt es wirklich genug Luft zum Atmen«, grummelte Manne trotzdem.

»Jonas hat mir erzählt, dass Kalle und du gestritten habt«, lenkte Mala das Gespräch nun auf das einzige Thema, das Manne vielleicht noch weniger gefiel als das vorangegangene. Sie runzelte die Stirn. »Über einen Schuppen?«

»Ein Pumpenhaus«, antwortete Manne müde. Er hatte keine Lust, die ganze Geschichte an diesem Abend noch einmal durchzukauen. Er hatte diesen säuerlichen Brei aus der Vergangenheit die letzten Tage schon oft genug hervorgewürgt.

Doch Mala überraschte Manne mit der Frage, ob die Polizei dieses Pumpenhäuschen durchsucht habe.

»Nein, das hätte sie gar nicht gedurft. Es ist ja jetzt das Pumpenhäuschen von Eike und Caroline. Dann bräuchten sie einen separaten Durchsuchungsbeschluss. Außerdem ist der Schlüssel verschwunden. Weder Caro und Eike noch die Polizei haben ihn gefunden. Er ist weg.«

»Dann sollten wir uns dieses Häuschen jetzt vielleicht mal ein bisschen genauer ansehen«, sagte Mala und hob minimal die Brauen.

»Warum das?« Manne war ehrlich verwirrt. »Da gibt's überhaupt nichts zu sehen.«

»Wenn ich das richtig verstanden habe, dann wollte dieser Kalle nicht, dass du auch nur in die Nähe des Pumpenhäuschens kommst.«

»Das war der Anlass des Streits, ja. Ich habe nie kapiert, warum.«

»Eben«, sagte Mala lächelnd. »Aber nur, weil du den Grund nicht kennst, heißt das nicht, dass es keinen Grund gab. Und deshalb, denke ich, könnte sich ein Blick lohnen.«

Manne dachte einen Moment nach, dann nickte er und zog sein Handy hervor, um Caro zu fragen, was sie davon hielt. Die Antwort kam prompt. Sie hatte nichts dagegen.

Das Pumpenhäuschen oder auch Mahnmal der Schande stand auf der vom Weg abgewandten Seite hinter der Laube der von Ribbeks und somit im toten Winkel zwischen den beiden Grundstücken. Das war auch gut so, denn obwohl sie Caros Erlaubnis eingeholt hatten, war es Manne lieber, wenn niemand mitbekam, was sie hier so trieben. Von deren neugierigen Augen und Ohren hatte er heute für einen Tag wirklich genug gehabt. Oder besser für einen ganzen Monat.

Mittlerweile war es in der Anlage ruhig geworden, draußen krochen Kälte und Feuchtigkeit durch die Wiesen, und die Tiere übernahmen die Nacht. Es war plötzlich so kalt, dass Manne seinen Atem im Licht der Außenbeleuchtung seiner Laube sehen konnte.

Sie gingen in einer seltsam fröstelnden Karawane von ihrem Grundstück zum Pumpenhaus. Auf ihrer Seite des Häuschens stand früher eine kleine Trittleiter, über die man auf das Dach des Pumpenhäuschens und dann rüber auf die andere Parzelle klettern konnte. Nach dem Streit war die Trittleiter verschwunden, doch Petra hatte an einen Hocker gedacht, den sie nun an den Zaun stellte. Dabei tauschte sie mit ihrem Ehemann einen kurzen Blick. Sie beide dachten dasselbe. Es fühlte sich seltsam illegal an, was sie hier taten. Als würden sie sich über Kalles Letzten Willen hinwegsetzen. Und irgendwie stimmte das ja auch. Zumindest war es der Letzte Wille gewesen, den Kalle seinem Freund gegenüber formuliert hatte. Der Rest war Schweigen.

Nacheinander kletterten sie über das Dach des Häuschens auf die andere Parzelle. Dann standen sie zu viert sehr einträchtig vor dem verschlossenen Häuschen und betrachteten den dicken Riegel mit dem noch dickeren Vorhängeschloss.

»Ich könnte den Kuhfuß holen, und wir stemmen das Ding auf«, schlug Jonas vor, aber sein Vater schüttelte den Kopf.

»Nein. Erstens will ich nichts kaputt machen, das Caro und Eike gehört, und zweitens möchte ich keine Zerstörung anrichten, die Lohmeyer sofort ins Auge fällt, sollte er sich das Pumpenhäuschen auch noch genauer anschauen wollen, was sicherlich bald der Fall sein wird.« Manne seufzte. »Ich weiß nicht genau, wie uns das weiterhelfen soll, Mala. Wir bekommen das Häuschen ja nicht auf.«

»Natürlich bekommen wir es auf«, entgegnete sie ungerührt. »Ihr seht nur nicht, was direkt vor eurer Nase ist.«

Sie zeigte auf den Riegel, der die Tür verschloss. »Wir brauchen weder einen Kuhfuß, noch müssen wir irgendwas kaputt machen. Ein großer Kreuzschlitzschraubenzieher reicht vollkommen.«

Jonas schaute seine Freundin an wie die leibhaftige Offenbarung.

Manne schüttelte lächelnd den Kopf. »Manchmal bin ich betriebsblind. Du hast vollkommen recht«, sagte er. »Ich bin gleich wieder da.«

Er kletterte wieder nach drüben, um den Schraubendreher zu holen, und machte sich an die Arbeit. Und was für eine Heidenarbeit! Die Schrauben waren sehr groß, sehr alt und schon sehr lange in den Dübeln, die mittlerweile nicht nur porös, sondern auch steinhart geworden waren. Schon nach kurzer Zeit begann Manne zu schwitzen und zu ächzen, was ihm vor Mala ein wenig unangenehm war. Doch er konnte es nicht ändern.

Zwischendurch versuchte Jonas sein Glück – aber sein Sohn hatte schon immer zwei linke Hände gehabt. Er rutschte immer wieder ab und versaute die Schraubenköpfe, sodass Manne bald wieder übernahm.

Nach langer, harter Arbeit hatte er schließlich die Halterung an einer Seite gelöst, was ausreichend war, um den gesamten Riegel zur Seite wegzuklappen und die kleine Tür zu öffnen.

Dabei war es gar keine richtige Tür, sondern mehr eine Luke. Die Brunnenpumpe selbst war knapp siebzig Zentimeter hoch, das Häuschen, das sie umgab, ungefähr einen Meter zwanzig. Man musste durch die Luke kriechen, um an die Pumpe heranzukommen. In Mannes Augen war das schon immer der größte Fehler von Kalles Konstruktion gewesen. Die meisten Leute bauten ihre Pumpenhäuser mit Klappen, die sich nach oben öffnen ließen. Natürlich hatte er das seinem Freund nicht gesagt. Immerhin war Kalle vom Fach gewesen und sehr stolz auf das hübsche Häuschen.

Es war merkwürdig, auf die Knie zu gehen und in das noch pechschwarze Innere des Pumpenhäuschens zu starren. Fast kam er sich vor, als wollte er in die Behausung eines Zwerges eindringen. Wie Alice im Wunderland, die plötzlich zu groß war, um durch die Tür zu passen.

Mannes Hinterteil war auf jeden Fall zu groß.

Und so steckte er nur seinen Kopf hinein, der allerdings fast die ganze Öffnung ausfüllte und das Licht der beiden Taschenlampen aussperrte, die von Jonas und Petra gehalten wurden. *Total Eclipse*, sozusagen. Keine Chance, bei den Lichtverhältnissen irgendwas zu erkennen. Jedenfalls für ihn und seine schlechten Augen nicht.

Manne wurde ungeduldig und gereizt. Was war das überhaupt für eine Scheißaktion? Hätten sie damit nicht warten können, bis es Tageslicht gab? Und überhaupt: Wozu sollte das gut sein?

»Das bringt nichts«, schimpfte er ungeduldig. »Ich kann überhaupt nichts sehen.«

»Lass mich mal«, forderte Mala und sank ganz selbstverständlich neben Manne im Gras auf die Knie und streckte dann die Hand aus, um von Jonas die Taschenlampe entgegenzunehmen.

»Du musst wirklich nicht …«, fing er an, aber Mala winkte ab.

»Wieso nicht? Ich bin die Kleinste hier.«

Mit diesen Worten kroch sie ins Pumpenhaus. Und in ihrem Fall stimmte es tatsächlich, Malas gesamter Oberkörper verschwand in der Öffnung.

»Hier sind verdammt viele Kellerasseln«, sagte sie, klang aber nicht so, als würde sie sich vor den Tieren ekeln.

»Und eine Kreuzspinne«, fügte sie beinahe genauso entspannt hinzu, während Manne bei der Vorstellung, das Tier könnte sich dazu entschließen, sich auf den zarten Nacken seiner neuesten Schwiegertochter fallen zu lassen, erschauderte. Waren die Dinger nicht giftig?

»Pass bloß auf«, mahnte da auch schon Jonas mit besorgter Miene.

Mala kicherte leise. »Reg dich ab, *sanam*. Jeder Bremsenbiss ist schlimmer.«

Jonas verdrehte gespielt genervt die Augen, grinste aber.

»*Sanam?*«, flüsterte Petra fragend.

Nun grinste Jonas noch breiter. »Das ist Hindi und bedeutet Liebster.«

Petra gab ihrem Sohn einen Kuss auf die Wange. Und schon wieder fragte sich Manne, wann Jonas eigentlich so verdammt groß geworden war. So groß, dass ihn eine erwachsene Frau Liebster nennen durfte.

»Aber sonst ist hier nur die Pumpe«, informierte die indische Schönheit aus dem Pumpenhaus nun, und Manne atmete auf. Natürlich war dort nur die Pumpe. Was sollte da auch sonst sein?

Mala kroch noch ein Stück weiter ins Pumpenhaus hinein, und Manne war wider Willen fasziniert davon, dass jetzt nur noch die Unterschenkel der jungen Frau zu sehen waren. Wie konnte ein ganzer Mensch in dieses Häuschen passen?

Aus dem Inneren erklang ein Rumpeln, dann ein Schaben.

»Was machst du da genau?«, wollte Jonas wissen.

»Hier ist irgendwas«, kam die Antwort, die zwar so nicht zur Frage passte, Manne aber dennoch sogleich alle anderen Gedanken aus dem Gehirn wischte.

»Was meinst du damit?«, fragte er nervös und sah zu, wie sich Malas Füße bewegten.

»Ich weiß noch nicht«, gab sie zurück. Ihre Stimme klang dumpf und hohl, als wäre ihr Kopf schon in eine andere Dimension vorgedrungen.

Wieder rumpelte es im Inneren des Häuschens beunruhigend. Manne beugte sich unwillkürlich weiter vor, obwohl er überhaupt nichts sehen konnte.

Ein Schaben erklang, dann kam Mala mit einem kleinen, in Plastik gewickelten Päckchen in der Hand wieder zum Vorschein. Sie hatte den Ärmel ihres weiten Pullovers nach vorne gezogen und trug das Päckchen so, dass nur der Stoff und nicht etwa ihre Finger es berührten. Was sehr klug von ihr war.

Sie ließ sich von Jonas hochhelfen, grinste und legte das Päckchen auf das Dach des Pumpenhäuschens, damit sie es besser sehen konnten.

Manne fühlte sich, als wäre er an Ort und Stelle festgefroren. Solche Päckchen kannte er noch zu gut aus seiner Zeit bei der Kripo. Wenn da kein Rauschgift drin war, dann fraß er einen Scheuerbesen mit Stiel.

»Schatz«, wandte er sich an Petra. »Tu mir bitte einen Gefallen und hol eine alte Zeitung und ein scharfes Messer, ja?«

Petra nickte, wurde jedoch von ihrem Sohn zurückgehalten, als sie sich anschickte, das Häuschen zu erklimmen. »Ich mach das schon«, murmelte er und warf seinem Vater einen strengen Blick zu.

»Mamasöhnchen«, formten Mannes Lippen, und Jonas grinste.

Sie standen schweigend um das Päckchen herum wie um eine Bombe, die jeden Augenblick hochgehen würde, bis er mit den geforderten Gegenständen zurückkam.

Was sich dann im Garten der von Ribbeks abspielte, wirkte ein wenig wie ein religiöses Ritual. Auch, weil es von Manne mit heiligem Ernst im Gesicht und sehr, sehr langsamen Bewegungen ausgeführt wurde.

Er hatte kurz überlegt, das Päckchen einfach mit rüber in seinen Garten zu nehmen und es im Schutz der Hütte zu öffnen, doch bei näherer Überlegung war das eine schlechte Idee. In seiner jetzigen

Situation sollte nichts in seiner Hütte auch nur an Drogen erinnern. Nicht der winzigste Partikel.

Manne breitete die Zeitung auf dem Dach der Hütte aus, nahm sich das oberste Blatt und wickelte das Päckchen vorsichtig in eines der Zeitungsblätter ein, wobei er peinlich genau darauf achtete, es nicht mit den Fingern zu berühren. Nun lag ein in Zeitung gewickeltes Päckchen auf einer weiteren Zeitung. So musste es sein.

Erst dann stieß er die Messerspitze in das Päckchen und spähte hinein. Wie erwartet zeigte sich im Schein der Taschenlampen weißes Pulver.

»Koks?«, fragte Mala und wirkte dabei erstaunlich abgeklärt. Bei Gelegenheit musste er die junge Dame mal fragen, womit ihre Familie so Geld verdiente.

»Könnte alles Mögliche sein«, sagte Manne. »Aber bei der Menge ist es das Naheliegendste.«

So vorsichtig er konnte, hob er mit der Messerspitze ein wenig Pulver aus dem Päckchen und ließ es anschließend direkt auf seine Zunge rieseln. Es schmeckte bitter, und nach kurzer Zeit stellte sich das vertraute Taubheitsgefühl ein, das nur von Koks hervorgerufen wurde. Da seine Zunge sehr schnell sehr taub wurde, dort, wo das Pulver aufgekommen war, musste Manne von ziemlich unverschnittenem Stoff ausgehen.

»Ja, das ist Koks«, sagte er mit einem Seufzen und kratzte sich am Kopf. »Kalle, Kalle, Kalle.« Er legte Petra einen Arm um die Schultern. Mehr fiel ihm dazu nicht ein.

»Ich kapier das nicht«, sagte nun auch Jonas, der ziemlich blass und ruhig geworden war. »Er hatte doch immer genug Geld. Und selbst wenn nicht: Jede Bank der Welt hätte ihm einen Kredit gegeben! Wieso sollte er was mit Drogen am Hut haben?«

Manne schüttelte den Kopf. Ihm war elend zumute. Mit diesem Fund passte schließlich alles zusammen. Das Koks, die falschen

Papiere. Die Angst. Der Mord. Nur Kalle selbst, der passte da immer noch nicht rein. Sein alter Freund war ganz offensichtlich in etwas hineingeraten, aus dem er nicht mehr rausgefunden hatte. Um Geld konnte es dabei schwerlich gegangen sein, da hatte Jonas recht. Doch es gab noch mehr Gründe, die Menschen auf die schiefe Bahn drängte. Abenteuerlust. Erpressung. Liebe. Vielleicht ja tatsächlich Liebe.

»Was sollen wir jetzt mit dem Zeug machen?«, fragte Jonas und zeigte auf das Päckchen.

Das, fand Manne, war wirklich eine ausgezeichnete Frage.

»Wir können das nicht alleine entscheiden«, sagte er schließlich und zog sein Telefon aus der Tasche.

KAPITEL 22

Das Bild, das sich ihr bot, als sie den Garten betrat, war schon ein bisschen bizarr. Es erinnerte sie an Nachtwanderungen, die sie in den diversen Sommerfreizeiten ihrer Jugend gemacht hatte. Nur dass die vier Erwachsenen mit den Taschenlampen nicht plappernd und schwatzend in einem Waldstück unterwegs waren, sondern mit Grabesmiene vor ihrem Pumpenhäuschen standen. Und ihr war auch ziemlich mulmig.

Koks.

Verdammt.

Das war zwar ein interessanter Fund, machte die Gesamtsituation aber auch deutlich komplizierter.

Caro grüßte die Anwesenden und beäugte das Päckchen eine Weile lang ungläubig, das so unscheinbar und fast schäbig dort auf dem Dach des Häuschens lag.

»Wie viel ist es?«, fragte sie schließlich. Sie musste ein Kichern unterdrücken. Ein Teil von ihr war fasziniert von der Tatsache, dass Jonas' Freundin Drogen in ihrem Garten gefunden hatte. Erst eine Leiche, jetzt auch noch Koks.

Sie hatte schon oft in unpassenden Momenten gekichert; Eike hatte die Theorie, dass Verunsicherung dahintersteckte. Das konnte zwar sein, machte ihr Gekicher aber nicht weniger unpassend.

»Kann ich dir nicht genau sagen«, erwiderte Manne auf ihre Frage mit gerunzelter Stirn. »Wieso? Willst du es verkaufen?«

Caro schüttelte lachend den Kopf. »Natürlich nicht. Ich … schätze, ich will einfach nur wissen, wie illegal das ist.« Sie zeigte auf das Päckchen. »So auf einer Skala von eins bis zehn.«

»Tausend«, versicherte ihr Manne. »Außerdem glaube ich, dass es nicht das einzige Päckchen ist, das hier drin versteckt wurde.

Mala hat es ganz hinten zwischen der Pumpe und der Rückwand gefunden, in einem ziemlich großen Loch im Boden, in dem locker zehn von den Dingern Platz gefunden hätten. Wahrscheinlich hat Kalle – oder wer auch immer das Versteck ausgeräumt hat –, dieses Päckchen hier einfach übersehen.«

Caro legte den Kopf schief. »Das erklärt einiges«, sagte sie.

Manne nickte. »Das wirft aber auch einige Fragen auf. Die wichtigste ist: Was machen wir mit dem Zeug?«

»Was schlägst du vor?«, fragte Caro.

»Nun«, sagte Manne. »Wir könnten es verschwinden lassen. In einen See werfen zum Beispiel. Oder auch nur in den erstbesten Müllcontainer. Oder der Polizei schicken. Anonym natürlich. Die vernichtet so was dann.«

»Wir könnten auch einen auf gute Bürger machen und die Polizei selbst rufen«, sagte Caro. »Also, ich mache das, und ihr verschwindet von hier. Dann erkläre ich, dass ich das Päckchen im Pumpenhäuschen gefunden habe und es wohl noch vom Vorbesitzer stammen muss.«

»Und warum kommst du ausgerechnet heute Nacht darauf, ins Pumpenhaus zu kriechen?«

»Weil die Pumpe ausgefallen ist und ich nachsehen wollte, warum.«

»Und das war dir so wichtig, dass du gleich das ganze Ding aufgeschraubt hast? Obwohl hier noch gar nichts wächst und es obendrein noch immer genug regnet?« Manne zeigte mit skeptischer Miene auf den abgeschraubten Riegel. »Irgendwie nicht so glaubwürdig.«

»Aber es einfach zu vernichten, wäre auch nicht so schlau«, sagte Caro.

»Warum nicht?«

»Weil es, wenn es gefunden würde, von dir weg weisen könnte, oder nicht? Rein in die Drogenszene. In Verbindung mit dem falschen Ausweis und den Waffen wäre das doch mal was, das Lohmeyer zum Nachdenken bringen könnte.« Ihr Blick wanderte zu dem sorgsam in Zeitung eingeschlagenen Päckchen. »Und deine Fingerabdrücke sind auch nicht drauf, richtig?«

»Natürlich nicht.« Manne nickte nachdenklich. »Vielleicht hast du recht, was Lohmeyer betrifft. Oder er kommt mir wieder damit, dass ich mit meinen alten Kontakten einfach etwas Koks besorgt und im Häuschen deponiert habe, um von mir abzulenken. Da ist es mir lieber, das Zeug verschwindet einfach.«

»Nein!«

Caro und Manne zuckten gleichzeitig zusammen und waren beide ziemlich überrascht, dass es Mala gewesen war, die so bestimmt gesprochen hatte.

»Dass du das Koks vernichtest, kommt nicht infrage«, setzte sie genauso bestimmt hinterher.

»Und warum bist du da so vehement?«, fragte Manne, ein leichtes Amüsement in der Stimme.

»Denk doch mal nach«, sagte Mala ungeduldig, und Caro musste beinahe schon wieder kichern.

Mala schaute indes ungläubig von einem zum anderen. »Manne hat es doch gerade gesagt: Das Versteck war deutlich größer, als dass es nur für eines dieser Päckchen gewesen wäre, und dass Kalle das Versteck ausgehoben hat, ist nicht sicher. Was, wenn derjenige, der Kalle umgebracht und hier vergraben hat, das Versteck ausgeräumt hat? Was, wenn er oder einer seiner Bosse oder Zulieferer oder so bemerkt, dass ein Teil der Drogen fehlt? Was, wenn er noch mal zurückkommt? Und was, wenn das Päckchen dann tatsächlich nicht mehr da ist?« Bei den letzten Worten riss die schöne, junge Frau ihre Augen auf, die auf ihrer dunklen Haut sehr eindrucksvoll leuchteten. »Ihr habt doch beide den Schlüssel nicht gefunden. Ist es so weit hergeholt, davon auszugehen, dass der Mörder den Schlüssel hat?«

»Meine Güte«, murmelte Petra und beäugte das Koks wie eine Maus die Schlange. »Mala, so weit hat ja keiner von uns gedacht.«

»Möglich ist das«, räumte Manne nach kurzer Stille zerknirscht ein, und auch Caro ärgerte sich, dass sie nicht selbst daran gedacht hatte.

»Scheiße. Glaubt ihr echt, das könnte passieren?«, fragte Jonas und schaute von einem zum anderen.

Manne nickte. »Es ist zwar eine Weile her, dass ich mit solchen Sachen zu tun hatte, aber das hier sind sicher zweihundert oder dreihundert Gramm, also ein paar Tausend Euro. Sollte tatsächlich jemand bemerken, dass etwas fehlt, dann halte ich es sogar für wahrscheinlich, dass der Täter noch einmal wiederkommt, wenn er kann.«

»Dann wissen wir ja, was wir zu tun haben«, sagte Caro und war zu gleichen Teilen erleichtert und verängstigt. Bis die Sache ausgestanden war, würde sie ganz sicher nicht mehr auf dem Grundstück übernachten, so viel stand fest. Was hatte sie sich da eigentlich eingebrockt?

»Ach ja?«, fragte Manne zerstreut zurück, dessen Gedanken ganz eindeutig schon auf Abwegen wandelten.

»Ja«, gab sie zurück. »Wir legen das Päckchen jetzt wieder da hin, wo es hergekommen ist, schrauben den Riegel wieder an und kaufen morgen früh als Erstes eine Kamera mit Bewegungsmelder und Nachtsichtfunktion. So eine, wie man sie in Tierdokus immer wieder sehen kann.« Sie lächelte. »Ich meine: Was wären wir für Privatdetektive, wenn wir keine versteckten Kameras nutzen würden?«

Petra nickte, und Jonas grinste, nur Manne schien noch nicht überzeugt.

»Wir müssten die auf meinem Grundstück anbringen. Wenn Lohmeyer das Ding entdeckt, dann …«

»Dann«, schnitt sie ihm das Wort ab, »werde ich ihm sagen,

dass ich dich darum gebeten habe. Weil ich seit dem Leichenfund ein ungutes Gefühl habe und mein Grundstück überwachen will. Von mir aus kaufen wir noch zwei oder drei weitere und verteilen die auf meinem Grundstück. Einverstanden?«

Manne nickte und wirkte überzeugt. »Einverstanden.«

Petra schenkte ihrem Mann einen vielsagenden Blick. »Wenn jemand tatsächlich hier auftaucht und sich am Häuschen zu schaffen macht, dann will ich, dass du im Bett liegen bleibst, Manfred Nowak.« Sie baute sich vor ihrem Mann auf, umschloss mit beiden Händen seine Oberarme und schüttelte ihn leicht.

»Du wirst nicht in die Küche gehen, dir ein Messer schnappen und auf die Terrasse treten. Du wirst den Kerl nicht ansprechen und dich ihm auch sonst nicht nähern. Wenn wir etwas hören, bleiben wir im Bett. Wenn wir etwas sehen, bleiben wir im Bett. Versprich mir das, oder wir schlafen wieder zu Hause.«

»Petra«, murrte Manne und wurde sofort wieder geschüttelt.

»Versprich es mir.«

»Ist ja schon gut«, seufzte Manne. »Ich verspreche es dir.«

»Gut. Dann lasst uns das Zeug wieder einpacken und den Riegel wieder anbringen. Aber können wir diesmal bitte den Akkuschrauber benutzen? Das geht schneller. Mir ist nämlich kalt.«

KAPITEL 23

Das hier war Petras Idee gewesen und er mochte sie nicht. Und zwar auf so vielen Ebenen, dass ihm schwindelig wurde.

Anstatt bei der Hausdurchsuchung in seiner Wohnung dabei zu sein, fuhr er mit Caro zu Lore und Dieter Wischnewski.

Auf den ersten Blick war es ziemlich genial, genau dann zu fahren, wenn Lohmeyer und seine Kollegen unter keinen Umständen bei den Wischnewskis auftauchen würden. Und so schützten sie auch Martin, weil niemand, der vorgewarnt ist, wirklich seiner eigenen Hausdurchsuchung fernbleiben würde. Und ja, Manne vertraute Petra und Doktor Scheurig. Sie würden das schon meistern, da war er sich sicher. Jonas und Mala waren auch noch da und sie alle würden sich nicht für dumm verkaufen lassen und den Kollegen gehörig auf die Finger gucken.

Trotzdem.

Dass in seiner Abwesenheit nun seine Wohnung und die Laube durchsucht werden würden, war ihm einfach zuwider. Allerdings hatte Petra ihn heute Morgen, als er sich in aller Herrgottsfrühe verschlafen einen Kaffee kochte, charmant darauf hingewiesen, dass er in letzter Zeit leicht reizbar sei und sein Temperament immer häufiger mit ihm durchginge, was in so einer Situation eher kontraproduktiv sei, weil es ihn in einem noch schlechteren Licht dastehen lasse.

Hach ja. Seine Frau. Mit dem salzigen Finger immer schön in der Wunde. Außerdem hatte sie nervtötend oft verdammt recht.

Verschlimmert wurde seine Laune nur noch von der Tatsache, dass er sich nach wie vor innerlich vor dem Gespräch mit Kalles Eltern drückte. Er kannte die beiden fast sein ganzes Leben lang, doch in den letzten Jahren hatte er sich rar gemacht. Verstaubte

Ansichten und alte Erinnerungen hatten ihn zurückschrecken lassen, und Kalle selbst war es nicht anders gegangen. Manne spürte, wie mit jedem Kilometer, den er sich dem Haus in Köpenick näherte, die Jahre von ihm abfielen. Er hatte jetzt schon das Gefühl, als wäre er wieder zwölf und hätte etwas angestellt.

So viele widersprüchliche Gefühle waren viel zu viel für seinen Geschmack. Und er hätte die Fahrt, wenn er schon so viel gleichzeitig fühlen musste, wenigstens gern in grimmigem Schweigen verbracht, doch da hatte er die Rechnung natürlich ohne Caro gemacht.

Sie wirkte, als hätte sie das Koks am Vorabend nicht bloß gesehen, sondern sich auch eine ordentliche Portion davon genehmigt. Manne hatte den Eindruck, einen Retriever-Welpen auf dem Beifahrersitz zu transportieren. Caro hibbelte die ganze Zeit herum.

»Sag mal, warum wohnten die eigentlich so weit auseinander?«, fragte sie nun, während sie stirnrunzelnd einen Blick auf ihre Armbanduhr warf. »Ich meine, wir fahren jetzt fast schon eine Stunde durch die Stadt.«

Ja, leider, dachte Manne, zuckte aber nur mit den Schultern. »Du bist auch von zu Hause weggezogen, oder?«

»Ja, aber das ist nicht dasselbe. In Ibbenbühren kann man nicht studieren. Alle ziehen nach dem Abi weg, es gibt keine Alternative!«

»Du hättest aber wieder zurückgehen oder in der Nähe studieren können«, hielt Manne dagegen, und Caro zupfte sich nachdenklich an der Unterlippe.

»Stimmt wohl«, gab sie zu. »Es war eine Erleichterung, nicht mehr unter dem stetigen Blick meiner Mutter zu leben.«

»Siehst du. Und wenn man in Berlin geboren und aufgewachsen ist, dann gibt es keinen offensichtlichen Grund, wegzuziehen. Hier sind Unis und Ausbildungsplätze, die Freunde bleiben eigentlich auch alle mit ihrem Hintern innerhalb der Stadtgrenzen. Da muss man sich anders freischwimmen.«

»Indem man ans andere Ende der Stadt zieht?«

»Zum Beispiel.«

»Aber Jonas hat das nicht gereicht?«

Autsch. Manne presste die Lippen aufeinander, um nichts zu sagen, das ihm hinterher leidtun würde.

Caro schenkte ihm einen Seitenblick und schaute dann aus dem Fenster. Offenbar hatte sie gemerkt, dass sie mit ihrer Frage eine empfindliche Stelle getroffen hatte.

»Warte mal«, rief sie nach einer Weile aus. »Bist du auch in Köpenick aufgewachsen?«

Manne nickte. »Ja, die ersten zehn Jahre. Dann sind wir hoch nach Pankow gezogen. Aber ich bin immer noch nach Köpenick zum Fußball und zu Kalle. Der ist mir dann hinterher, sobald er konnte.«

Bei dem Gedanken daran kam ihm tatsächlich ein Lächeln.

»Als er sich freischwimmen wollte?«, fragte Caro.

»So ungefähr. Als es zu immer mehr Reibereien mit seinen Eltern kam und er seinen Ausbildungsplatz in Pankow bekam. Zwei gute Gründe, Köpenick zu verlassen.«

Sie fuhren über die Brücke an der Lindenstraße auf die Köpenicker Insel, und wie immer fühlte Manne sich ein bisschen heimelig und unbehaglich zugleich.

Köpenick war eine eigene kleine Stadt und noch dazu umgeben von Wasser. Das konnte man schön oder beklemmend finden. Oder auch beides zugleich, je nachdem, wie alt und wie sentimental man gerade war.

Sie rollten über Kopfsteinpflaster, das hier noch an vielen Stellen verlegt war, und der steigende Geräuschpegel ließ Caro glücklicherweise verstummen. So hatte er Gelegenheit, sich umzusehen und diese ganz spezielle Mischung in sich aufzunehmen.

In Köpenick gab es viele Boote und Anleger, alte Häuser und Sünden aus DDR-Zeiten, kleine Einfamilienhäuser und ganz normale Berliner Mietshäuser aus der Gründerzeit, aber noch wenige Townhouses, wie sie momentan überall in der Innenstadt noch in die kleinste Baulücke gequetscht wurden. Das war eine Wohltat fürs Auge.

An einer Ecke konnte man völlig vergessen, dass man sich noch in Berlin befand, dann erinnerte an der nächsten eine Bushaltestelle der BVG oder eine Plakatwand wieder daran. Es war, als könnte der Bezirk sich nicht entscheiden, was oder wie er sein wollte.

Das Haus der Wischnewskis war genau so, wie er es in Erinnerung hatte. Es lag direkt am Wasser, hatte einen eigenen Bootssteg und verströmte eine gewisse Grandezza. Nicht, dass es prunkvoll gewesen wäre, aber es sah mit seinem höher gelegenen Eingang, den beiden Stockwerken und dem verzierten Giebel doch erhaben aus. Schneeweiß stand es da wie ein Zahn. Im Garten herrschte Frühlingsblüte, und nur auf den zweiten Blick war zu erkennen, dass das Haus, genauso wie seine Bewohner, die besten Jahre nun hinter sich hatte. An einigen Stellen blätterte der Putz ab, das kleine Türchen, das aufs Grundstück führte, hatte Rost angesetzt, und die Fenster waren auch schon länger nicht geputzt worden. Das hätte es früher nicht gegeben. Dennoch versetzte es Manne in Erstaunen, dass zwei Menschen über achtzig in der Lage waren, dieses Haus noch immer zu bewohnen und zu erhalten.

Doch es handelte sich ja auch nicht um irgendwelche Erwachsenen, sondern um Lore und Dieter.

Manne stand vor dem Haus, ohne sich zu erinnern, überhaupt aus dem Auto gestiegen zu sein, und fummelte an seinem Autoschlüssel herum. Caro hinter ihm machte keine Anstalten, etwas zu sagen oder zu fragen. Das war schon mal ein Pluspunkt.

Irgendwann sagte sie doch etwas. Es war vielmehr ein Flüstern, das bis in sein Knochenmark vordrang: »Du kannst dich nicht ewig davor drücken.«

Mehr sagte sie nicht. Musste sie auch gar nicht, weil es reichte, ihn in Bewegung zu setzen. Er wünschte nur, er wäre nicht mit leeren Händen gekommen. Hätte Blumen und keine Fremde mit in dieses Haus der Trauer gebracht.

Er öffnete das Törchen, wie er es schon immer getan hatte, indem er durch eine Lücke zwischen den Metallstäben griff und von innen die Klinke herunterdrückte, anstatt zu klingeln.

Schon als er die vier Stufen zum Haus hinaufging, öffnete sich die Haustür. Lore erschien im Windfang und blickte ihm entgegen.

Manne konnte ihren Gesichtsausdruck nicht deuten, falls man das überhaupt Ausdruck nennen konnte. Ihre Miene war scheinbar unbewegt, sie lächelte nicht, sie wirkte weder wütend noch müde oder traurig. Wie ein Standbild.

Und wie sie dastand. Aufrecht, im schwarzen Hosenanzug, die Haare streng zurückgekämmt und mit einer goldenen Spange fixiert. Lore trug sie nun kürzer als damals, in einem langen Bob und nicht mehr offen über die Schulter. Sonst hatte sie sich kaum verändert.

Er holte Luft, um etwas zu sagen, obwohl er nicht wusste, was das sein könnte. Doch Kalles Mutter nahm ihm die Entscheidung ab.

»Du kommst ein bisschen spät«, sagte Lore Wischnewski ohne Härte oder Vorwurf in der Stimme. Sie stand nur da mit den Händen in den Hosentaschen und musterte ihn beinahe forschend.

»Ich weiß«, sagte Manne und fühlte einen unendlich großen Kloß in der Kehle aufsteigen. »Tut mir leid. Lore, ich …«

Sie hob die Hand, und er verstummte. Ihr Blick wanderte an ihm vorbei und blieb an Caro haften. Kalles Mutter hob fragend eine Braue.

»Das ist Caroline von Ribbek«, sagte Manne. »Sie ist meine Kollegin.«

»Guten Tag«, sagte Lore, und nun kräuselte sie leicht irritiert die Stirn. »Ist es wichtig, dass eine Kollegin von dir bei diesem Besuch dabei ist?«

Manne überlegte. War es das? Dieses Zusammentreffen war so merkwürdig intim, dass es unangemessen schien, Caro dabeizuhaben. Einerseits. Andererseits war sie auch ein Bollwerk gegen seine alte Rolle und die Erinnerung daran, dass sie auch einen Fall zu lösen hatten. Für ihn war es wichtig, dass sie dabei war.

»Ich kann auch …«, hörte er Caro sagen, fiel ihr aber ins Wort.

»Es ist wichtig, Lore. Wirklich.«

Lore nickte, als wäre damit alles gesagt, und trat ins Haus. Schon nach ein paar Schritten im Flur atmete Manne erleichtert aus. Hier hatte sich zu seinem Glück sehr viel verändert. Es wirkte, als hätten die beiden alles noch einmal völlig neu gestaltet. Die Holzelemente waren in Weiß oder Hellgrau gestrichen, auf den Fliesen lagen helle Teppiche, die Möbel waren neu. Kaum etwas erinnerte an das dunkle, drückende Haus seiner Kindheit.

Sie gingen durch die Diele und das Wohnzimmer auf die hintere Terrasse. Der gewaltige Kirschbaum, dessen Ableger nun in Caros Garten blühen würde, spendete der Sitzgruppe noch immer Schatten, aber anstelle der Möbel aus weißem Metall, die dort früher gestanden hatten, luden nun große Teakholzmöbel zum Sitzen ein. Am Ende des Rasens lagen die Dahme und der Bootssteg, der zum Haus gehörte.

Wie immer, wenn er in diesem Garten war, überkam Manne ein merkwürdiges Gefühl der Absurdität. Wie konnte so ein wunderschönes Bullerbü-Haus gleichzeitig Hort einiger seiner schönsten und schlimmsten Erinnerungen sein? Wie konnte es in Berlin stehen?

»Es ist wunderschön bei Ihnen«, hörte er Caro voller Bewunderung sagen, was Lore tatsächlich ein kleines Lächeln samt Nicken entlockte.

Dieter Wischnewski saß auf einem der Sessel und blickte ihnen entgegen. Der ehemalige MfS-Funktionär war deutlich stärker in die Jahre gekommen als seine Frau, aber soweit Manne das beurteilen konnte, verfügte Dieter einfach nicht über ein solch eisernes Rückgrat wie Lore, das einen selbst dann noch aufrecht hielt, wenn die Welt zusammenbrach. Was ihn irgendwie nahbarer machte.

»Manfred«, grüßte Dieter mit einem Nicken und hielt Manne förmlich die Hand hin. Er ergriff sie, dankbar, wenigstens in diesem Moment zu wissen, was er zu tun hatte.

»Dieter. Es tut mir so leid.«

»Ist schon gut.« Dieter winkte ab. Wie viele Männer seiner Generation konnte er mit gefühlsgeladenen Situationen überhaupt nicht umgehen. »Du hast ihn doch auch verloren, Junge«, setzte er hinzu und lächelte ein wenig. Dieser simple Satz traf Manne mitten ins Herz.

»Ich geh dann mal Kaffee machen.«

Dieter erhob sich und ging langsam in Richtung Haus, Lore deutete auf die Stühle und setzte sich dorthin, wo ein Roman neben einem gefüllten Wasserglas stand. Sie faltete die Hände, legte sie um ihr übergeschlagenes Knie und schaute ihn erwartungsvoll an wie eine Lehrerin, die ein auswendig gelerntes Gedicht einforderte. Mannes Hals wurde trocken. Er setzte sich neben sie. Den Stuhl rückte er ein wenig herum, sodass sie einander gegenübersaßen. Dann räusperte er sich und suchte nach Worten.

Er wusste nicht, wo er anfangen sollte, entschied sich aber für die Wahrheit. »Es tut mir wirklich leid, dass ich nicht viel früher gekommen bin. Ich hätte wenigstens anrufen können.«

Lore nickte. Ob sie damit bestätigte, dass er wenigstens hätte anrufen können, oder seine Entschuldigung akzeptierte, konnte Manne nicht sagen.

»Seitdem wir Kalle gefunden haben, geht alles drunter und drüber«, versuchte er zu erklären. »Das ist natürlich keine Entschuldigung.«

Es klang lahm, es klang nach zu wenig und fühlte sich nach zu viel an.

»Dieser Lohmeyer verdächtigt dich«, sagte Lore mit einem Nicken.

Mannes Kopf fuhr hoch. »Hat er das gesagt?«

»Nein, aber man müsste eine Stubenfliege sein, um das nicht zu bemerken«, gab sie sachlich zurück. »Warst du es? Hast du ihn umgebracht?«, fragte sie ganz ruhig und sah ihm direkt in die Augen. »Tu mir den Gefallen und lüg mich nicht an. Wenn wir miteinander reden wollen, muss ich das wissen.«

»Nein, natürlich nicht«, sagte Manne und erwiderte ihren Blick genauso fest. »Ich war wütend auf ihn, das stimmt, aber das war nicht das erste Mal. Er war mein Freund, Lore, und ich habe ihm kein Haar gekrümmt. Auch wenn ich mir jetzt wünschte, ich hätte ihm eine gescheuert. Hätte ihn geschüttelt und ihn gezwungen, mir zu erzählen, was in ihm vorgeht.« Er lächelte matt. »Wir beide, Caro und ich, wollen herausfinden, was wirklich passiert ist.«

»Damit du nicht einfahren musst.« Es war wieder keine Frage.

»Auch«, gab er unumwunden zu. »Aber auch, weil ich es herausfinden muss. Ich will sehen, wie Kalles Mörder einfährt. Ich will ihn vor einem Richter sitzen sehen. Und wenn es so weit ist, dann werde ich da sein. Jeden verdammten Tag. Um Kalle zu ehren.« Manne schluckte. »Er war trotz allem der beste Freund, den ich je hatte.«

Lore nickte. »Und du seiner. Ich habe keine Sekunde geglaubt, dass du es warst, aber zwischen zwei Menschen kann vieles zerbrechen. Danke für deine Aufrichtigkeit, ich weiß das zu schätzen.«

Dieter kam mit einem Tablett voller Kaffeetassen die zwei Stufen auf die Terrasse herunter, und das Geschirr klapperte vom Zittern seiner Hände.

Caro sprang auf und nahm es ihm ab. Manne registrierte ein kurzes Blitzen in den Augen des alten Mannes, der sich kurz darauf wieder schwerfällig in seinen Sessel sinken ließ.

»Es ist auch einiges zerbrochen«, nahm Manne den Faden schnell wieder auf. »Nicht nur zwischen Karl und mir.« Beinahe hätte er Kalle gesagt, doch er wusste, dass weder Lore noch Dieter den Kosenamen ihres Sohnes schätzten.

»Der Kommissar hat uns schon berichtet, dass er viel verbrannte Erde hinterlassen hat, bevor er letzten September von der Bildfläche verschwand«, sagte Lore. »Bei uns hat er sich vor seinem Tod einfach gar nicht mehr gemeldet. Wir hatten schon seit Ende Juli keinen Kontakt mehr zu ihm, und da hat er einfach nur eine Verabredung abgesagt.« Sie legte die Stirn in Falten, und ihre Augen schimmerten leicht. Der einzige Hinweis darauf, wie sehr sie tief im Herzen litt.

»Aber da war er völlig normal. Sagte, es sei ihm was dazwischengekommen. Keine große Sache. ›Mama‹, hat er gesagt, ›mir ist was Wichtiges dazwischengekommen. Mal sehen, was sich da entwickelt. Ich melde mich.‹« Sie legte die Hände in den Schoß. »Aber er hat sich nicht mehr gemeldet. Ist von jetzt auf gleich aus unserem Leben verschwunden, als wäre er nie da gewesen. Was hat er nur die ganze Zeit bis Dezember gemacht?«

»Dezember?«, fragte Manne stirnrunzelnd.

»Der Polizist hat gesagt, dass Karl im Dezember verstorben sein muss«, erklärte Dieter nun.

»Wie kommt er darauf? Die Rechtsmedizinerin konnte keine Angaben zum Todeszeitpunkt machen.«

»Woher weißt du das so genau?« Dieter hob fragend eine seiner buschigen weißen Brauen.

Manne zuckte die Schultern, und Dieter winkte ab. »Hast deine Kontakte. Ich versteh schon.«

Ja. Wer würde das besser verstehen als du?, dachte Manne bitter.

»Jedenfalls hat Karl nach Dezember keine Rechnungen mehr gezahlt«, fuhr Dieter fort. »Die Miete nicht, Strom und Gas nicht. Internet. Telefon. Vorher zuverlässig und pünktlich beglichen. Unser Sohn war keiner, der Schulden gemacht hat. Ab Dezember wurde mit seiner Karte auch kein Bargeld mehr abgehoben oder sonst was. Daher geht dieser Kommissar davon aus, dass er im Dezember verstorben ist.«

»Außerdem haben seine Nachbarn ihn danach nicht mehr im Haus gesehen«, fügte Lore hinzu.

Manne nickte. An sich ergab das Sinn, es deckte sich aber ganz und gar nicht mit den Beobachtungen von Joachim aus Parzelle 1, der Kalle noch im Februar gesehen haben wollte. Joachim war keiner, der Mist erzählte, und hatte eigentlich ein sehr gutes Gedächtnis. Manne hatte keinen Grund, an seinen Angaben zu zweifeln. Auch andere Gartenfreunde hatten ihn auf jeden Fall nach Weihnachten noch gesehen. Allerdings ergab das eine Diskrepanz von fast zwei Monaten. War Kalle vielleicht im Dezember schon komplett untergetaucht? Aus Angst? Hatte es etwas mit dem Koks zu tun?

»Ist denn noch Geld auf seinen Konten?«, fragte Manne. »Wisst ihr das?«

»Wir befürchten, dass alles leer geräumt ist. Es haben sich einige Rechnungen angesammelt, die nicht gezahlt wurden. Der Kommissar hat uns den Inhalt von Karls Briefkasten mitgebracht, da waren ein paar wirklich unangenehme Überraschungen dabei. Wahrscheinlich hat sich der Mörder noch mal kräftigt bedient, bevor er auf und davon ist. Unser Sohn hatte ein hübsches Sümmchen gespart, hat immer drauf geachtet, auch privat fürs Alter vorzusorgen und all das. Seine Möbel, du weißt ja.«

Manne nickte. Und ob er das wusste. Kalle hatte immer auf irgendein verrückt teures Möbelstück gespart. Welche Werte in der Wohnung in Heinersdorf standen, konnte er selbst nicht mal ermessen.

»Die sind alle noch da? Die Möbel?«

»Wir durften noch nicht in die Wohnung«, sagte Lore. »Aber der Kommissar klang nicht so, als wäre die ebenfalls geräumt worden. Entweder der Mörder hatte keine Ahnung von Design oder war nie in Kalles Wohnung.«

»Aber die Konten sind komplett leer? Und die wurden auch im Dezember geräumt?«, fragte Manne.

»Ganz genau wissen wir das noch nicht.« Dieter sah ihn geknickt an. »Gerade sind die Kontoauszüge und Bankbewegungen Teil der Ermittlungen und nicht freigegeben, wir bekommen keine Einsicht. Tatsache ist jedenfalls, dass die laufenden Kosten nicht mehr gedeckt wurden. Jetzt stehen wir mit dem Schlamassel da. Fast fünftausend Euro! Wie soll ich das mit meiner Rente bitte schön bezahlen?«

»Wieso müssen Sie das bezahlen?«, fragte Caro ungläubig, deren Augen so groß wie Untertassen geworden waren.

Dieter schenkte ihr einen strengen Blick. »Weil Eltern niemals aufhören, verantwortlich für ihre Kinder zu sein. Haben Sie Kinder?«

Caro nickte. »Eine Tochter.« Manne konnte sehen, dass sie schlucken musste beim Gedanken an Greta.

Dieter hob den Finger. »Dann passen Sie gut auf die Kleine auf. Der Staat nimmt einen in die Pflicht, solange man lebt. Hätte Karl eine Frau oder Kinder gehabt, sähe das jetzt anders aus. So bleibt alles an uns hängen, was an Miete und Strom in den letzten Monaten aufgelaufen ist. Alleine die Stromrechnung ist atemberaubend, das kann ich Ihnen sagen. Und die Beerdigung muss ja auch noch gezahlt werden.«

»Wir beteiligen uns natürlich an den Kosten für die Bestattung«, sagte Manne, noch bevor er darüber nachdenken konnte. Eigentlich müsste er solche Dinge erst mit Petra besprechen, bevor er irgendetwas zusagte. Schließlich war es ihr Geld, sie verdiente den Löwenanteil. Aber Manne wollte unbedingt etwas beitragen. Sein Gewissen freikaufen, auch wenn das vielleicht erbärmlich war.

»Das ist ein feiner Zug von dir, mein Junge«, sagte Dieter nickend. Er hustete und nahm einen Schluck Kaffee. Geld war schon immer das Einzige gewesen, das Dieter Wischnewski derart in Wallung brachte, dass er mehr als drei Worte am Stück zu sprechen bereit war.

»Und wisst ihr, was die Höhe ist?«, fragte er nun. »Ich weiß noch nicht, wer meinen Sohn umgebracht hat, ich weiß auch noch nicht, was die Beerdigung kosten wird, aber der örtliche Stromversorger und die Wohnungsbaugesellschaft haben sofort Rechnungen geschickt, nachdem Karls Tod gemeldet worden war. Als hätten die nicht genug Geld, wenigstens ein paar Wochen mit Anstand zu warten.«

»Das ist wirklich unmenschlich«, sagte Caro.

Dieter nickte. »Die interessieren sich nur für schwarze Zahlen. Der Rest ist egal.«

Auch das ist etwas, das du eigentlich verstehen müsstest, dachte Manne, sagte aber: »Ich wäre euch dankbar, wenn ich die Rechnungen nachher mal sehen könnte.«

Dieter zeigte mit dem Finger in Richtung Haus. »Tu dir keinen Zwang an, Junge. Sie liegen auf der Anrichte im Flur.«

Das ließ sich Manne nicht zweimal sagen. Ein paar Momente jenseits dieser bizarren Kaffeetafel waren überfällig.

Tatsächlich lag ein Stapel Rechnungen auf dem schmalen weißen Schrank direkt neben der Haustür. Er nahm sie zur Hand und sah sie durch. Das Wenigste war überraschend. Eine lange Reihe aus Flatrates und Grundgebühren. Internet, Handy, ein Streamingdienst, die Monatskarte der BVG. Dann natürlich noch die Miete, die den größten Posten ausmachte. Kalle hatte für seine stattliche Wohnung fünfzehnhundert Euro gezahlt, was Manne nie verstanden hatte. Für das Geld hätte er ja auch kaufen können. Oder gleich selbst bauen! Doch Kalle hatte nie Interesse an Wohneigentum gehabt. Zumindest die theoretische Freiheit, jederzeit kündigen zu können, war ihm wichtig gewesen. Hätte er anders entschieden, hätten seine Eltern heute wenigstens ein Problem weniger. Manne fragte sich, warum Kalle zwar Job und Garten gekündigt, die Mietwohnung aber behalten hatte.

Was Manne aber wirklich stutzig machte, war die Jahresendabrechnung des Stromversorgers. Mit knapp fünfhundert Euro war die Nachzahlung deutlich höher, als zu erwarten gewesen wäre. Und es handelte sich nicht etwa um eine Schätzung; offenbar war ein Ableser der Versorgungsgesellschaft in Heinersdorf gewesen und hatte Kalles Zähler abgenommen. Manne hielt bereits die zweite Mahnung in den Händen. Himmel, brauchten die wirklich so dringend Geld? Er starrte auf die Zahlen und runzelte die Stirn. Kalle hatte immer penibel auf seinen Stromverbrauch geachtet und kaum jemals Nachzahlungen leisten müssen. Darauf war er stolz gewesen. Eigentlich hätte es aufgrund der Monate, in denen die Wohnung jetzt leer gestanden hatte, eher eine Rückzahlung geben müssen und keine Nachzahlung. Immerhin hatte in den letzten Monaten in der Wohnung dann niemand mehr Licht gemacht, ferngesehen, den Laptop aufgeladen oder die Wäsche gewaschen. Und das in der kalten Jahreszeit, in der normalerweise am meisten verbraucht wurde. Natürlich gab es, wie in jedem Haushalt, Geräte auf Stand-by, aber das erklärte diese Summe noch lange nicht.

Er machte ein Handyfoto von der Rechnung und legte sie anschließend wieder zurück auf den Stapel Papiere. Dabei fiel sein Blick auf einen Schlüsselbund mit Plastikanhänger, auf dem »Kalles Wohnung« stand. Er lag auf der Anrichte direkt neben den Rechnungen. War das Zufall? Oder eine Einladung? Es waren alle Schlüssel an dem Bund, die man brauchte, um in Kalles Wohnung zu gelangen. Sogar der Briefkastenschlüssel hing daran. Manne stand ein paar Momente wie versteinert in der Diele herum und wusste nicht, was er tun sollte. Irgendwann traf er eine Entscheidung.

Nachdenklich gesellte er sich wieder zu den anderen in den Garten, wo es Caro offenbar gelungen war, das Ehepaar Wischnewski in ein Gespräch über die Planung von Staudenbeeten zu verwickeln. Einige Satzfetzen wurden durch die Frühlingsluft zu Manne herübergetragen. Es war ein nettes Bild. Von außen betrachtet.

Doch als er an den Tisch zurückkehrte, brach das Gespräch ab. So abrupt wie Musik in der Warteschleife, sobald man mit »dem nächsten freien Mitarbeiter« oder wahlweise dem »zuständigen Mitarbeiter« verbunden wurde.

Nachdem er sich hingesetzt hatte, herrschte Schweigen, und er wusste nicht, wie er es durchbrechen sollte.

Zum Glück musste er das gar nicht.

»Ihr habt euch also auch zerstritten«, meinte Lore, und in ihren Augen lag wieder Schmerz. Manne schluckte und nickte. »Ich habe ihn gar nicht wiedererkannt. Wir alle nicht.«

Er sah von Lore zu Dieter und wieder zurück. »Ihr beide wisst wirklich nicht, was vorgefallen sein könnte? Er war wie ausgewechselt, das haben auch all seine Kollegen gesagt. Sie dachten, er könnte vielleicht einen Tumor haben oder so.«

»Na, eine Rechnung vom Krankenhaus haben wir jedenfalls noch nicht bekommen«, knurrte Dieter, und Lore rang die Hände.

»Nein, das kann nicht sein. Das hätte er uns erzählt«, sagte sie leise. »Da bin ich mir ganz sicher. Wir hatten unsere Differenzen, aber bei so einer großen Sache hätte er was gesagt.«

Manne dachte, dass er das auch gern glauben würde. Dass Kalle mit ihm gesprochen hätte, wenn es ihm möglich gewesen wäre. Sich ihm anvertraut hätte. Aber von diesem Gedanken hatte er sich verabschiedet. Ein falscher Ausweis. Koks, um Himmels willen! Trotzdem nickte er. »Das glaube ich auch.« In manchen Situationen war lügen so viel leichter.

»Es ist das größte Rätsel, mit dem wir konfrontiert sind«, sagte Caro nun. »Überall hören wir dasselbe: dass er letzten Herbst plötzlich wie ausgewechselt war. Er hat sein Leben und all seine Beziehungen in Trümmer geschlagen, bevor er verschwunden ist. Das alles ergibt keinen Sinn.«

Lore zuckte nur in einer rührend hilflos wirkenden Geste die Schultern. Dieter sagte: »Wer kann sich schon in andere reinversetzen? Vor allem in Menschen wie ihn. Ich habe schon zu Lore gesagt: ›Lore, sie haben uns gesagt, dass es schwierig werden könnte. Dass solche Kinder manchmal ausrasten. Das käme immer wieder vor.‹ Bei uns ist alles gut gegangen, jedenfalls mehr oder weniger. Aber zum Schluss ist er vielleicht doch einfach durchgedreht wie ein paar von den anderen. Wer weiß?«

»Sei still, Dieter!«, rief Lore empört, und ihr Blick wurde eisig. Manne kannte diesen Blick nur zu gut. In ihm lag nichts als Verachtung. Genau davor hatte er sich als Kind unbändig gefürchtet. Vor Lores Verachtung. Es war eine Kälte, die auf der Seele brannte.

Manne verstand nicht, worüber sie sprachen, und wandte sich an Dieter. »Wovon redest du denn? Welche anderen? Was meinst du mit ›Menschen wie er‹?«

Dieter winkte ab, verschränkte die Arme und sah drein, als würde er schon bereuen, dass er überhaupt etwas gesagt hatte. Er sank tiefer in seinen Sessel und richtete den Blick aufs Wasser.

»Lore?«

Kalles Mutter presste die Lippen zusammen, sodass all die verbliebene Farbe aus ihnen wich. Sie war nun wieder die angespannte Bogensehne, die er so gut kannte. Eine Frau, die mit reiner Willensstärke alles überspielen konnte. Auch den Tod ihres eigenen Kindes.

»Er meint Menschen, die als Kinder adoptiert wurden«, sagte sie mit beinahe gleichgültigem Tonfall, als sich Manne schon damit abfinden wollte, keine Antwort mehr zu bekommen.

Er glaubte, sich verhört zu haben.

»Was?«, platzte es aus ihm hervor. Sofort tat es ihm leid, aber er hatte sich nicht zurückhalten können. In seinen Ohren ertönte ein schrilles Pfeifen.

Lore hob die Brauen. »Ach? Hat er dir das nie erzählt?«

Manne schüttelte wie mechanisch den Kopf.

»Hm.« Sie nahm ihre Kaffeetasse und rührte mit dem Löffel in dem kalten Rest, der sich darin befand. »Er war immer neidisch auf deine Familie. Das Verhältnis, das ihr Jungs zu deinen Eltern hattet. Wahrscheinlich war es das, was seine Zunge gelähmt hat. Karl hat sich dir immer unterlegen gefühlt und wollte das schätzungsweise nicht zementieren.«

Manne nickte wie ferngesteuert. Unterlegen? Wieso um alles in der Welt sollte sich Kalle unterlegen gefühlt haben? Himmel, sie waren Freunde gewesen, keine Rivalen.

»Mach dir nichts draus. Soweit ich weiß, hat er es Renate damals erzählt, aber sonst wüsste ich von niemandem. Er empfand es als Makel und wollte so wenig wie möglich daran denken.« Lore lächelte. »Du warst Spaß, Freude, Leichtigkeit für ihn. Vielleicht wollte er eure Beziehung einfach nicht vergiften.«

»Wieso war ihm das überhaupt peinlich?«, fragte Caro. »Es ist doch keine Schande, adoptiert zu werden, oder?«

Lores Lippen wurden wieder schmal. »Die leiblichen Eltern unseres Jungen haben Republikflucht begangen. Sie wurden verhaftet bei dem Versuch, die Grenze zu überqueren. Natürlich war ihm das unangenehm.«

Caro nickte betroffen, während Manne sich auf die Zunge beißen musste, um seine Gedanken zu diesem speziellen Thema nicht laut auszusprechen. Manche Menschen änderten sich eben nie.

»Und wie ist er dann zu euch gekommen?«, fragte er stattdessen.

»Meine Kollegen wussten, dass Lore und ich uns Kinder wünschen, aber keine bekommen können«, erklärte Dieter so leichthin, als würde er übers Wetter sprechen, den Blick noch immer aufs Wasser gerichtet. »Gerade Kinder von Republikflüchtigen wurden gerne innerhalb der Firma vermittelt. Da wusste man, dass sie im richtigen Geist erzogen werden.«

Manne warf einen verstohlenen Blick zu Caro, die ihn ernst, aber gelassen erwiderte, dann biss er sich noch fester auf die Zunge und schmeckte Blut. »Kam das öfter vor?«, fragte er.

Dieter zuckte die Achseln. »Immer mal wieder. Wurde nicht groß drüber gesprochen.«

Natürlich nicht.

»Wisst ihr, wer seine leiblichen Eltern waren?«

Dieter schüttelte den Kopf, und Lore sagte brüsk: »Nein, und es hat uns nie interessiert. Warum auch? Ein Kontakt zwischen dem Kind und seinen Erzeugern war aus nachvollziehbaren Gründen nicht erwünscht. Wir haben weder den Namen des Kindes noch den der Eltern erfahren. Und ich habe nichts vermisst. Er war damals noch keine zwei Jahre alt und hat sicher keinen Schaden genommen.«

Manne lief es eiskalt den Rücken hinunter, und mit einem Mal wollte er am liebsten keine Sekunde länger hierbleiben. Er wollte an einen Ort, an dem er so lange schreien konnte, bis der Druck in seinem Inneren nachließ. Caro schien sein Unbehagen zu bemerken.

»Verstehe«, sagte sie langsam. »Und Ihr Sohn hat nie nach ihnen gesucht?«

»Er hat ein paar Fragen gestellt, als wir es ihm gesagt haben. Da war er sechs. Mit achtzehn hat er es wohl noch einmal versucht, aber erfolglos. Jedenfalls haben wir danach nie wieder ein Wort darüber gesprochen.« Lore machte eine Pause und schaute mit erhobenem Kopf in den Himmel.

»Karl wollte mir keinen Kummer machen. Das weiß ich. Und er hat es gut gehabt bei uns. Wir haben ihm gegeben, was wir konnten.« Sie lächelte traurig. »Er war das Geschenk unseres Lebens. Aber nichts ist umsonst. Und jetzt ist unsere Zeit gekommen zu zahlen.«

KAPITEL 24

Sie traute sich nicht, etwas zu fragen oder zu sagen. Auf Mannes Gesicht lag während der gesamten Autofahrt zurück ein merkwürdiger Ausdruck. Es wirkte, als könne er sich nicht entscheiden, ob er weinen oder ausrasten sollte.

Die Geschichte, die sie gerade im Garten der Wischnewskis gehört hatte, hatten ihre Haare so stark zu Berge stehen lassen, dass es sie noch immer fröstelte. Am liebsten hätte sie Manne gefragt, ob Kalles Eltern immer so kühl und beherrscht gewesen waren. Oder ob er schon einmal etwas von diesen Adoptionen gehört hatte. Doch sie wagte es nicht.

Vor ein paar Minuten hatte Petra durchgegeben, dass die Polizei aus der Wohnung abgezogen war, und nun waren sie auf dem Weg dorthin.

Sie fühlte sich die ganze Zeit schon wie ein Fremdkörper, und das Gefühl verstärkte sich von Minute zu Minute. Natürlich hatte Caro schon vieles, und wirklich Erschreckendes, über die ehemalige DDR gehört, aber so unmittelbar wie jetzt war sie noch nie mit einem dieser harten Schicksale in Berührung gekommen. Da sie zu jung war, um die Wendezeit wirklich bewusst mitzubekommen, und außerdem privilegiert im Westen aufgewachsen war, kam sie sich gerade maximal inkompetent und voyeuristisch vor. Sie konnte nichts beitragen außer Fassungslosigkeit.

Eigentlich hätte sie sich abseilen müssen, als sie bei Wischnewskis vor der Tür gestanden hatten. Sie hatte es ja auch versucht, aber Manne hatte sie davon abgehalten. Und auch eben hatte er ihr Angebot, mit den Öffis zurückzufahren, brüsk abgelehnt, mit der Begründung, beim Aufräumen sei jede helfende Hand willkommen. Caro hatte genickt, aber eigentlich wollte sie nur weg.

Als sie das Schweigen nicht mehr ertrug, kramte sie ihr Handy hervor und recherchierte ein wenig. Was sie fand, verschlug ihr die Sprache. Eine Adoption wie Kalles war kein Einzelfall gewesen, ganz im Gegenteil. Hunderte zwangsadoptierter Kinder aus der DDR suchten bis heute nach ihren Eltern, Hunderte Eltern nach ihren Kindern. Offenbar war es gängige Praxis gewesen, Eltern, die sich nicht staatskonform verhielten, einfach die Kinder wegzunehmen und sie bei systemtreuen Menschen unterzubringen. Im Sinne des Sozialismus. Ihr wurde schlecht, wenn sie nur daran dachte. Was hatte man diesen Menschen erzählt? Was ihnen angetan?

Während ihrer Suche stolperte sie auch über die Webseite einer Beratungsstelle sowie über einen Opferverein. Das war zumindest ein Anfang.

»Es gibt eine Union der Opferverbände kommunistischer Gewaltherrschaft«, sagte sie zaghaft in die Stille des kleinen Autos hinein.

»Hm«, machte Manne.

»Daran angeschlossen ist auch der Opferverband Zwangsadoptionen in der DDR.«

Manne schnalzte mit der Zunge und schien auf einmal ganz Ohr zu sein.

»Die Beratungsstelle befindet sich im Stasimuseum.«

»Dann sollten wir wohl da hinfahren und versuchen, etwas herauszubekommen«, sagte Manne nickend.

»Vielleicht gibt es Akten über Kalles Fall oder so«, ergänzte Caro enthusiastisch.

Ihr Gartennachbar schnaubte. »Sicher wird es Akten geben. Ich kann mir nur nicht vorstellen, dass wir diese Akten einsehen dürfen. Wir sind nicht mit Kalle verwandt, sind weder seine leiblichen noch seine Adoptiveltern. Wieso sollte uns jemand weiterhelfen? Weil wir nett fragen?«

»Wahrscheinlich hast du recht«, gab Caro zu.

Manne schwieg eine Weile, dann sagte er: »Aber wir sollten es auf jeden Fall versuchen. Irgendwo gibt es vielleicht noch Eltern, Geschwister, Nichten und Neffen, die keine Ahnung von Kalles Tod haben. Oder seiner Geburt.«

Er seufzte. »Es ist so … so ungeheuerlich. Ich weiß auch nicht. Vielleicht … vielleicht hat er sich immer abgesondert, weil er sich sein ganzes Leben nie richtig zugehörig empfand.«

»Eine Lücke, die nicht geschlossen werden kann«, nickte Caro.

»Du kannst ja mal fragen, ob sich da bei diesem Verband jemand Zeit für uns nehmen würde. Nicht, dass wir noch mal quer durch die Stadt gurken und sie uns einfach wieder wegschicken.« Mannes Finger trommelten nervös auf dem Lenkrad herum.

»Okay!«, sagte Caro und beugte sich wieder über ihr Telefon, um Öffnungszeiten und Ansprechpartner zu recherchieren und eine kurze Anfragemail abzusenden.

Dann bogen sie auch schon in eine schmale Wohnstraße ein, die von der Pasewalker Straße abging, und hielten vor einem schmucken Berliner Altbau.

»Trautes Heim, Glück allein«, sagte Manne und lächelte gequält.

»Es wird schon nicht so schlimm sein.« Es sollte aufmunternd klingen, aber Caros Tonfall verrutschte, und sie klang selbst in ihren eigenen Ohren leicht hysterisch.

Allerdings genügte schon ein Blick in die Wohnung, um zu wissen, dass es schlimm war. Das verriet nicht nur die maßlose Unordnung, sondern auch die aufgesetzte Fröhlichkeit von Petra, Jonas und Mala. Sie behandelten Manne mit der hilflosen Überschwänglichkeit, die man gern mal auch kleinen Kindern entgegenbrachte.

Ein Mann, den Caro nicht kannte, ging gemessenen Schrittes durch das Wohnzimmer, fotografierte und sprach leise in ein Diktiergerät.

Der große Wohnraum, der eine wunderschöne, riesige bodentiefe Fensterfront mit Blick über den Schlosspark hatte, war völlig verwüstet. Papiere und Bücher waren auf dem Boden verstreut, die Sitzgruppe war auseinandergenommen worden, die Polster lagen auf dem Parkett. Vor einer Anrichte hatte jemand Porzellanscherben zu einem Häufchen zusammengeschoben, aber noch nicht aufgekehrt. Zumindest schien sonst alles noch intakt.

In der offenen Küche hatten sie auch alles ausgeräumt, was sich ausräumen ließ, dabei aber wenigstens die Vorräte nicht ausgekippt. Insgesamt wirkte der Raum durcheinander und irgendwie verletzt auf Caro. Und das war er ja auch. Fremde hatten hier Privateigentum durchwühlt, auf der Suche nach Geheimnissen sicherlich auch solche entdeckt, die überhaupt nichts mit dem Fall zu tun hatten. Sie schüttelte sich bei dem Gedanken, dass ihr so etwas auch mal passieren könnte.

Manne durchmaß den Raum mit ein paar großen, schnellen Schritten und zog Petra an sich, die sich zwar tapfer hielt, aber dennoch sehr mitgenommen wirkte. Caro merkte ihr an, dass sie sich nichts anmerken lassen wollte.

»Und?«, fragte Manne nun.

»In der Laube haben sie rein gar nichts gefunden«, sagte Jonas und lächelte zufrieden. »So viel gibt es da ja auch nicht, was man durchsuchen kann. Nach einer halben Stunde waren sie fertig und haben nichts mitgenommen. Ich glaube, da hatte ich auch einfach Glück. Die beiden Beamten, mit denen ich hingefahren bin, waren sehr freundlich und vorsichtig. Mala und ich haben schon wieder aufgeräumt.«

Manne nickte. »Gut, ich danke euch.« Er wandte sich an seine Frau. »Und wie lief es hier?«

Petra seufzte. »Sie haben deinen Laptop mitgenommen und ein paar alte Fotos ebenfalls. Sonst nichts. Den Rest siehst du ja selbst. Hier haben sie etwas mehr Einsatz gezeigt. Ach so: Den Ersatzschlüssel zu Kalles Wohnung wollte dieser Lohmeyer auch noch haben. Ich hatte ganz vergessen, dass wir den überhaupt haben.«

»Ich auch«, seufzte Manne. »Bis mich Lohmeyer wieder daran erinnert hat. Wie war er drauf?«

»Sehr abweisend, wie zu erwarten. Aber korrekt und nicht unfreundlich. Ich hab mich gefühlt wie ein Stuhl.«

Manne lächelte und drückte seiner Frau einen Kuss auf den Scheitel. »Ein sehr hübscher Stuhl«, hörte Caro ihn murmeln, und ihr Herz machte einen kleinen Sprung. Das war immer so, wenn sie mitbekam, dass Menschen, die schon lange verheiratet waren, Zärtlichkeiten austauschten.

»So, ich habe alles aufgenommen«, sagte der Mann, der Fotos machend durch das Wohnzimmer gelaufen war.

»Vielen Dank, Herr Scheurig«, sagte Petra mit einem breiten Lächeln. »Damit haben wir zumindest eine Sorge weniger.«

»Das habe ich gern gemacht. Außerdem war das Frühstück herrlich. Und falls Sie mich noch einmal brauchen, was ich wirklich nicht für Sie hoffe, dann rufen Sie einfach an.«

»Herr Doktor Scheurig ist Anwalt für Strafrecht und ein Nachbar meiner Eltern«, erklärte Jonas in diesem Augenblick unaufgefordert, und Caro fragte sich sofort, ob sie so offensichtlich ratlos dreingeblickt hatte. Sie nickte.

»Er war während der gesamten Durchsuchung dabei?«

»Seine Frau und er waren heute Morgen zufällig zum Frühstück bei mir«, erklärte Petra und zwinkerte.

»Wie praktisch.« Caro grinste.

Doktor Scheurig verabschiedete sich, und nachdem die Tür ins Schloss gefallen war, standen alle ein paar Sekunden reglos herum, als hätte man einen Film angehalten. Mannes ganze Familie wirkte, als hätte sie Schwierigkeiten, aus dem Kämpfen-oder-Fliehen-Modus herauszukommen.

Als Caro in die Hände klatschte, zuckte Manne sogar ein bisschen zusammen. »So. Dann wollen wir mal«, sagte sie fröhlich. »Wo soll ich anfangen?«

Petra schüttelte den Kopf. »Hier räumt jetzt niemand auf. Ich habe eine Reinigungskraft engagiert, sie kommt in einer Stunde. Die Rechnung bekommt der feine Herr Lohmeyer, sobald der Fall geklärt und Manne aus dem Schneider ist. Sollte sich das LKA weigern, gibt es Post von Scheurigs Kollegen.« Sie lächelte. »Und da ich möchte, dass sich die ganze Sache lohnt, macht hier niemand einen Finger krumm.«

Jonas grinste und drückte seiner Mutter einen Kuss auf die Schläfe. »Ich weiß schon, von wem ich meine Intelligenz geerbt habe. Aber Kaffee darf ich noch machen, oder?«

KAPITEL 25

Durch die geöffnete Terrassentür konnte er sehen, wie Caro auf ihrem Handy herumtippte. Wenn sie zu ihnen nach draußen kam, würde seine Familie fragen, wie es gewesen war. Am Vormittag. In Köpenick. Und Manne hatte nicht den Hauch einer Ahnung, wie er diese Frage überhaupt beantworten sollte.

Endlich setzte sie sich in Bewegung, wobei sie ihm einen vielsagenden Blick schickte.

»Können wir um drei in der ehemaligen Stasizentrale sein?«, fragte Caro in dem Moment, in dem sie die Terrassentür aufzog. Obwohl er keine Lust hatte, noch einmal ein ganzes Stück durch die Stadt zu gurken, sagte er: »Natürlich, das schaffen wir.«

»Was wollt ihr denn da?«, fragte Petra neugierig und griff nach ihrer Tasse.

Manne seufzte. »Dort befindet sich ein Informationszentrum für Opfer der kommunistischen Diktatur.«

»Das weiß ich«, gab seine Frau zurück und schaute maximal irritiert drein. »Und?«

»Eine der Mitarbeiterinnen hat eingewilligt, ein paar Fragen zu beantworten. Kalle wurde von den Wischnewskis adoptiert«, erklärte Caro, als sie sah, dass Manne erfolglos nach Worten suchte. »Seine Eltern waren wohl Republikflüchtlinge. Das Kind wurde ihnen weggenommen, als sie verhaftet wurden.«

»Was?« Jonas war die Kinnlade heruntergeklappt. Ausnahmsweise lächelte er nicht. »Wusstest du das, Papa?«

Manne schüttelte den Kopf. »Ich habe es heute auch zum ersten Mal gehört. Und ich fühle mich irgendwie …« Er verzog das Gesicht. Die letzten Tage war er emotional sehr aufgewühlt und froh, seine Familie um sich zu haben. Aber es war eine Sache, etwas gemeinsam durchzustehen, und eine völlig andere, zu allem Überfluss noch darüber zu sprechen.

»Betrogen?«, schlug Mala vor, und Manne nickte.

»Ja, genau. Natürlich hatte er keine Pflicht, mir irgendwas zu erzählen, aber ich dachte …« Er räusperte sich. In letzter Zeit liefen seine Sätze erstaunlich oft ins Leere, während sich seine Gedanken gleichzeitig verhedderten. »Ich dachte einfach, wir stünden uns näher.«

Petra griff nach seiner Hand, und er fühlte, wie ihm Tränen kamen. Wann genau hatte er sein Häuschen eigentlich so nah am Wasser aufgestellt, verflucht?

»Ihr standet euch sehr nahe. Es gibt nur manchmal Dinge, über die ein Mensch einfach nicht sprechen möchte.«

»Vielleicht war das auch der Grund dafür, dass er immer ein Eigenbrötler war«, sagte Caro jetzt. »Es macht ja was mit einem, zu wissen, dass einem die eigene Vergangenheit, die Familie fehlt.«

Petra nickte. »Das hört man häufiger. Es gibt schließlich Gründe, warum Adoptivkinder immer wieder aufwendig nach ihrer Herkunftsfamilie suchen. Weil sie Antworten brauchen. Weil es eine Lücke gibt, die nicht geschlossen werden kann.«

Petra benutzte genau dieselben Worte wie Caro, und Manne lief ein Schauer über den Rücken.

»Klar, so was ist übel«, schaltete sich Jonas ein. »Aber wie soll es euch helfen, den echten Mörder zu finden? Wo soll das hinführen?«

Manne stöhnte auf. Genau das dachte er ja auch.

»Keine Ahnung. Woher sollen wir das wissen, wenn wir es nicht versuchen?«, hielt Caro dagegen. »Immerhin wird es nicht zu der drölfzigsten Person führen, die uns sagt: ›Hm, also der Karl, der war ja immer so verschlossen, dann hat er sich sehr verändert, und dann war er weg‹!«

Damit hatte sie natürlich auch wieder recht.

»Es muss einen Grund geben, warum er sich so verändert hat«, fuhr Caro fort. »Die Theorie mit dem Hirntumor ist gut, aber ein Hirntumor deponiert nicht eine Riesenmenge Koks im Pumpenhäuschen.«

Okay. Da war auch was dran.

»Und ein Hirntumor schlägt auch keine Schädel ein und vergräbt Leichen im Garten.«

»Wir haben es verstanden«, grummelte Manne. »Einen Hirntumor hätte Svenja bei der Obduktion auch entdeckt, also ist die Theorie vom Tisch.«

Caro lächelte. »War ja auch nur stellvertretend für: Die Adoption ist endlich mal was Neues. Was vollkommen Neues. Und alleine deshalb sollten wir versuchen, der Spur zu folgen. Selbst wenn sie sich als Sackgasse erweist. Ich meine: Vielleicht hat er nach seiner Ursprungsfamilie gesucht, und jemand hat sich als sein leiblicher Vater ausgegeben und ihn dann ausgenutzt? Das wäre doch möglich. Oder als Onkel oder Neffe. Hat ihn an seinem wunden Punkt gepackt und ihn dann in seine krummen Geschäfte mit reingezogen. Vielleicht hat er ihn auch als Kurier nach Holland benutzt oder so.«

Manne dachte nach. Es wäre zumindest eine mögliche Erklärung, wenn auch weit hergeholt. Dass sich jemand als Verwandter ausgegeben hatte, um dann auf Kalles Kosten zu leben und ihn auszunutzen. Solche Betrügereien gab es tonnenweise. Heiratsschwindler taten im Prinzip nichts anderes. Sie kannten die Schwäche eines Menschen, seine größte Sehnsucht, und machten sie sich zunutze.

Eigentlich wäre es noch leichter als Heiratsschwindel, weil man dem anderen nicht einmal die große Liebe vorgaukeln musste.

»Stimmt, so könnte es gewesen sein«, sagte nun Jonas, und Mala nickte.

Petra pflichtete ihm bei: »Ja, gerade auch, weil er Renate verloren hat, könnte ich mir vorstellen, dass Kalle auf so was reingefallen wäre. Er war nicht leichtgläubig, aber wenn jemand daherkommt und mir plötzlich meinen größten Wunsch erfüllt, dann …« Sie zuckte die Schultern. »Keiner ist immun gegen Sehnsucht.«

Manne nickte und überlegte eine Weile. »Ich hätte Lore fragen sollen, ob sie Kommissar Lohmeyer auch erzählt hat, dass Kalle adoptiert wurde.«

»Bestimmt nicht«, sagte Petra. »Es ist ziemlich persönlich und noch dazu ein heikles Thema. Ich kann es mir eigentlich nicht vorstellen. Aber du kennst sie besser.«

Manne seufzte. »Ich bezweifle, dass es überhaupt einen Menschen gibt, der sie kennt.« Er stellte seine Kaffeetasse ab und sah Caro an. »Okay. Fahren wir.«

KAPITEL 26

Er war seit einer Ewigkeit nicht mehr hier gewesen. Nur einmal kurz nach der Eröffnung des Stasimuseums und einmal mit Sarah, Jonas' Austauschschülerin aus Neuseeland. Das war über zehn Jahre her.

Manne hatte genauso lange nicht mehr an Sarah gedacht und war milde irritiert davon, dass ihm jetzt das Gesicht der lebenslustigen, sommersprossigen jungen Frau vors geistige Auge trat, während seine echten Augen die unerfreuliche Fassade abtasteten.

Die Union der Opferverbände der kommunistischen Gewaltherrschaft ausgerechnet hier in der ehemaligen Stasizentrale unterzubringen, hatte etwas Makabres.

»Merkwürdige Standortwahl«, bemerkte Caro neben ihm.

Manne lachte leise. »Das habe ich auch gerade gedacht.«

»Ehrlich, ich meine: Es ist überhaupt nicht unwahrscheinlich, dass Kalles Eltern hierhergebracht wurden, während ihr kleiner Junge nach ihnen weinte und keine Ahnung hatte, was mit ihm geschieht. Das ist doch …« Sie ließ das Ende des Satzes in der Luft hängen.

Manne nickte noch einmal. »Ja. Ist es. Aber gleichzeitig ist es wahrscheinlich auch ein kathartischer Ort. Es ist wie eine späte Rache.«

Caro nickte. »Wie ein Stinkefinger in Richtung der Peiniger. Dass sie am Ende doch nicht gewonnen haben.«

Nun grinste Manne. »Ein schönes Bild. Ich muss schon sagen. Du weißt, wo wir hinmüssen?«

Caro blickte zweifelnd auf ihr Handy, dann auf die verschiedenen Eingänge des Hauses. »Theoretisch«, gab sie zurück und stapfte los. Manne folgte ihr.

Sie liefen natürlich vollkommen umständlich einmal um das Gebäude herum, und auch innerhalb des Museums mussten sie sich durchfragen, bis sie schließlich bei der Union der Opferverbände angekommen waren. Was aber, das musste Manne sagen, ganz sicher nicht an Caro, sondern an der beschissenen Beschilderung innerhalb des Gebäudes lag. Er kam sich vor wie Asterix auf seiner Suche nach dem berüchtigten Passierschein A38. Ein Gefühl, das er aus DDR-Zeiten noch ganz gut kannte und durch den Geruch und die Gestaltung des Treppenhauses natürlich noch deutlich verstärkt wurde.

Als sie endlich an der richtigen Glastür klingelten, wurden sie freundlich in Empfang genommen.

»Frau von Ribbek?«, fragte eine attraktive Frau mittleren Alters mit einem leichten Lächeln.

»Ja, und das ist mein Kollege Manfred Nowak.«

»Tanja Wüst«, erwiderte die Frau. »Ich leite das Büro. Kommen Sie gerne rein.«

Frau Wüst führte die beiden durch einen langen Flur, der mit dunkelblauem Behördenteppich ausgelegt war und von dem Türen in kleine Büros abgingen. Manne fragte sich, warum sämtliche Büros in diesem Land genau gleich aussahen. Billige Beistelltische von IKEA im Flur, mit Flyern und Faltbroschüren bestückt. Drehstühle und Schreibtische in Birke Furnier mit abgerundeten Ecken. Gab es irgendwo eine Studie, die besagte, dass Menschen mit Birkenfurnier produktiver waren als solche, die an Echtholzschreibtischen arbeiteten? Oder an solchen mit Nussbaumfurnier?

Oder hatte das Land Berlin einfach einmal einen Großeinkauf gemacht? Tausende Schreibtische, Stühle, unendliche Kilometer blauen Teppichbodens? Er fand die Vorstellung irgendwie amüsant. In seinem Kopf kaufte Vicco von Bülow alias Loriot gerade absurde Mengen Bürozubehör und übergab dem Innensenator anschließend einen Aktenordner mit Rechnungen. Alphabetisch sortiert.

Sie folgten der Frau in einen kleinen Konferenzraum, ihre Schritte gedämpft vom Teppich, und Manne hätte beinahe laut aufgelacht, als er auf dem Besprechungstisch kleine Wasserflaschen und Thermoskannen sowie die unvermeidlichen weißen Kaffeetassen mit dem Blumenrelief entdeckte. Konferenzkekse gab es auch. Auf einem Teller mit gelber Papierserviette.

Sie setzten sich, und Frau Wüst fragte: »Wie kann ich Ihnen nun genau helfen? Wenn ich die Mail richtig verstanden habe, sind Sie nicht auf der Suche nach Angehörigen.«

Caro schüttelte den Kopf. »Nein. Wir ...« Hilfe suchend schaute sie Manne an.

»Wir ermitteln in einem Todesfall und haben heute erfahren, dass das Opfer als Baby adoptiert wurde«, erklärte dieser.

»In einem Todesfall? Sind Sie von der Polizei?«

Manne schüttelte den Kopf. »Ich bin aus dem Dienst geschieden. Aus gesundheitlichen Gründen. Wir ermitteln mehr oder weniger privat. Der Tote war mein bester Freund und ... Nun, wir hoffen, dass uns diese Spur einen entscheidenden Schritt weiterbringt. Er hat nie erzählt, dass er adoptiert wurde. Und jetzt hat ihn jemand ermordet ...«

»Ermordet?« Frau Wüsts vorher sehr offenes Gesicht verschloss sich so abrupt, als hätte jemand einen Vorhang zugezogen.

»Tut mir leid, ich weiß nicht, wie ich Ihnen da helfen soll. Wir sind ein Opferverband, aber glücklicherweise leben die meisten Menschen noch, denen wir versuchen zu helfen.« Sie lachte nervös. »Die Akten sind nur von den Adoptierten und in Einzelfällen von ihren Adoptiveltern einzusehen, und wir sind an diese Vorgaben gebunden. Außerdem sind wir keine Behörde.« Sie knetete ihre langen Finger im Schoß und sah ihn fast schon flehend an.

Manne kannte dieses Verhalten, und er verstand es. Sie hatte

Angst, dass er und Caro versuchen würden, in sie zu dringen. Sie zu bitten und nachzubohren, ob sie nicht doch etwas machen könne. Noch dazu war es vermutlich das erste Mal, dass sie direkt mit dem Mord an einem Menschen konfrontiert war, was sie zusätzlich schockierte. Er verstand das nur zu gut und nickte. »Natürlich, keine Sorge. So was haben wir uns schon gedacht. Aber es würde uns helfen, wenn Sie uns ein bisschen was zu den Adoptionen erzählen würden, die damals gelaufen sind. Die Eltern des Opfers haben uns gesagt, die leiblichen Eltern des Kindes seien Republikflüchtlinge gewesen. Kann das stimmen?«

Frau Wüst entspannte sich ein wenig, als sie sich in gewohntem Fahrwasser wiederfand, und hob die Brauen. »O ja. Das ist sogar einer der häufigsten Fälle und war damals nicht mal illegal. In den Gesetzen der DDR stand, dass Eltern verpflichtet sind, die Kinder im Sinne des sozialistischen Staates zu erziehen. Sah man diese Erziehung in Gefahr, dann wurden die Kinder den Eltern entzogen und woanders untergebracht. Dort, wo man eine ›angemessene Erziehung‹ als gesichert annahm.« Bei den Worten »angemessene Erziehung« malte sie Anführungszeichen in die Luft.

»Das ist wirklich ungeheuerlich«, sagte Caro. »Ich habe erst heute erfahren, dass es so was überhaupt gab. Passierte das oft?«

»Viel zu oft. Wir wissen von knapp fünfhundert Fällen, aber die Dunkelziffer dürfte viel höher liegen. Die leiblichen Eltern wurden mit Drohungen mundtot gemacht, und die Kinder erfuhren oft gar nicht, dass sie adoptiert wurden. Das war ganz im Sinne der Stasi.«

»Wie meinen Sie das?«, fragte Caro.

»Nun«, erklärte Frau Wüst, »während in der Bundesrepublik der Fokus darauf liegt, dass Kinder und leibliche Eltern möglichst in Kontakt bleiben, auch nach einer Adoption oder Inobhutnahme, war in der DDR das Vorgehen ganz anders. Hier wurde auf eine möglichst schnelle und radikale Trennung der Kinder von ihren Herkunftsfamilien hingearbeitet. Keinerlei Kontakt, auch zu den Großeltern oder anderen Verwandten nicht. Geschwister wurden voneinander getrennt. Alle Verbindungen wurden auf einmal und mit einem radikalen Schnitt gekappt. Nur so könnten die Kinder, so glaubte man damals, sich schnell und vollkommen auf die neuen Familien einlassen.«

»Meine Güte«, murmelte Manne, dem Schreckgeschichten aus dem Hause Honecker und Co. natürlich nicht neu waren, aber wenn es um Kinder ging, bekam jeder Schrecken noch einmal eine grausamere Dimension.

Frau Wüst nickte. »Das traf natürlich besonders die älteren Kinder hart. Aber Studien zeigen, dass selbst die Menschen, die ihren Eltern im Säuglingsalter entrissen wurden, psychische Schäden davongetragen haben. Einsamkeit und Angst machen etwas mit einem Menschen. Vor allem, wenn er so schutzbedürftig ist, wie Kinder es nun mal sind.«

Sie schwieg einen Moment und goss sich einen Kaffee ein. Manne vermutete, dass sie es tat, damit ihre Finger eine sinnvolle Tätigkeit hatten. Er linste zu Caro hinüber. Die lauschte so gebannt und fassungslos wie ein Kind dem Märchen von Schneewittchen und den sieben Zwergen.

»Sehen Sie, es endete nicht bei den Republikflüchtlingen«, fuhr Frau Wüst fort. »Auch wenn man die Vorgehensweise infrage stellen mag, so ergab sie aus sozialistischer Sicht sogar Sinn, und manch einer dachte ganz bestimmt, zum Wohle der Kinder zu handeln. Immerhin wurden die Eltern inhaftiert und hatten später mit Ausweisung oder weiteren Repressalien zu rechnen, die Kinder mit Hänseleien und Diskriminierung. Aber oftmals wurden Kinder zwangsadoptiert, deren Eltern gar nicht darüber nachgedacht hatten, zu fliehen. Wenn die Mütter sehr jung waren, beispielsweise, oder geistig ein wenig zurückgeblieben. Wenn sie einen Lebenswandel hatten, der die Nachbarn gestört hat. Westfernsehen, laute amerikanische Musik. So was eben. Wenn eine Frau in engem Abstand zwei Kinder zur Welt brachte. Oder wenn sich in der Kinderkrippe ein hochrangiges Paar in ein hübsches Kind verguckte.«

»Nein!«, rief Caro entrüstet aus.

Frau Wüsts Gesicht leuchtete vor geteilter Empörung. »Doch!«, rief diese mit demselben Nachdruck, den Manne eigentlich nur von bierseligen Diskussionen am Gartengrill kannte. Von rechtschaffener Entrüstung getragen.

»Ich kenne ein paar solcher Fälle. Die meist jungen Mütter wurden eingeschüchtert und bedroht, bis sie die Adoptionsfreigabe unterschrieben. Und damit war es rechtens.«

»Das darf ja nicht wahr sein«, murmelte Caro und seufzte.

Manne wunderte sich nicht. Auch wenn es ungeheuerlich war, was er da hörte, so passte es doch. Es passte zu allem, was früher in diesem Teil des Landes geschehen war. Und er fragte sich, was den leiblichen Eltern von Kalle zugestoßen sein mochte. Hatten sie wirklich versucht, das Land zu verlassen, oder war das die Geschichte, die sich Lore und Dieter erzählten, die sie allen anderen und auch dem kleinen Karl erzählt hatten?

»Und wie genau helfen Sie und der Verband nun den Opfern?«, fragte Manne, der gern zurück in die Gegenwart wollte, weil die Vergangenheit mal wieder sehr kalt und graubraun war.

»Wir können hier nur Informationen, Vernetzung und Unterstützung bei Behördenanfragen bieten«, sagte Frau Wüst und zuckte bedauernd die Schultern. »So haben wir zum Beispiel ein Internetportal, in das man sich eintragen kann, wenn man jemanden sucht. Es ist nur für Adoptierte und Familienangehörige zugänglich, aber öffentlich einsehbar. Dort können Betroffene einander suchen. Wir haben auch schon einigen Erfolg mit diesem Portal erzielen können.«

»Das heißt, darüber finden sich tatsächlich Menschen?«

»Ja. Das tun sie. Oftmals gar nicht direkt, sondern indirekt. Weil jemand den Eintrag liest, der mit den Menschen und ihrer Geschichte etwas verbindet. Dessen Glocken klingeln, wenn Sie so wollen.«

»Und dieses Portal ist für jeden einsehbar?«, hakte Caro nach, und Frau Wüst nickte.

»Soll ich Ihnen zeigen, wie es funktioniert?«

Das Suchportal war so niedrigschwellig, dass selbst Manne es recht schnell verstand. Auf einer Internetseite, die vom Opferverband zur Verfügung gestellt und betrieben wurde, bekamen betroffene Personen die Möglichkeit, nach Angehörigen über eine Maske zu suchen oder selbst ein Gesuch aufzugeben. Man konnte die bekannten Informationen über die vermisste Person eintragen oder sich selbst vorstellen und hoffen, dass man gefunden wurde.

Frau Wüst ließ Manne und Caro vor zwei uralten, eierschalenfarbenen Rechnern allein, nachdem sie ihnen erklärt hatte, wie alles funktionierte. Es gab verschiedene Kategorien, zum Beispiel für Zwangsadoptionen und normale Adoptionen, sowie eine Rubrik mit Erfolgsgeschichten. Darin waren nur etwas über hundert Einträge, während die Gesuche in die Tausende gingen. So viel zum Thema fünfhundert bekannte Fälle, dachte Manne – das war sicher nur die Spitze des Eisberges.

Caro und er fingen etwas wahllos an, sich durch die Gesuche zu klicken und einzelne Anzeigen durchzulesen, doch schnell merkten sie, dass sie so nicht weiterkamen.

»Das Problem ist, dass wir keine Ahnung haben, wie Karls Geburtsname lautet. Er könnte Georg Schmidt oder Peter Hüber oder Hans-Horst Hebestein geheißen haben.«

»Hans-Horst Hebestein?«, fragte Manne und rieb sich die Stirn. »Das klingt wie eine Figur aus dem Überraschungsei.«

Caro grinste. »Sag mir alles, was du über Kalle weißt«, forderte sie. »Dann teilen wir die Kategorien auf und klicken uns durch.« Sie zückte einen Kugelschreiber mit dem Logo des Opferverbandes, die hier überall herumlagen, und nahm das Notizbuch zur Hand. »Wann wurde er geboren?«

»Am 9. Dezember 1960 in Berlin.« Er rieb sich den Nacken. »Jedenfalls glaube ich, dass es Berlin war. Seinen Geburtstag haben wir immer am 9. Dezember gefeiert.«

»Aber es könnte auch der Tag der Adoption gewesen sein.«

»Richtig«, bestätigte Manne. »Es wäre wohl kein abwegiger Gedanke.«

»Hm«, machte Caro. »Gibt es sonst noch etwas?«

»Nichts, was in diesem Zusammenhang irgendwie nützlich sein könnte.«

Caro seufzte. »Ein Jammer. Na gut, dann suchen wir einfach.«

Sie teilten die Kategorien untereinander auf. Und dann lasen sie. Manne überflog Eintrag um Eintrag, berührte eine gefühlt endlose Reihe an Schicksalen mit der Spitze seines Zeigefingers. Klick. Klick.

Es war erstaunlich. Jede Anzeige bestand aus einer Chiffrenummer, ein paar Daten und einem kleinen Text. Die Leute hielten sich kurz, was er sehr schätzte. Da standen Dinge wie: »Ich suche meine Kinder, die mir in der DDR genommen wurden.« – »Ich suche meine Schwester, der Familienname war Meyer.«

Gerade die Kürze der Gesuche und die daraus sprechende Bescheidenheit der Leute rührten Manne. Hinter diesen wenigen Zeilen verbargen sich gewaltige Schicksalsschläge. Ungeheuerlichkeiten. Doch niemand trat sie breit. Die Leute suchten nicht nach dem Rampenlicht oder nach Mitleid, sie suchten nach dem, was ihnen genommen worden war. Nach ihrer Familie. So nüchtern und beherrscht, wie es ihnen von klein auf eben beigebracht worden war.

Manche Gesuche waren länger, aber nicht viel.

Man konnte nach Namen filtern, aber unter Wischnewski fand er wie erwartet keine Einträge.

Caro machte sich neben ihm immer wieder Notizen, schüttelte den Kopf, schaute etwas in ihrem Handy nach. Sie konnte einfach nicht still sitzen, es war für Manne längst kein Wunder mehr, wie sie so viel essen und dennoch schlank bleiben konnte.

Manchmal hauchte sie etwas wie »mein Gott« oder »das darf alles nicht wahr sein« in den Raum hinein, doch er ging nicht darauf ein. Sie waren wie das Hintergrundrauschen zu seinen Gedanken, die in einem traurigen Strom aus Buchstaben und Zahlen auf einer Webseite dahinglitten.

Und dann, ganz plötzlich, hielt er inne. Weil er ein Datum las, das er sehr gut kannte. Gesuchte Person: Theodor Möcker, geboren am 9.12.1960 in Berlin. Aktueller Name unbekannt. Darunter stand nur ein einziger Satz: »Ich suche meinen Bruder.«

»Caro«, murmelte Manne, und sie schreckte hoch.

»Ich glaub, ich hab was.«

KAPITEL 27

Sie stand hinter Manne und starrte mit ihm gemeinsam auf den Bildschirm. Es war der einzige Eintrag mit diesen Daten.

»Ich suche meinen Bruder.«

Nur ein einziger Satz, bei dem ihr so kalt wurde, dass sie ihre Strickjacke sehr fest um die Schultern ziehen musste.

Es war so, wie sie vermutet hatten. Nun, vielleicht nicht ganz. Offenbar hatte nicht Kalle nach seiner Familie gesucht, sondern sein Bruder nach ihm. Hatten sie einander gefunden? War das überhaupt wichtig, und wie sollten sie von hier aus weiter verfahren?

Sie zuckten beide zusammen, als Mannes Handy klingelte. Manne runzelte die Stirn, nahm ab und hörte mit Grabesmiene zu, was die Stimme am anderen Ende der Leitung zu sagen hatte.

»Das war Petra«, sagte er, nachdem er aufgelegt hatte. »Ein Kurier hat gerade einen Brief vom LKA vorbeigebracht. Ich bin morgen Vormittag als Beschuldigter vorgeladen.«

Caro ließ sich schwer zurück auf ihren Stuhl fallen. »Wie? Als Beschuldigter? Was heißt das?«

Manne zuckte mit den Schultern. »Das heißt, dass sie jetzt ihrer Meinung nach genug gesammelt haben, um mit offenem Visier zu fahren. Gegen mich wird offiziell ermittelt, das ist kein Geheimnis. Seit der Durchsuchung ist das mehr als klar.«

Er seufzte. »Aber ab jetzt sollte ich mir einen Anwalt nehmen. Immerhin hat nur Lohmeyer geladen, nicht der Staatsanwalt. Der Ladung des LKA muss ich nicht zwingend folgen.« Er schluckte trocken, und Caro entging nicht, dass er am Haaransatz begonnen hatte zu schwitzen, während ihr fast im Sekundentakt kälter wurde.

»Sie beschuldigen mich des Mordes. Mord, Caro.«

Die letzten Worte flüsterte er nur noch, und Caro legte ihm eine Hand auf die Schulter, unter deren Last Manne zusammensackte, als hätte man ihm chirurgisch das Rückgrat entfernt.

Caro wusste nicht, was sie jetzt tun sollte. Die ganzen letzten Tage hatten sie mit Leuten gesprochen, in Kalles Vergangenheit gewühlt, alte Geschichten aufgewärmt und Kisten ausgepackt. Das ganze Durcheinander an Informationen lag nun ausgebreitet vor ihnen, und doch ergab es noch lange kein Bild. Sie hatte sich das irgendwie leichter vorgestellt. Dass es so war wie bei einem Puzzle. Man musste die Teile vielleicht mühevoll suchen, okay, aber nach und nach würde ein Bild entstehen, und alles würde zusammenpassen.

Doch so war es nicht. Überhaupt nicht. Es waren eher fünf verschiedene Puzzles. Sie hatten verschiedene Körperteile verschiedener Tiere, ein paar Fenster des Empire State Buildings, ein paar Türmchen von Neuschwanstein und diverse blaue Wirbel von van Goghs *Sternennacht*. Nichts passte zusammen. Es war, als würden das Leben und der Tod von Kalle Wischnewski verschiedene Geschichten erzählen und nicht nur eine.

Die eines netten Bauzeichners, der auf Umwegen in die falschen Kreise geraten und als Drogenkurier missbraucht worden war, nur um dann doch umgebracht zu werden, weil er zu viel wusste.

Die eines Mannes, der sich in die falsche Frau verliebt hatte, auf ihr Drängen hin alle Verbindungen gekappt und am Ende mehr als nur sein Geld verloren hatte.

Die eines Adoptivkindes, das mit sechzig eine Lebenskrise bekommen und seine Herkunftsfamilie gefunden hatte, wobei er irgendwelche Wunden aufgerissen hatte, die nicht mehr zu heilen waren. Oder hatte Kalle vielleicht Anspruch auf irgendein Erbe gestellt? Das wäre immerhin möglich und gar nicht so unplausibel. Auch wenn er genug Geld gehabt hatte. Je nach Höhe der

Summe fallen Skrupel der Menschen langsamer oder schneller, aber irgendwann fallen sie.

Und dann gab es, wenn Caro ganz ehrlich war, noch eine vierte Geschichte. Die Geschichte eines Mannes, der vor vielen Jahren die Frau seines besten Freundes begehrt und bekommen hatte. Und von diesem erschlagen worden war, als herauskam, dass er der Vater des Kindes ist.

Caro schüttelte leicht irritiert den Kopf. Wieso bekam sie diese Seifenoper einfach nicht aus dem Hirn? Und warum um alles in der Welt brauchten diese blöden DNA-Proben so lange? Sie hatte doch extra die Expresszulage bezahlt. Die Leute vom Labor hatten ihr zwar gesagt, dass Speichelproben besser wären als Haarproben, aber wie hätte sie das anstellen sollen? Die Wahrheit war, dass sie diese Theorie niemals aus dem Kopf bekommen würde, solange sie es nicht schwarz auf weiß hatte, dass Jonas Mannes Sohn war, und Schluss.

Doch so, wie Manne da jetzt vor ihr saß, gebrochen, nachdenklich und unendlich müde, wusste sie, dass sie ihm irgendwie helfen musste. Hirngespinste hin oder her. Es war jetzt an ihr, etwas zu entscheiden.

Also tippte sie eine kurze Nachricht mit Chiffrenummer und ihren eigenen Kontaktdaten in das Kontaktfeld der Webseite und bat darum, dem Verfasser des Gesuchs diese Nachricht zukommen zu lassen. Frau Wüst hatte ihnen gesagt, dass dies die einzige Möglichkeit war, mit den Verfassern in Kontakt zu treten. Der Verein für zwangsadoptierte Kinder prüfte alle Nachrichten, bevor sie weitergeleitet wurden, um die Leute vor unangemessenen Kontaktversuchen und emotionalen Schieflagen so gut es ging zu bewahren.

Als das erledigt war, sagte sie fröhlicher und bestimmter, als sie sich fühlte: »So. Du brauchst jetzt erst mal einen Pisco Sour und ein Stück Zitronenbaiser. Und zufällig weiß ich auch genau, wo wir das herbekommen.«

Manne atmete sehr lange aus. So lange, dass sie sich fragte, ob er wohl die letzten Minuten die Luft angehalten hatte.

»Das klingt nach einer hervorragenden Idee.«

Sie kannte den chilenischen Imbiss von mehreren Fahrradtouren, die sie in den letzten Jahren unternommen hatten. Greta in einen Fahrradsitz zu packen, war für eine Weile die einzige Möglichkeit gewesen, sie in wachem Zustand zufrieden und an einem Ort zu halten. Ihre Tochter schaute sich einfach gern die Welt an und schätzte die Geschwindigkeit. Und da Eike und sie früher schon gern Touren gemacht hatten, war das eine Möglichkeit, durchzuatmen. Für sie alle drei. Oft hatten sie bei La Picá haltgemacht, während Greta geschlafen hatte, und sich eine oder zwei oder fünf der köstlichen Empanadas reingezogen, die man dort erstehen konnte, oftmals gefolgt von einem Zitronenkuchen mit kunstvoll geschwungener, riesig aufgetürmter Baiserschicht. Etwas sagte ihr, dass dieser Kuchen eine der raren Möglichkeiten war, Manne überhaupt irgendwie aufzuheitern.

Der kleine Imbisswagen in Hohenschönhausen war gerade im Begriff, zu schließen, als sie dort eintrafen. Die netten Besitzer waren gern bereit, ihnen noch ein paar Empanadas sowie Zitronenkuchen und zwei Pisco Sour zu verkaufen, bevor sie für heute schlossen. Sie legten sogar noch zwei übrig gebliebene Empanadas und ein Stück Schokoladenkuchen drauf und erlaubten Manne und Caro, auf den Stühlen hinter dem Imbiss Platz zu nehmen, die sie bereits mit einem langen Stahlkabel für die Nacht aneinandergeschlossen hatten.

»Nehmen Sie nur Ihren Müll mit«, sagte die freundliche Frau, als sie sich wenige Minuten später winkend von ihnen verabschiedete. Caro versprach es nur allzu gern.

Während sie aßen, versuchte sie, all die Informationen zu ordnen, die sie heute erhalten hatte, und einen Plan zu entwickeln.

Doch das war gar nicht so leicht. Zwar hatte sich heute eine völlig neue, interessante Spur ergeben, doch mehr als eine Anfrage zu schicken, hatte sie nicht tun können. Es fühlte sich verdammt wenig an in Anbetracht der Tatsache, dass Manne nun unter Mordverdacht stand. Eigentlich war jetzt nicht die Zeit, auf irgendetwas zu warten.

Caro bemerkte erst, während sie kaute, wie hungrig sie eigentlich war. Wann hatte sie heute zuletzt gegessen? Sie konnte sich nicht erinnern. Aus dem Augenwinkel beobachtete sie Manne, der mit jedem Bissen wieder mehr an Körperspannung und Gesichtsfarbe zurückzugewinnen schien. Und mit jedem Schluck. Kam es ihr nur so vor, oder war der Pisco Sour deutlich stärker ausgefallen als sonst? Vielleicht hatten sie auch hier den Rest aus der Flasche bekommen. Oder die nette Wirtin hatte gesehen, dass sie heute ein bisschen mehr von allem nötig hatten.

»Mann, das ist aber köstlich«, hörte sie Manne endlich über den Kuchen gebeugt murmeln.

»Schön, dass du wieder unter den Lebenden weilst«, gab sie zurück und erntete dafür von ihm einen schiefen Blick.

»Ich habe viel, über das ich nachdenken muss.« Er schaute das halbe Stück Zitronenbaiser an und fragte: »Meinst du, die liefern auch ins Gefängnis?«

»Jetzt hör aber auf!«, schalt Caro ihn und erschrak darüber, wie laut sie geworden war. Die Vorstellung, Manne könnte tatsächlich ins Gefängnis wandern, machte sie unglücklich und hilflos. Manne hob den Kopf und schüttelte ihn anschließend, bevor er sich wieder der Torte zuwandte.

»Du gehst nicht ins Gefängnis, und basta. Du kannst nicht gehen«, sagte sie bestimmt.

»Ich habe auch keinerlei Ambitionen. Aber wenn wir nicht bald weiterkommen in diesem Fall, weiß ich nicht, ob ich es verhindern kann.«

»Das darf doch alles nicht wahr sein!« Caro versenkte ihre Bambusgabel mit so viel Schwung im Schokoladenkuchen, dass sie zwei Zinken abbrach und die schon leicht aufgeweichte Pappe des Tellers durchstieß. Der Teller rutschte weg, und sie konnte ihn gerade noch im letzten Moment mit der linken Hand abfangen, bevor er mitsamt dem Kuchen auf den Boden geklatscht wäre.

»Erstaunliche Reflexe«, bemerkte Manne und nickte anerkennend.

»Jetzt mal im Ernst, Manne. Wir müssen doch noch irgendwas unternehmen können.«

Ihr Kollege schaute sie lange an. »Wir müssen in seine Wohnung«, sagte er ruhig, und Caro lief ein Schauer über den Rücken.

»Das können wir nicht«, gab sie zurück und schüttelte vehement den Kopf. »Ich bin immer noch Mama eines kleinen Mädchens und werde sicher nicht irgendwo einbrechen. Auf keinen Fall.«

»Von einbrechen spricht ja auch keiner.«

Caro beobachtete fasziniert, wie Manne in eine seiner vielen Hosentaschen griff und den Schlüssel hervorzog.

Sie riss die Augen auf. »Wo hast du den denn her?«

»Als ich heute Morgen noch einmal bei Dieter und Lore im Haus war, um mir die Rechnungen anzusehen, lag er ganz offen neben dem Stapel Papiere und … na ja. Dann hab ich ihn eben eingesteckt. Ich hab mir schon gedacht, dass Lohmeyer mein Exemplar sicherstellen würde, und wollte zumindest die Möglichkeit haben, noch in die Wohnung zu kommen, wenn es ernst wird. Und jetzt ist es ziemlich ernst.«

Caro blieb der Mund offen stehen. »Du kannst doch nicht einfach den Schlüssel klauen!«

»Ich habe nicht vor, ihn zu behalten. Somit ist es kein Diebstahl.«

»Trotzdem ist es ziemlich illegal, oder nicht?«

»Das stimmt wohl. Wohnungen von Mordopfern werden mit einem amtlichen Siegel versehen, das nicht gebrochen werden darf.« Manne zog die Brauen hoch. »Siegelbruch ist eine Straftat, da hast du schon recht. Aber wir müssen da rein.«

Caro runzelte die Stirn. »Weißt du etwas, das ich noch nicht weiß? Was hoffst du, dort zu finden?«

Manne zog sein Handy hervor und hielt es ihr hin. Es zeigte eine Stromabrechnung.

»Was ist das?«, fragte sie und nahm die Zahlen genauer in Augenschein. »Wow. Eine Nachzahlung von 500 Euro? Ist das eine der Rechnungen, von denen Herr Wischnewski gesprochen hat?«

Manne nickte. »Und ich weiß genau, dass Kalle sehr auf seinen Stromverbrauch geachtet hat. Er hat meines Wissens nie eine Nachzahlung leisten müssen. Und jetzt auf einmal so was. Wo soll dieser massive Stromverbrauch plötzlich hergekommen sein?«

Caro überlegte. »Vielleicht hat er ja eine Hanfplantage irgendwo? Meines Wissens fliegen die immer wegen des hohen Stromverbrauchs auf.«

»Erst Koks, jetzt Hasch?« Manne zog die Brauen hoch.

»Warum nicht?«

»Eine Hanfplantage wäre jedenfalls von Lohmeyers Leuten entdeckt worden. Aber irgendwas läuft da, ganz sprichwörtlich. Und ich will wissen, was.«

Caro nickte langsam. Es war zumindest eine weitere Spur. Und wahrscheinlich eine, die der Polizei noch nicht aufgefallen war, weil die Beamten Kalle nicht so gut kannten wie Manne. Dem würde auch sofort auffallen, wenn sich etwas in der Wohnung verändert hätte oder sonst irgendwie nicht zu seinem Freund passte. Dennoch drehte sich ihr bei der Vorstellung der Magen um.

Sie tippte »Siegelbruch« in die Suchmaske ihres Smartphone-Browsers ein. »Siegelbruch wird mit Freiheitsstrafe bis zu einem Jahr oder Geldstrafe bestraft«, las sie laut vor.

Manne zuckte die Schultern. »Ich habe größere Probleme.«

»Aber ich nicht! Der Obduktionsbericht ist eine Sache. Auf eigene Faust ermitteln auch. Aber Siegelbruch?« Sie biss sich auf die Unterlippe. Wie auf dem Parkplatz vor der Rechtsmedizin fühlte sie auch jetzt wieder den großen Drang, einfach wegzulaufen.

»Ich kann das gut verstehen. Du musst ja auch nicht mitkommen«, sagte Manne ruhig. »Schließlich geht es ja auch um meine Haut und nicht um deine.«

Caro dachte nach und nippte dabei an ihrem Pisco Sour. Die vergangenen Tage mit Manne hatten ihr gezeigt, dass sie tatsächlich Talent für die Ermittlungsarbeit hatte. Es machte ihr Spaß, Spuren nachzugehen, Informationen zu sammeln und miteinander zu verknüpfen. Es gab ihr so viel mehr, als irgendwelche Fotos zu bearbeiten und mit launigen Bildunterschriften beziehungsweise Hashtags zu versehen. Sie machte das hier gerne. Und sie machte es gut.

»Nein«, sagte sie entschlossen und stellte ihr Glas ab. »Ich werde jetzt ganz sicher nicht kneifen.« Sie lächelte. »Was wäre ich denn für eine Detektivin, wenn ich gleich beim ersten Fall abhauen würde, sobald es brenzlig wird?«

»Du hältst also immer noch an der Idee mit der Detektei fest?«

Caro nickte. »Ja.«

»Und du willst wirklich mitkommen?«

Sie nickte erneut. »Du hast ganz zu Beginn zu mir gesagt, dass die Verletzungen in Kalles Gesicht persönlich sind. Da war jemand sehr wütend, außer sich. Verletzt. Gekränkt. Jemand, der den Toten gut kannte.«

Manne nickte widerstrebend.

»Er hat einen Urlaub für zwei Personen gebucht. Und er wurde als Kind adoptiert. Jemand hat nach ihm gesucht.« Sie holte tief Luft. »Das alles sind sehr private Dinge. Du hast recht. Wenn es

Informationen hierzu gibt, dann finden wir sie nur in seiner Wohnung. Und das Ding, das den ganzen Strom verbraucht, natürlich auch.« Sie machte eine Pause und setzte nach: »Niemand kannte ihn so wie du. Wenn es da noch etwas gibt, das die Polizei übersehen hat, dann findest du es.«

Manne lächelte. »Das hoffe ich. Komm, lass uns fahren.«

KAPITEL 28

Manne hätte sich niemals träumen lassen, dass er selbst eine Straftat begehen und ein amtliches Siegel brechen könnte. Überhaupt etwas tun könnte, das die Autorität der Behörden massiv missachtet. Bis jetzt hatte er sie lediglich ein bisschen untergraben. Okay. Vielleicht ein bisschen sehr. Aber ungewöhnlich harte Zeiten erforderten eben ungewöhnlich harte Maßnahmen.

Als das Auto vor dem großen Mietshaus in Heinersdorf hielt, in dem Kalle die letzten fünfzehn Jahre gewohnt hatte, war es bereits dunkel. Caro war gefahren, weil es für ihn schon zu dämmrig gewesen war. Das war ihm auch nur recht gewesen, so hatte er Zeit gehabt, noch ein bisschen nachzudenken. Jetzt, wo sie hier waren, wurde er sehr nervös.

Er versuchte, souverän auszusehen, während er die Haustür aufschloss, so, als würde er genau hierher gehören. Manne war kein Fremder im Haus, wahrlich nicht, aber genau darin bestand das Problem. Ihnen konnte jederzeit ein Nachbar begegnen, der ihn wiedererkennen würde. Zum Glück hatte der schicke Altbau einen Aufzug, der sie direkt bis vor Kalles Haustür fuhr.

Auf dem Flur herrschte gähnende Leere. Schon vom Fahrstuhl aus sah er das Siegel der Berliner Polizei an der Tür kleben, und sein Herz begann, bis in den Hals zu schlagen.

»Das ist ja lila«, stellte Caro verwundert fest und näherte sich neugierig der Tür.

»Jedes Bundesland hat eine andere Farbe«, erklärte Manne geistesabwesend, während seine Augen die Informationen auf dem Siegel studierten.

LKA 117 stand da. Hinter das Wort *Sachbearbeiter* hatte jemand *Lohmeyer* geschrieben und darunter eine Telefonnummer. Ordentlich von Hand ausgefüllt. Daneben natürlich die Belehrung, dass man sich durch Siegelbruch strafbar macht.

»Trotzdem ist Lila eine merkwürdige Wahl. Findest du nicht?«

»Ich habe ehrlich gesagt nie darüber nachgedacht. Und die Farbe ist auch nicht unser Problem, weißt du. Es …« Manne stockte, als ihm etwas ins Auge fiel. Unter den äußeren Ecken des Siegels lugten die eines älteren Siegels hervor.

»Was?«, fragte Caro, die sein Stocken bemerkt hatte.

»Die Tür wurde zweimal versiegelt.«

»Was heißt das?«

Manne legte den Kopf schief und betrachtete das Schloss.

»Entweder die Polizei selbst hat das Siegel gebrochen, weil sie noch einmal in die Wohnung mussten. Um etwas nachzuschauen oder abzuholen. Oder jemand hat das Siegel gebrochen, und die Nachbarn haben Bescheid gesagt.«

Caro wurde blass um die Nasenspitze. »Kommt es oft vor, dass die Polizei noch einmal in eine versiegelte Wohnung geht?«

»Eigentlich wird versiegelt, nachdem die Spurensicherung, die Kriminaltechnik und alle anderen durch sind.«

Er tastete seine Hosentaschen ab und fand die dünnen Stoffhandschuhe, die er für feinere Gartenarbeiten benutzte, in einer der unteren. Dann sah er Caro an. »Tut mir leid, ich habe leider nur das eine Paar.«

Caro grinste breit und selbstzufrieden. »Das macht überhaupt nichts. Ich hab meine eigenen«, sagte sie und zog ein Paar pinke Haushaltshandschuhe aus ihrer Tasche.

»Die trage ich seit Tagen mit mir rum. Falls ich sie mal brauche.«

Manne lächelte. »Du hast deinen Kopf auch nicht nur zum Haarewaschen, wie?«

Caro kniff die Augen zusammen. »Hast du das jemals gedacht?«

»Na ja. Ich war mir nicht sicher, ob du dieser sehr speziellen Aufgabe gewachsen bist«, gab er vorsichtig zu, und sie schnaubte.

»Ohne mich wären wir bestimmt nicht so weit gekommen. Dann würden wir jetzt vielleicht traurig in der Laube hocken und darauf warten, dass dich jemand verhaftet. Und unseren Kummer in Schokolikör ersaufen.«

Manne lachte verlegen. Wenn sie eines konnte, dann, eine Situation auflockern. Allerdings auch dann, wenn diese keinerlei Auflockerung bedurfte. Darüber hinaus hatte sie allerdings recht. Sie hatte sich als sehr große Hilfe und wahres Naturtalent erwiesen. Etwas, das er vorher nie gedacht hätte.

»Wenn wir das Siegel nicht unauffällig lösen können, werden wir vielleicht noch Gelegenheit dazu bekommen«, sagte er, während er stirnrunzelnd die Tür betrachtete. »Diese Siegel kleben wie verrückt. Nicht selten muss nach ihrer Entfernung die Tür gestrichen werden, weil gleich eine oder zwei Lackschichten mit runterkommen.«

Caro schaute ihn fragend an. »Hast du ein Taschenmesser?«

»Ich glaube, ja.« Manne runzelte die Stirn und begann erneut, in den Taschen seiner Hose herumzukramen. Tatsächlich fand er in seiner Gesäßtasche das gekrümmte Opinel, mit dem er immer die Stauden pflegte.

Er klappte es auf und hielt es Caro hin, die begann, die Klinge mit großer Vorsicht unter das Siegel zu schieben.

»Das klappt doch nicht«, murmelte Manne. »Das Siegel ist viel zu dünn.« Doch Caro hatte offenbar gar nicht vor, das Papier vom Lack zu lösen. Sie machte sich vielmehr daran, den Lack vom Türrahmen zu schaben.

»Wenn Kalle irgendwo da drin Allzweckkleber hat, dann können wir es vielleicht wieder anbringen, wenn wir rausgehen«, murmelte Caro konzentriert. Manne schaltete zum dritten Mal das Licht an, das immer wieder von selbst ausging.

Tatsächlich schaffte sie es, das Siegel auf der Türseite mitsamt mehreren Schichten Lack abzulösen. Offenbar war die Wohnungstür früher einmal giftgrün gestrichen gewesen.

»Ich wundere mich schon über das Maß an krimineller Energie, das in dir steckt«, bemerkte er, als sie ihm mit einem triumphierenden Grinsen das Messer zurückgab.

»Das sagt der Richtige. Möchtest du dich jetzt allen Ernstes beschweren?«, entgegnete sie.

Er schüttelte den Kopf und rammte den Wohnungsschlüssel ins Türschloss.

Die Tür öffnete sich mit einem leisen Klicken, und Manne bemerkte einigermaßen erstaunt, dass das Siegel mitsamt den Lackschichten von allein in der Luft stehen blieb. Wenn die Tür geschlossen war, fiel der Siegelbruch vielleicht sogar gar nicht auf. Jedenfalls nicht auf den ersten Blick.

»Du darfst in den nächsten Wochen meine Setzlinge pikieren«, sagte er anerkennend. »Offenbar hast du deutlich mehr Fingerspitzengefühl als ich.«

Caro schenkte ihm ein weiteres strahlendes Grinsen.

Sie schlüpften in den Wohnungsflur und schlossen die Tür in dem Moment, in dem das Licht im Treppenhaus zum vierten Mal ausging.

Manne fröstelte. Das schwache Licht der Straßenlaternen und des fast schon verschwundenen Tages drang durch die großen Fenster in den offenen Wohnbereich, der rechts vom Flur abging. Die Möbel zeichneten schwarze Flecken ins Bild. Es war eine Ansammlung aus Rechtecken und undeutlichen Schemen. Der verwaschene Scherenschnitt eines Lebens.

Irgendwie machte es Manne fassungslos, dass die Wohnung noch da war. Dass auf den Klingelschildern immer noch *Wischnewski* stand. So, als würde Kalle irgendwann wieder zurückkommen, seine Einkaufstüten abstellen und fragen, was all die Aufregung sollte.

Ein zugegebenermaßen kindischer Teil von ihm fände es angemessener, wenn die weltlichen Besitztümer eines Menschen einfach mit seinem Tod zerplatzen würden, als hätte es sie nie gegeben. So bildeten sie den gruseligen Nachhall eines verschwundenen Lebens.

»Weißt du, wo das Licht angeht?«, fragte Caro, und Manne schob sie behutsam zur Seite. Er tastete sich vorsichtig durchs dunkle Wohnzimmer und zog erst einmal die schweren Vorhänge vor den großen Fenstern zu. Dann schaltete er die Deckenleuchte des Wohnbereichs an.

Was er dann sah, versetzte ihn in Schock.

Es war Kalles Wohnung, aber doch wieder nicht. Der offene Wohnbereich, der in eine großzügige Küche mit Kochinsel überging, wie es mittlerweile in Mode gekommen war, war natürlich noch so wie immer. Die anthrazitfarbenen Küchenfronten, die Granitarbeitsplatte, die Barcelona-Sessel gegenüber der großen Vitra-Couch. Der riesige Teppich, den Kalle aus Istanbul mitgeschleppt hatte. Das alles war noch da, aber auf verschiedenste Arten verunstaltet.

Zunächst einmal war alles mit dem schwarzen Pulver der Spurensicherung bedeckt. Die Fenster, der Couchtisch, die Küchenfronten. Der Bereich um die Türknäufe, die Lichtschalter. Es war überall.

Die Kriminaltechniker hatten gründlich gearbeitet. Hier und da sah Manne auch, dass Proben genommen worden waren. Eine Ecke des teuren Teppichs fehlte, aus der verputzten Wand waren an mehreren Stellen Stücke mit dem Skalpell entfernt worden.

Außerdem klebten die Aufkleber vom Polizeifotografen noch überall.

»Räumt die Polizei denn nie hinter sich auf?«, fragte Caro entrüstet, und Manne ahnte, dass ihre Empörung auch daher rührte, dass sie die Werte erkannte, die in dieser Wohnung herumstanden. Schon beim Architekten war deutlich geworden, dass sie sich für so etwas interessierte.

Wer würde das jetzt alles erben? Hatte Kalle ein Testament gemacht?

Langsam ging Manne einen Schritt in den Wohnraum hinein. Dann noch einen. Etwas hier drinnen war nicht ganz richtig, doch er konnte den Finger nicht darauf legen. Eigentlich stand noch alles an seinem Platz, und darüber hinaus war er selbst ja schon lange nicht mehr hier gewesen. Das letzte Mal ein paar Wochen vor dem Pumpenhausdebakel.

Trotzdem stimmte irgendetwas nicht. Es war wie mit einem Bild, das ein wenig schief hing. Während Caro sich neugierig umsah, schritt er in einem großen Kreis den Raum ab. Seine Augen glitten über die Oberflächen, zählten die sorgsam ausgesuchten Bildbände über Architektur auf der Eiermann-Anrichte, tasteten die Deckenlampe und die Hausbar ab. Seit wann hatte Kalle denn Eierlikör getrunken? Vielleicht ein Geschenk?

»O mein Gott!«, rief Caro in diesem Moment aus, und Manne zuckte zusammen.

»Nicht so laut!«, zischte er. »Hier wohnen noch eine ganze Menge mehr Leute im Haus.«

»Entschuldige«, flüsterte Caro. »Aber ich kann es einfach nicht fassen.« Sie deutete auf die Sitzfläche eines der Barcelona-Sessel. »Hier sind drei Brandlöcher drin!«

»Was?« Manne trat zu ihr, um sich den Schlamassel selbst anzusehen. Tatsächlich. Da waren drei unverkennbare, kreisrunde Brandlöcher im Lederpolster.

Diese Entdeckung gab den Ausschlag. Manne begriff, was hier nicht stimmte.

»Kalle war Nichtraucher«, murmelte er. »Und er hätte niemals zugelassen, dass jemand auf einem dieser Sessel raucht. Es sind Originale.«

»Das darf doch nicht wahr sein«, entrüstete sich Caro und bekam ganz rote Flecken im Gesicht. »Wer macht denn so was?«

»Jemand, der keine Ahnung hat. Oder dem diese Werte egal sind«, murmelte Manne und sah sich weiter um, nun mit geschärftem Blick.

Er entdeckte noch weitere Unstimmigkeiten. Die Induktionsherdplatte war an einer Stelle gesprungen, der Kühlschrankgriff fehlte, die Fensterscheiben waren stumpf vor Dreck. Und im Bücherregal lag achtlos hingeworfen eine Fernsehzeitschrift. Dabei hatte Kalle gar keinen Fernseher besessen.

Oder vielleicht doch? Gegenüber dem Sessel mit den Brandlöchern hatte jemand Bücher aus dem Regal genommen und achtlos auf andere Regalböden verteilt. Stand hier zwischendurch mal ein Fernseher?

»Jemand anderes hat hier gewohnt«, murmelte Manne, und Caro sah ihn mit hochgezogenen Brauen fragend an.

Er versuchte, seine Gedanken zu ordnen. »Kalle hätte niemals zugelassen, dass seinen Sesseln etwas passiert. Er trank keinen Eierlikör. Wenn er auf eines stolz war, dann auf seine Wohnung. Alles ist mit Liebe ausgesucht, für einige Teile hat er ewig gespart. Die Bücher hat er genau nach Themen sortiert. Er konnte es nicht leiden, wenn man eines davon rauszog, ohne zu fragen.«

Er deutete auf die Lücke im Bücherregal, passenderweise in der Unterhaltungsliteratur. Dann wanderte sein Finger weiter in Richtung Küche. »Niemals hätte er den kaputten Kühlschrankgriff nicht repariert oder die Herdplatte so gelassen. Und ich habe auch nie gesehen, dass er überhaupt was kaputt gemacht hat.«

»Was natürlich jedem mal passieren kann«, warf Caro ein. »Vor allem dann, wenn man Angst hat oder nervös ist. Vielleicht hatte er in der letzten Zeit keine Gelegenheit mehr gehabt, sich um die Wohnung zu kümmern.«

»Vielleicht«, räumte Manne ein. »Aber das erklärt weder den Eierlikör noch die Brandflecken in dem Sessel.«

»Siehst du, genau das meine ich«, sagte Caro strahlend. »Der

Polizei konnte das gar nicht auffallen, weil sie keine Ahnung hatten, wie er war.«

»Richtig.«

»Du vermutest also, dass jemand mit Kalle hier gewohnt hat?«, fragte Caro. »Eine Frau?«

Manne dachte kurz nach. »Nein.« Er schüttelte den Kopf. »Nein, verliebt oder nicht, Kalle hätte niemals jemanden in seiner Wohnung, geschweige denn auf den Sesseln rauchen lassen.«

Manne dachte wieder an die Stromrechnung, und ihm lief es kalt den Rücken hinunter. Mit hastigen Schritten ging er durch die Wohnung und riss alle Türen auf.

Badezimmer, Schlafzimmer, Büro. Alle Zimmer verlassen, alle Zimmer auf dieselbe, merkwürdige Art verrutscht. Es war wie in einem Hotel, das seine besten Zeiten hinter sich hatte. Früher das erste Haus am Platz, erkannte man heute, wie es verfiel. Wenn man sich die Mühe machte, genauer hinzusehen.

Im Badezimmer war der verchromte Mülleimer durch einen aus Plastik ersetzt worden. Die große Glasscheibe der ebenerdigen Dusche war vor lauter Kalk fast nicht mehr durchsichtig, der Abziehschaber fehlte. Vom beheizbaren Handtuchhalter war ein Arm abgebrochen.

Mannes Blick glitt über den gemauerten und gefliesten Vorsprung über dem Waschbecken. Keine Zahnbürste. Gut, das wäre jetzt auch zu einfach gewesen.

Das Schlafzimmer wirkte unberührt, aber in einem der Schränke waren Kalles Anzüge achtlos zur Seite geschoben worden. Dort klaffte eine Lücke, als hätte jemand seine Klamotten danebengehängt. Das konnte aber auch von der Durchsuchung stammen. Irritiert schnupperte Manne. Es roch leicht nach Zigarettenrauch.

Im Büro war das Durcheinander größer, was sicherlich daran lag, dass die Beamten hier besonders gründlich gesucht haben dürften. Hier hatte Kalle alles aufbewahrt. Private Dokumente, Rechnungen und Abrechnungen, aber auch Fotoalben und Urlaubserinnerungen. Es war der persönlichste Raum in der gesamten Wohnung.

»Okay«, sagte Manne und atmete durch. »Okay. Ich fange hier im Büro an. Du kannst ja im Wohnzimmer mal das Sideboard und das Bücherregal checken, ob dir etwas auffällt, das auf eine Freundin oder seine Familie hindeutet.«

»Mach ich.«

»Aber sei vorsichtig und merk dir, wo alles lag. Wir dürfen nichts verändern. Es ist alles schon abfotografiert.«

»Aye, aye, Chef«, sagte Caro mit einem schiefen Lächeln und tippte sich an eine imaginäre Mütze.

Manne seufzte. Ihre gute Laune war in diesem Moment besonders schwer auszuhalten. Vielleicht hatte er früher genauso viel mit seinen Kollegen gewitzelt und gelacht. Weil ihn die Fälle nie selbst betroffen hatten.

Weil es nicht sein Leben gewesen war. Doch das hier war anders.

Er atmete noch einmal tief durch und kämpfte gegen die Tränen, weil er Kalle in diesem Raum so deutlich spürte. Hier hatte sich sein Freund am meisten aufgehalten. Und nicht etwa in dem weitläufigen, fast schon opulenten Wohnzimmer.

Das Arbeitszimmer war bei der Sanierung wahrscheinlich als Kinderzimmer gedacht gewesen und der kleinste Raum der Wohnung. Das Fenster ging zum Innenhof, weshalb es immer ein wenig schummrig war. Trotzdem war es Kalles Lieblingsraum gewesen. Hier waren all seine persönlichen Sachen.

»Ach, Mann«, sagte er laut, weil er seinen Freund in diesem Moment so schrecklich vermisste.

Wahllos zog er eines der Fotoalben aus dem unscheinbaren, vollgestopften Regal und fing an, darin zu blättern. Es waren Fotos von Kalles Reisen, die er direkt nach der Wende unternommen hatte. Da war Renate schon tot.

England, Frankreich, Italien, aber auch New York und San Francisco. Immer nur Fotos von Gebäuden, manchmal von Menschen. Nie von Kalle. Es war die Welt durch seine Augen, nicht der Blick auf sich selbst. Kalle hatte sich nie für Selbstdarstellung interessiert.

Manne klappte das Fotoalbum wieder zu. Was hoffte er eigentlich, hier drin zu finden? Ein Bild des Mörders? Ausgestochene Augen? Ein wenig planlos öffnete er die Schreibtischschubladen, schaute sie durch, schloss sie wieder. Ging die Papiere auf dem Schreibtisch durch, doch es war nichts Interessantes dabei.

Wenn es relevante Unterlagen in diesem Zimmer gegeben hatte, dann hatten die Kollegen vom LKA sie ganz sicher mitgenommen. Denn auch wenn es leichter wäre, das zu glauben: Lohmeyer und seine Kollegen waren keine Dilettanten. Der Typ war unfreundlich, humorlos und karrieregeil, aber er musste ein paar Fähigkeiten haben, die darüber hinausgingen, sonst wäre er nicht in so jungen Jahren derart weit gekommen.

Kalles Laptop hatten sie natürlich auch mitgenommen, das Internetkabel hing über dem antiken Schreibtisch wie eine orientierungslose Schlange. Er fühlte sich genauso.

Doch als sein Blick über die Ordner wanderte, hatte er eine Idee.

Er zog den Ordner mit den Rechnungen heraus und schlug den Bereich auf, in dem die Stromrechnungen abgeheftet waren.

Als er die Endabrechnungen durchging, sah er sich in seinem Verdacht bestätigt. Sein Freund hatte niemals eine Nachzahlung leisten müssen, sondern im Gegenteil sogar manchmal noch Geld zurückbekommen.

Er zog sein Handy heraus und besah sich noch einmal stirnrunzelnd das Foto, das er am Morgen bei Lore und Dieter von der hohen Stromrechnung gemacht hatte. War das wirklich erst heute Morgen gewesen? Es kam ihm ein Menschenleben entfernt vor.

Wo kam nur diese gewaltige Menge Strom her? War eines der Geräte kaputt? Hatte Kalle einen neuen Stromfresser gekauft? Er konnte es sich nicht vorstellen. Wenn sein Freund eines gewesen war, dann sparsam. Und ein Fernseher verbrauchte doch nicht so viel Strom, oder? Nein, das konnte er sich nicht vorstellen.

Manne verließ das Büro und ging noch einmal durch die Wohnung, diesmal mit geschärftem Blick. Er kontrollierte, ob alle Geräte auf Stand-by waren, ob das Gefrierfach vielleicht nicht richtig geschlossen war oder sonst etwas die hohe Summe erklären könnte. Aber nichts dergleichen. Der Kühlschrank war relativ neu und von hoher Qualität, in der Tür prangte oben der Hinweis, dass es sich um ein A+++-Gerät handelte. Also um eines mit einem besonders niedrigen Stromverbrauch. Gut für die Umwelt.

»Schon was gefunden?«, fragte er Caro, die damit beschäftigt war, jedes Buch einzeln aus dem Regal zu ziehen, durchzublättern und wieder zurückzustellen. Sie suchte wohl eine geheime Notiz. Und wieder musste er sich auf die Zunge beißen, um nicht zu fragen, ob sie vielleicht doch zu viele Kriminalfilme gesehen hatte. Manchmal konnte er sich selbst nicht leiden.

»Nein, nichts Interessantes«, gab sie zurück und lachte leicht. »Ich werde hier noch eine ganze Weile brauchen.« Sie deutete auf das Regal, das bis unter die Decke reichte. »Hast du irgendwo eine Leiter gesehen?«

Manne schüttelte den Kopf. »Die dürfte im Keller sein.«

Er hielt inne. Natürlich. Der Keller.

Der Keller. Der Keller.

Langsam ging er zu dem schlichten Schlüsselkasten aus weißem Metall neben der Haustür und öffnete ihn. Und da hing er. Der Kellerschlüssel. Wie alle Schlüssel sorgfältig mit beschriftetem Anhänger versehen.

»Ich gehe sie holen. Vielleicht finde ich ja da unten was«, sagte er und schnappte sich den Kellerschlüssel und den Schlüsselbund, der auf der kleinen Flurkommode lag.

»Okay«, sagte Caro abwesend und zog einen riesigen Bildband über katholische Kirchen in Polen aus dem Regal.

Manne öffnete die Wohnungstür einen Spaltbreit. Der Flur lag im Dunkeln, gerade war niemand im Haus unterwegs. Er schlüpfte aus der Tür und schloss sie so leise wie möglich wieder. Er rief den Fahrstuhl und drückte auf den Knopf für das Kellergeschoss.

KAPITEL 29

Sie hatte erst nicht groß darüber nachgedacht, aber es fühlte sich doch sehr merkwürdig an, abends in der Wohnung eines Toten allein zu sein. Allein mit seinen Büchern, den Andenken und diesen filmreifen Überbleibseln polizeilicher Ermittlungen.

Zwar hatte sie aufgepasst, wohin sie trat und was sie anfasste, trotzdem waren die Fingerkuppen ihrer Handschuhe inzwischen schwarz von diesem verflixten Pulver. Caro versuchte, es sich an der Hose abzuwischen. Sie wollte die schönen Bücher nicht einsauen, völlig egal, ob sie überhaupt noch einmal jemand anschaute oder nicht.

Sie hatte auf eine seltsame Art Ehrfurcht vor den Dingen in dieser Wohnung. Nicht nur, weil die meisten offenbar ziemlich viel Geld gekostet hatten, sondern auch, weil ein Toter sie ausgesucht und gekauft hatte. Der Mann, der mit eingeschlagenem Schädel in ihrem Gemüsebeet gelegen hatte, hatte diese Bücher ausgesucht und bezahlt, hatte sie durchgeblättert. Sich vielleicht hinterher über den Kauf geärgert, vielleicht nicht. Manche der Bücher waren häufiger angesehen worden. Das fühlte man beim Durchblättern. Sie war froh, dass sie Handschuhe trug. Sonst würde sie sich fühlen, als würde sie einem Toten die Hand reichen. Und so abgebrüht war sie nicht.

Caro betrachtete die schwarzen Finger des Handschuhs und beschloss, es einmal mit Wasser und Seife zu versuchen. Sie musste sowieso auf die Toilette, auch wenn sie der Gedanke, die gleiche Klobrille zu benutzen wie der Tote, jetzt auch nicht gerade fröhlicher stimmte.

Aber vielleicht musste man ja nicht aus allem eine große Sache machen. Wenn man eine öffentliche Toilette benutzte, wusste man schließlich auch nicht, wie viele Leute, die schon auf derselben Brille gesessen hatten, mittlerweile tot waren.

Igitt. Den Gedanken hätte sie vielleicht besser nie gehabt.

Sie streifte die Handschuhe ab, zog ihr Handy aus der Hosentasche und bemerkte mit einem kleinen Schrecken, dass es schon wieder ziemlich spät geworden war. Die Zeit verflog wirklich, wenn man sich konzentrierte. Die Arbeitstage bei der Modefirma waren ihr immer endlos vorgekommen, diese Arbeit hingegen war etwas völlig anderes. Sie vergaß alles um sich herum.

Caro checkte ihre Mails in der zugegeben ziemlich unrealistischen Hoffnung, jemand hätte sich bereits auf ihre Anfrage gemeldet, aber nichts. Dann schickte sie eine WhatsApp an Eike und fragte ihn, wie es zu Hause lief. Greta müsste längst im Bett sein, aber wie sie ihren Mann kannte, ließ er sie wie immer zu lange aufbleiben. Caro seufzte. Wenn sie ehrlich war, wollte sie jetzt lieber bei ihnen sein. In ihrer warmen, gemütlichen, chaotischen Wohnung. Und nicht in diesem … Designergrab.

Sie ging ins Badezimmer, das wie alle Räume der Wohnung dunkel und hochwertig ausgestattet war, ging auf die Toilette und begann anschließend, die Handschuhe abzuwaschen. Irgendwie war sie dabei froh über das schwarze Waschbecken, da dieses Spurenpulver färbte und färbte und überhaupt nicht aufzuhören schien. Das Wasser zwischen ihren Fingern wollte nicht heller werden. Und überhaupt: Wie sollte sie die eigentlich abtrocknen? Handtücher waren weit und breit nicht zu sehen. Die hatte das LKA wahrscheinlich mitgenommen.

Sie hörte ein Geräusch und zuckte zusammen. Das war sicher Manne, der mit der Leiter zurückgekommen war. Diese Wohnung machte sie noch ganz verrückt. Caro wollte gerade nach ihm rufen, als sie Schritte hörte und erstarrte. Es waren nicht Mannes.

Zwar kannte sie Manne noch nicht lange, aber der Schritt ist etwas beim Menschen ziemlich Unverkennbares. Und so war es auch bei ihm. Manne bewegte sich immer leicht hektisch, in kleinen Schritten. Dazwischen blieb er stehen. Lief weiter. Blieb wieder stehen. Sie dachte bei ihm oft an ein Eichhörnchen oder ein anderes Nagetier, das ständig innehielt, um die Nase in die Luft zu recken und herauszufinden, ob von irgendwoher Gefahr drohte.

Die Schritte vor der Badezimmertür waren schwer und gleichmäßig. Sie klangen nach den festen Sohlen von Stiefeln, nicht nach Mannes Adidas-Tretern.

Caro rutschte das Herz in die Hose. Sie blieb wie angewurzelt stehen und wusste nicht, was sie jetzt tun sollte.

Mit zitternden Fingern vergewisserte sie sich, dass sie ihr Handy bei sich trug. Gut. Das war schon einmal etwas.

Dann sah sie sich im Bad nach etwas um, das als Waffe dienen konnte. Dabei war die Auswahl deutlich eingeschränkt. Der Handtuchhalter war an der Wand festgeschraubt, und sonst gab es hier nicht viel.

Sie konnte schlecht mit einer Rolle Klopapier werfen.

Die Schritte passierten das Badezimmer, und wenig später hörte Caro Geräusche aus dem hinteren Teil der Wohnung.

Mit wild hämmerndem Herzen öffnete sie die Badezimmertür einen winzigen Spaltbreit und spähte nach draußen.

Im Schlafzimmer brannte Licht. Caro hätte schwören können, dass es aus war, als sie ins Bad gegangen war. Aus dem Raum drang ein Rütteln und Schaben. Eine Schublade wurde aufgezogen und durchwühlt. Hin und wieder erschien eine dunkel gekleidete Gestalt im Rahmen der Schlafzimmertür. Caro wagte nicht, zu atmen.

Eine weitere Schublade wurde aufgerissen, Kleidung landete auf dem Boden.

»Scheiße!«, schrie eine männliche Stimme so laut, dass Caro erneut zusammenzuckte. »So eine gottverfluchte Scheiße!«

Caro schloss die Badezimmertür so langsam und leise, wie es

ihre Nerven zuließen. Dann drehte sie den Schlüssel um und steckte sich die Faust in den Mund, um nicht zu schreien.

Der Mörder war hier. In dieser Wohnung. Mit ihr. Allein.

Sie versuchte zu atmen, aber das war gar nicht so einfach. Irgendwie schien ihr Herz so heftig und schnell zu schlagen, dass es ihr gleichzeitig die Luftröhre abdrückte.

Mit zitternden Fingern holte sie ihr Handy aus der Gesäßtasche, doch es entglitt ihr und fiel mit einem leisen Scheppern zu Boden.

Caro ließ sich auf die Knie sinken. Vor lauter Angst atmete sie nur noch flach, dabei musste sie jetzt um jeden Preis verhindern, dass sie zu hyperventilieren anfing. Sie kniff sich fest in den Oberschenkel. Dann warf sie einen Blick auf ihr Handydisplay, aber das trug nicht eben zu ihrer Beruhigung bei: kein Empfang. Verdammte Berliner Innenbäder!

Fieberhaft fragte sie sich, wie sie so einen Notruf absetzen sollte. Was, wenn der Mann im Schlafzimmer sie hören konnte? Würde die verschlossene Badezimmertür lange genug standhalten?

Es blieb ihr nichts anderes übrig – sie musste es riskieren. Ihr ganzer Körper zitterte so stark, dass sie gar nicht wusste, wie sie sprechen sollte, aber immerhin gelang es ihr, die 110 zu wählen und auf den grünen Anrufbutton zu drücken. War es nicht so, dass bei einem Notruf automatisch ein anderes Netz einsprang, wenn man keinen Empfang hatte? Doch aus der Leitung kam nur Stille, und dann erklang das hektische Besetztzeichen, als keine Verbindung hergestellt werden konnte.

Caro stiegen die Tränen in die Augen. Draußen konnte sie noch immer die Geräusche aus dem Schlafzimmer hören. Wie viel Zeit blieb ihr wohl noch, bis er sie entdeckte? Sie zwang sich, tief Luft zu holen und nachzudenken. Dann kam ihr eine Idee. Was wäre denn, wenn …

Hektisch klickte sie sich durch die Einstellungen ihres Smartphones, und mit ihren nervösen Fingern brauchte sie mehrere Anläufe, bis sie im WLAN-Menü war. Sie wollte doch nur … da! Ein offenes Netz! Sie drückte auf *Verbinden,* dann dauerte es ein paar quälend lange Sekunden, bis das Symbol eine Verbindung anzeigte. Zwar nur schwach, aber besser als nichts.

Als Caro ihren Messenger öffnete, hätte sie das Telefon vor Wut fast gegen die Fliesen geschmettert. Nur ein Haken – ihre Nachricht von vorhin war nicht zugestellt worden, Eike musste vergessen haben, seinen Akku aufzuladen. Dann riss Caro sich zusammen und überlegte.

Sie brauchte drei Anläufe, bis sie eine Nachricht an Manne formuliert hatte.

Ruf die Polizei. Er ist hier.

Gebannt starrte sie aufs Display. Ein Haken erschien, doch der zweite blieb aus. Wahrscheinlich hatte Manne im Keller genauso viel Empfang wie sie hier. Sie konnte sich nicht darauf verlassen, dass er die Nachricht rechtzeitig las. Ihre Freundin Dilek gehörte zu den Menschen, die WhatsApp grundsätzlich ablehnten. Also schrieb sie ihr kurzerhand eine Mail, die wahrscheinlich heute Abend nicht mehr gelesen wurde. Dann wurde ihr schwindelig, und sie musste eine Pause machen.

Caro ließ das Handy auf den Boden gleiten und lehnte sich gegen die Glasscheibe der Duschkabine. Sie schloss die Augen und versuchte, gleichmäßig ein- und auszuatmen, nicht an Eike oder Greta zu denken und nicht die Nerven zu verlieren.

Nichts davon gelang ihr.

KAPITEL 30

Scheiße, er hatte keine Ahnung, welches der vielen Kellerabteile Kalles gewesen war. Und das Licht ging ständig aus. Vielleicht war das hier doch keine so gute Idee. Je tiefer er in den feuchten Altbaukeller vordrang, desto weniger erschien es ihm wie eine. Die dämliche Leiter brauchten sie eigentlich auch nicht. Er jedenfalls glaubte nicht ernsthaft daran, dass sich in einem der Bücher wirklich ein brauchbarer Hinweis finden ließ.

Manne schüttelte den Kopf über sich selbst. Machte ihm der Keller etwa Angst? Schon als Kind hatte er sich vor den schier endlosen, niedrigen Backsteingängen im Keller ihres Mietshauses gefürchtet, in den er immer hatte laufen müssen, um Kohlen zum Heizen zu holen. Passiert war ihm aber noch nie etwas in einem Keller. Das einzig wirklich Nennenswerte war der Kadaver einer Katze gewesen, den er am Ende des Winters ganz unten im Kohlehaufen gefunden hatte. Wahrscheinlich war das arme Ding von der Winterlieferung Kohle erschlagen worden.

Es war Mannes erste Begegnung mit dem Tod und seinem Geruch gewesen. Aber das war nicht der Grund für seine Angst. Die saß tiefer. Irgendwo in seinem Knochenmark. Und sie war älter als er selbst.

Ein Grund mehr, ihr jetzt nicht nachzugeben. Es war ein vollkommen rationaler Gedanke, sich im Keller umzusehen. Ob die Kollegen hier auch schon gewesen waren? Dann würde er das Abteil am lila Siegel erkennen. Aber dann hätten sie den Schlüssel ja wohl mitgenommen. Oder?

Manne bog um eine weitere Kurve. Er hatte das Gefühl, unterirdisch die Stadtgrenze passiert zu haben, so lange, wie er schon mit dem Prickeln im Nacken hier unten unterwegs war.

Doch schließlich wurde er belohnt und musste fast ein bisschen lächeln. Auf einer der typischen Brettertüren prangte ein Messingschild mit den Buchstaben *KDW*.

»Ach Kalle«, murmelte Manne, und sein Herz zog sich schmerzhaft zusammen. Weil er wusste, wie lustig sein Freund diese Aktion gefunden hatte. Wie hintergründig.

Er schob den Schlüssel in das gewaltige Vorhängeschloss und drehte ihn, bis der Bügel aufsprang.

Schon während die Tür aufschwang, wusste er, dass er etwas gefunden hatte. Hier drin brummte es. Und zwar ziemlich laut.

Manne betätigte den Lichtschalter, und eine winzige Funzel, die an der Decke vom nackten Kabel baumelte, sprang an. Doch sie reichte aus.

Der Keller war so aufgeräumt wie alles in Kalles Leben. Hier unten standen vier Metallregale mit Plastikboxen, die säuberlich beschriftet waren. Sie enthielten hauptsächlich Werkzeug und Ersatzteile für das Fahrrad, mit dem er die meisten Wege zurückgelegt hatte. In der linken hinteren Ecke stapelten sich die Sommer- oder Winterreifen seines Autos, rechts gab es einen Metallspind, in dem Kalle die Kleidung aufbewahrt hatte, die er gerade nicht brauchte.

Das alles brummte natürlich nicht. Sondern eine ziemlich alte, sehr große und etwas siffig wirkende Tiefkühltruhe von Liebherr.

Sie stand neben dem Spind an die Wand gerückt und sah so aus, als würde sie dort hingehören, aber Manne konnte sich das nicht vorstellen. Kalle hatte sich nicht sonderlich viel aus Tiefgefrorenem gemacht. Für eine Einzelperson waren die drei geräumigen Tiefkühlfächer seines Kühlschranks durchaus ausreichend. Außerdem hätte er sich niemals so ein altes Ding angeschafft. Und selbst wenn, dann hätte er es gereinigt, verflixt noch mal.

Manne atmete einmal tief durch, packte den Griff und zog den schweren Deckel hoch.

Die Kühltruhe war komplett leer. Nichts drin, nicht einmal eine Pizza.

Doch was war das? Er beugte sich vor, um die Eiskristalle zu studieren, die sich überall an der Wand gebildet hatten.

Was er fand, ließ ihn am ganzen Körper erzittern. Viele dunkelbraune Fasern und an einer Stelle, ziemlich weit oben direkt unter dem Deckel, befand sich ein kleiner, roter Fleck. Manne rieb mit dem Finger darüber und schnupperte anschließend daran. Die hellrote Flüssigkeit roch schwach nach Eisen.

Ihm wurde schwarz vor Augen. Manne ließ die Klappe zufallen und setzte sich mit einem tiefen Seufzer auf den Boden, bis sich sein Kopf nicht mehr drehte.

Das war es also. So simpel wie logisch.

Kalle hatte sich nicht versteckt. Er war versteckt worden. Und zwar in seinem eigenen Haus. Bis die Zeit gekommen war.

Er dachte an die komische Position der Leiche. Natürlich. Der große Kalle konnte nur zusammengekauert hier in diese Truhe gepasst haben. Und es hatte so eine große, alte Truhe sein müssen, damit es überhaupt funktionierte. Ein Bild formte sich in Mannes Kopf. Wie es gewesen sein könnte.

Und auf einmal fiel ihm etwas ein. Die Lampe. Diese unscheinbare und scheißteure Glaslampe, die immer auf dem Sideboard gestanden hatte. Sie war verschwunden.

KAPITEL 31

Der Typ pflügte durch die Wohnung wie eine Stampede wilder Tiere. Wahrscheinlich suchte er den falschen Ausweis und die Waffen. Beides hatte die Polizei allerdings mitgenommen.

Caro hatte sich etwas beruhigt. Ihre eine schweißnasse Hand umklammerte den Duschkopf – der Schlauch war zum Glück lang genug –, die andere umklammerte das Handy.

Ab und zu wagte sie es, durch das Schlüsselloch zu spähen, doch sie sah nie mehr als einen großen, dunklen Schatten durch die Wohnung wandern.

Am liebsten hätte sie versucht, aus dem engen und zunehmend stickigen Badezimmer zu entkommen, aber über den ganzen Flur zur Wohnungstür zu rennen, wagte sie nicht.

Was, wenn der Typ bewaffnet war? Er hatte immerhin schon einmal einen Menschen umgebracht.

Mittlerweile war er im Wohnzimmer angekommen, wo er wütend die Bücher aus dem Regal zu reißen schien. Nie im Leben käme sie jetzt noch unbemerkt an ihm vorbei.

Sie hatte noch mehrere Nachrichten an verschiedene Leute geschrieben, doch die waren allesamt nicht durchgegangen. Das offene Netzwerk war sehr instabil, die Verbindung brach immer wieder ab, und sie musste sich jedes Mal neu einwählen. Am besten war es noch in unmittelbarer Nähe zur Tür. Wahrscheinlich war es draußen im Flur deutlich stärker. Sie überlegte. Wurden Nachrichten eigentlich verschickt, sobald die Verbindung stand, oder wie lief das? Musste WhatsApp dafür geöffnet sein? Oder gar der einzelne Chat? Bei Instagram zumindest war es so, jedenfalls bei den Storys. Die wurden hochgeladen, sobald das Handy Netz hatte, wenn die App geöffnet war.

Caro biss sich auf die Unterlippe. Sie hatte eine Idee, doch die erforderte, sich von ihrem Telefon zu trennen. Und eine Garantie, dass es funktionierte, gab es nicht. Allerdings hatte sie die Möglichkeiten, die ihr das Telefon bot, jetzt auch fast ausgeschöpft. Was brachte ihr das Ding hier drinnen, wenn sie keinen Empfang hatte?

Sie hörte es poltern und wusste, dass wieder ein besonders schweres Buch geflogen war. Wunderbar, warum hatte sie sich eigentlich so viel Mühe gegeben, jedes einzelne sorgsam zurückzustellen?

Immerhin schien er beschäftigt zu sein, doch wer wusste schon, wie lange das noch der Fall sein würde? Sie beschloss, es zu versuchen.

Sie atmete einmal tief durch, tippte eine Nachricht und schob das Handy dann, so leise es ging, unter dem Türschlitz des Badezimmers hindurch auf den Flur. Es passte. Sie zog es erleichtert zurück. Ein Glück, dass die modernen Geräte so flach waren! Als das nächste Poltern aus dem Wohnzimmer erklang, schubste sie das Telefon mit aller Kraft mit dem Display nach unten auf den Flur hinaus. Ihr Ziel war das Lowboard auf der anderen Seite des Flurs gewesen. Ein Blick durch das Schlüsselloch verriet ihr, dass das Gerät zumindest halb darunterlag und auf diese Weise hoffentlich lange genug unbemerkt blieb.

Hoffentlich hatte sie das Richtige getan. Ohne Telefon fühlte sie sich schutzlos. Aber jetzt war es zu spät. Sie konnte nur noch abwarten.

KAPITEL 32

Manne war außer Atem, ohne genau zu wissen, warum. Er war mit dem Aufzug gefahren und nicht gerannt, aber sein Herz pochte wie verrückt, und er musste sich neben der Wohnungstür eine Weile an der Wand abstützen, bevor er den Schlüssel ins Schloss stecken konnte.

Eine Welle aus Erschöpfung und diffuser Angst rollte über ihn hinweg, getragen von dem Horror, noch etwas von dem Blut seines toten Freundes an der Fingerspitze kleben zu haben.

Das Licht im Treppenhaus ging mit einem leisen Klicken aus. Zeit abgelaufen.

Fast im selben Moment fing es in Kalles Wohnung an zu rumpeln. Dumpfe Schläge ertönten. Manne richtete sich kerzengerade auf.

Was war das? Machte Caro da drin so einen Lärm? Nein. Das konnte er sich nicht vorstellen. Er machte das Licht wieder an.

Sein Blick fiel auf den Türrahmen, und er bemerkte zu seinem Schrecken, dass das Siegel abgerissen worden war. Komplett heruntergerissen. Noch jemand war in der Wohnung. Zusammen mit Caro. Scheiße.

So leise er konnte, steckte er den Schlüssel in das Schloss und drehte ihn, dann stieß er die Tür auf und presste sich daneben an die Wand. Seine rechte Hand wanderte automatisch an die Hüfte, um seine Waffe zu ziehen. Ein eiskalter Schreck durchfuhr ihn, als ihm wieder einfiel, dass er vor Jahren das letzte Mal eine Waffe getragen hatte. Manne hatte ganz automatisch gehandelt. Solche Situationen hatte er in seinem Leben so oft in Übungen durchgespielt und war ihnen auch im echten Berufsleben ein paarmal begegnet. Es war ihm in Fleisch und Blut übergegangen, und er hatte die Schritte ausgeführt, ohne viel darüber nachzudenken. Und jetzt war die Tür geöffnet und sein Gürtel leer.

Hektisch griff er nach seinem Handy, auf dessen Bildschirm er eine Nachricht von Caro eingeblendet bekam.

Ruf die Polizei. Er ist hier.

Genau das würde er jetzt auch tun. Er gab den Code zum Entsperren des Geräts dreimal falsch ein, bis er es endlich schaffte, das Nummernfeld zu öffnen, verging eine halbe Ewigkeit.

»Das wirst du schön bleiben lassen«, raunte eine Stimme neben seinem Ohr, und Manne zuckte zusammen. Er hob den Blick.

Was er sah, ließ das Blut in seinen Adern gefrieren.

Das konnte, das durfte nicht wahr sein.

Er schaute in das grinsende Gesicht eines Mannes, der gerade die Klinge eines großen Springmessers herausschnellen ließ. Das schulterlange Haar war genauso zerzaust wie sein ungepflegter Bart. Er trug eine ausgebeulte Trainingshose und einen schwarzen Kapuzenpullover. Trotzdem erkannte Manne ihn sofort.

»Kalle«, flüsterte Manne und klang dabei genauso kläglich und fassungslos, wie er sich fühlte.

Ein wütendes Funkeln trat in die Augen des anderen Mannes, und sein Gesicht verzerrte sich.

»Manne«, zischte der andere und drückte ihm das Messer auf Höhe der Nieren in die Seite. »Ich kann nicht behaupten, dass es eine Freude ist, dich wiederzusehen. Komm doch herein.«

Manne löste sich von der Wand und trat in den Flur, die Tür fiel hinter ihm krachend ins Schloss. Der Druck des Messers verschwand, und Manne atmete erleichtert auf.

»Das nehme ich«, sagte Kalle und streckte seine Hand nach Mannes Handy aus.

Manne übergab es resigniert. Dabei fiel sein Blick auf die Hand. Die fünf unversehrte Finger aufwies. Jetzt verstand Manne endlich.

»Sie sind sein Bruder«, stellte er fest, während er die Hände wie aufgefordert hob und sich selbst dafür verfluchte, dass er sein Handy und nicht etwa das Gartenmesser aus der Hosentasche genommen hatte.

»Zwillingsbruder«, berichtigte der Mann. »Und du bist die Zecke an meinem Arsch. Hättest du es nicht einfach gut sein lassen können?«

Der Mann wedelte mit dem Messer vor Mannes Nase herum und bedeutete ihm, sich umzudrehen. Manne tat es, und im nächsten Moment traf ihn ein harter Schlag mit dem Messerschaft an der Schläfe. Er stöhnte.

»Das ist nur ein Vorgeschmack«, sagte der andere Mann. »Ich wollte nie zum Mörder werden, aber da ich es jetzt nun mal bin, kommt es auf einen mehr oder weniger auch nicht an. Also benimm dich gefälligst.« Er drehte Manne die Hände auf den Rücken und band sie ihm mit einem von Kalles unzähligen Schals auf dem Rücken zusammen.

Kalles Bruder schob Manne vor sich her ins Wohnzimmer. Dort drehte er ihn grob an der Schulter zu sich um, verpasste ihm einen Fausthieb ins Gesicht und dann noch einen in den Magen. Der Schmerz schoss durch Mannes Eingeweide wie ein D-Zug. Das war keine Faust, das war ein Vorschlaghammer.

Er klappte zusammen und wurde auf einen der Sessel gestoßen.

»Wage es nicht, dich zu bewegen.« Der Typ spuckte aus, dann schüttelte er den Kopf und boxte Manne erneut in den Magen, sodass ihm das letzte bisschen Luft entwich. Ihm wurde schwarz vor Augen.

Manne hatte schon oft eingesteckt, das war normal, wenn man über dreißig Berufsjahre auf dem Buckel hatte. Aber diese Schläge hier waren ein ganz anderes Kaliber. Präzise und steinhart.

»Wehe, du rührst dich!«, sagte der Kerl noch einmal und ging in den Flur, um noch mehr Schals zu holen. Auf dem Rückweg ins

Wohnzimmer blieb er stehen und stutzte. Dann hob er etwas vom Boden auf. Es war Caros Handy. Auf dem Gesicht des Mannes breitete sich Wut aus.

»Ich dachte, sie wohnt hier irgendwo im Haus!«, brüllte er. »Die Frau, der du so galant die Tür geöffnet hast. Ich dachte, das war Zufall. Verdammt!«

Mit wenigen großen Schritten kam er wieder zu Manne zurück und verpasste ihm einen so heftigen Schlag gegen den Kopf, dass ihm schwarz vor Augen wurde.

KAPITEL 33

Er kam. Sie hörte es und wusste vor Angst kaum noch ihren Namen. Aber eine Sache wusste sie noch. Dass sie sich an den Plan halten musste, vollkommen egal, wie lächerlich der auch sein mochte.

Caro drückte sich in die hinterste Ecke der Dusche und drehte den Heißwasserhahn voll auf.

Trotzdem hörte sie das Krachen, das von der Tür kam. Es hallte im gesamten Raum wider. Ein zweites ertönte, dann ein drittes. Währenddessen füllte sich das gesamte Badezimmer langsam mit Wasserdampf.

Es krachte wieder, und dann flog die Tür aus den Angeln. Holz spritzte auf den dunklen Fliesenboden.

Da stand er. Eine dunkle, große Silhouette im wabernden Wasserdampf. Er lachte böse.

Das war doch … Sie schüttelte den Kopf. Wurde sie jetzt etwa verrückt? Das war der Mann von den vielen Fotos, die sie gesehen hatte. Dessen Mörder sie gesucht hatten. Kalle Wischnewski.

Er erwiderte ihren Blick mit kalter Gelassenheit und schüttelte den Kopf.

»Ne, Püppi. Ich bin kein Gespenst. Keine Angst.«

Ihre Gedanken rasten. Wenn Kalle noch am Leben war, wer war dann der Tote? Hatte der Typ seinen eigenen Tod vorgetäuscht, um untertauchen zu können? Das musste es sein, oder? Natürlich. Wahrscheinlich hatte er das Koks im Pumpenhaus deponiert, um illegal an Geld zu kommen und …

»Jetzt starr mich nicht so blöde an!«, blaffte er. »Los, hopp, hopp, auf die Füße!«

Sie schüttelte den Kopf. »Du wirst mich schon holen müssen,

Karl Wischnewski«, sagte sie, und eine Art Stolz durchfuhr sie, weil ihre Stimme so fest und entschlossen klang. Wenigstens etwas an ihr, das fest und entschlossen war. Ihr restlicher Körper war zu einer zittrigen, gallertartigen Masse verkommen.

»Ich bin nicht Kalle«, sagte er grinsend und schüttelte den Kopf. »Aber ich hol dich trotzdem!« Mit diesen Worten trat er in die Dusche. Caro sah eine lange Klinge aufblitzen und schnappte nach Luft. Fast hätte sie vor Schreck vergessen, was sie vorhatte. Aber nur fast. Sie hob den Duschkopf und zielte mitten in das Gesicht des Mannes, der sofort einen lauten Schmerzensschrei ausstieß.

»Da!«, rief sie triumphierend. »Eine Dusche hast du sowieso bitter nötig!«

Wo war das denn hergekommen?

Sie schlug mit Duschkopf blind auf den Mann ein. Doch das Wasser war verdammt heiß, und sie hatte keine Ahnung, was genau sie da tat.

Aber Hauptsache, sie tat irgendetwas.

Ein schwerer Stiefel kam plötzlich durch die Luft gesaust und traf sie am Kopf. Er wurde zurückgeschleudert, als säße er auf einem Scharnier. In ihrem Schädel knackte es bedrohlich. Caros Hinterkopf knallte mit voller Wucht gegen die Fliesen der Duschkabine, und im nächsten Moment hörte das Wasser auf zu fließen.

Eine Hand packte sie grob an den Haaren und zerrte sie aus der Dusche. Sie war tropfnass und atmete schwer, vor ihren Augen tanzten schwarze Punkte. Doch sie sah, dass manche der Tropfen, die auf ihren Händen und der Bluse landeten, rot waren. Sie blutete.

Caro stolperte mehr, als dass sie ging. Dem Mann schien es regelrecht Spaß zu machen, sie zu quälen.

Ihr wurde immer wieder schwarz vor Augen, aber sie blieb bei

Bewusstsein. Caro wollte nichts weniger, als im Beisein dieses brutalen Kerls ohnmächtig zu werden. Der Himmel wusste, was dem so alles einfallen könnte.

Er zerrte sie ins Wohnzimmer, wo er sie auf einen der beiden Sessel stieß und an Händen und Füßen fesselte. Ihr schoss durch den Kopf, dass sie hier gerade einen sündhaft teuren Ledersessel für immer versaute. Leder und Wasser, das war keine gute Kombination. Was kosteten die noch mal? Sie hatte es irgendwo gelesen. Fünftausend? Sie drehte den Kopf, um eine Stellung zu finden, in der er nicht fürchterlich schmerzte, da entdeckte sie Manne.

Er saß direkt neben ihr und blutete aus Nase und Lippe, eines seiner beiden Augen war dabei, zuzuschwellen. Er lächelte sie schief und traurig an.

»Gut gemacht, Mädchen«, sagte er.

Das Kalledouble schnaubte. »Ja, wirklich gut gemacht, Mädchen. Ihr beide habt das ganz toll gemacht.« Er stand in der Küche und hielt ein Geschirrhandtuch unter den Wasserhahn, das er sich anschließend auf das krebsrote, geschwollene Gesicht drückte.

»Scheiße, tut das weh!«, schrie er wütend, und Caro zuckte zusammen. »Du Schlampe hast mir das Gesicht verbrannt.«

»Gern geschehen«, sagte Caro und rang sich ein Lächeln ab. Irgendwie fühlte sie sich seit dem Schlag auf den Kopf seltsam entrückt und von einem Hochgefühl ergriffen. Ihr war vage bewusst, dass sie sterben konnte. Ja, dass die Wahrscheinlichkeit hierfür gar nicht so gering war. Aber diese Gedanken waren gerade sehr weit weg. Ihr Kopf dröhnte und fühlte sich gleichzeitig wie eine große, dicke Packung Watte an. Die Ohrfeige, die er ihr verpasste, spürte sie kaum.

»Du hast wohl noch nicht begriffen, wie ernst das hier ist, was? Ihr zwei steckt in der Scheiße. Oder kannst du mir sagen, was ich jetzt mit euch machen soll?«

Caro holte Luft, aber Manne war schneller.

»Auf jeden Fall solltest du uns am Leben lassen. Zwei Morde machen sich nicht so gut auf deinem Konto.«

»Da steht schon einer. Was soll's?«

Manne schüttelte den Kopf. »Ich glaube nicht, dass du deinen Bruder ermordet hast.«

Bruder? Allmählich begriff Caro.

»Ihr wart Zwillinge!«, sagte sie und bemerkte erstaunt, wie sie lallte. Plötzlich fühlte sie, dass sie sich übergeben musste. Noch bevor sie irgendetwas sagen oder tun konnte, beugte sie sich zur Seite und kotzte auf den hübschen Teppich.

»Vollkommen richtig«, sagte der Mann, als wäre gar nichts gewesen. »Und du hast 'ne Gehirnerschütterung.«

»Er hat recht«, sagte Manne, und Caro musste die Augen zusammenkneifen, um ihn überhaupt fokussieren zu können.

»Versuch, den Kopf still zu halten.« Das kam nicht von Manne, sondern von dem anderen. Kalles Zwillingsbruder.

Er ging noch einmal in die Küche, um das Handtuch nass zu machen, das er ihr anschließend mit einer erstaunlich sanften Geste in den Nacken legte.

Unter Schmerzen hob sie den Kopf und sah den Mann an. »Danke. Wie heißt du?«

»Warum willst du das wissen?«, knurrte er und zog sich einen der Esszimmerstühle heran, auf den er sich fallen ließ. Seine Haut war noch genauso rot wie vorher und schien zu spannen.

»Ich will dich nicht ›der Typ‹ nennen«, erklärte Caro.

In Wirklichkeit wollte sie eine Beziehung zu dem Mann aufbauen, damit er sie am Leben ließ. Aber das sagte sie natürlich nicht.

»Mein Name ist Thorsten«, sagte er knapp.

»Thorsten und Karl«, murmelte Caro, doch der falsche Zwilling schüttelte den Kopf.

»Nein. Thorsten ist der Name, den meine Adoptiveltern mir gegeben haben. Und Karl hieß auch nicht Karl. Mein Geburtsname lautet Jens. Karl wurde unter dem Namen Theodor geboren. Jens und Theodor Möcker. Allerweltsnamen.« Er schüttelte den Kopf und sog scharf Luft ein. »Scheiße, das brennt.«

»Im Badezimmer ist ein Arzneischrank. Dort findest du vielleicht eine Wundsalbe.«

Thorsten lachte. »Klar, ich gehe jetzt ins Bad und lass euch zwei Hübschen miteinander tuscheln. So weit kommt es noch.«

Manne zuckte die Schultern.

»Eigentlich wollte ich schon längst weg sein«, zischte er jetzt. »Über alle Berge, *hasta la vista*. Aber mein Ausweis ist verschwunden.«

Manne nickte. »Der niederländische? Den hat die Polizei. Wieso hast du ihn überhaupt hiergelassen, wenn du ihn so dringend brauchst?«

Thorsten knurrte. »Ich musste schnell verschwinden. Scheiße, ich muss immer noch schnell verschwinden.«

Manne nickte verständnisvoll. »Du hättest nicht gedacht, dass er so schnell gefunden wird. Dass es so schnell taut.«

»Nein, verdammt. Hätte ich nicht. Was habt ihr da auch so früh im Jahr rumgegraben? Auf der Parzelle war doch kein Schwein!«

»Richtig. Deshalb haben wir sie diesen Frühling ja auch neu verpachtet.« Manne nickte mit dem Kopf in ihre Richtung. »An Caro und ihre Familie. Lass sie gehen, Thorsten, sie hat eine kleine Tochter und hat mit der ganzen Sache nichts zu tun. Sie hat mich nur hergefahren.«

»Scheiße, und mir hat sie das Gesicht verbrüht. Sie hat sehr wohl was damit zu tun. Ich habe sie verletzt, sie kann mich identifizieren.« Thorsten hielt inne und starrte sie wieder feindselig an. »Warum musstet ihr hier sein, verdammt? Ausgerechnet heute?«

»Weil ich herausfinden wollte, wer meinen besten Freund getötet hat. Ganz einfach.«

»Und wo warst du vorhin? Ich hab genau gesehen, dass du mit

dem Aufzug runtergefahren bist. Die ganze Zeit habe ich unten gestanden und darauf gewartet, dass du die Wohnung verlässt. Ich dachte, du würdest wieder fahren. Was hast du gemacht?«

»Ich war im Keller und habe die Kühltruhe gefunden.« Er warf Thorsten einen wütenden Blick zu, aber der drehte sich weg. Manne seufzte und starrte an die Decke. Dann schien ihm ein Gedanke zu kommen.

»Das warst du«, hauchte er auf einmal leise. »Die ganze Zeit über warst es du.«

KAPITEL 34

Manne konnte es nicht fassen. Auf einmal passte alles zusammen. Das Pumpenhäuschen. Der Streit. Die Handschuhe, die Kalle zuletzt immer getragen hatte. Die Veränderung. Die Zigaretten in den Gummistiefeln. Ihn überkam kalte Wut. Er konnte nichts dagegen tun, obwohl er wusste, dass der Zeitpunkt denkbar ungünstig war.

»Wann hast du ihn umgebracht?«, fragte er mühsam beherrscht. »Wann?« Das letzte Wort schrie er doch, aber es war ihm egal. Fast verschaffte es ihm eine gewisse Befriedigung.

Manne wusste, dass sie aus dieser Situation höchstwahrscheinlich nicht mehr herauskamen. Also musste er es wissen.

Die Frage schien etwas in Thorsten zu bewegen. Sein Blick flackerte leicht, wie ein kaputter Fernsehbildschirm. Zwischendurch blitzte Kalle hervor, als läge er irgendwo in dieser fremden Person verborgen. Als würde noch etwas von seinem Freund in diesem Mann weiterleben.

»Anfang September«, sagte er leise. »Aber es war ein Unfall.«

»Das glaube ich dir sogar. Aber alles, was danach kam, war ganz genau geplant, habe ich recht?« Natürlich glaubte Manne ihm kein Wort, von wegen Zufall, die Kühltruhe sprach ja Bände, aber es war geschickter, dem Verdächtigen einen Ausweg zu lassen, sich selbst nicht zu sehr zu belasten, wenn man ein Geständnis wollte.

»Ja, und dann kommt ihr und durchkreuzt den Plan«, zischte Thorsten. Er schüttelte den Kopf. »Ist jetzt auch schon scheißegal.«

Zu Mannes Verblüffung schluchzte der Mann. »Kalle ist tot, verdammt.« Er zog die Nase hoch, seine Augen glitzerten. »Mein Bruder ist tot!«

Am liebsten hätte Manne gebrüllt, dass es ja klar sei, wessen

Schuld das war, aber er konnte sich gerade noch beherrschen. Er war hilflos und verwundbar. Und Thorstens Beherrschung stand auf Messers Schneide.

»Meinst du, er hätte gewollt, dass du jetzt auch noch seinen besten Freund umbringst?«, hörte er Caro sanft und mitfühlend fragen. »Den einzigen, den er jemals hatte?«

Manne wusste nicht, ob es klug von ihr war, diesen Weg einzuschlagen, doch immerhin hatte sie jetzt Thorstens Aufmerksamkeit.

»Er war immer einsam«, fuhr Caro fort. »Hat nie richtig dazugehört und kaum jemandem anvertraut, dass er adoptiert war. Nicht einmal seinem besten Freund.« Sie seufzte schwer, und Manne ahnte, dass sie starke Kopfschmerzen hatte.

»Wahrscheinlich hat er unterbewusst immer nach dir gesucht«, murmelte sie. »Nach seinem Gegenstück.«

Thorsten weinte jetzt tatsächlich und wischte sich die laufende Nase am Ärmel seines Kapuzenpullis ab. Die Schleimspur erinnerte Manne an Schneckenspuren im Garten.

»Meinst du?«

Caro nickte fast unmerklich.

Thorstens Gesicht verzerrte sich. Das war nicht gut. »Und warum hat er sich dann nicht über mich gefreut, als ich ihn endlich gefunden hatte? Warum wollte er mich nicht hierhaben?«

Seine Hände zitterten.

»Warum hat er sich für mich geschämt? Warum wollte er mich rauswerfen, wenn er sein ganzes Leben nach mir gesucht hat?«

Er lachte verbittert. »Nein. Eine schöne Geschichte, aber so war es nicht. *Ich* habe immer nach *ihm* gesucht. Ich habe Himmel und Hölle in Bewegung gesetzt, um ihn endlich zu finden. Den einen Menschen, der mich verstehen würde. Meinen Zwillingsbruder.«

Thorsten schwieg eine Weile und schaute zur Decke. Dann schüttelte er den Kopf.

»Doch er hat mich angesehen wie alle anderen auch. Wie ein Stück Scheiße, in das man auf dem Gehweg getreten ist. Eine unvorhergesehene Unannehmlichkeit, die man nun zu entfernen hat, bevor das Leben weitergeht.«

»Das kann ich mir gar nicht vorstellen«, rutschte es Manne heraus.

Das hätte er besser nicht gesagt. Mit einem Satz war Thorsten auf den Beinen. Die Traurigkeit, die eine Sekunde zuvor noch in seinem Gesicht gestanden hatte, räumte das Feld für blanke Wut.

»Kein Wunder, dass ihr euch so gut verstanden habt. Du bist genau wie er. Ein Heuchler. Einer, der auf gute Ordnung pocht und angeblich so ein angenehmer Zeitgenosse ist. Der Herr Vorsitzende ohne Furcht und Tadel. So vielen Menschen liegt an deinem Wohl.«

Plötzlich schien ihm etwas einzufallen, dass ihn aufheiterte. Sein Gesicht hellte sich auf. »So viele werden um dich weinen. Ist das nicht irgendwie tröstlich?«

Thorsten betrachtete das Messer in seiner Hand. Dann schüttelte er den Kopf. »Ne«, sagte er mehr zu sich selbst. »Diese dämlichen Sessel waren ihm heilig.«

Manne sah zu, wie Thorsten wieder in die Küche lief und in den Schubladen herumräumte. Nach kurzer Zeit schien er gefunden zu haben, was er suchte. Mit zackigen Bewegungen riss er zwei Müllbeutel von einer Rolle ab. Dann ging er kurz weg, nur um wenig später mit zwei schicken Seidenkrawatten wieder aufzutauchen.

Manne wurde kalt. Er ahnte, was Thorsten mit ihnen vorhatte. Mit aller Kraft stemmte er sich auf die Füße, was gar nicht so einfach war. Egal, wie lächerlich. Kampflos würde er nicht aufgeben.

Als Thorsten mit dem Müllbeutel in der einen und den Krawatten in der anderen Hand auf ihn zukam, schenkte er Manne nur ein mitleidiges Lächeln.

Kalles Bruder holte aus, und Manne hopste unbeholfen zur Seite, strauchelte aber, weil er weder Arme noch Beine hatte, um sich abzufangen. Er ließ seinen Kopf nach vorne schnellen und bemerkte zufrieden, dass er Thorsten wenigstens schmerzhaft an der Schulter erwischte, bevor dieser ihm erneut einen kräftigen Schlag in den Magen verpasste. Manne ging stöhnend zu Boden und hatte im nächsten Augenblick die Plastiktüte über dem Kopf. Dann spürte er, wie die Krawatte um seinen Hals zugezogen wurde.

»Du Feigling!«, schrie Manne. »Nimm gefälligst das Messer und mach es schnell!«

Er bekam keine Antwort. Sein Herz pochte wie wild, und er zappelte auf dem Boden herum wie ein Fisch, in der Hoffnung, Thorsten noch irgendwo zu erwischen, ihn daran zu hindern, dass er Caro ebenfalls eine Tüte über den Kopf zog. Doch wenig später hörte er einen dumpfen Aufprall, dann noch einen und noch einen.

Sie wehrt sich!, schoss es ihm durch den Kopf. Gut. Caro hatte mehr Mumm bewiesen, als er jemals gehabt hatte. Er hätte sie beschützen müssen. Die kleine Greta, sie …

Manne fühlte, dass er zu weinen anfing. Die Tüte machte ihm mehr Angst, als er jemals zuvor gehabt hatte. Das Gefühl, sie einzuatmen. Das Wissen, dass hier drin nicht genug Luft für ihn war. Dass er nichts tun konnte, um sich zu retten.

Sein Kopf begann immer schmerzhafter zu pochen, und seine Lunge brannte bei jedem Atemzug.

Es fängt an, dachte er. O lieber Gott. Er weinte nun hemmungslos, auch wenn es wehtat und er so noch schneller die wenige Luft verbrauchte, er konnte nichts dagegen tun.

Manne fühlte, dass seine Hose nass wurde, und wusste irgendwo in den Untiefen seines Bewusstseins, dass er sich gerade einnässte. Aus Angst vor dem Tod. Der ihn holen würde.

Scheiße, ihm tat das alles so leid. Er wollte noch so viel sagen. Er wollte etwas tun, sich selbst retten. Und Caro. Petra küssen und Jonas umarmen. Tausendmal. Aber er konnte überhaupt nichts mehr. Alles tat weh, und mit jedem Atemzug sog er die Tüte tiefer ein.

Wenn er wenigstens bewusstlos werden würde!

Es polterte erneut, und irgendwo schrie jemand. Manne blinzelte. Er wollte rufen, doch dafür reichte die Kraft nicht mehr.

Dann fühlte er Hände an seinem Kopf. Auf seinen Ohren und – Himmel, tat das weh!

Im nächsten Augenblick wurde es sehr hell um ihn herum, und frische Luft strömte in seine Lungen.

Alles in ihm krampfte sich zusammen, er hustete. Hustete seine Lunge nach draußen, so fühlte es sich jedenfalls an. Er wollte atmen, aber er hustete nur, bekam keine Luft, immer noch nicht.

»Beruhigen Sie sich, Herr Nowak! Scheiße, helft mir mal!«

Hände griffen nach ihm, halfen ihm auf. Die Fesseln an Händen und Füßen wurden gelöst, mehrere Leute stützten ihn. Setzten ihn sanft wieder ab. Streichelten seinen Rücken.

Langsam bekam er Luft. Aber sein Oberkörper krümmte sich immer wieder zusammen. Er konnte nichts dagegen tun. Manne blinzelte, und mit jedem Atemzug, den er nahm, klärte sich sein Sichtfeld. Er sah Caro gegen die Couch gelehnt dasitzen. Sie atmete heftig, aber sie atmete. Dem Himmel sei Dank.

Thorsten saß ebenfalls am Boden. Ein Mann, der Manne vage bekannt vorkam, hielt ihn mit einer Pistole in Schach, während ihm eine Frau Handschellen anlegte. Hatte die ihm nicht die Asservate vorgelegt?

»Geht's wieder?«, fragte Kommissar Lohmeyer, der ihn am Unterarm gepackt hielt und das erste Mal, seit Manne ihn kannte, wirklich besorgt aussah.

Manne nickte benommen. »Ich war noch nie so froh, Sie zu sehen.«

»Und beinahe wären wir zu spät dran gewesen. Sie verfluchter

Idiot.« Lohmeyer führte Manne zur Couch und half ihm, sich hinzusetzen.

»Wie sind Sie überhaupt hergekommen? Woher wussten Sie …?« Ein Hustenanfall schnitt ihm das Wort ab.

»Frau von Ribbek hat sich bemerkbar gemacht.«

»Was meinen Sie damit?«

Lohmeyer runzelte die Stirn, und Caro, die mit geschlossenen Augen dasaß und inzwischen ganz ruhig atmete, sagte: »Ich habe alle möglichen Leute versucht, zu erreichen. Aber im Bad hat man keinen Empfang. Es gab ein offenes WLAN, das ist immer wieder ausgefallen. Meine Nachrichten gingen alle nicht durch. Also habe ich eine Instagram-Story gemacht und darum gebeten, Lohmeyer zu verständigen und herzuschicken. Die Adresse stand dabei. Dann habe ich jeden Jonas Nowak verlinkt, den ich finden konnte und das Handy raus in den Flur geschoben, weil ich hoffte, dass der Empfang da besser ist.«

Sie lächelte matt. »Hat geklappt.«

KAPITEL 35

Die Stunden nach seiner Nahtoderfahrung rasten an Manne vorbei wie Bilder in einem Film. Und das war vielleicht auch ganz gut so.

Sobald er wieder ganz beisammen war, hatte er Kommissar Lohmeyer gebeten, mit ins LKA kommen zu dürfen, was dieser rundheraus abgelehnt hatte. Natürlich hatte er das. Nachdem die Besorgnis gewichen war, hatte er sehr schnell zu seinem sauertöpfischen Ich zurückgefunden.

Neben zwei Notarztwagen waren nach einer Weile auch Jonas und Petra eingetroffen, da Caro tatsächlich den richtigen Jonas verlinkt hatte. Ihre brillante Idee hatte ihnen tatsächlich das Leben gerettet. Nicht etwa seine jahrelange Erfahrung.

Man hatte sie ins Klinikum Maria Heimsuchung gebracht und Caro stationär aufgenommen. Gegen Mitternacht war auch Eike aufgetaucht, bleich und sehr ernst, aber gefasst hatte er mit seinen Kollegen gesprochen und sich danach zu seiner Frau aufgemacht.

Mehr als ein Nicken in Mannes Richtung hatte er sich nicht abgerungen. Aber das konnte er verstehen. Irgendwie war ja doch er schuld an dem ganzen Schlamassel.

Er selbst war nur ambulant versorgt worden. Seine Lippe und die Nase hatte man geklammert, den Cut am Kopf geklebt. Er fühlte sich wie etwas, das ein kleines Kind gebastelt hatte. Sie hatten ihn geröntgt, und Manne war vollkommen verdattert, als man ihm sagte, dass er sich wie durch ein Wunder nichts gebrochen habe. Offenbar gehörte er doch noch nicht aufs Abstellgleis.

Seine Sauerstoffsättigung war wohl auch erstaunlich gut, sein größtes Problem waren die Kopfschmerzen, gegen die er starke

Tabletten bekam. Petra war kurz nach Hause gefahren, um ihm frische Klamotten zu holen, und langsam fühlte er sich wieder wie ein normaler Mensch.

Jetzt saß er eigentlich nur noch rum. Jonas war zurück zu Mala in die Wohnung gefahren, Petra saß neben ihm und war an seine Schulter gelehnt eingenickt. Seine schöne, starke Frau hatte wie immer die Nerven behalten. Dass sie um ihre Fassung gerungen hatte, erkannte er nur daran, dass sie seine Hand umklammert hielt wie ein Schraubstock und selbst im Schlaf nicht bereit war, sie loszulassen.

Gerade das machte Manne irgendwie glücklich. Überhaupt ging es ihm gut. Sein Kopf dröhnte, das Gesicht brannte, und wann sich seine Seele von dem erholt haben würde, was ihm widerfahren war, das wusste wohl niemand so genau. Aber genau die Seele war es auch, die langsam ruhig wurde.

Er lebte. Caro lebte. Und Kalles Geschichte kam zu einem Ende. Keinem guten, das nicht. Aber zu einem Abschluss.

»Ach, hier bist du!«

Eine vertraute Stimme ließ Manne aus den Gedanken und Petra aus dem Schlaf hochschrecken.

Martin stand vor ihm und war völlig außer Atem. »Ich bin einmal kreuz und quer durch das ganze Ding gerannt. War das hier schon immer so unübersichtlich?«

»Martin, was machst du denn hier?«

»Manne, ich schwöre, ich war mir sicher, dass ich an der Notaufnahme klingele, und dann macht mir 'ne Hebamme auf. Fragt mich, ob ich der Mann von der Frau Soundso bin. Kannst du dir das vorstellen?« Martin musterte seinen Freund. »Autsch, du siehst ja ganz schön fertig aus.«

Manne winkte ab. »Halb so schlimm. Das Gleiche könnte man auch über dich sagen, ist wohl eindeutig nicht deine Uhrzeit. Aber Unkraut vergeht nicht.«

»Der passende Spruch aus deinem Munde. Jut. Bereit für einen kleinen Ausflug?«

Er runzelte die Stirn. »Wieso? Wo wollen wir denn hin?«

»Na, ins Präsidium. Die Befragung von eurem Verdächtigen fängt gleich an.« Er zwinkerte. »Ich dachte mir, du hättest vielleicht Interesse?«

Manne sprang auf und riss dabei Petra beinahe vom Stuhl. Er hatte ganz vergessen, dass ihre Finger noch ineinander verschränkt gewesen waren.

»Meinst du das ernst?«, fragte Manne. Sein Herz pochte bis zum Hals.

»Klar. Wir haben seit zwei Jahren Kameras in den Vernehmungsräumen. Wir können es uns vor dem Bildschirm gemütlich machen, und der feine Lohmeyer vom LKA wird es nie erfahren.«

Manne runzelte die Stirn. »Kann das nicht mächtig Ärger geben?«

»Ich bin Schichtleiter, also entspann dich.«

Er überlegte einen Moment. Dann entschied er, dass es darauf jetzt auch nicht mehr ankam. »Okay, dann los.« Manne drehte sich zu Petra um. »Ich komme heim, so schnell ich kann.«

Petra schüttelte den Kopf. »Für wen hältst du mich eigentlich, Manne Nowak? Noch einmal lasse ich dich heute sicher nicht alleine irgendwohin fahren. Ich komme mit.«

KAPITEL 36

Sie schwiegen eine lange Weile. Eigentlich tat die Stille ihrem armen Kopf ganz gut, aber sie war zu aufgeladen, um wirklich friedlich zu sein.

Wie Thorsten Möcker prophezeit hatte, litt sie an einer Gehirnerschütterung, und außerdem hatte sie noch eine Platzwunde am Hinterkopf. Alles also halb so wild. Sie würde Ruhe brauchen, hatte der Arzt gesagt. Und wenn Caro ehrlich war, dann hatte sie die letzten sechs Jahre keine richtige Ruhe mehr gehabt. Sie fühlte sich müde und schläfrig und freute sich das erste Mal aufrichtig darüber, dass sie die sündhaft teure Einzelzimmerversicherung abgeschlossen hatte. Die vergangene Nacht hatte sie wie ein Stein geschlafen, und eigentlich war sie jetzt nach dem Frühstück schon wieder bereit für ein Nickerchen, aber Eike war gerade wieder gekommen, und nun würde sie mit ihm reden müssen.

Eike war sauer, das konnte sie ihm deutlich ansehen. Und verängstigt war er auch. Dieser sonst so selbstsichere Mann steckte in einer Situation, mit der er nicht zurechtkam. Eigentlich wollte er sie anschreien, aber er wusste, dass er dazu kein Recht hatte.

Gestern Nacht hatte er sie umarmt und geküsst, sogar ein bisschen geweint. Seine Finger hatten gezittert, während sie ihr Gesicht abtasteten. Doch jetzt hatte er keine Angst mehr um sie. Jetzt war er sauer. Sie sah es in seinen Augen. Doch er hielt sich zurück.

Eike zog einen Brief aus der Tasche und hielt ihn ihr hin. »Hier, du hast Post. Ein Kurier hat das heute früh vorbeigebracht. Sieht wichtig aus.«

Caro erkannte das Logo auf dem Umschlag und riss den Brief an sich. Am Ende hatte es doch gar nicht so lange gedauert.

»Oh, das wird der Vaterschaftstest sein!«, rief sie aufgeregt. »Endlich!«

»Was?« Eike fiel alles aus dem Gesicht.

Caro riss erschrocken die Augen auf. »Nein, nein! O Gott, Eike. Nicht, dass du das denkst. Nein. Greta ist auf jeden Fall deine Tochter. Herrje. Tut mir leid.« Sie runzelte die Stirn. »Sie sieht haargenau aus wie du, falls dir das entgangen ist.«

»Ist es nicht«, brummte Eike. »Und was soll das dann?«

Caro hielt inne und ließ den Umschlag auf die Bettdecke sinken. »Ist dir nicht aufgefallen, dass Jonas und Manne sich im Gegensatz zu Greta und dir so gar nicht ähnlich sehen?«

Ihr Mann riss die Augen auf. »Caro, ist das dein Ernst? Du schnüffelst in Mannes Privatleben herum?«

»Aber doch nicht ohne Grund«, verteidigte sie sich. »Jonas sieht dem jungen Kalle tatsächlich sehr ähnlich. Der war sein Patenonkel, die Männer kannten sich ihr Leben lang. Ich dachte, wenn Manne herausgefunden hätte, dass Jonas nicht sein Sohn, sondern Kalles ist, dann wäre das schon ein Mordmotiv.«

Eike fuhr sich mit der flachen Hand übers Gesicht und seufzte. »Gut. Ich verstehe. Aber jetzt, wo du weißt, dass Thorsten Möcker der Mörder war, musst du doch eigentlich nicht mehr wissen, was da drinsteht.« Er runzelte die Stirn. »Das ist sehr privat. Welche Firma bietet so eine Analyse eigentlich an?«

Sie zuckte die Achseln und fühlte sich tatsächlich ein wenig schuldbewusst. »Irgendein Labor, das ich im Internet gefunden habe.«

»Hervorragend. Jetzt bin ich beruhigt. Und was hat der Spaß uns gekostet?«

»Zweihundert Euro«, murmelte Caro kleinlaut und starrte auf ihre Finger.

Eike seufzte. »Na gut. Es sollte sich wenigstens gelohnt haben. Jetzt mach schon auf.«

Sie riss den Umschlag auf. Darin befand sich ein einziges Blatt Papier. Hastig überflog sie das Geschriebene. Dann ließ sie sich zurück ins Kissen sinken.

»Er ist sein Sohn«, seufzte sie. »Zu 99,99 Prozent.«

»Das freut mich«, sagte Eike trocken. »Wie gut, dass wir unser Geld so sinnvoll investiert haben.«

Caro schenkte ihrem Mann einen säuerlichen Blick. Dann schwiegen sie wieder. Normalerweise war es nicht so schwer, sich mit Eike zu unterhalten. Das fand sie ja so toll an ihm. Man konnte gut mit ihm reden. Eigentlich.

»Was hast du Greta erzählt?«, fragte sie schließlich, weil sie es ja hinter sich bringen musste.

»Dass du einen Fahrradunfall hattest.«

»O Eike …« Sie schloss für einen Moment die Augen. »Hättest du dir nicht etwas anderes ausdenken können? Nicht, dass sie jetzt Angst vorm Radfahren bekommt.«

»Ich hatte kaum Zeit, darüber nachzudenken«, gab Eike patzig zurück. »Mein Telefon klingelte mitten in der Nacht, und ich musste unserer Tochter irgendwas erzählen, das sie dazu bewegen könnte, bei der Nachbarin zu bleiben. Es war schwer genug, sie zu beruhigen.«

»Verstehe. Na, wir werden sehen«, versuchte Caro zu beschwichtigen. Sie wollte nach der Hand ihres Mannes greifen, aber der zog seine Finger weg. Sie krabbelten über die gestärkte Bettdecke bis ganz an den Rand.

»Warum bist du so sauer?«, fragte sie schließlich, und Eike schnaubte, dann schüttelte er den Kopf.

»Weil du dir das selbst ausgesucht hast. Das alles war deine Idee. Vom Garten über die Ermittlungen bis hin zu …« Er wedelte mit seinen schlanken Fingern in der Luft herum. »Du hast Greta und mich ganz schön viel alleine gelassen. Und deinen Job in Gefahr gebracht.«

»Und ich habe einen Mordfall gelöst und Manne und mir das Leben gerettet«, hielt sie dagegen. »Zählt das denn gar nichts?«

»Es hätte nicht gerettet werden müssen, wenn ihr euch nicht in Gefahr gebracht hättet«, gab er trotzig zurück, und in seinen Augen glitzerte es verräterisch.

»Nun, es war nicht unsere Absicht, das zu tun. Wir hatten nicht geplant, dass der Mörder in dem Moment auftaucht, in dem wir uns in der Wohnung aufhalten. Außerdem käme Manne jetzt vielleicht ins Gefängnis, wenn ich nicht geholfen hätte, während ein Mörder frei herumlaufen würde. Wäre das etwa besser?«

Bei dem Wort Mörder zuckte Eike zusammen. Irgendwie tat er ihr leid. Aber nicht so sehr.

»Gut«, sagte er nach einer Weile. »Nun ist die Sache ja ausgestanden, und wir können alle wieder zur Normalität zurückkehren.« Jetzt tätschelte er ihr doch etwas unbeholfen die Hand. »Wenn du wieder fit bist, natürlich.« Er lächelte gequält. »Wenigstens musst du jetzt keine Krankschreibung mehr erschummeln.«

»Ich werde kündigen«, sagte Caro und wusste in dem Augenblick, dass sie es genau so meinte. Sie würde nie wieder an den winzigen Schreibtisch in der Modefirma zurückkehren.

»Darüber reden wir, wenn es dir besser geht«, sagte Eike, und sein Gesicht wurde wieder hart.

»Nein, Eike. *Wir* reden da gar nicht drüber. Ich werde kündigen.«

»Und ich habe da gar nicht mitzureden?«

Caro schenkte ihrem Ehemann einen langen Blick. Einen, von dem sie hoffte, dass er transportierte, was sie alles nicht sagen konnte.

»Hast du mich damals gefragt, was ich davon halte, wenn du Medizin studierst? Hast du mich um Erlaubnis gebeten, als du noch den Facharzt dranhängen wolltest, obwohl ich schon schwanger war? Ist es dir in den Sinn gekommen, meinen Rat einzuholen, als du die Stelle in Köpenick nach Gretas Geburt angenommen hast?«

»Das ist was anderes. Meine Entscheidungen waren immer das Richtige für uns alle drei.«

»Für mich nicht«, gab Caro ruhig zurück. »Ich weiß, du hast immer dein Bestes getan. Aber deine Entscheidungen haben mich eingeengt. Ich hatte gar nicht die Möglichkeit herauszufinden, was ich kann oder möchte. Inzwischen weiß ich, dass ich ziemlich gut bin in einigen Sachen. Und das wüsste ich nicht, wenn ich es nicht ausprobiert hätte.«

Sie sah ihren Mann an, der dreinschaute, als hätte er etwas sehr Wertvolles kaputt gemacht. Sie griff noch einmal nach seiner Hand, und diesmal zog er sie nicht weg.

»Greta wird bald sechs. Die letzten knapp sieben Jahre habe ich mich ohne Pause um sie gekümmert. Im Bauch und draußen. Und um dich. Das war auch okay, weil ich wusste, dass du deinen Traum verfolgst. Weil ich dich liebe, habe ich das gerne getan. Aber jetzt bin ich dran.« Sie schob die Unterlippe vor. »Und wenn Manne nicht dabei ist, dann eröffne ich die Detektei eben alleine. Ich kann das.«

Eikes Lippen wurden zu einem schmalen weißen Strich.

»Und was ist, wenn es das nächste Mal nicht so glimpflich ausgeht? Wenn dir etwas zustößt und wir dich verlieren?«

Caro wollte nicht darüber nachdenken. Nicht jetzt. So nah am Tod wie in der vergangenen Nacht war sie noch nie gewesen. In ihrem ganzen Leben nicht. Und natürlich wollte sie sich nicht in Gefahr begeben. Aber sie wollte sich lebendig fühlen und etwas verändern. Sie wollte ihr Leben nicht mit Rumhocken verschwenden. Mit der Jagd nach Likes und Kommentaren. Da jagte sie doch viel lieber Verbrecher.

»Das Leben kann zum Tod führen, Eike«, sagte sie deshalb sanft. »Du als Arzt solltest das eigentlich wissen.« Sie rang sich ein

Lächeln ab. »Wenn du dich dann besser fühlst, kannst du mir ja Kampfsport verordnen. Oder 'ne illegale Knarre besorgen.«

Eike lachte leise. »Du bist unmöglich.« Er hauchte ihr einen Kuss auf die Stirn und sah sie lange an.

Sie erwiderte den Blick und fühlte, wie ihr die Augen zufielen. Jetzt wollte sie nur noch schlafen.

»Ich bin so stolz auf dich«, hörte sie noch eine Stimme flüstern. Aber das hatte sie wahrscheinlich nur geträumt.

KAPITEL 37

Das Krankenzimmer war voll bis zum Dach, und eine Krankenschwester hatte schon mehr als einmal missbilligend den Kopf hereingesteckt, doch das war Manne egal. Er würde sich heute von niemandem hier vertreiben lassen. Und die anderen auch nicht.

Thorstens Verhör hatte bis in die frühen Morgenstunden gedauert, danach war er nach Hause gefahren und hatte zwölf Stunden geschlafen, etwas gegessen und dann noch einmal bis zum nächsten Morgen weitergedöst. Seine Frau neben sich und endlich Ruhe im Herzen.

Anschließend hatte er eingekauft. Alles, was man für ein gutes Krankenhaus-Picknick brauchte. Oliven, Hummus, mediterrane Pasten und Brot vom Markt, verschiedene Kuchen und auch eine Flasche Sekt und Pappbecher. Aus eigener, leidvoller Erfahrung wusste er, wie grottig das Essen im Krankenhaus war. Es war wie mit dem blauen Teppichboden oder den Schreibtischen in Birkenfurnier. Manche Dinge änderten sich einfach nie.

Dann waren er und Petra noch bei der Anlage vorbeigefahren, hatten die ersten blühenden Zweige vom Kirschbaum abgeschnitten und noch ein paar Gläser Marmelade vom Vorjahr eingepackt. Das hätten sie besser gelassen; sie wurden mindestens zwei Dutzend Mal angehalten. Natürlich wussten alle schon, was geschehen war, und Manne fragte sich diesmal ernsthaft, wo zur Hölle das Leck eigentlich war.

Als sie sich endlich losgeeist hatten, war es viel später als eigentlich geplant.

Nun saßen sie alle zusammen. Martin, Jonas und Mala waren auch gekommen, ebenso wie Eike, der nicht mehr ganz so feindselig wie vor zwei Tagen wirkte und seiner Frau ebenfalls Blumen mitgebracht hatte. Gegen seinen opulenten Strauß wirkten ihre paar Zweige ein wenig mickrig, aber Caro freute sich trotzdem darüber.

Als alle etwas zu essen und einen Schluck Sekt in den Händen hatten, erzählte Manne noch einmal die Geschichte von den zwei Jungs, die als Zwillinge ihren Eltern entrissen und getrennt voneinander adoptiert worden waren.

»Und das war so üblich?«, fragte Eike, der das offenbar alles zum ersten Mal hörte. Seine Neugierde schien die Abwehr recht schnell zu überwinden, was Manne wirklich freute.

»Es kam zumindest nicht allzu selten vor«, antwortete er. »Wer seine Kinder nicht im sozialistischen Geiste erziehen konnte, bekam das Sorgerecht entzogen.«

»Aber warum hat man die Zwillinge dann getrennt?«, fragte Jonas. »Hätte man sie nicht wenigstens zusammen aufwachsen lassen können?«

»Es war die Auffassung des Politbüros, dass die Kinder nur so schnell und endgültig von ihrer Ursprungsfamilie abgenabelt werden können. Das sollte ihnen ermöglichen, sich gut in die neue Familie einzuleben.«

»Und woher wusste dieser Thorsten dann, dass er einen Zwillingsbruder hat?«, fragte Caro und nahm einen Schluck aus ihrem Becher.

»Sein Vater hat es ihm gesagt«, erklärte Petra. »Sein Adoptivvater. Thorsten hat es wohl nicht so gut getroffen wie Kalle. Die Eltern waren sehr streng und haben auch vor Züchtigung nicht haltgemacht. Der Junge ist schnell vom Weg abgekommen, es gab immer wieder Ärger. Er hat die Schule abgebrochen. Da hat der Vater einmal gesagt, er sei froh, dass er nur mit ›einem von der Sorte‹ geschlagen sei. Thorsten hat nachgefragt, und so hat er es erfahren.«

»Und dann hat er nach seinem Bruder gesucht?«, fragte Mala, die mindestens genauso gespannt darauf war, Details zu erfahren, wie Caro.

»Nicht sofort. Er war damals ein Teenager und hatte anderes im Kopf.« Manne streckte sich nach dem Brot. »Aber er hat nie richtig Fuß gefasst in der Welt. Hat jeden Job verloren, in dem er sich versucht hat. Und die Frauen wollten wohl auch nie bleiben. Also hat er sich auf die Idee versteift, dass er nur seinen Bruder finden müsse, und alles würde gut werden.«

»Kann ich verstehen«, sagte Caro nachdenklich. »Man sagt Zwillingen doch diese ganz spezielle Verbindung nach. Wie hat er ihn schließlich gefunden?«

Manne seufzte. »Das war dann wohl gar nicht so schwer. Du erinnerst dich, dass Frau Wüst gesagt hat, die Akten dürften nur von den adoptierten Kindern und den Adoptiveltern eingesehen werden?«

Caro nickte.

»Ihm hat sie dasselbe gesagt, als er bei ihr war und sein Gesuch aufgegeben hat. Er hat die Akten eingesehen und darüber wohl auch Karls Namen erfahren. Unter dem er die ganze Zeit lebte. Dann brauchte er nur noch das Internet zu bemühen und nach einem Mann zu suchen, der so aussah wie er selbst und diesen Namen trug.«

»Die Webseite des Architekten«, folgerte Caro, und Manne nickte. »Genau. Er hat Kalle vor dem Büro abgefangen. Eines Tages nach der Arbeit. Thorsten hatte zu dem Zeitpunkt keine feste Bleibe mehr, und so hatte Kalle ihn an der Backe.«

»Uff. Auch nicht einfach«, sagte Jonas. »Vor allem, wenn man weiß, wie gut er mit Veränderungen umgehen konnte.«

»Gar nicht?«, fragte Mala, und Jonas lächelte.

»Überhaupt nicht.«

»Und dann war sein Zwillingsbruder auch so vollkommen anders als er. Hat in der Wohnung geraucht. Krumme Dinger gedreht. Thorsten hat Kalle wohl nie so genau gesagt, was er alles treibt, doch der war ja nicht dumm. Konnte eins und eins zusammenzählen.«

»Erst verschwand die Küchenwaage, dann immer wieder Geld. Thorsten hat auch wiederholt Kreditkarten aus Kalles Geldbörse genommen.«

»Das ist bitter«, sagte Eike. »Da wüsste ich auch nicht, was ich machen soll.«

»Kalle hat sich sehr geschämt«, sagte Petra. »Bestimmt war das mit ein Grund, uns nichts von seinem Bruder zu erzählen und so gegen uns zu mauern. Immerhin war Manne ja Polizist, und dieser Thorsten wusste das. Bei allen Differenzen wollte Kalle bestimmt nicht, dass sein Bruder Schwierigkeiten bekommt.«

Manne nickte. »Trotz allem war er ja sein Bruder. Kalle hat es wirklich versucht. Hat ihn bei sich wohnen lassen, hat ihm immer wieder Geld gegeben und sogar Urlaub für die beiden gebucht. Hat wohl gedacht, ein Aufenthalt in der Toskana weit weg von Berlin könne Thorsten auf andere Gedanken bringen.«

»Aber so weit kam es ja dann gar nicht mehr.«

Nein. So weit kam es nicht mehr. Manne starrte traurig auf das Brot in seiner Hand. Als es bei dem Verhör um die Tötung ging, wäre er beinahe rausgerannt. Es war schwer, sich vorzustellen, was sein Freund durchlitten hatte. Er wollte etwas sagen, doch er konnte nicht. Petra griff nach seiner Hand und drückte sie.

»Kalle hat das Koks im Pumpenhaus entdeckt und Thorsten zur Rede gestellt. Hat von ihm verlangt, alles zu vernichten, andernfalls würde er ihn nicht mehr unterstützen. Ein paar unschöne Worte sind wohl auch gefallen. Und da hat Thorsten die Fassung verloren. Und … und seinen Bruder erschlagen.«

»Das ist ja wie bei Kain und Abel«, murmelte Eike, und Manne entging nicht, dass er weder aß noch trank, sondern nur gebannt der Geschichte lauschte und ab und zu die Hand seiner Frau drückte.

»Nur, dass Kain seinen Bruder nicht in eine Kühltruhe gestopft und anschließend versucht hat, dessen Leben zu leben.«

»Ach, das meintest du, als du ›das warst alles du‹ gesagt hast!« Caro richtete sich auf und stopfte ein Kissen in ihren Rücken.

Manne nickte. »Thorsten hat sich in der Wohnung häuslich niedergelassen und wohl auch versucht, den Garten zu pflegen. Dabei kamen wir ihm aber wohl zu nahe.«

»Deshalb dieses komische Verhalten mit dem Pumpenhaus.«

Manne nickte. »Ja, und weil da immer noch Koks im Wert von mehreren Tausend Euro lagerte. Auch bei der Arbeit konnte er sich kaum als sein Bruder ausgeben. Also beschloss er, alles zu kündigen und das Geld nach und nach abzuheben. In einen falschen Ausweis zu investieren, die Drogen zu verkaufen und so lange die Wohnung zu nutzen. Kalle dann zu vergraben und abzuhauen. Er wollte wohl erst mal eine Weile nach Ägypten.«

Er schüttelte den Kopf. »Doof ist er nicht. Er glaubte, wenn er den Körper im Winter vergrub und die Zahlungen für die Wohnung noch eine Weile weiterlaufen ließ, könnte er noch eine Weile vertuschen, dass sein Bruder längst tot war. Und das ist ihm ja auch gelungen.«

Caro runzelte die Stirn. »Aber was hätte ihm das denn bringen sollen?«

»Schlicht und einfach Zeit.«

Er trank einen Schluck. »Hat es sich auf Kalles Kosten gut gehen lassen.«

»Und wie hat er die Leiche in unseren Garten bekommen?«, fragte Caro.

Manne verzog das Gesicht. »Der Körper war …« Er seufzte. Dann nahm er sich zusammen. »Nach drei Monaten in der Tiefkühltruhe war der Körper gefroren. So ließ er sich leichter transportieren. Thorsten hat einen Kleintransporter bei Robben und Wientjes geliehen, mit dem er wiederum einen Rasenmäher mit Anhänger transportiert hat. In dem Anhänger hat er Kalle zu eurem Garten gefahren.«

»Ziemlich clever, das muss man ihm lassen«, sagte Jonas, und Manne nickte.

»Fast wäre er mit der ganzen Sache durchgekommen. Seine eigenen Eltern waren verstorben, die Akten über die Adoption sind so leicht nicht einsehbar, wenn man nicht weiß, wonach man sucht. Lore und Dieter waren die einzige Gefahrenquelle für ihn, aber an die hat er sich nicht rangetraut. Und sie haben ihn letztendlich auch zu Fall gebracht.«

»Falsch«, sagte Eike und lächelte. »Meine Frau hat ihn zu Fall gebracht. Und Instagram.«

Das brachte alle zum Lachen.

»Und eine neue Gesichtsfarbe gab es gratis dazu«, sagte Caro grinsend. »Ganz ohne Ägypten-Urlaub. Ist er immer noch so rot?«

Manne nickte und grinste ebenfalls. »Der Notarzt hat ihm eine Salbe gegeben, aber die Hautschicht wird sich wohl ablösen.«

Caro nickte sehr zufrieden. »Tut mir gar nicht leid.« Sie prostete Manne zu, und der prostete zurück.

»Muss es auch überhaupt nicht. Allerdings hat Thorsten auch die Tatsache zu Fall gebracht, dass er sich zu sicher fühlte. Anstatt den falschen Ausweis an sich zu nehmen, hat er ihn in Kalles Wohnung gelassen, wo er ihn sicher verwahrt wähnte. Er hatte nicht damit gerechnet, dass die Leiche so schnell gefunden wurde. Und dann konnte er erst einmal nicht in die Wohnung, weil die Spurensicherung da alles genau unter die Lupe nahm. Was wir auch nicht wussten: Vorgestern waren sie zum zweiten Mal dort, um gezielt nach DNA von mir zu suchen. Zu Lohmeyers großem Verdruss hatten sie beim ersten Mal zwar eine Menge Blut, Haut- und Haarspuren gesichert, aber nichts davon passte zu meinem Profil.« Manne lächelte. »Tatsächlich fanden sie nur Spuren, die zu einem einzigen DNA-Profil passten, nämlich dem des Toten. Natürlich waren auch Spuren von Thorsten dabei, aber eineiige Zwillinge machen es der Kriminaltechnik besonders schwer, da sie dasselbe Erbgut haben. Aus den Spuren ging für sie also nicht hervor, dass sich noch jemand mit ihm während des Mordes in der Wohnung aufgehalten hat. Natürlich war klar, dass er sich nicht selbst mit einer teuren Glaslampe erschlagen und übel zugerichtet sowie anschließend vergraben hat. Also musste die Spusi ein zweites Mal ran, um noch mal alles abzusuchen. Um im Idealfall Spuren von mir zu finden. Was auch das zweite Siegel erklärt. Es ist ein großes Glück, dass wir nicht einen Tag vorher in der Wohnung waren. DNA-Spuren am Tatort hätten mich endgültig zu Fall gebracht.«

Manne nahm noch einen Schluck und atmete tief durch. Dann sprach er weiter. »Als Thorsten am Abend zurück nach Heinersdorf kam und mich die Tür aufschließen sah, ist ihm endgültig der Arsch auf Grundeis gegangen. Er hat nur so lange gewartet, bis ich wieder in den Aufzug gestiegen bin, um hochzulaufen und nach seinem Ausweis zu suchen. Den Rest der Geschichte kennen wir.«

»Woher wusstest du, dass es nicht Kalle ist?«, fragte Caro ihn jetzt. »Die beiden sahen doch total gleich aus. Und im Garten hast du ihn ja auch nicht erkannt.«

»Da hat er Handschuhe getragen«, erklärte Manne. »Vorgestern nicht. Da konnte ich sehen, dass er alle zehn Finger hatte. Kalle fehlte ein Fingerglied. Sonst hätte ich es auch nicht so schnell gemerkt.«

Sie schwiegen alle eine Weile. Dann sagte Mala irgendwann: »Was für eine verrückte Geschichte.«

»Ja, nicht wahr?« Manne lachte. »Eine vollkommen verrückte Geschichte. Aber die Wahrheit. Und ich bin froh, dass ich sie jetzt kenne. Und dass es nicht mein Freund war, der sich von mir abgewandt hat. Das tut sehr gut. Auch wenn es lange nicht aufhören wird, auch wehzutun.«

Wieder trat Stille ein, doch diesmal war sie feierlich.

Dann hob Jonas sein Glas und sagte: »Auf Karl Dieter Wischnewski. Wir werden dich nicht vergessen.« Und mit einem Seitenblick auf die von Ribbeks fügte er hinzu: »Caro und Eike werden deinen Garten in Ehren halten. Papa wird penibel darauf achten. Gute Reise.«

Alle hoben ihre Becher.

»Gute Reise«, sagten sie.

»Gute Reise«, flüsterte Manne und fühlte, wie ein Kloß im Hals seine Kehle zuschnürte und seine Augen feucht wurden.

Dann ging plötzlich die Tür auf, und ein vollkommen verdatterter Kommissar Lohmeyer erschien im Türrahmen. Er schaute in die Runde, auf die Pappbecher, die feierlichen Mienen, und runzelte die Stirn. »Was ist denn hier los?«, fragte er.

Und dann, ganz plötzlich und ohne, dass er es hätte verhindern können, fing Manne an zu lachen. Er lachte und lachte, bis ihm die Tränen die Wangen herunterrollten. Und was das für Tränen waren, ob welche der Trauer, der Erleichterung oder einfach nur der Freude, war ihm vollkommen egal.

EPILOG

Ihr Kopf tat immer noch weh, aber die Schmerzen hatten sich zu einem Echo verjüngt, das von einem normalen Kater kaum noch zu unterscheiden war.

Und tatsächlich hatte sie die Pause genossen. Dass Eike und Greta um sie herum sehr vorsichtig aufgetreten waren, dass sie sich um nichts kümmern musste und durfte. Ein Leben in Standby. Es war herrlich gewesen.

Sie war seit über einer Woche wieder zu Hause, und heute fuhren sie das erste Mal wieder in die Anlage. Es war Sonntag und schönstes Wetter. Jetzt endlich würden sie anfangen, ihre Beete zu bepflanzen und sich den Garten wirklich zu eigen zu machen.

Der Mörder war gefasst, Kalles Familie hatte den Toten zu Grabe getragen. Das Kapitel war abgeschlossen und ein neues konnte beginnen.

Eike hatte eine neue Schubkarre gekauft und bestand darauf, dass Caro und Greta sich hineinsetzten. Er war bester Laune und pfiff irgendeinen Radiohit, während er die beiden durch die Anlage in Richtung ihrer Parzelle schob, wobei er keine echte Konkurrenz für die zwitschernden Vögel war, die aus vollen Hälsen sangen. Es duftete grün und blumig, ein bisschen nach feuchter Erde und vor allem nach Frühling. Ein paar Gartennachbarn winkten ihnen gut gelaunt über ihre Zäune hinweg zu und amüsierten sich über das originelle Transportmittel. Greta jauchzte vor Vergnügen, und Caro fühlte sich so gelöst wie lange nicht mehr. Der Tag versprach, herrlich zu werden.

Schon von Weitem sah Caro, dass in ihrem Garten etwas los war, und kurz schoss ihr die Angst in den Bauch, die Polizei könnte zurückgekehrt sein. In diesem Moment fiel ihr das Koks wieder ein, das ja immer noch in ihrem Pumpenhäuschen lag. Sie hatte die ganze Zeit nicht mehr daran gedacht. Verdammt.

Doch dann sah sie, dass es kein Absperrband war, das dort flatterte, sondern Luftballons, die jemand an ihrer Hecke rund um das Törchen befestigt hatte.

»Was ist denn hier los?«, fragte sie, aber Eike grinste nur und schob sie weiter.

Als sie am Gartentor ankamen, blieb Caro für einen Moment die Luft weg. Ihre Parzelle war voll mit Menschen. Sie bekam kaum mit, wie Eike sie aus der Schubkarre hob und Greta grinsend und leichtfüßig über den Plattenweg zu Petra hin hüpfte, die sie in die Arme schloss.

Caro hatte nur Augen für den Garten.

Die alten Beete mit den Randsteinen waren verschwunden, an ihrer Stelle standen drei wirklich große, neue Hochbeete aus Holz und ein kleines Gewächshaus. Der Rasen war gemäht, die Hecke geschnitten, und hinter den Köpfen der umstehenden Gartennachbarn, die sie alle angrinsten, ragte ein Baumhaus mit Rutsche und Schaukel hervor.

»Ach du meine Güte«, murmelte Caro in dem Moment, in dem alle wie aus einer Kehle »Überraschung« grölten.

Sie war völlig überfordert und spürte, dass sie rot wurde. In dem Moment schälte sich Manne aus der Menge; er trug zwei Sektgläser in der Hand und seine Grillschürze über dem Bauch. Caro dachte, dass sie selten froher gewesen war, ihn zu sehen.

Manne grinste breit und hielt ihr eines der Gläser hin. Dann räusperte er sich und sagte: »Meine liebe Caro, lieber Eike, liebe Greta.«

Die Gartenfreunde verstummten und nahmen Sektgläser entgegen, die Jonas, Petra und Mala verteilten. Dann waren alle bereit, dem wieder eingesetzten Vorstandsvorsitzenden zu lauschen.

Manne räusperte sich erneut, sagte »tja, gut« und nahm erst

nach kurzem Zögern den Faden wieder auf. »Ja, also. Ihr hattet einen schweren Start bei uns in der Anlage. Einen ungewöhnlichen und schweren Start. Aber das hat euch drei und vor allem dich, liebe Caro, nicht davon abgehalten, mir zu helfen. Dafür werde ich dir ewig dankbar sein.«

Er stieß das Glas gegen ihres, und sie merkte, dass sie noch röter wurde. Ihr Kopf pochte.

»Du hast mich überrumpelt, angespornt, genervt, angetrieben, genervt, in Verlegenheit gebracht und fürchterlich genervt.«

»Danke, ich hab's verstanden.« Caro lachte. »Das Kompliment kann ich übrigens nur zurückgeben.«

»Du hast mich immer wieder aus meinem dunklen Loch gezogen, maßgeblich zur Lösung meines wichtigsten Falles beigetragen, hast unglaubliche Chuzpe bewiesen und mir das Leben gerettet.«

»Instagram hat dir das Leben gerettet!«, gab sie zurück, und der Garten füllte sich mit Gelächter.

»Dann werde ich eben Instagram ewig dankbar sein, wenn dir das lieber ist. Jedenfalls: Um den verkorksten Start ein wenig wiedergutzumachen und euch im Verein Harmonie e. V. willkommen zu heißen, haben wir uns überlegt, dass wir euren Garten herrichten. Ihr könnt sofort loslegen und mit den Pflanzen gemeinsam in die neue Aufgabe reinwachsen.«

»Aber Unkraut jäten müsst ihr selbst!«, ertönte eine Stimme aus Richtung des Grills, und wieder lachten alle.

»Herzlich willkommen in der Harmonie!«, rief Manne und erhob sein Glas.

»Herzlich willkommen in der Harmonie!«, antworteten die Gäste im Chor, von denen Caro nur die wenigsten überhaupt kannte.

Sie umarmte Manne fest und sagte: »Ich habe keine Ahnung, was ich sagen soll. Vielen, vielen Dank!«

»Ich danke dir! Komm. Ich zeig dir alles.«

Caro nickte und hakte sich bei ihm unter. Die Gäste drifteten in

Richtung Grill und Terrasse, wo Salate und Getränke aufgestellt waren, wie Caro nun sehen konnte.

»Das habt ihr alles in den paar Tagen auf die Beine gestellt?«, fragte sie erstaunt, und Manne nickte stolz. Sein Gesicht sah mittlerweile ziemlich abenteuerlich aus. Das Auge war grün und blau, die Wunden dunkel verkrustet. Aber er war in einem Zustand, in dem sie ihn noch nie gesehen hatte. Gelöst, irgendwie im Reinen mit der Welt. Sie mochte diesen Manne Nowak.

»Ja. Es haben alle mitgemacht, jeder hat was beigesteuert. Hier war ganz schön was los. Also komm.«

Caro konnte kaum verarbeiten, was er ihr zeigte. Im Gewächshaus standen Tomaten- und Gurkenpflanzen in Reih und Glied. Ein Beet weiter spitzten junge Salatpflänzchen, Radieschen und Mangold aus der locker gehäufelten Erde. In einem kleineren Hochbeet wuchsen Erdbeeren nur für Greta.

Als sie sich dem letzten Beet näherten, fragte Caro: »War es für dich nicht irgendwie merkwürdig, diesen Garten so zu verändern? Immerhin hat er Kalle viel bedeutet.«

Sie sah ihn an, und kurz huschte der Schatten des alten Schmerzes über Mannes Gesicht. Doch dann schüttelte er den Kopf.

»Es ist genau richtig so. Ein Garten bedeutet Leben. Veränderung. Ihr seid eine junge Familie und sollt die sonnigen Tage nicht mit einem Schatten verbringen, den ihr nicht mehr loswerdet. Ich habe Kalle begraben, und, was mich betrifft, fühle ich mich schon dadurch besser, dass wir ihn gerächt haben.« Er lächelte. »Vor allem du. Mit einer Portion heißem Wasser und ein paar gezielten Schlägen auf den Kopf.«

»Na ja«, sagte Caro und grinste. »So gezielt auch wieder nicht.«

Sie schwiegen ein wenig, dann sagte Manne: »In dir steckt mehr Polizistin, als ich gedacht hätte.«

»Auch, als ich gedacht hätte«, gab Caro zu. »Und ich muss sagen: Ich mag es sehr!«

Manne lachte. »Ich auch.« Er griff in die Tasche seiner großen Grillschürze und hielt ihr einen Stapel gefalteter Zettel hin. »Hier. Das sind Kopien der Anträge, die ich bereits ausgefüllt habe, und eine Liste der Unterlagen, die wir von dir brauchen.«

Caro verstand nicht ganz. »Für den Garten? Aber ich dachte, das wäre alles erledigt.«

Manne schüttelte lächelnd den Kopf. »Nicht für den Garten. Für Nowak und Partner.«

Nun begriff sie, und die Freude, die sich in ihren Bauch breitmachte, als sie die Zettel auseinanderfaltete und durchsah, war unbeschreiblich.

»Du ziehst das mit mir durch?!«, fragte sie fassungslos, und Manne nickte.

»Ich muss verrückt sein, aber ja. Ich ziehe das mit dir durch. Auch wenn ich fürchte, dass wir in Zukunft eher betrügerische Ehemänner verfolgen werden, als auf Verbrecherjagd zu gehen.«

Caro legte den Kopf an seine Schulter und drückte dankbar seinen Oberarm. Dieser Tag war sogar noch schöner, als sie es zu hoffen gewagt hatte. »Wir werden sehen«, sagte sie lächelnd.

Manne lotste sie zum letzten Hochbeet und sagte: »Aber du hast auch recht. So ganz konnte ich mich von Kalle nicht lösen. Das da«, sagte er und zeigte auf das dritte Hochbeet, »ist Heimat für Kalles Lieblinge.« Er lächelte. »Noch sieht man nichts, die Setzlinge werden gerade noch vorgezogen, im hinteren Bereich ist schon gesät.«

»Und was waren Kalles Lieblinge?«

Manne schaute auf das Beet. »Hier waren wir vollkommen verschieden. Kalle mochte am liebsten Rosenkohl und Rote Bete.«

Caro musste kichern. »Soll ich dir was sagen: Das geht mir genauso.« Und das war nicht gelogen.

Sie erhob ihr Glas mit dem letzten Glas Sekt und murmelte: »Ich werde auf deinen Garten aufpassen. Prost, Kalle.«